Muerte en tres texturas

Cristian Schleu

Muerte en tres texturas

NdeNovela

NdeNovela, un sello editorial de Editorial Planeta, S. A.

Diagonal, 662-664, 08034 Barcelona (España)
www.ndenovela.com
www.planetadelibros.com

Primera edición: enero de 2024
Depósito legal: B. 20.584-2023
ISBN: 978-84-10140-00-4
Composición: Realización Planeta
Impresión y encuadernación: Rotoprint by Domingo, S. L.
Printed in Spain - Impreso en España

PEFC Certificado
Este libro procede de bosques gestionados de forma sostenible
PEFC/14-38-00305
www.pefc.es

A Nina y Olivia en este orden, y en el inverso, también

El hombre no vive solo del asesinato. Necesita afecto, aprobación, aliento y, de vez en cuando, una buena comida.

Alfred Hitchcock

1

Philippe cortó el puerro en *emincé* sobre la tabla verde. Llevaba una semana sin pasarle la chaira a su cuchillo cebollero y este se empezaba a resentir. Y lo peor de todo, el puerro también. De esa semana no pasaba sin afilarlo con la piedra. El borboteo en las ollas de hierro era para él como una especie de hilo musical que se entremezclaba con el ruido de la campana, una pirámide de color plata reluciente sobre seis fuegos y una plancha, que en esos momentos succionaba los efluvios que emanaban de un fondo moreno de buey y un *fumet* de pescado. Sí, ese sonido le relajaba. Y los aromas que escapaban al poder de la campana también. Sabía quc, bajo esa calma chicha, todo estaba controlado. Pero también sabía que eso era cuestión de segundos, que en una cocina se podía pasar de la más absoluta tranquilidad al caos más frenético en lo que tardaba en cortarse una salsa holandesa.

Philippe cambió el peso del cuerpo de un pie al otro y alzó la vista. Todos estaban concentrados. A lo suyo. Los de la partida de frío acabando la *mise en place* encima de la fría mesa de acero inoxidable. Los de calientes, preparados para el primer pedido. Mamun, el freganchín bangladesí, ayudaba en su *multitasking* e iba cortando las últimas ramas de menta con las hojas más verdes con una delicadeza que hasta la rosa más frágil le hubiese pedido podarla. Eran un gran equipo. Lo que le había costado llegar hasta ahí solo una persona lo sabía. Pero ya no estaba entre ellos para corroborarlo. Para enorgullecerse. Para acordarse juntos de cada una de las gotas de sudor que supuso haber comprado ese horno para cocinar a baja temperatura. O esa nevera. O esas lámparas calientaplatos. No, ya no estaba. Ni para acordarse de todo eso ni para decirle cuánto la amaba aún y que pocas eran las noches en que no la llorara. Un ruido lo sacó de sus pensamientos y lo llevó al presente. Fue el grito de Tsu, que estaba llamando a una de las camareras para decirle algo.

Philippe observó a Tsutsomu Matsu, *Tsu*, el ayudante de cocina japonés que incorporó a su equipo hacía seis años. Hablaba con una chica mestiza de cabello corto que había entrado para informarse sobre los dos nuevos platos que habían incorporado a la carta. Detalles como ese hacían que una licenciada en Filología Hebrea acabara, sin proponérselo, como responsable de sala en ese o en algún otro reputado restaurante. O asociándose con algún chef y abriendo el suyo propio. Detalles. Philippe creía mucho en ellos.

Estaba pensando en la llamada que había recibido hacía un año para comunicarle que The White Spoon había logrado su primera estrella Michelin cuando de pronto notó cómo la punta del cuchillo se hundía en su dedo índice y le rebanaba parte de la yema. Veintiséis milésimas de segundo más tarde su cerebro comunicó el dolor. Dos segundos después, intervalo más que suficiente como para mirarse el dedo y pensar esperanzado que de ahí no saldría nada, la sangre brotó tiñéndole de rojo el puño inmaculado de su chaquetilla blanca. Todo se nubló a su alrededor. Todo empezó a girar. Su nombre sonó con reverberación en su cabeza.

—¿Chef, está bien, chef? —le preguntó Tsu sujetando el tercer vaso de agua fría que le iba a vaciar encima.

—¿Qué..., qué me ha pasado?

—Joder, chef, ¿en serio que no acordarse?

—No, solo recuerdo que estaba cortando puerros y...

—Volverse a desmayar, chef—le explicó Tsu—. Se cortó dedo y caerse como un castillo de naipes.

A Philippe le hacían gracia esas expresiones que Tsu sacaba vete a saber de dónde, pero que él nunca le diría que estaban mal empleadas. Valoraba enormemente el esfuerzo de una persona con una lengua tan distinta a la suya, integrándose en un país que no era el suyo, como para irle apostillando.

Tsu pidió ayuda para incorporarlo, y al momento acudieron Massimo, el *sous-chef*, y Ricardo, el *sommelier* chileno. Philippe se miró el dedo y vio que ya estaba vendado a conciencia. Le volvería a explicar a su psicóloga lo que le había pasado, aunque ya supiese la respuesta.

El servicio de ese sábado al mediodía fue espectacular gracias a los turistas. Se notaba que era puente y que la gente se había ido a pasar unos días fuera, al campo, una circunstancia ideal para que The White Spoon fuera descubierto por clientes de otros países.

En cocina, casi todos recogían, menos Erika, la ayudante de calientes, y Gonçalo, el segundo de Massimo, que repasaban el producto consumido y hacían el inventario de lo que faltaba. El chef y Tsu elaboraban el nuevo menú degustación de la temporada otoño-invierno. Ensayo, error. Ensayo, error. La verdad es que tenían poco tiempo para desarrollar algo realmente sublime, pero la ocasión bien lo merecía, y Philippe no estaba dispuesto a renunciar a ello. Hacía pocas semanas habían recibido un chivatazo diciéndoles que una de las revistas culinarias más prestigiosas del país se dejaría caer por The White Spoon. Una publicación muy influyente. Tanto como que la segunda estrella Michelin estaba en juego.

El chef y su ayudante estaban inmersos en la combinatoria entre algas y frutos secos cuando la puerta de doble hoja de la cocina se abrió de par en par. Ricardo, el *sommelier*, se dirigió a Philippe:

—Chef, tiene visita.

Sin levantar la mirada de sus pinzas, respondió:

—Salgo en cinco minutos.

—Tiene que ser ya, chef.

—¿Perdona?

—Es la policía, chef.

Philippe alzó la vista y miró inquisitivamente a su ayudante.

—¿Qué has hecho, Tsu?

—Yo, nada —adujo el japonés mostrando las palmas de las manos—. Quizá venir por encontrar móvil que robaron a mí semana pasada —dijo emocionado mientras se cerraba la puerta batiente de la cocina.

Philippe se acercó a la barra de The White y de lejos ya pudo distinguir la silueta de un hombre fornido. Llevaba un chaquetón de tres cuartos con el cuello levantado a lo Éric Cantona y tomaba un agua con gas. Si no le hubiese resultado familiar, diría que era el malo de una película de espías. A su lado, un agua natural descansaba frente a una chica huesuda de unos treinta años. El hombre miraba al frente mientras ella escribía veloz un mensaje de texto en su móvil. Philippe se colocó a dos metros detrás y en diagonal a ellos, seguido de Tsu.

El hombre se giró y sonrió a Philippe. Al chef, volverle a ver después de tanto tiempo le resultó muy extraño. Entre extraño y doloroso. Se parecía tanto a ella. Los ojos azules, los pómulos marcados, unas orejas casi perfectas. Incluso la nariz, chata por algún golpe en alguna pelea, conservaba aún cierto aire.

—Hola, Phil.

—Hola, Hadrien.

—¿Cuánto ha pasado? ¿Dos años?

—Dos años, tres meses y catorce días.

—Claro, qué preguntas. ¿Cómo te va? He oído que os va muy bien. En las redes os dejan por las nubes.

—¿Has venido a reservar mesa? Porque para eso podías llamar.

—Phil, te presento a la sargento Athenea Harrington.

Una joven flaca, de cuello nervudo y de pelo corto dio un paso adelante y alargó la mano con la palma hacia abajo. A Philippe no le quedó más remedio que estrechar esa mano casi esquelética con la palma hacia arriba.

—Encantado.

—Lo mismo digo —respondió la sargento.

—Yo os presento a Tsutsomu Matsu. Tsu, para todos. Tsu, te presento a Hadrien Gibbs, capitán de Scotland Yard... ¿todavía? —preguntó el chef.

—Aún, aún. Encantado, Tsu.

Tsu saludó a ambos con un golpe de cabeza, como un medio asentimiento. Philippe se fijó en que el capitán miraba de reojo a Birgitta, la camarera suplente que había venido de refuerzo y que, tras la barra, repasaba con un fino trapo de tela copas y cubiertos. Hadrien carraspeó.

—Philippe, ¿te importa que hablemos a solas?

El cocinero miró alrededor y valoró la propuesta. Birgitta, tras la barra. Ricardo, el *sommelier*, al fondo de la sala haciendo inventario de vinos. La cocina aún con personal limpiando. Y sabía casi a ciencia cierta que Ruth, la encargada de sala, estaría con mil albaranes encima de la mesa después de haber hecho la caja en el pequeño despacho de Philippe. Quedaban pocos espacios que les garantizasen una cierta privacidad.

—Acompañadme —dijo el chef con un gesto de cabeza indicando la cocina—. Tsu viene conmigo, si no os importa.

Se fijó en que Athenea abría la boca para decir algo, pero la mano del capitán en su brazo la hizo desistir.

El chef cruzó la sala. Con una mano abrió la puerta de doble hoja, y la cruzó sujetándola para que no se abatiera sobre sus acompañantes. Pudo notar cómo las miradas en la cocina seguían a esa comitiva tan variopinta. Al fondo a la derecha, justo al lado de un lavaplatos ultramoderno, una puerta hermética encastrada se encontraba cerrada. Philippe la abrió y se hizo a un lado para aguantarla mientras los dejaba pasar.

El chef sabía que ahí dentro estarían a tres grados centígrados y a una humedad del 77 por ciento. La conversación sería corta. Eran los parámetros que había marcado para las carnes que se consumieran en menos de tres días. Y estas eran las que mandaban. Los de cocina y los policías se colocaron enfrentados por parejas, como si fuera un duelo doble en paralelo. Una luz tenue e híbrida, entre azul y blanquecina, llegaba agotada a los rincones de la cámara. Detrás del capitán, una gran pata de cordero despellejada colgaba de un gancho. Philippe vio que los policías, aun abrigados, se encogían con algún escalofrío. Tsu iba con el peto de cocina y manga corta, y él con la chaquetilla de chef.

El capitán fue el primero en disparar:

—Philippe, ante todo, al salir os haremos firmar un acuerdo de confidencialidad. Lo que se diga aquí no lo puede saber nadie.

El chef iba a ser irónico, pero llevaba tiempo sin ver a Hadrien y lo conocía lo suficiente como para saber cuándo estaba preocupado o sumamente preocupado. Y este era el segundo caso.

—Está bien, Hadry. Dinos.

—El caso es que llevamos varias semanas investigando unos asesinatos que nos tienen un pelín desconcertados.

El chef notó a Tsu impaciente. Sabía que quería seguir haciendo pruebas para el menú degustación.

—Hasta ahora han asesinado a tres personas en circunstancias un tanto inusuales.

—¿Hasta ahora?

—Creemos que va a seguir matando. Creemos que se trata de un asesino en serie. Sigue un patrón muy definido.

La sargento Athenea diseccionaba cada reacción, tanto del chef como de Tsu. Y el japonés, las suyas.

—¿Y qué tener que ver nosotros en eso? —preguntó Tsu.

—Son crímenes relacionados con la comida.

—¿Cómo de relacionados? —preguntó sorprendido el chef.

La sargento por fin habló:

—Muy relacionados —dijo dejándoles el móvil para que vieran unas fotos.

—Hostiaputa —exclamó Tsu.

Philippe acabó de orinar y tiró de la cadena. Observó la pulcritud del baño y le sobrevino una gran satisfacción. Sabía que, como local expuesto al público, no podía permitirse ningún error. Cualquier fallo, por pequeño que fuera, podría suponer una mala crítica en las redes sociales y propagarse tan rápido como una salmonelosis. Él creía que lo primero en un restaurante era la comida, entendida como materia prima y técnicas con las que se manipulaba, y teniendo siempre como máxima el respeto por esta. Pero a la comida, y de muy cerca, la seguían el servicio y los servicios. De estos últimos, concretamente la limpieza y la reposición de productos. Empezó a mojarse las manos en un antiguo lavamanos de mármol cuando comprobó que el jabonero, una pequeña ánfora esférica de vidrio verde claro, estaba vacío. Le tenía dicho al personal de sala que debían ir entrando en los lavabos para su revisión y mantenimiento. El papel higiénico y el jabón eran dos elementos que no podían faltar. Cierto que la evolución natural había llevado a los humanos a comprobar la cantidad de papel en los locales públicos antes de iniciar sus quehaceres. Sin embargo, el jabón era uno de esos elementos del que *a priori* nunca se comprueba su existencia. Philippe se secó las manos con una pequeña toalla verde oscuro y la lanzó a un pequeño cesto de mimbre mientras hablaba para sí mismo en voz alta:

—¿Tanto cuesta? ¡Lo tengo dicho mil veces!

La puerta del baño de hombres se abrió. Era la sargento Harrington. Philippe cortó lo que iba a ser un monólogo interior en forma de maldición, y cambió el tono.

—Hola, sargento. ¿La puedo ayudar?

—Me había olvidado el móvil.

—Ah, pues aquí no lo he visto —dijo Philippe mirando a ambos lados.

—Lo sé —dijo la sargento levantando el móvil que tenía en la mano—. Y usted, ¿con quién está? Parecía que hablara con alguien.

—Nada, nada, hablaba conmigo mismo.

La sargento lo miró extrañada.

—El jabonero, que está vacío, y estas cosas a mí...

—Me imagino. Es lo que tienen los locales públicos. Cualquier pequeño error y ya te están poniendo a parir en las redes.

Philippe se preguntó cuánto tiempo debía llevar la sargento en su mente. Ella prosiguió:

—Que no haya jabón puede ser un engorro para alguien que haya salido de hacer sus deposiciones, ¿no cree?

—La verdad es que sí —dijo Philippe.

—Imagínese volver a la mesa con la sensación de no tener las manos limpias del todo, no sé, podría incluso ser antihigiénico. Y ya no hablo de un comensal, sino de un cocinero, que después de un apretón vuelva a la cocina sin haberse lavado las manos con jabón.

—Tiene razón —comentó Philippe mirando abajo a su derecha como si se imaginara la situación.

La sargento no daba tregua.

—Bacterias menos conocidas que las que hay en nuestras heces han colonizado algunas cocinas. Estas cosas pueden pasar. ¿No cree, chef?

—Sí, supongo que son cosas imprevisibles.

—¡Claro! Igual que los inspectores de Sanidad, que también son imprevisibles y el día menos pensado..., plas, te los encuentras en tu propia casa mirando la temperatura de tu nevera o metiendo las narices entre los cubos de la basura. Eso debe de ser un rollo, ¿no?

Philippe tenía la mirada perdida en un punto lejano entre la sargento y la puerta del baño. Reaccionó dos segundos más tarde.

—Un rollo, sí.

—Bien, me voy, que el capitán me espera. Ya sabe que eso de esperar lo lleva muy mal. Hasta mañana, chef.

—Hasta mañana —contestó Philippe.

En ese mismo instante, Philippe supo que la frase con la que le había respondido al capitán hacía pocos minutos —«Hadry, haremos lo que podamos, no te prometo nada, con la elaboración del menú degustación apenas tenemos tiempo»— ya no tenía sentido alguno. Y comprendió que sus prioridades habían cambiado. Ahora debía cooperar al máximo en ese caso, y después, si tenían tiempo, vendría el menú degustación.

2

«A partir de ahora ya sabemos que Satanás cocina.» Las palabras de Tsu no dejaban de venirle a la cabeza. Lo que había visto Philippe en las fotos estuvo a punto de llevarle al suelo de nuevo. Sabía que la realidad a veces supera la ficción, y en ese caso la superaba con creces.

Caminaba sin rumbo por la Queen's Gate, muy cerca del museo de Historia Natural. Sus pasos no se dirigían a ningún lugar en concreto. Simplemente quería tomar un poco el aire para despejarse la cabeza y poner orden al caos que le había sobrevenido. Por un lado, el nuevo menú degustación debía estar listo antes de que los sabuesos de la revista *Time of Tyme* se dejaran caer por el restaurante. Por otro lado, estaba su hija Charlotte, con la que tenía que hacer de tripas corazón y mantener una apariencia muy lejana a la de sus sentimientos. Frente a ella todo era postureo. No podía ser de otra manera. Y más cuando tenía que cuadrarse, como iba a hacer al llegar a casa, y preguntarle por qué llevaba tres días sin ir al colegio. Y ahora, para rematar, la policía le había pedido su ayuda para capturar a un asesino en serie al que parecía que se le daba igual de bien matar que cocinar.

Eran las seis y veintisiete cuando Philippe cruzaba la calle para entrar en el portal de su casa, en Piccadilly. Era el tercer piso de un edificio de seis con fachada victoriana. La vecina de al lado tenía las dos ventanas del comedor repletas de hierbas aromáticas: albahaca, menta, estragón, cebollino y eneldo. Brotaban de tres macetas blancas, que contrastaban con el verde de las hojas. A Philippe le complacía ver que la gente se implicaba en la cocina doméstica. A juzgar por la frondosidad de las plantas, la mujer las debía de cuidar con esmero y cariño. Una mujer con la que únicamente se había cruzado el día que visitó el piso por primera vez.

El cartelito de «Averiado» en el ascensor hizo que Philippe subiera por tercer día consecutivo los peldaños de dos en dos de las escaleras. La moqueta amortiguaba sus zancadas. Se sentía bien haciendo ese mínimo esfuerzo. Desde que Anne murió, se había descuidado mucho. Y el ejercicio físico no era una excepción.

Abrió la puerta de casa y el olor al *plum cake* de su madre lo cogió y lo llevó en volandas a su infancia. Soltó las llaves en una moderna mesa blanca de patas altas y rectas. Dejó su parca verde en un colgador de pared tan minimalista que parecía que las chaquetas levitasen enganchadas al blanco de la pintura. Philippe bajó el escalón que separaba el vestíbulo del comedor; este era muy amplio y rectangular, casi cuadrado. Las cortinas de tres grandes ventanales estaban medio echadas, pudiéndose entrever las luces de la calle. Tenía muy pocos elementos, pero dos resaltaban por encima del resto. Y lo hacían por su tamaño. Un gran sofá de piel con *chaise longue* y una enorme mesa de roble macizo para unos diez comensales dominaban la estancia. Unos pocos cuadros de colores muy tenues decoraban las paredes.

—¿Mamá? —gritó Philippe.

De una habitación que comunicaba con el comedor salió su madre ataviada con uno de los delantales de cocina que le había cogido a Phil. Se había hecho un moño perfecto, atravesado por un lápiz de color amarillo.

—Hijo, ¿por qué chillas tanto?

—¿Dónde está Charlotte? —Philippe se había estado calentando de camino a casa.

—¿Ha hecho algo mi preciosa nieta?

—Tu preciosa nieta lleva sin ir a la escuela tres días.

—Imposible. Lottie nunca haría nada así.

—Nunca digas nunca, mamá.

—No seas duro con ella, Phil. Lo está pasando mal. Seguro que hay una explicación.

—Seguro que la hay. Ahora veremos si me convence.

Subió las escaleras del dúplex hacia los dormitorios. Sabía que, como toda adolescente de quince años, estaba pasando una época dura, y más desde que su madre había muerto.

Pensaba en cómo abordarla de una manera amable y sin que se notara su enfado. Su padre lo hubiese zanjado con un buen bofetón y con una semana sin ver a los amigos. Pero eso ahora ya no se estilaba. Ahora las cosas habían cambiado. Cuando estaba a punto de llegar al último escalón, apareció su hija con una minifalda y un top que dejaba ver en el ombligo un... *¿piercing?*, y pasó junto a él como un torbellino escaleras abajo.

—¡Ey, papá!

Philippe tardó en reaccionar demasiado. Charlotte estaba ya en el último peldaño y eso lo obligó a chillar. Algo que quería haber evitado.

—¿Co-co-cómo? ¿Adónde vas?

—A casa de Lucy.

—¿La que expulsaron del colegio por fumar marihuana?

—¡Sí, la misma! Adiós, abuela. Te quiero. Qué digo te quiero, ¡te adoro!

La puerta de casa se cerró de golpe y en el ambiente se impuso el silencio acompañado de la fragancia Lolita, de Audrey Gotek.

Philippe bajó de nuevo las escaleras y observó a su madre en medio del comedor con una lengua de silicona en la mano.

—Esta niña, es que se comerá el mundo.

—En este mundo hay mucho veneno, mamá.

—Ay, Phil, no te preocupes. No seas *dramas*.

Entró junto a su madre en la cocina preguntándose cuándo había añadido esa palabra a su nueva jerga.

Cocinaba varios platos a la vez, entre ellos el *plum cake* en el horno que Philippe había olido nada más entrar. Desde que se mudaron, su madre pasaba más tiempo en la cocina que en cualquier otra estancia de la casa. Le encantaba. Y no era para menos. Philippe había contratado al mismo diseñador que montó la cocina de The White Spoon para que le hiciera un proyecto. Habían tirado la antigua y montado la nueva desde cero. Una cocina hecha a medida. Lo que más costó fue la encimera. Philippe era partidario del acero inoxidable. «Mamá, es mucho más higiénico y fácil de limpiar.» Pero su madre se decantaba por el mármol blanco y la madera. «Phil, mira qué preciosidad.» «Ya, pero como se te caiga ácido encima, tendremos que pulirlo y...» Al final, dado que su madre era la que más iba a usarla, optaron por combinar mucho mármol y un poco de acero inoxidable y madera maciza tratada. El mármol blanco revestía todo el frontal que correspondía al lavamanos junto a la pared debajo de la ventana; el acero inoxidable configuraba la isleta central, una sola pieza con seis fuegos y un enorme sobre de madera maciza a la derecha, que volaba en dos laterales haciendo esquina y dejaba cuatro taburetes escondidos debajo, dos en un lado y dos en el otro. Un lavavajillas, una gigantesca nevera de doble puerta independiente y un horno digital a la altura de una alacena blanca de obra vista modelaban el espacio. Lo que no había era microondas. Desde que había acudido a una conferencia de un exdirectivo de Eriksson, Evelyn se negó en redondo a tener uno. Algo que Philippe, más allá de la controversia sobre los daños que podía causar en la salud, no le discutió lo más mínimo, aunque lo moviera otra razón. Para él, como el fuego, no había nada.

Abrió la nevera con la esperanza de encontrar una cerveza. Le recibió una amalgama de colores y olores procedentes de una cantidad ingente de frutas, verduras, quesos, embutidos, zumos eco, yogures y kéfir. Era imposible ver el fondo de cualquiera de los cinco estantes.

—Veo que has ido al mercado.

—Sí, he ido con Yan. Si no, habría sido incapaz. Es forzudo, el tío.

—Lo sé, lo sé, ya lo demostró en la mudanza.

—Todavía pienso en esa consola que no cabía por el ascensor y que subió él solito por las escaleras.

—Sí, yo también aluciné. Un tropezón...

—... y lo hubiese chafado, seguro. Hablando de chafar, ¿sabes dónde está esa cosa para hacer puré de patata? Lo he estado buscando por todas partes y...

—¿El prensapatatas? Me lo llevé al White.

—No lo entiendo, tienes miles de proveedores revoloteándote todos los días para venderte sus últimos inventos y necesitas llevarte el chafapatatas de casa.

—Es que tiene un mango muy cómodo. Además, es un modelo que está descatalogado, ya no lo hacen.

—Pues pide uno nuevo y ya nos adaptaremos aquí.

—Ok, mañana llamo.

—¡Ostras!

—¿Qué?

—¡No hay patatas suficientes! Y necesito bastantes...

—Dile a Yan que te acompañe. O que baje él a comprarlas.

—Phil, vale que me ayude, pero creo que a veces nos pasamos.

—Pero si lo hace encantado, mamá.

—Ya, pero a veces me siento culpable, creo que abusamos.

Tener a Yan Yan dos puertas más allá en el mismo rellano, justo al lado de la vecina de las aromáticas, era un lujo.

Aunque a Philippe le doliese reconocerlo, tuvo suerte de que la madre del chino muriera hacía poco porque, de lo contrario, no podría hacerle tanta compañía a la suya. Y también suerte de que al final no lo tanteara, como pretendía al principio, para contratarlo en la cocina de The White Spoon. Le interesaba un perfil chino con experiencia, y pensó que Yan, a sus cincuenta largos, la tendría. Pero antes de proponerle nada, él se le adelantó. Fue uno de los primeros días en el piso. En señal de bienvenida a los nuevos vecinos, les llevó un arroz tres delicias. «Ni tres, ni una, aquí no hay rastro de delicia; esto no lo comen ni los peces», les decía entre risas Charlotte a su padre y a su abuela en ausencia de Yan. La moción de censura familiar fue ecuánime. Fue el peor arroz que habían probado los tres en lo que llevaban de existencia sobre el planeta. No se lo llegaron a decir, obviamente, sino todo lo contrario. «Buenísimo, Yan, te ha quedado de fábula», le comentó Philippe al día siguiente. «Ah, pues Yan hacer cada semana», anunció emocionado. Pero se lo quitaron de la cabeza explicándole que, pese a estar riquísimo, la familia poseía un gen de intolerancia al arroz. Desde ese día se cocinaban arroces solo los lunes, día en el que Yan Yan iba a ver a la familia de su hermana a Northampton. La visitaba y de paso recogía la parte que le correspondía de los cinco bazares que su madre dejó en herencia y que gestionaba su hermana. De esto se enteró Philippe más tarde, a través de su madre, que pasaba tiempo suficiente con el vecino como para ir conociéndolo en profundidad.

Después de pensárselo durante unos segundos, Evelyn salió al rellano a llamar a la puerta de Yan. Le continuaba pareciendo mal abusar tanto de su amabilidad. No sabía que, como bien decía Philippe, el chino lo hacía encantado. Así lo atestiguaban los quinientos euros que recibía del cocinero cada mes. De esa manera, todos ganaban. Incluido Philippe, que se quedaba tranquilo después de ver los lapsus de memoria que su madre llevaba arrastrando los últimos meses. Algo imposible de controlar si hubiese seguido sola como hasta entonces.

Desde que muriera el padre de Philippe, hacía ya casi treinta y cinco años, Evelyn no había estado con nadie. El compromiso no entraba en su agenda. El foco de su vida eran su trabajo y su familia. Por ese orden, siempre había pensado Philippe. Pero nunca se lo recriminó. Gracias a eso, pudo ir a un buen colegio y a una de las mejores escuelas de hostelería, y cada verano viajaban a un destino interesante, y nunca le faltó una actividad a la que él quisiera apuntarse, ni un plato en la mesa ni unos buenos zapatos. De segundas nupcias, Evelyn se casó con los animales, con los que ya mantenía un romance desde antes de casada. Y es que la naturaleza la apasionaba. Había estudiado Biología y había trabajado en una clínica veterinaria durante casi cincuenta años.

A los pocos meses de morir Anne, y viendo la cantidad de tiempo que Philippe pasaba en The White Spoon, Evelyn le propuso irse a vivir con ellos. «¿Es su manera de resarcirse para que a Lottie no le pase lo que a mí?» Pero ¿quién era él para decir nada si estaba calcando el esquema de su madre? «Quizá sí, pero aún tengo tiempo para enmendarlo.» Fuera lo que fuera, había sido un gran acierto que vivieran juntos. Charlotte estaba mucho más feliz, aunque de vez en cuando a él le costara algún episodio de celos, como cuando Evelyn propuso tener un perro y Philippe se negó. Un hecho que ayudó a afianzar aún más la sociedad indivisible abuela-nieta. Sin ella, ni se hubiese planteado aspirar a la segunda estrella.

Levantó la pesada tapa de una olla de barro. Una nube densa y blanca apareció para privarle de la vista pero para premiar a su olfato: un aroma a chalotas y a costilla de cerdo lo inundó. Tras un par de segundos se disipó, y vio lo que se cocía dentro. Eran unos garbanzos estofados. De esos que se hacen a fuego lento y giran sobre ellos mismos formando un corro de ritmo pausado y constante. Danzaban en un caldo oscuro que solo los ancianos pueden elaborar cuando hacen entrega del más valioso de los ingredientes a su edad: su tiempo. Si el menú degustación que estaban elaborando se redujera a ese plato y el crítico de la *Time of Tyme* lo probara, la segunda estrella estaría asegurada. Cuánto de Evelyn había en The White Spoon. Cuánto de esa estrella que tenían pertenecía a su madre. «Media, como mínimo», pensó Philippe volviendo a tapar la olla.

3

El aroma de apio se imponía por encima de cualquier otro. Philippe se preguntó si no se habrían excedido en la cantidad que pusieron en el fondo blanco que también llevaba nabo daikon. Estaba preparado y atento como en cada servicio, ya fuera de día o de noche. Siempre al lado de la mesa de pase, aunque no le suponía ningún problema echar un cable en fríos, en calientes, en postres o en lo que hiciera falta. Esa era una de las razones, entre otras, por las que todos lo respetaban. La mesa de pase era una superficie de acero inoxidable de unos dos metros de largo. En la parte baja, dos estanterías también de inox estaban repletas de modernos platos, cuencos y fuentes, ordenados por formas y agrupados por colores de tonos semejantes. Cuadrados, ovalados, ondulados, alargados, de tonalidades blancas, terrosas y ocres, y algunos, no muchos, incluso de texturas diferentes. Encima, tres lámparas proyectaban calor sobre una amplia superficie de mesa bajo la cual se depositaban los platos que necesitaban mantener la temperatura antes de salir. Era ahí donde Philippe supervisaba y acababa de dar los últimos matices al emplatado.

El ritmo en la cocina era acelerado, pero siempre mantenía un orden. Le había costado mucho alcanzar esa armonía. Desde que aparecían los primeros comensales, los responsables de sala tenían que jugar bien con los tempos del servicio para no colapsar la cocina con muchos pedidos a la vez. Y la noche era más arriesgada, ya que había servicio de carta y de menú degustación, ya fuera el largo o el corto, a diferencia del mediodía, en que solo había un menú fijo de 70 libras.

The White Spoon tenía capacidad para cuarenta comensales y ofrecía dos turnos de noche. El primero empezaba a las siete y el segundo a las nueve. Esa noche ambos turnos estaban reservados desde hacía semanas.

Massimo, el *sous-chef*, salteaba unos sesos de cordero con cúrcuma, jengibre y cilantro frente a seis fuegos y una plancha. A su izquierda, Erika, la ayudante danesa en prácticas gracias a un convenio con la Escuela de Hostelería de Copenhague, reducía en una *sauté* un fondo de espinas de pescado removiéndolo con una cuchara. Mamun, el freganchín bangla, cargaba el lavavajillas rápidamente para ponerse a fregar ollas y sartenes en una gran pila. Florencia, la pinche peruana en el cuarto de fríos, picaba cebollino en *ciselé* encima de una tabla blanca. La mezcla de aromas, las comandas cantadas, las ollas chocando con los cantos del fregadero, el crepitar de cada seso al tocar el fondo del *wok* antes de salir volando otra vez... Para Philippe, ese era su refugio. Eso era vida. Eso tenía sentido. Y más desde que Anne murió.

Sonó el *display* que había en la pared en la zona de pase. Philippe se acercó y lo miró.

—Marcha una ensalada de bogavante y un pastel berenjena —vociferó.

—¡Oído, chef! —respondieron Florencia y Tsu al unísono.

Sin embargo, lo que se oyó todavía más fueron unos chillidos procedentes de la sala. Todos en la cocina pararon sus labores.

Philippe iba a salir como un rayo, pero justo antes de empujar la puerta de la cocina, esta se abrió y apareció Ruth, la encargada afroamericana de sala. Su casi metro ochenta y el traje de chaqueta negra y camisa blanca le daban una elegancia exótica. Una presencia casi inalcanzable.

—Chef, es Conrad. Está borracho perdido.

Philippe recorrió con paso decidido el pasillo que separaba la cocina de la sala, por delante de su despacho, de los lavabos, y se paró para observar el panorama. No le costó encontrar a Conrad, ya que todas las miradas se enfocaban en él. Estaba de pie al lado de la barra. Philippe se fijó en la coleta larga de Ricardo, el *sommelier* chileno, que se movía brusca mientras Conrad se deshacía de él cada vez que lo intentaba coger por debajo del codo para acompañarlo a la salida. Al ver a Philippe, Conrad alzó los brazos como si invocara a los dioses pidiendo lluvia.

—¡Hombre!, ¡pero quién está aquí! Si se ha dignado a aparecer. El todopoderoso chef Philippe Bouvier. Un grande entre los grandes. Un genio entre los genios. Un grandísimo hijo de puta entre los grandísimos hijos de puta.

El ruido de los cubiertos contra los platos había cesado desde hacía un par de minutos. Una eternidad para Philippe. Los comensales, con su ropa casual pero de última tendencia, miraban la escena casi inmóviles. Nadie probaba bocado. Ni los de las mesas de la cristalera que daba a la calle, ni los de las mesas de la pared. Philippe se acercó a Conrad y le puso la palma de la mano en la parte baja de la espalda mientras, con la otra en el hombro izquierdo, intentaba encararlo hacia la salida.

—Vamos, Conrad, mejor si lo hablamos fuera.

Pareció que inicialmente cedía al deseo de Philippe, pero con un quiebro de cintura salió de su radio de acción y se dirigió a las mesas de la cristalera. El espejo que había en la pared de detrás de la barra y debajo de unas estanterías repletas de licores proyectaba la espalda de Conrad, que se dirigía a los clientes.

—¿Sabéis qué hizo este *superchef* del que degustáis ahora todos sus magníficos platos? Me echó porque pensaba que yo robaba comida. ¿Sabéis qué pruebas tenía? ¡Ninguna! Bueno, sí, la palabra de una zorrita danesa, una ayudante que lleva solo tres semanas aquí, y parece que su palabra vale más que la de uno que llevaba más de cuatro años.

—Vamos, Conrad, esta gente ha venido a cenar tranquilamente. Seguro que no les interesan lo más mínimo nuestras desavenencias.

—¡Claro! ¿Y sabes a quién le interesa? A mi mujer y a mis dos hijos. Te suenan, ¿no? Esa familia que no llega a final de mes porque tú, con tu buen criterio, decidiste dejarla sin el único sueldo que llegaba a casa.

Philippe se desesperaba cada vez más. No sabía cómo reconducir la situación. Era evidente que Conrad había bebido mucho, algo que hacía con frecuencia, y que sería difícil persuadirlo para que rebajara el volumen de voz y moderara las formas. No le quedó otra que unirse a él.

—Abre un Macallan 18 y pásame dos vasos —le dijo a Ricardo señalando los espirituosos del segundo estante de la barra—. A ver si este *whisky* es tan bueno como dicen.

La mención a la marca fue mágica. Conrad bajó la voz y se hizo el remolón ante la nueva sugerencia del chef de acompañarlo, pero acabó cediendo.

La puerta de la calle se cerró tras Philippe y Conrad, y el rumor de las voces y el de los cubiertos tocando porcelana volvió a imponerse en el ambiente.

Tras el episodio con Conrad, Philippe le envió un mensaje de WhatsApp a su madre diciéndole que después del cierre iría a tomar una copa con algunos miembros de su equipo al Raw. El grupo —formado por él, Tsu, Erika, Ricardo, Ruth, Massimo y Gonçalo, el segundo de calientes portugués— cruzó Hyde Park por su parte meridional, distancia casi exacta que separaba The White Spoon del Raw. Una neblina se retorcía caprichosa formando girones en la superficie de los lagos y estanques. Ahí el frío era de los que penetran en la médula ósea sin pedir permiso. A mitad de camino se hallaba el único punto donde, tras casi dos minutos caminando, el rumor del tráfico se diluía y se imponían los sonidos de las criaturas de la noche. Al llegar a la cara norte de Hyde Park, la comitiva de The White Spoon cruzó la calle y sorteó la enmarañada red de fumadores que se reunían junto a la puerta del Raw.

El Raw hacía esquina entre Bayswater Road y Lancaster Gate. Sus cristaleras cuadriculadas de láminas de madera verde oscuro se extendían por ambas calles. Era un pub muy singular, uno de los más antiguos de Londres, y reunía una particularidad: entremezclados con la clientela habitual, muchos de los que lo frecuentaban pertenecían al mundo de la hostelería. Chefs, camareros, comerciales, *sommeliers*, encargados, *sous-chefs*, pinches..., los profesionales de los principales restaurantes de cinco kilómetros a la redonda iban allí después del servicio de las noches. En el Raw se forjaban grandes alianzas, se hacía guerra sucia, se apalabraban contratos de manera encriptada, surgían nuevas sociedades y se rompían antiguas junto a algún que otro botellín de cerveza en el cráneo de alguien.

El Raw se dividía en dos partes. La primera era alargada; una antesala en forma de tubo con una barra de madera oscura de unos diez metros de largo donde la gente se amontonaba para pedir sus cervezas y sus *cocktails* preferidos. Philippe nunca entendió por qué se apelotonaban en esa barra, pues al finalizar esta, una enorme puerta negra daba paso a un espacio cuadrado, gigantesco y diáfano, donde en cada extremo había una barra kilométrica custodiada por decenas de camareras y camareros. Era como una moderna nave industrial de techos altos con la forma de un salón del Far West. Una amplia escalinata central se dividía a medio recorrido en dos para conducir a esos pocos lugares donde tanto *ladies* como *gentlemen* aliviaban las mismas necesidades. La parte central de la sala a ratos gozaba de más iluminación. En el ala este había mesas altas rodeadas de taburetes; en la oeste, se reservaba un espacio para los que quisieran bailar o ver cómo lo hacían los demás. A los otros dos laterales la luz llegaba indirecta, y en la penumbra se podían vislumbrar pequeños reservados con sofás chéster negros donde la gente se sentaba a hablar de cosas serias. En uno de esos reservados, hacía seis años, Tsu le contó a Philippe cómo había llegado a Londres. Fue una noche movida y de las pocas en que pudo ver al japonés en estado puro. De las pocas veces que el alcohol pudo con su hermetismo emocional. La única vez que le habló de Kikai, el pequeño pueblo donde nació, perteneciente a la isla más pequeña del archipiélago japonés de Ryukyu.

—En abrir y cerrar ojos terremoto sacude tu vida —Tsu hizo un chasquido con los dedos— y todo desmoronarse. Fue 3 de agosto de 2005. Me acuerdo que yo por la calle caminaba..., de repente todo alrededor se movió, como una maqueta. Mi cerebro sacudirse también. Brutal. Las casas de la aldea caer de golpe. Sepultaron centenares de personas. Lo único pensaba fue en buscar mis padres y mi hermana.

Philippe se acordaba de que Tsu estaba sentado en el rincón de un chéster, y él en el rincón contiguo del siguiente sofá. Estaban relativamente cerca, pero Philippe no lograba ver sus ojos. De vez en cuando percibía que la voz del japonés se quebraba para volver después con más firmeza que en la frase anterior. Tsu apuró el contenido del vaso de un solo trago. Philippe lo observaba en silencio, dispuesto a escuchar lo que saldría de esa garganta recién aclarada.

—Mí desesperado correr a casa, pero en escombros no vi a familia mía. Entonces recordé mi padre, mi madre y mi hermana habían ido lonja del puerto a comprar pescado. Allí encontrarme con barqueros, y turistas rodearlos porque querían subir a barcas para ir a isla principal. Los barqueros repetían: *Run, run, a tsunami is coming*. Yo quería saber si familia mía estaba bien, pero la naturaleza abrirse camino, ser sabia. Entonces yo saber que, si yo no sobrevivía, no podría ayudar a nadie. Mi cuerpo, guiado por cabeza mía, puso piloto automático y único objetivo era sobrevivir. Palabra *tsunami* encendió alarmas en mí, y todos correr hacia única colina de la isla, de doscientos metros altura. Tras primera gran sacudida, y mientras montaña subíamos, una ráfaga de viento que no saber de dónde salió, a punto de llevar al suelo a nosotros. Era de noche, y en isla no tener luz, pero gracias a luna casi llena nosotros ver. Sentados en cima, nosotros isleños y bastantes turistas mirábamos línea del mar esperando gran masa de agua venir de delante, aunque poder venir de cualquier parte. Todos a nuestro dios rezábamos, y silencio se rompía por oraciones en muchas lenguas. Algo raro era que no haber animales. Allí arriba, a oscuras casi, lucecitas de barcas veíamos a lo lejos en medio de mar. Cuando dejarlas de ver durante un rato, pensábamos que algo ponerse en medio. Una ola, la ola. Entonces corazón se nos paraba. Volver a ver lucecitas de barcos nos devolvía la vida. Pasamos ocho horas esperando muerte, hasta que amaneció. Fue tontería, pero volver a salir sol a todos animó. Una chica oír un pájaro cantar, señal que no estaba escrito que nosotros morir aquel día.

A Philippe todavía le asombraba cómo Tsu se bebió por octava vez consecutiva y de un solo trago el ron que tenía entre las manos.

—Dos días más tarde, debajo escombros encontraron cuerpos sin vida de mis padres y hermana. Siempre yo preguntarme si tiempo que usé para salvarme de tsunami que nunca llegó, a mi familia haber podido salvar. Pienso en ellos, en sufrimiento, y cómo ellos morir debajo de columnas, paredes y tejados. Tsunami, tsunami, tsunami... y yo, nombre mío, Tsutsomu. Desde aquel día yo llamarme Tsu. Tres letras, recuerdo y castigo.

Philippe lo escuchaba expectante sabiendo que la historia no acabaría en el origen de su nombre.

Y así fue. Tsu se quedó sin familia y sin casa a los doce años. No tuvo tiempo ni de llorar, necesitaba alimentarse para vivir. Aparte del kárate que le había enseñado su padre, no sabía hacer nada más, así que se juntó con un grupo de chavales huérfanos que vivían en las calles y que le enseñaron a robar. Comenzaron robando en grupo. Al principio eran robos sin violencia, pero empezaron a emplear puñetazos y patadas contra algún turista demasiado apegado a su móvil de última generación. Cuanta más resistencia encontraban, sabían que mayor era el botín y, por tanto, más violencia desplegaban. Él solo utilizaba la fuerza si se veía obligado a defenderse. Prefería actuar por su cuenta con pequeños hurtos a turistas despistados. Eso se le empezó a dar bien y encendió las envidias entre los más mayores del grupo, que lo obligaron a darles una parte de sus botines. A Tsu le pareció bien, pues ellos le habían enseñado lo que sabía, pero más tarde vio cómo le partieron el cuello a un compañero por negarse a darles un porcentaje. Eso, y alguna que otra paliza que le dieron porque creían que les mentía, hizo que desapareciese de la noche a la mañana. Kikai es un pueblo muy pequeño y allí no se podía esconder; se conocían todos. Así que, sin decírselo a nadie, saltó a Amami Oshima, la isla principal y mucho más grande. Allí pasó desapercibido y continuó él solo con sus pequeños robos. Vendía en el mercado de segunda mano todo tipo de móviles, relojes, pulseras, anillos, ordenadores..., además de robar algo de dinero en efectivo. Hasta que un día le robó a un nativo de su país. Fue a un hombre joven de aire despistado que llevaba un maletín parecido a la funda de un pequeño instrumento musical. Solo con el tacto, enseguida supo que el contenido de su pillaje no era lo que esperaba. Aquella funda de cuero, cerrada con unas cinchas y una cremallera que iba de punta a punta, contenía cinco cuchillos, unas pinzas muy anchas y una miniespada láser de color marfil con ralladuras, algo que más tarde descubrió que se llamaba «chaira». Los cuchillos estaban usados, pero eran hermosos, de hierro forjado y hundidos en un mango de madera quemada. Intuyó que tenían mucha historia. Tanta como para haber fileteado peces que ya no debían ni existir en el océano. Los cinco cuchillos tenían grabado, al final del puño, lo que parecían cinco filas de iniciales; las últimas eran C. N. En un lateral de la funda había hojas con dibujos de pescados y anotaciones encima, y en el bolsillo del otro lado, un ejemplar de la revista *Wasabi*. Le llamó la atención un paquete aplastado y envuelto en un trapo entre sus páginas. Al abrirlo, descubrió un trozo de bizcocho chafado. Con el tiempo supo que era de zanahoria, jengibre y lima, pero en aquel preciso instante solo fue el bocado más apetitoso que se llevaba a la boca en meses, por no decir en toda su vida. Por la noche, bajo la luz del fluorescente de alguna oficina bancaria, devoró también las hojas de aquella revista gastronómica. La receta de un tartar de lubina que se quedaba a medias le dejó con las ganas de saber cómo se terminaba de cocinar aquel plato. Con esa estrategia, la revista obligaba a comprar el siguiente número, y a él lo obligó a robarla de algún quiosco. Era una edición semanal. Ya se había llevado quince ejemplares cuando salió uno que le llamó la atención. El titular de aquella semana era «Katsuramuki, el corte invisible», y el chef que salía en portada le resultaba muy familiar.

En la oscuridad de aquel reservado, Philippe se fijó en que Tsu miraba como hipnotizado un punto imaginario del Raw mientras le contaba lo que le había sucedido siete años atrás.

Durante las quince semanas previas al ejemplar donde salía aquel chef en portada, Tsu ofreció aquellos cuchillos a algunos compradores. Las insultantes ofertas por aquellos *hierros* —como algunos los habían llamado— y la creencia de que en el mercado negro iban a ejercer una función bien diferente a la de cocinar hicieron que no los vendiera. El desconocimiento de su manejo y la foto en la portada de aquella semana le hicieron tomar una decisión: devolvérselos a su dueño.

Chihiro Nakayama era un joven de diecinueve años que empezaba a ser conocido en el mundo del *sushi*. Le habían concedido comandar una barra en uno de los restaurantes con más renombre de Osaka. Sus platos de *sashimi* eran una celebridad en el mundo del pescado crudo de aquella ciudad. Cada tres meses, la famosa revista gastronómica *Wasabi* destacaba en portada a las jóvenes promesas de la cocina nipona. En aquella ocasión le había tocado a él. Motivado por lo que había leído y aprendido en aquella revista, Tsu fue en su búsqueda. Reunió el dinero que tenía ahorrado y viajó durante una semana en barco hasta Sakai, una de las capitales y cuna de los cuchillos japoneses, en la bahía de Osaka.

Nada más verlo aparecer con el maletín por la puerta del restaurante, Chihiro saltó la barra y se dirigió corriendo hasta Tsu, lo abrazó y lo levantó dos palmos del suelo. Sabía que aquel chiquillo le había llevado los cuchillos de su familia. Unos cuchillos que habían pasado por las manos de cinco generaciones y que en su día se los entregaron a él con el fin de que trabajara con ellos y siguiera la tradición. Tsu le pidió disculpas, y Chihiro, lejos de denunciarlo, le ofreció un trabajo en su barra de *sushi*. A su lado, Tsu aprendió las técnicas de corte milenarias y también los métodos más vanguardistas que se iban descubriendo día a día en el ámbito de la cocina.

Al cabo de dos años cortando toda clase de pescados, mariscos, crustáceos, verduras y hortalizas, Chihiro le regaló unos cuchillos forjados en Tamahagane, el acero samurái. Por aquel entonces Tsu tenía catorce años. Un día Chihiro le explicó que le habían ofrecido llevar un restaurante en Tokio. Le propuso que se fuera con él, pero Tsu tenía otros planes en la cabeza: el Hattori Nutrition Navy, un buque escuela donde se enseñaba alta cocina. Un velero de ochenta metros de eslora que navegaba por mares y océanos de todo el mundo fondeando en las peculiaridades gastronómicas de cada rincón del planeta. Amarraba en los principales puertos, y acudían reputados chefs de cada país para impartir sus *masterclasses.* Aunque en aquel buque cada día era una clase magistral. Allí aprendían a pescar con todo tipo de material, a escamar, a cortar, nutrición y dietética, maridajes, cocina de fusión y de aprovechamiento, y cómo no, cientos de técnicas culinarias y sus variantes. Fideos en Tailandia, especias en la India y Madagascar, carnes en Argentina, pelado de frutas exóticas en Brasil, ceviches y marinados en Centroamérica... Después de un año navegando, aquellos chavales desembarcaban siendo extraordinarios cocineros, aptos para cualquier cocina.

A Philippe le pareció una magnífica idea, aunque según Tsu allí había trampa. No todo era tan idílico.

Le contó que la tripulación estaba compuesta por veinte niños, en su mayoría huérfanos, que no tenían ni dieciséis años. En un país como aquel, y tratándose de un sector como el de la cocina, no era extraño que todos en aquel barco fueran chicos. El nombre del buque se debía a su dueño, Yamato Hattori, un influyente empresario japonés propietario de algunos medios de comunicación en Japón y de muchos restaurantes de alta cocina en todo el mundo. Él sufragaba todos los gastos del buque durante un año. El precio del billete era de 62.000 yenes, unos 500 euros. Una cantidad simbólica e irrisoria para un curso de alta cocina de un año por aguas internacionales, pero una gran suma de dinero para un menor de edad sin recursos.

El proyecto era conocido en todo Japón, con una gran aceptación social y una larguísima lista de espera. La elección dependía del historial de cada menor; a igualdad de condiciones, se hacía un sorteo. Se habían dado casos de bajas de última hora debido a repentinas desapariciones, de modo que el siguiente chico en la lista subía una posición. La experiencia que Tsu había adquirido junto a Chihiro le aseguró una plaza para formar parte de aquella tripulación. El proyecto tenía un convenio con el Gobierno de Japón, ya que promovía la proyección laboral y la inserción social de unos chicos que dejaban de delinquir en las calles. A cambio, firmaban un contrato que los vinculaba a una de las empresas de Yamato. Un compromiso de diez años de obligado cumplimiento por parte de los jóvenes y una cláusula de despido libre. De esta manera, el empresario nutría anualmente de buenos profesionales las cocinas de sus restaurantes a cambio de un mísero sueldo. En caso de incumplimiento, la penalización era abonar el coste real del curso: cinco millones de yenes. La mayoría de los chicos, bien por miedo, bien por agradecimiento por la oportunidad que se les había brindado, cumplían con aquel *matrimonio*. Tsu no.

Él hizo números y vio que, en cuestión de un año, con el sueldo real que le hubiese correspondido por las funciones que iba a desarrollar en alguno de sus restaurantes, ya habría devuelto al emporio de Yamato todo lo que este le había dado. Así que ese fue el tiempo que decidió permanecer en una de sus cocinas, la del Da Lua Cheia, en Oporto. Aprovechó que Portugal era la última parada del Hattori Nutrition Navy antes de emprender rumbo de vuelta a Japón. Allí firmó su contrato con la empresa de Yamato y, gracias a sus dotes con el corte, enseguida se convirtió en el segundo de a bordo del Da Lua Cheia. En aquel restaurante aprendió todo lo que se podía aprender sobre bacalao y pulpo. Transcurrido el año, Tsu desapareció. Nadie supo nada más de él. Se convirtió en una especie de prófugo, y los abogados de la empresa de Yamato iniciaron acciones legales contra él. Pero localizarlo era imposible. Tsu siempre trabajaba de manera temporal y cobraba en negro en todos los restaurantes por donde pasaba.

Tenía dieciséis años cuando decidió emprender su marcha por el norte de España. En Galicia, Asturias, Cantabria y el País Vasco amplió sus conocimientos sobre pescados, mariscos y carnes; aprendió a guisar cocidos ancestrales y comprobó que allí las reses se cortaban de manera muy distinta que en Argentina y en Japón. Cada día que pasaba, se convertía en un cocinero más completo. En la mayoría de las cocinas le ofrecían un contrato fijo, pero él lo rechazaba. Sus ansias por conocer otras culturas lo llevaban a recorrer más y más kilómetros. Cruzó los Pirineos hasta llegar a la costa de Cataluña. Una tierra de culto a las setas —le cautivaron unas que se llamaban *rovellons*—, donde aprendió que algo tan simple como un tomate bien restregado en pan, con un chorro de buen aceite y sal enaltecía al mejor de los embutidos o a una tortilla impecable, incluso hasta el punto de no necesitarlos.

La ruta del japonés prosiguió costeando el Mediterráneo hasta una tasca en el puerto de Marsella. Un año más tarde saltó a Italia, el país donde se quedó más tiempo. Primero en una taberna en el puerto de Génova y después en una *trattoria* en el Trastevere romano. Más tarde sus andaduras lo llevaron hasta Lecce, una pequeña ciudad justo en el talón de la bota, donde una anciana vestida de luto desde hacía cuarenta y seis años le susurró los secretos de los postres más emblemáticos de la región. Meses más tarde su obsesión fue el picante. En un restaurante de Calabria aprendió cómo manejar la guindilla o *peperoncino*, como lo llamaban allí. La maridó con pasta, con pescados, con marisco, la sumergió en salsas y la domó con vinos. Esa fusión lo llevó de nuevo a los dulces. Pero aquella vez, a Sicilia. Fue en el restaurante de un pequeño hotel rural en Erice. Su carro de dulces era conocido en toda la isla. Una parada obligatoria para turistas y, fuera del período vacacional, también para sicilianos. En el pequeño obrador de aquella cocina, Tsu aplicó a esas recetas centenarias algunas técnicas que había aprendido en otros países. Él siempre probaba. Su filosofía era ensayo-error, ensayo-error. Mezclaba culturas diferentes, consiguiendo sabores y texturas que nunca a nadie se le hubieran ocurrido. Philippe siempre pensó que era una esponja y se preguntaba dónde estaba su límite, si es que existía. El japonés le explicó que en el sur de Italia renació, que había pasado momentos de crisis, pero que en aquellas coordenadas se dio cuenta de que había llegado la hora de emprender una nueva aventura. Acababa de cumplir los veinte.

Aquella noche en el Raw, Tsu casi acabó con un coma etílico. Después de todas esas confesiones, al llegar a casa Philippe *googleó* todos los lugares y nombres que el japonés había mencionado. Y se dio cuenta de una cosa. Visto desde fuera, alguien podría pensar que el japonés se movía sin rumbo fijo, que se dejaba llevar. Pero no era así. Constató que su plan era claro: buscó aquellos locales donde hacían las mejores recetas de los platos típicos de las zonas a las que iba. La *bouillabaisse* en Marsella; el pesto en Génova; la *porchetta* en Roma; los dulces en aquella pastelería de Apulia; los *rigatoni alla silana* en Calabria; los *cannoli* en aquel hotel siciliano... Todo parecía seguir una estrategia marcada.

Tsu le había confesado que su idea era acabarse de formar en París. Quería aprender los principios de la *nouvelle cuisine* y después abrir su propio restaurante de *sushi*; no un *sushi* típico, sino el resultado de unir sus raíces con todo aquello que había aprendido durante esos años a lo largo y ancho del planeta. Pero la rotura de todos los huesos de una mano truncó sus planes. Llevaba solo dos semanas en la ciudad, en un restaurante de Le Marais. La mano era la de un conocido y respetado chef en París; un respeto inversamente proporcional al que este profesaba por orientales y musulmanes. Los trataba de forma completamente diferente a los europeos o a los *más occidentales*. Una noche, después del servicio, Tsu limpiaba la cámara frigorífica según las órdenes del chef. Él ni se acordaba de que le había encomendado aquella labor y creía que estaba solo en el restaurante con la camarera a la que le tocaba hacer caja. De repente, a Tsu le pareció oír unos gritos. Al abrir la pesada puerta hermética, los percibió con total claridad. Salió corriendo a la sala y vio que el chef sujetaba con una mano las dos de la chica, manteniéndola tumbada boca arriba en una de las mesas. Tenía los pantalones bajados y con la otra mano intentaba subirle la falda. La chica le suplicaba que parara. Tsu no entró en detalles, pero le dijo a Philippe que ese chef no pudo volver a utilizar la mano nunca más, al menos no de la manera con la que lo había hecho hasta ese momento. El incidente, sumado al peso que tenía aquel individuo en la restauración parisina, hizo que a Tsu lo repudiaran en todas las cocinas. Dos meses le sirvieron para darse cuenta de que su aventura en la capital francesa había acabado.

Se planteó volver a su país, un pensamiento que duró poco en su cabeza. No podía viajar allí. Entrar en Japón supondría activar todas las alarmas. La policía daría aviso y los abogados de Yamato, y el sistema judicial en general, se le echarían encima. Tenía que permanecer lo más lejos posible, fuera de su alcance. Así que su siguiente decisión sí que fue arbitraria: viajó a Londres como podía haber ido a cualquier otra capital europea.

Era 2013 y enseguida se dio cuenta de que Londres era otra liga. Allí había restaurantes de todos los tipos, de todas las culturas y de todas las fusiones imaginables. Su proyecto no iba a ser lo original que podía haber sido en otro lugar. Pero quería demostrar de lo que era capaz. Quería darse a conocer y quería ganar dinero de manera rápida, ya que apenas le quedaba nada. Un día leyó un tuit que le hizo abrir los ojos: se abría el *casting* para la sexta edición de *Star...ters*, el *reality show* de cocina para aquellos que ya habían probado lo que era una cocina profesional. Aquella podía ser su oportunidad para darse a conocer en un mercado tan extenso como el inglés.

A partir de allí, exceptuando anécdotas y algún secreto entre bambalinas del programa, Philippe ya conocía sobradamente la trayectoria de Tsu. Tenía veinte años cuando lo vio por primera vez en la tele. Con solo verlo limpiar una lubina, ya supo que lo quería en su cocina.

Después de aquella noche de confidencias y de conocer la trayectoria vital del japonés, Philippe supo que había hecho el fichaje del siglo. A nivel personal, a veces temía ese punto visceral e impetuoso de Tsu; un punto de no retorno que, cuando se mezclaba con alguna copa de más, casi prefería que no retornara. Pero la apuesta valía la pena. A nivel profesional, no había visto cocinero igual en todo el mundo. Aquellos chavales podían salir muy preparados de aquel buque escuela japonés, pero las inquietudes que Tsu mostró por la cocina y su continuo afán por descubrir las últimas tendencias en un mercado tan cambiante lo llevaban a ser el mejor cocinero que jamás hubiese conocido. Tsu aprendía muy rápido todo lo que le explicaba. Se defendía bastante bien con el inglés, conocía suficientes palabras en francés relativas a gastronomía y chapurreaba una mezcla de portugués, español e italiano que se hacía entender. Pero el lenguaje que dominaba a la perfección era otro: el de la cocina. Doctorado *cum laude* en observar, analizar y probar. Philippe lo vio tan claro que no le tembló la mano cuando corrió el riesgo de poner otro nombre en su contrato laboral. La agencia tributaria inglesa no podría localizarlo en caso de que alguna orden judicial por parte del gobierno japonés lo solicitara. Un *win-win* en toda regla.

Así que el japonés no aprendió las bases de la cocina francesa en París. Lo hizo en Londres, de la mano de un francés.

4

Eran las dos de la madrugada y Charlotte seguía sin dar señales de vida. Philippe entró en la habitación de su madre. Evelyn dormía con unos ronquidos de frecuencia precisa y constante. Le levantó delicadamente los brazos para liberar un número de la revista *Science*, abierta por un artículo que hablaba sobre la presión a la que se exponían los calamares gigantes en las fosas abisales. Su madre nunca dejaría de sorprenderlo. Esa actitud. Esas ganas de hacer cosas. Ese inconformismo cultural. Se jubiló cuatro años atrás, aunque nunca dejó que el mundo la jubilara. Y menos el mundo de la veterinaria. Se la quedó mirando. Se preguntó qué diría si le explicara que ese día Hadrien, el hermano de su difunta nuera, había ido a verlo y le había contado que existen otras profundidades, y que además hay seres que las habitan. Por un instante, mirándola, vio a Lottie cuando era pequeña y dormía con esa actitud de «Déjame soñar. Mañana ya hablaremos». También pensó si ella dormía igual cuando él era joven y salía por las noches. Había sido una mujer bastante despreocupada, pero la despreocupación con los hijos se va como la inocencia después del primer amor. Para no volver nunca más. Y es entonces cuando la preocupación se instala en tu vida. Para no moverse. Para mirarte a los ojos y decirte cada día que la única manera de que esa persona a quien quieres tanto no viva cada segundo en tu cabeza es amueblar antes bien la suya.

Phil apagó la luz de la mesilla de noche y salió al distribuidor.

Bajó las escaleras y se apalancó en el sofá mullido. Disparó con el mando a distancia a la televisión y esta se encendió con *Star...ters*, el *reality show* de cocina donde vio por primera vez a Tsu hacía seis años. Esta temporada emitían la versión con *celebrities*. Se acordó como si fuera ayer. Fue una noche como esa. De apalanque en el sofá y queriendo ver algo entretenido. Fue en el tercer programa de la sexta edición cuando lo empezó a ver. Fue entonces cuando descubrió a ese atlético japonés de poco más de veinte años. Vestía la chaquetilla del programa, que se le ceñía a una amplia espalda y la llevaba remangada. A unos antebrazos morenos, sin vello y de músculo tonificado y alargado, los seguían unas manos que se movían ágiles, diestras. Nunca había visto unos dedos moverse tan bien y con tanta soltura en una cocina. El japonés preparaba unos «rollitos de atún con aire de lima en su centro, sobre textura crujiente de dátiles», y a Philippe, solo con la presentación y el emplatado, ya se le hizo la boca agua. Después vio que Tsu, que era como lo llamaban sus compañeros, era una fiera cortando a cuchillo y combinando sabores. «Excelente ejecución, presentación y muy pero que muy rico», esas fueron las palabras del jurado, formado por tres chefs, una mujer y dos hombres, que votaron para que el japonés continuara un programa más. Sin embargo, el jurado le recriminó su poca empatía con gran parte de sus compañeros, sobre todo en la prueba por equipos. Allí Philippe vio que el japonés no hacía caso a nadie, ni siquiera a su capitán, y si bien no hablaba mucho, cuando lo hacía, era en un tono seco y tosco. Philippe se enganchó los lunes a ver ese programa. Concretamente a Tsu.

Al cabo de cinco programas más, pasó lo que pasó. Tsu iba a coger el soplete de un armario cuando por el rabillo del ojo vio que el concursante argentino dejaba entreabierta la puerta del abatidor de temperatura, donde ya solo quedaba el merengue de Tsu. Phil podía evocar con detalle esa escena. El japonés se lo recriminó acusándolo de haberlo hecho adrede, y el argentino lo negó. Entonces Tsu lo empujó en el hombro indicándole que fuera a cerrar la puerta del abatidor. El argentino tenía buena planta. Casi metro noventa y corpulento. Le sacaba medio palmo a Tsu. Era de esos gordos fuertes, de carnes duras y prietas. Se sacó la melena de debajo de la malla que evitaba que cayeran pelos a los platos y se la recogió con una goma. Pasó de ser un ama de casa a un jugador de rugby en pocos segundos. Philippe nunca olvidaría las dos frases previas a lo que se desencadenó después:

«Che, volveme a tocar y te prometo que esas manos no volverán a emplatar en su vida».

«Chicos, chicos, basta ya, que hoy la prueba no va de gallos», comentó jocosamente el chef más joven del jurado.

Tsu sostenía el soplete en una mano y el encendedor en la otra. Pero no los utilizó. Utilizó su pie. El argentino, de nombre Lorenzo, empezó lo que iba a ser un comentario mordaz y chisposo cuando la suela de uno de los zuecos de Tsu se lo impidió. A Philippe se le salieron los ojos de las órbitas. El japonés había elevado la pierna hasta impactar con el mentón del argentino, que besó primero el corian de la encimera donde rebotó y luego el parqué hidrófugo del suelo. En pocos segundos el plató se convirtió en una auténtica pelea entre pandillas cuando dos partidarios de Lorenzo se abalanzaron sobre Tsu. Los tres chefs y una concursante brasileña intentaron separarlos. El aire se tiñó de blanco cuando alguien le arrojó a Tsu un paquete abierto de harina doble cero. Sartenes, ollas, balanzas y cestas repletas de alimentos caían al suelo a medida que la tangana se extendía por la cocina. De ese torbellino salieron arrojados los oponentes de Tsu: un portorriqueño, que quedó encastrado bajo la encimera al lado de un horno, y un belga, que cerró la puerta del abatidor que Tsu tan encarecidamente había pedido al argentino que cerrara.

Al cabo de dos días la dirección del programa decidió expulsar a Tsu. Fue entonces cuando a Philippe se le presentó una oportunidad de oro. Pensó que, si lo podía amaestrar, ese sería el revulsivo que necesitaba el nuevo proyecto que tenía en mente.

5

Aquel viernes por la mañana Philippe y Tsu caminaban detrás de la sargento Athenea Harrington, que los había ido a buscar al vestíbulo. Entrar en esa sala del departamento forense fue pasar de pantalla. Desde que Philippe recibiera la llamada de su cuñado para que fueran a verlos, la sede central de Scotland Yard se le había presentado tal y como se la imaginaba. Sin lujos ni estridencias, recargada y más bien tirando a gris. Pero esa sala no tenía nada que ver. Era un laboratorio 3.0 en toda regla. Y se dividía en dos niveles.

En la parte baja, cinco estancias para practicar autopsias estaban separadas por cristales transparentes. Unos focos gigantescos esperaban apagados al lado de las mesas forenses, que estaban vacías, y que se asemejaban mucho a los muebles de acero inoxidable de una cocina profesional. «Solo que aquí no se abre en canal a ningún capón. Aquí la casquería es de seres humanos», pensó Philippe. Los armarios acristalados estaban repletos de recipientes que Philippe imaginó que contenían polvos y disolventes químicos; en las esquinas, unos aparadores de vidrio exponían un resplandeciente instrumental quirúrgico como si fuera una obra de arte. A los lados, unas mesas blancas de aristas delgadas sostenían lo que parecían unos microscopios de última tecnología capaces de adentrarse en las entrañas del planeta. Un escalofrío recorrió la espalda de Philippe, como si alguien le hubiese susurrado algo en la nuca. Pensó en todos los cuerpos sin vida que pasaban por allí, en los secretos que albergaban. En las torturas *post mortem* que sufrían para hacerlos *hablar*. Mientras, Tsu no se perdía detalle a medida que avanzaban en su recorrido.

En la parte alta, una mujer comandaba tres monitores de dimensiones considerables, como si de un DJ se tratase. «Aquí abajo nadie baila. Más bien al revés», pensó Philippe mientras subía una escalera lateral. Una vez arriba, observaron que la mujer hablaba con el capitán Gibbs. La sargento Harrington los anunció.

—Capitán, doctora Smith, los cocineros ya han llegado.

—Buenos días, Philippe. Buenos días, Tsutsomu. Os presento a la directora y responsable del área forense de Scotland Yard, la doctora Patricia Smith —dijo Hadrien Gibbs alargando el brazo hacia una mujer de apariencia juvenil.

—Un placer, chef Philippe, Tsutsomu. He oído hablar mucho y muy bien de vosotros y de vuestro restaurante. ¿Una o dos estrellas Michelin?

—Una, una estrella —aclaró Philippe.

—Por el momento —añadió Tsu.

—Bien, no me voy a extender demasiado. El capitán ya os hizo ayer una avanzadilla de qué iba todo esto, así que vamos a ser muy directos y transparentes. Tenemos mucho material, pero no hemos establecido ninguna conexión.

La doctora Smith parecía tener unos veinticinco años, pero hablaba con el aplomo de una persona de cincuenta.

—Lo único que sabemos es la identidad de las víctimas, que os la diremos enseguida. El *leitmotiv* de todos los asesinatos es la gastronomía. Teniendo en cuenta que a la mayoría de nosotras nos gusta más comer que cocinar, concluimos, y más dado vuestro parentesco —miró primero a Hadrien y luego a Phil—, que debías estar aquí como chef. Antes de enseñaros nada, deciros que no hemos encontrado huella, pelo, restos de esperma, de sudor, epitelios, retal de ropa, pisadas..., nada. Ningún rastro. Así que solo tenemos la identidad de los muertos y todas estas pistas, que espero lo sean, culinarias de cada asesinato —concluyó apretando el botón de un mando a distancia.

Las luces de la sala se atenuaron y una pared se transformó en pantalla. Era casi de mejor resolución que la retina humana. En ella, imágenes de los platos de los tres asesinatos. Ni Philippe ni Tsu reconocieron ningún alimento a primera vista. El primero era un líquido de tono amarillo pastel tirando a transparente con unas diminutas trazas verdes. Estaba en un bol semiovalado de color marfil. Las otras dos eran masas amorfas y pastosas que flotaban en medio de un líquido marrón en el fondo de los platos.

—¿Qué es esto? —dijo Philippe como si pensara en voz alta.

—Los bolos alimenticios antes de llegar al estómago de las víctimas —aclaró el capitán Gibbs.

—¿Por eso, menos el primero, estar tan enteros? —preguntó Tsu.

—Exacto —aclaró la doctora Smith—. Al no pasar por el estómago, los jugos gástricos no actuaron.

—No lo entiendo —dijo Philippe—. Entonces, ¿de dónde salen?

—Os hemos ahorrado el plano abierto de las fotos para evitar detalles escabrosos, aunque me consta que ayer ya visteis algo. Nuestro monstruo perfora el abdomen de sus víctimas, les saca todas las vísceras y coloca el plato en el espacio que ha creado. De esta manera, el bolo alimenticio efectúa su recorrido habitual por el esófago y cae directamente en el plato. Después lo decora.

A Philippe le fallaron las piernas, pero hizo acopio de fuerzas.

—¿Cómo puede hacer eso? ¿Cuánto dura la comida bajando por el esófago?

—Unos treinta segundos, y eso mismo nos preguntamos

nosotros —dijo la doctora quitándose unas pequeñas gafas redondas y negras y frotándose los ojos—. No entendemos cómo puede perforar un estómago en un intervalo tan corto de tiempo.

—Pensábamos que los sedaba y tumbaba... —El capitán Gibbs ladeó la cabeza mostrando cierta incredulidad.

—Claro, así comida tarda más —dijo Tsu convencido.

—Pero no es así —replicó el capitán.

—¿Por qué? —preguntó el chef.

—Por sus caras. Sedarlas supondría cierta relajación. Pero el *rigor mortis* de sus rostros no reflejaba eso. Más bien al contrario. La expresión de sus rostros mostraba..., mostraba...

—Terror —le salió a Athenea del fondo del alma, y un silencio sepulcral se adueñó de la sala.

Philippe miró a Tsu, que estaba analizando la foto del primero de los platos.

—Creemos que Londres no se enfrentaba a un asesino en serie de esta índole desde Jack el Destripador —dijo la doctora.

—Solo que aquí las víctimas ni son putas ni gente pobre —añadió Athenea.

—¿Quiénes son? —preguntó Tsu.

El capitán Gibbs miró a la sargento y le cedió la palabra. Ella sacó su móvil y leyó:

—Eduard Franklin, setenta y cuatro años, jubilado, había sido historiador y guía turístico del Museo Británico durante más de treinta años. Lo encontraron sin vida en el jardín trasero de su casa, una pareada en una urbanización residencial a las afueras de Londres. Bintou Saratz, nuestra segunda víctima, treinta y siete años, conocido productor musical de grupos como Inch by Inch o The Haters. Lo encontraron en una de las salas de grabación de su estudio. Misma reproducción de los hechos: vientre perforado y, justo en el centro, el bolo alimenticio presentado de manera minuciosa y artística en el plato. En este caso, todo estaba servido en la mesa de mezclas, cubierta por un mantel *beige* sobre el que había una copa de vino blanco y cubiertos de pescado. Y la tercera víctima era Juliet Rodríguez, veintiún años, médica residente de tercer año en el hospital Saint Thomas. Vivía en un piso del East End con su hermana, quien se la encontró en el comedor de su casa.

Philippe pensó en los pobres padres de la chica. Se puso en su piel y le sobrevino un sudor frío. Se imaginó la vida sin su hija. Empezó a hiperventilar. Se esforzó en poner foco en la conversación.

—Hemos investigado posibles conectores entre las tres víctimas —dijo Hadrien—. Pero no hemos encontrado nada. Ni personas en común, ni los lugares que frecuentaban, ni *hobbies*...

—Y en redes sociales sus perfiles son tan diferentes que no tienen ninguna coincidencia —añadió Athenea—. Aunque, aparte de lo que se refiere explícitamente a la comida, también tenemos esto. —La sargento miró a la doctora, que pulsó el botón del mando.

En la enorme pantalla salieron los tres platos en alta resolución. Solo los tres platos, sin los alimentos acabados de deglutir, sin los bolos alimenticios. Se trataba del diseño de las vajillas que el asesino había utilizado para emplatar. El primero era un plato redondo poco profundo. Donde minutos antes habían visto ese líquido amarillento, ahora se veía el fondo, una indiana de hojas verdes y diminutas cubría casi toda la superficie a modo de mosaico. El segundo era un plato rectangular tirando a largo, de superficie lisa y ondulado en su forma. Parecido al perfil de un mar con olas. En un extremo, la arista era recta; en el otro, curva. Y el tercer plato era de tamaño mediano y en forma de lágrima, con un ribete dorado. Los cocineros empezaron a analizarlos de arriba abajo.

—Bellos —dijo Tsu ensimismado mirando la pantalla.

—Preciosos. Seguro que los familiares de las víctimas piensan lo mismo que tú —replicó la sargento.

El capitán miró una fracción de segundo a Athenea, que no siguió con el comentario.

—Aquí os podría servir de mucha ayuda... Tsu, ¿cómo se llama ese...?

—Elliot Plate —dijo el japonés sin quitar ojo a la pantalla—. Mirad Instagram. Es fuera de serie.

Athenea sacó su móvil y empezó a manipular la pantalla.

—Imposible. Tiene su perfil cerrado. Hablaré con el departamento digital para ver qué pueden hacer.

—Muchas gracias, Phil, Tsu.

—¿Y el vino? —preguntó el japonés—. En la segunda foto vino blanco he visto. ¿Cuál es?

—Sí, lo guardamos al vacío en una bolsa para que el aire no lo oxidase más de lo que ya creemos que estaba.

—Nuestro *sommelier*, Ricardo, podría echaros una mano.

Antes de que Athenea pudiera abrir la boca, Hadrien se le adelantó:

—No, Phil, más gente no. Con vosotros dos fuera del ámbito policial, es más que suficiente. Si este caso saliera a la luz, podríamos llegar a generar un auténtico caos en Londres. —Hadrien miró a Athenea buscando el apoyo de su sargento—. En todo caso, podríamos daros una pequeña muestra y os la lleváis al restaurante para que la pruebe vuestro *sommelier*.

—Ricardo ha catado miles y miles de vinos, seguro que aportará valor a todo esto. Tiene un paladar y un olfato muy finos.

—Seguro más que algún sabueso de Scotland Yard —afirmó Tsu dirigiéndose al capitán justo después de mirar a la sargento.

—Philippe, Tsu, ¿qué me decís sobre los elementos que

decoran los platos? Hemos mirado los principales distribuidores de frutas, verduras y hortalizas del sector hostelero, pero no todos tienen todas las especias que les hemos mostrado.

—Creo recordar que había cardamomo, canela, flor de clavel, pensamiento, estragón, azafrán y orégano.

—Mejorana —le corrigió Tsu—. Y caléndula —susurró mirando el suelo.

—Sí, eso —dijo Philippe.

—Colors —siguió Tsu.

—¿Cómo? —preguntó el capitán.

—El Colors es un colmado que vende todo tipo de especias aromáticas, germinados y flores. —Philippe se dio cuenta de que el capitán miraba a la sargento, que desvió a su vez la mirada—. Allí se encuentra de todo.

—No reparte. Todos restaurantes ir allí.

—¡Genial! ¿A qué hora abren? —preguntó la sargento. Todos miraron al japonés.

—A las ocho de mañana.

—Perfecto. Mañana nos acompañarán, ¿verdad, chef Philippe?

6

Antes de entrar en el Colors, un tipo, mitad hombre, mitad sabueso, se dispuso a olisquearlos de arriba abajo.

—Si llevar perfume muy fuerte, no entrar —les aclaró Tsu cuando el tipo acabó de olerlo.

El capitán y la sargento no daban crédito.

—¿Cómo? —preguntó Athenea.

—Un perfume o una fragancia demasiado intensa distorsiona el aroma de las especias —aclaró Philippe.

—Qué locura, Dios mío —susurró Athenea—. Fanatismo hasta en las cocinas...

Una vez superado ese obstáculo, una gama cromática les dio la bienvenida de tal manera que los policías se taparon los ojos con el antebrazo. Aromas de todo tipo emanaban de cien sacos repletos de especias venidas de Fez, Estambul, la isla de Java, Indonesia, México, Zanzíbar, India... Estaban dispuestas en un perfecto cuadrado de diez sacos por diez. Philippe siempre había pensado que cruzar ese umbral era adentrarse en el zoco más deslumbrante jamás visto, y no solo por los olores y los colores, sino también por el griterío de la gente. Un hombre de tez morena, bigote y cara redonda salió del mostrador al encuentro del japonés con los brazos abiertos y acento árabe. Philippe hacía años que no frecuentaba el lugar. Tsu parecía que no tanto.

—¡Japonés, qué alegría verte! Hacía meses que no venías. ¿Qué es de tu vida?

Tsu le devolvió tímidamente el abrazo. El hombre se fijó en la comitiva que lo acompañaba.

—Hombre, ¡pero si vienes con el jefe! ¿Cómo está, chef Philippe?

Philippe alargó el brazo para estrecharle la mano y le presentó a los policías. El comerciante le tendió la mano al capitán Gibbs y besó la de la sargento Harrington, aunque por poco tiempo, antes de que ella se la retirara con un gesto brusco. El japonés le pidió hablar en un lugar menos concurrido.

El nombre de Ghalib Totah había sido mencionado la víspera en el departamento de anatomía forense de Scotland Yard. Philippe y Tsu casi lo pronunciaron al unísono. Y las razones eran muy evidentes después de ver los elementos con los que el asesino había decorado sus platos. «Esto es un botón de Sichuán», había dicho Tsu mientras miraba la flor con la nariz enganchada al monitor del ordenador. «La forma en que está emplatado, obviando lo desagradable de los bolos alimenticios, es realmente muy buena», concluyó Philippe.

Ghalib Totah era el dueño del Colors. Había emigrado de Marruecos hacía treinta años, y empezó con un diminuto colmado en el mismo local que regentaba ahora. Su pasión por lo que hacía lo llevó en poco tiempo a ser un referente en el sector. No había aromática o especia que se le resistiera. Con los años, amplió negocio y compró los cuatro locales colindantes al suyo.

Los llevó hasta una pequeña puerta maciza situada en un extremo de la enorme sala principal. Al otro lado, el ruido de la muchedumbre quedó amortiguado. Tres metros más adelante y por suelo de piedra, se volvieron a topar con otra pequeña puerta maciza. Y tras ella, el más absoluto silencio. Ahora la pantalla era otra. Ahora estaban en un patio interior parecido a un pequeño claustro de arcadas góticas. Dos pasillos se cruzaban en el centro dejando cuatro cuadrantes llenos de plantas y flores. El discurrir de un agua que no se veía de dónde emanaba daba al ambiente un aire relajante y apaciguado. Un hombre y una mujer podaban minuciosamente algunas plantas.

—Señor Ghalib, necesitamos estar solos por completo.

—¿No les parece suficiente esta tranquilidad?

Philippe observaba el entorno. Era la primera vez que estaba allí.

—No —respondió Tsu—. Llevarnos abajo, al sótano.

—Está bien, vosotros mandáis, pero porque vais con la policía, ¿eh?

Después de cruzar dos puertas más, unas escaleras de caracol bajaban en espiral y engullían toda luz que se atreviera a asomarse. Ghalib levantó un interruptor y una lámpara pegada a la pared de piedra se encendió y fue aumentando progresivamente los lúmenes. Al llegar abajo, se encontraron con una puerta doble. Ghalib sacó una enorme llave y abrió uno de los portones. Encendió las luces y el lugar se fue iluminando por zonas. Los policías y Philippe miraron asombrados ese gran sótano diáfano, más parecido a una cripta que a otra cosa.

—¿Qué es todo esto? —preguntó Atheneа señalando con la barbilla una cantidad considerable de huertos organizados en una perfecta cuadrícula a lo largo y ancho del terreno.

—Oiga, señorita...

—Sargento Harrington.

—Bien, sargento Harrington. Llegan aquí, junto a dos clientes míos de hace años, les ofrezco la más absoluta intimidad dejándoles entrar en uno de mis santuarios más sagrados... Creo que el que debería hacer alguna pregunta soy yo, ¿no? ¿A qué viene todo esto?

—Mire...

—Tiene usted toda la razón, señor Totah —se apresuró a decir el capitán—, disculpe las formas. Estamos trabajando en un caso sumamente importante y el tiempo corre en nuestra contra. No queremos importunarle más de lo debido, así que iremos directos al grano. —Le pidió el móvil con la mano a la sargento, que, después de seleccionar el archivo que solo contenía las fotos de las flores y las especias, se lo pasó al comerciante—. En aduanas interceptamos dos cargamentos con estas flores y especias. Vaya pasando las fotos usted mismo.

Ghalib armó unas gafas juntando dos mitades imantadas que colgaban de su cuello por una correa de cuero.

—Cardamomo negro, flor de clavel de los poetas, canela de Ceilán, botón de Sichuan, caléndula, pensamiento, flor de azahar, estragón, mejorana, y yo diría, a juzgar por el color de las hebras, azafrán de Irán. Menos esta última, que se pide por encargo, las tengo todas. Si quieren, les enseño el libro de contabilidad y los pedidos a mis distribuidores. Todo es legal. Tengo facturas.

—No dudamos de su negocio, señor Totah, pero necesitaríamos el listado de las empresas que compraron estos productos durante los tres últimos meses.

—¿Y por qué me iba a comprar a mí aquel que entra de manera ilegal en el país el mismo producto que yo tengo?

—Quien quiera distribuir estas hierbas —se anticipó Athenea— seguro que habrá hecho un estudio de mercado informándose del precio y de la calidad de su más directa competencia.

«Le envío un wasap con una serie de respuestas que he elaborado por si surgen preguntas», le había dicho Athenea al capitán mientras esperaban con Philippe a Tsu en una cafetería, veinte minutos antes de entrar en el Colors.

—Sí, la verdad es que son dos cargamentos importantes, y seguro que quien esté detrás de esto puede hacer un negocio muy rentable si no lo interceptamos a tiempo.

Philippe notó que eso no le hizo ninguna gracia a Ghalib.

Tantos años trabajando de manera legal no se los iban a desmontar ahora unos traficantes de especias recién salidos de la nada.

—Esta tarde hablaré con el encargado y le diré que me pase un listado.

Athenea miró al capitán, que miró a Philippe, que miró a Tsu.

—No esperar a esta tarde. Decírselo ya, Ghalib.

Ghalib se acercó a un pequeño escritorio de color caoba. Junto a una sencilla silla de tijera, era el único mobiliario en esa gigantesca mazmorra. Cogió el auricular de un teléfono fijo que había sobre la mesa y marcó un número.

—Pásame con el encargado.

7

Nunca se hubiese imaginado que en solo cuatro meses el Aranci estaría de esa manera. Los clientes se amontonaban en la calle para una mesa, o esperaban dentro del local rezando para que se abriera una pequeña brecha en la barra y entrar de lado a pedir. Hadrien observaba ese caos sentado a una mesa alta de madera vívida, encima de un taburete y defendiendo otro que tenía reservado para su cuñado. Suerte que conocía al dueño de esa vermutería, un italiano de Amalfi que había emigrado a Londres hacía diez años. Como era domingo, y para no arriesgarse, le había dicho que llegase no muy pasadas las doce del mediodía, o ya le sería imposible mantener esa reserva para dos. Llegar veinte minutos antes de la hora le permitió repasar el caso. A sus cincuenta y cuatro años, Hadrien nunca había visto tales atrocidades. De hecho, siempre que las recreaba en su mente, su cuerpo se ponía rígido, como si un peligro lo acechara de manera constante. Desde que ingresó allá por 2005 en el departamento de Investigación Criminal de Scotland Yard, los muertos que había visto habían sido víctimas de ajustes de cuentas entre bandas rivales o de violencia de género. Nunca había tenido un caso tan complejo y con esa posible repercusión mediática entre sus manos, y la investigación lo había cogido con el pie cambiado. En las altas esferas se enteraron de su parentesco con Philippe y lo obligaron a que el chef colaborara en las investigaciones. No podían arriesgarse a que esos espeluznantes crímenes salieran a la luz. Necesitaban resolverlos cuanto antes. Así que recurrirían a todos los mecanismos que hiciesen falta. Por poco ortodoxos que parecieran. Que se filtrara supondría carnaza fresca para los medios de comunicación, que le pondrían bajo su lupa, y no estaba acostumbrado a ello. No era muy dado a conceder entrevistas, y la presión de la opinión pública lo agobiaba sobremanera.

Pensó en las víctimas. La primera, el guía turístico jubilado, fue encontrada el 2 de septiembre. Vivía solo. Apenas tenía familia: solo una hermana mayor ingresada en una residencia de enfermos con Alzheimer atestiguaba su existencia por momentos. Los avisó la asistenta social que lo visitaba tres días a la semana. El capitán Gibbs y su equipo de la Criminal se presentaron enseguida. Todavía recordaba la sensación que le produjo la escena del crimen. Era como si la hubiese dispuesto el mismísimo Lucifer. Un mantel blanco e impoluto, planchado sin la más mínima arruga, cubría una pequeña mesa en el jardín; estaba puesta minuciosamente: copa de vino tinto, de vino blanco y de agua, dos tipos de tenedores y de cuchillos, una cuchara sopera y una de postre transversal. Donde debería estar el plato, había una servilleta blanca planchada y doblada con esmero. Eduard Franklin estaba sentado en una silla de madera y atado al respaldo.

Hadrien todavía recordaba que pisó algo gelatinoso que le hizo perder el equilibrio. Eran los riñones, que habían dejado un rastro de sangre oscura sobre el césped y que estaban en la órbita de un charco de sangre y jugos gástricos cuyo centro era una masa amalgamada y viscosa formada por estómago, hígado, vesícula y bazo, según le informaron más tarde. El páncreas se había deslizado por las piernas de la víctima hasta descansar en el empeine de los zapatos, unos Oxford de Carmina Cordovan. Al final del esófago y a la altura de la boca del estómago se abría un agujero de unos cuarenta centímetros de ancho por unos veinte de alto. Era una hendidura perfecta que dejaba a la intemperie las costillas bajas. Y en su centro, como si se tratase de una joya en un expositor, apoyado sobre la parte superior del intestino grueso, habían colocado un plato redondo con un líquido amarillento y unas pequeñas flores. Era como la recreación de un plácido estanque con unos nenúfares flotando en la superficie. Del miedo al ver la casquería humana arrojada en el suelo, Hadrien pasó a una punzada de admiración ante la fantástica presentación de ese plato. Pensó también lo que sintió cuando alzó la vista y se enfrentó a los ojos de Eduard Franklin, que lo miraban desgarradores. Sorprendidos. Horrorizados. Como recriminándole lo que acababa de pensar. Todavía recordaba que desvió la mirada, avergonzado, pidiéndole disculpas con un imperceptible movimiento de cabeza.

En los ocho años que llevaban trabajando juntos, por primera vez vislumbró a la Athenea que se escondía tras la sargento Harrington. Miraba desafiante la macabra escena, pero su cara impávida no concordaba con sus gestos. Su pequeño y huesudo cuerpo se movía nervioso, de manera intermitente y a veces impetuosa. Hadrien diría que la vio nerviosa por primera vez. Parecía que quisiera irse cuanto antes. Nunca se había respirado una atmósfera similar entre los miembros de su equipo. Todos hacían su trabajo en silencio sepulcral. Como profesando un respeto máximo por quien había sufrido lo indecible. Por quien había padecido semejante atrocidad. Por quien se había visto obligado a comer con la encarnación del mal.

A ese crimen, y también en septiembre, lo siguió la segunda víctima, el productor musical de treinta y siete años que encontraron en la sala de grabación. La mesa de mezclas estaba cubierta por un mantel. Su cuerpo, perfectamente perforado, en una silla rotatoria de respaldo alto y recto. Todavía le venía el hedor de aquel momento; ese olor intenso e inconfundible de un cadáver cuando sus compuestos orgánicos volátiles empiezan a descomponerse. Podía imaginarse los gritos sordos de Bintou Saratz ahí dentro, engullidos por las paredes insonorizadas del estudio. Lo que daría Hadrien por que aquellas cuatro paredes pudiesen hablar. El crimen fue prácticamente igual al primero. Mismo ritual. Misma crueldad. Diferente emplatado. Pero misma belleza. Esa vez eran dos pequeños bolos alimenticios presentados en un plato largo y ondulado, con unas hierbas aromáticas cortadas tan finas que parecían espolvoreadas por encima.

El tercer asesinato, el de la chica de veintiún años, fue el que más le afectó. Hurgó en los motivos que lo llevaban a sentirse así, aunque no le gustara reconocerlos del todo; quizá fue porque el primero era un hombre mayor que ya había vivido gran parte de su vida. Quizá porque en el segundo adivinó cierto carácter pretencioso. O quizá fue la manera en que esa casi niña había perdido la inocencia que supuso tendría antes de que la abrieran para vaciarla. Esa pobre chiquilla fue descubierta por su hermana pequeña en la mesa del comedor de su casa. Eran estudiantes y vivían solas, lejos de sus padres, unos agricultores que habían trabajado toda la vida para que sus hijas pudiesen estudiar lo que les gustara en la gran ciudad. Vestía un pijama con pequeños elefantes de colores, que le daba un aspecto aún más infantil; el cabello, largo y castaño, le caía hacia delante tapándole el rostro. Todavía tenía grabada la impresión que le produjo cuando se lo retiraron. Aquella expresión..., se le cayó el mundo al suelo. Sobre un plato en forma de lágrima, había una especie de pasta indefinida, de color marrón claro, perfectamente emplatada. Sobre esa masa amorfa se mantenía de pie lo que —debido a sus años yendo a buenos restaurantes— reconoció como una rejilla de parmesano. Como si se tratase de un objeto de decoración para un jardín vertical, por entre la pequeña cuadrícula de queso italiano trepaban unos brotes verdes en forma de una diminuta enredadera que eclosionaba en la parte alta con flores amarillas y fucsias. Una línea circular verde que iba de mayor a menor grosor acababa en unas gotas separadas entre sí por la misma distancia milimétrica. Espectacular y espeluznante a partes iguales.

De las tres atrocidades, no tenían ni huellas, ni rastros, ni pistas. Nada. Hadrien se reconoció a sí mismo que iban con los ojos vendados. Hasta que los cocineros entraron en acción. Un ejemplo de su aportación fue el dato del *influencer* de vajillas; entre investigar las principales tiendas de vajillas y dar con ese coleccionista, había una pequeña gran diferencia. Sabía que Athenea nunca se lo diría, pero había sido un acierto involucrarlos en el caso. Formaban un curioso tándem, su cuñado y el japonés; eran la voz y la serenidad de la experiencia junto al ímpetu y la digitalización culinaria de las últimas tendencias. Aun así, ese macabro juego no había hecho más que empezar y el asesino todavía iba muchas, pero muchas, pantallas por delante.

Era un caso muy difícil en todos los sentidos. Siempre había pensado en volver a tomar contacto con Philippe, pero a medida que pasaba el tiempo, más vergüenza le daba aquella desaparición. Su desaparición. Por él y por su sobrina. Hasta que un día un alto cargo de Justicia se enteró de que Philippe Bouvier era su cuñado. Una llamada desde arriba y... ahí estaba él. Obligado a hacer algo que debería haber salido de su alma. Y fue así, por riguroso imperativo, como apareció su cuñado en las escenas de los crímenes. El día que se volvieron a encontrar no sabía dónde meterse. Qué decirle. Se moría de vergüenza. Así que optó por hablar únicamente del caso. Para asuntos personales, ya encontrarían el día. Hoy era ese día.

El ruido de una copa rompiéndose contra el suelo lo devolvió al bullicio del Aranci. En ese instante entró Philippe en la vermutería. Hadrien alzó la mano y su cuñado enseguida lo localizó. Vestía como siempre, ese fular azul celeste sobre una chaqueta gris que parecía impermeable. Verlo era evocar el recuerdo de los mejores momentos con Anne, o el peor: el accidente y su muerte. Era cuestión de elegir con cuál quedarse.

—Hacía tiempo que quería probarlo.

—Sí, la verdad es que lo hacen muy bien. A ver, no es cocina molecular pero...

—Seguro que está buenísimo —dijo Philippe colgando la chaqueta en un gancho bajo la mesa—. Tsu dice que pruebe la brocheta de tomate seco y provola.

—Ese está muy rico. Otro clásico —dijo Hadrien entrecomillando con los dedos— son las berenjenas Luciana. Cortadas muy finas, las pasan por la parrilla y después las maceran en albahaca, perejil, ajo, limón y un chorro de aceite.

Ambos se quedaron en silencio pensando en que las cosas no cambian tan fácilmente. Años atrás se podían pasar horas hablando de comida. Tras verse interrumpidos por la comanda (Martini, cerveza de barril, berenjenas Luciana, dos brochetas de tomate seco y platillo de bresaola), siguieron con la conversación:

—Philippe, creo que te debo una disculpa doble.

—¿Crees? ¿Doble? Vaya, estoy de suerte. Supongo que lo dices también por Charlotte.

—Sí, lo sé. Los dos me escribisteis. Siempre he querido ir a haceros una visita, pero de verdad que no quería que las cosas fueran así.

—Así, ¿cómo?

—Venirte a ver por este maldito caso. Debes pensar que soy un puto interesado. Y quizá lo sea en parte, pero no del todo.

—¿Tanto te costaba responder un par de wasaps?

—Philippe, yo también lo pasé muy mal —dijo mientras daba un sorbo a su cerveza tostada—. A medida que iba asimilando lo de Anne, supe que os debía una respuesta, y ¡quería hacerlo!, pero entre una cosa y otra los meses fueron pasando y creo que sobrepasé el límite en el que ya no había vuelta atrás. El daño ya estaba hecho. Y la vergüenza me podía. De veras que lo siento.

Philippe daba vueltas a la aceituna de su Martini haciendo girar el palillo que la ensartaba.

—Mira, yo ya no estoy enfadado. Me dolió, sí, y reconozco que verte el otro día por este asunto...

—Lo sé, Phil, y por eso te debo otra disculpa. Yo no quería que os involucraran. Sé que estáis con el menú degustación para conseguir la segunda estrella y...

—Bah, olvídate de la estrella —dijo Philippe queriendo que eso fuese más verdad por decirlo en voz alta—. Ahora lo primero es esto.

—Un caso en el que mucha gente de las altas esferas tiene puesta la mirada.

—¿Altas esferas?

—Sí, y no solo policiales, sino judiciales y políticas. De hecho, es allí donde se filtró nuestro parentesco. No me dieron opción. O te pedía ayuda o me relevaban del caso.

—Esa es otra cosa que no entiendo. El otro día hablando con Tsu me dijo algo que yo también había pensado. Con toda la tecnología que disponéis, ¿por qué nos necesitáis? Quiero decir, y lo he visto en esas series que mira Lottie en Netflix y HBO, con esos microscopios avanzados y esas linternas que captan lo que no se ve a simple vista, ¿qué vamos a aportar nosotros? ¿O esos artilugios solo existen en las series?

El capitán Gibbs sonrió con una mirada complaciente.

—Sí, sí que existen. Lo que pasa es que, durante la investigación de los tres primeros crímenes, esta tecnología que tú dices no nos sirvió de mucho. Esto, y que se enteraran de que eras mi cuñado, hizo el resto. No creas, yo hice objeciones parecidas a las tuyas.

La mirada de Philippe con un «prosigue» implícito hizo efecto.

—Me dijeron que donde no podía llegar un microscopio de los nuestros podía llegar la intuición y el instinto de un experimentado chef como tú. Creen, bueno, creemos, que tus conocimientos y oficio pueden arrojar más luz que cualquier linterna de ultravioleta. No tenemos nada que perder, eso está claro, y viendo los resultados obtenidos hasta ahora, aplicamos la máxima de «Si algo no funciona, mejor cámbialo».

—Entiendo.

—Además me dijeron algo a lo que no pude poner objeción. Los procesos científicos cuestan tiempo y dinero a la policía, y nuestro presupuesto este año es muy ajustado. Pero tu ayuda, aparte de valiosa, es gratis.

—Ya... —dijo Philippe—. Suerte que tengo a Tsu, no te creas.

—Lo sé, y me ha costado lo suyo meterlo en todo esto. Inicialmente solo querían que se involucrase una persona ajena a las unidades de investigación. Pero les expliqué vuestro caso, y accedieron. ¿Te lo está llevando alguien, Phil?

—Sí, no te preocupes. Oye, a Charlotte y a mi madre aún no les he dicho que nos hemos visto —dijo Philippe.

—Lo entiendo. De momento, mejor así. ¿Cómo están? Lottie debe de estar hecha casi una mujer.

—Pues figúrate. En plena revolución hormonal y aún con el recuerdo de su madre. Está muy rebelde. No me hace caso en nada. A veces tengo que contar hasta diez para no perder la calma.

—Me encantaría haber tenido hijos para poder decirte algo que te ayudara.

—Lo sé, Hadry, lo sé. Menos mal que mi madre se vino a vivir con nosotros.

—¿Ah, sí?

—Sí, nos mudamos hace unos meses a Piccadilly.

—Muy buen barrio.

—Estamos muy contentos. El piso es mucho más grande que el de Ealing y mi madre tiene su propia habitación. Además, tiene ascensor.

—Qué bien, seguro que Evelyn te ayuda mucho. Es una gran mujer con una energía que ya la quisieran muchos.

—Sin duda, aunque empieza a ser mayor y se le olvidan las cosas. Pero tenerla cada día es un lujo. Y más, pasando tanto tiempo en el restaurante.

—Robert y yo tenemos muchas ganas de ir.

—¿Cómo está Robert?

—Pues demasiado bien, la verdad.

La expresión de Philippe hizo que el capitán fuese más preciso:

—Viaja mucho. Apenas para por casa dos días a la semana. Desde que ganó el Mies van der Rohe, se lo rifan. Museos, teatros, hoteles de lujo, todos quieren trabajar con él. A ver, que me alegro por él, y mucho, pero llevamos una temporada...

—Será que tu trabajo también es fácil para conciliar.

—Lo sé, no soy el más indicado para quejarme, pero es que de pasar tanto tiempo en casa a casi ni verlo..., ha sido demasiado brusco el cambio. Menudos trabajos más fáciles tenemos, ¿eh? A ver si deja de estar tanto tiempo fuera y, una vez haya pasado toda esta locura, vamos a tu restaurante. No paramos de oír buenos comentarios sobre vosotros.

—Cuando queráis, ya sabes dónde estamos. Sí, tengo un equipo formidable. Me ha costado, pero parece que se ha estabilizado. Aunque en este mundillo, hoy tienes un equipazo y al día siguiente uno no viene, otro se va, otro coge la baja... Pero hoy por hoy, no me quejo para nada.

—Ya lo noté el día que fuimos. Tienes un buen grupo

de profesionales. Sobre todo, Tsu. Para lo joven que es, se le nota que tiene galones, el japonés. Confías mucho en él, ¿eh?

—Es un fuera de serie. Sin él, no te digo que el White no hubiese llegado donde ha llegado, pero habríamos tardado más. No ha cumplido los treinta y ya ha recorrido medio mundo. Siempre ha tenido miles de inquietudes, y tengo que reconocer que su apoyo en cocina me ha venido muy bien desde que Anne murió.

—Me gusta. Se le ve muy leal, y esa pasión... Se nota que ha nacido para esto.

—Mmmmmm, muy buena la berenjena, tenías razón —comentó Philippe mientras saboreaba un trozo que se acababa de meter en la boca.

—Oye, Phil, aunque la veáis tal y como se muestra, Athenea es una muy buena policía. Lo que pasa es que no estaba muy de acuerdo en que os metieran en el caso. Como yo, pero sus motivos eran otros.

—Lo entiendo..., ¿cuáles?

—Bueno, digamos que ella es más de bocadillo de hamburguesa que de aire de lima.

—Ya.

—He hablado con ella. Me ha prometido que intentará ser menos «incisiva» con vosotros.

—Tranquilo, Hadry. Es lógico. Tú, porque eres mi cuñado, pero para el resto de tus compañeros, tener a dos cocineros metiendo sus narices en los escenarios de los crímenes debe de ser molesto.

—Es raro, la verdad.

—Yo también pensaba hablar con Tsu, para que no se le gire la cabeza un día y podamos tener un problema.

—Gracias, Phil, de veras. Desde que nos ayudáis, tenemos muchos más frentes abiertos para investigar.

—No te diría que lo hacemos encantados, pero si es

nuestra manera de contribuir al caso, cuenta con todo lo que esté en mi mano.

—Phil, una pregunta. ¿Tú crees que nuestro asesino es cocinero o tiene algún restaurante? Porque, de tenerlo, sería de estrella, ¿no crees?

—A ver a ver, vayamos por partes; saber cocinar no significa tener una estrella Michelin.

Ahora era Hadrien quien, con una mueca, le pedía que se extendiese en la explicación.

—Hay muchísimos chefs, y sobre todo muy jóvenes, por cierto, que hacen auténticas genialidades y no tienen ninguna distinción. O porque están empezando, o porque los eclipsan otros que no quieren darlos a conocer, o porque esto de los galardones no va con ellos. Hay muchos que piensan que es prostituirse, que es puro *marketing* y que, de aceptarlos, perderían la esencia que los llevó a los fogones. Conozco a unos cuantos de estos. En cierta manera, los envidio. Aunque una vez tomas este camino y haces que la maquinaria funcione, es muy difícil dar marcha atrás.

—Eso hace que nuestro abanico de sospechosos sea muy amplio, Phil.

—O no. Porque una cosa es cocinar y otra emplatar. Si nuestro hombre cocina igual que emplata, estamos ante una espeluznante criatura capaz de lo peor y de lo mejor.

—Un monstruo entre monstruos.

8

Cuando sonó el interfono, Philippe leía la versión digital de *The Independent* en la *tablet*. Su hija pasó por el recibidor.

—¿Vas tú, Lottie? —le dijo su padre desde el sofá.

—Vale. —Y desvió su trayectoria para contestar—: ¿Sí? Ah, hola, sube. —Se giró hacia su padre—. Es Tsu.

—Sí, me ha enviado un wasap.

Charlotte se quedó deambulando hasta que sonó el timbre de la puerta. Al abrirla, apareció el japonés con la chaquetilla de chef que usaba para ir por la calle.

—Hola, Tsu, ¿cómo estás?

—Lottie, cuánto tiempo. Meses sin verte.

Tsu debía sacarle casi una cabeza al metro cincuenta y siete de Charlotte, que se apresuró a ponerse de puntillas para darle dos besos en las mejillas.

—Sí, mucho, muy liada en el cole. Muchos deberes. Y ¿a ti? ¿Cómo te va? ¿Y el menú degustación que estás preparando con mi padre?

—Muy bien. Justo venir por eso.

—Claro, pasa pasa.

Philippe se levantó para recibirlo.

—Hola, Tsu. ¿Qué tal estás?

—Genial, chef. Una superidea he tenido, pero necesitar libro suyo de marinadas y encurtidos.

—Claro, adelante.

Tsu acudía a veces a casa de Phil para consultar los grandes clásicos que poseía en su biblioteca. Incluso a veces le había pedido prestado algunos. De hecho, que Philippe recordara, aún tenía tres o cuatro que se había llevado hacía bastante tiempo. Bajó el peldaño del recibidor y se quedó mirando el amplio salón comedor.

—Me encanta su nueva casa, chef. Mil mejor que la otra.

—Y mil veces más grande, o menos pequeña —matizó Charlotte, que todavía no se había ido—. Pero ya habías venido, ¿no?

—Sí sí, ya visto, pero es que muy chula.

A Philippe, tiempo atrás, eso le hubiese incomodado, y más sabiendo que Tsu vivía en un cuchitril de cuarenta metros cuadrados. Pero con el japonés ya estaba en otra fase. Eran muchos años juntos.

—Muchas gracias, Tsu. Sí, la verdad es que estamos muy contentos. Mira, allí —señaló una amplia librería de madera blanca lacada y hecha a medida— podrás encontrarlo. Los saqué hace poco de las cajas. Aunque diría que ese libro no me suena haberlo colocado. No sé, míralo tú mismo, que los tienes más controlados.

El japonés se quedó hipnotizado mirando los cientos de lomos de libros.

—¿Quieres que te ayude a buscarlo, Tsu? —le preguntó Charlotte colocándose un mechón de pelo detrás de la oreja.

—¡Súper!

—¿No tenías tantos deberes, tú? —le preguntó Philippe.

—Casi los he acabado. Además, así Tsu irá más rápido.

Antes de contrariar a su hija más de lo que ya era habitual, Philippe hizo acopio de fe y la creyó.

—Dime cómo se titula, Tsu.

—No estar seguro, pero la portada es azul y verde con arenque en medio.

Evelyn apareció como un ciclón. Agarró a Tsu por los hombros y le plantó dos sonoros besos en la cara.

—¿Cómo está mi japonés preferido?

—¡Abuela! —exclamó Charlotte.

—¡Qué pasa! De los japoneses que conozco, ¡es mi preferido!

—Anda ya, si no conoces a ninguno más.

—Oye, ¡tú qué sabrás de mi vida social!

Philippe observaba a Tsu, que se divertía con la escena abuela-nieta.

—Hola, señora Bouvier. Yo muy bien y usted ¿cómo está?

—Genial. ¿Qué, te gusta nuestro nuevo piso?

—Sí, ya estar aquí el día de mudanza.

—Ah, sí, es verdad.

A Philippe cada vez le preocupaban más esas lagunas mentales de su madre, que prosiguió su avasallamiento.

—Y tú, ¿cómo estás? ¿Cómo va el menú degustación? ¿Lo tenéis ya?

—Por de pronto, no. Seis platos faltar.

—¿Y eso es mucho o poco? Ya no me aclaro con la cantidad de platos que los cocineros ponéis en un menú de estos.

—Mamá, deja a Tsu que busque el libro —intervino Philippe.

—¿Un libro? ¿Qué libro?

Tsu le explicó de cuál se trataba. Evelyn sacó del lateral de la librería una escalera que se deslizaba a través de un riel colocado en el techo, a unos cuatro metros de altura.

—Toma, Tsu, esto te ayudará. Yo subiría, pero a mi edad...

—¡Guau! ¡Muchas gracias, señora Bouvier! —dijo el japonés subiendo a la escalera con la destreza de un acróbata del Cirque du Soleil.

—Bien, chicos, pues yo os dejo, que tengo un pastel en el horno y voy a ver si Yan me acompaña a comprar unas flores para el comedor, que lo veo muy desangelado.

—Hasta luego, señora Bouvier —dijo Tsu desde las alturas.

—Adiós, abuela —dijo Charlotte agachada junto a uno de los estantes pegados al suelo. Sin embargo, observó que las piernas de su abuela no se movían, seguían clavadas en el mismo lugar. Charlotte alzó la vista.

—Dile si le apetece venir a tu fiesta de cumpleaños —le dijo Evelyn en un tono imperceptible para el japonés, que seguía ágil en las alturas.

—Vale, abu, vale —le dijo Charlotte haciendo aspavientos con las manos para que se marchara.

De nuevo en el sofá, Philippe observaba a Tsu de espaldas. Una espalda ancha y fuerte que se desdibujaba todavía más gracias a la chaquetilla ceñida. Le parecía muy curioso que el japonés llevara, durante todo el año y por la calle, esa chaquetilla de cocinero que había comprado hacía años en el mercadillo de Brick Lane. Negra, de cuello mao y con unas mangas cortas que dejaban al descubierto unos brazos musculados y, a no ser porque Tsu era imberbe, hubiese dicho que depilados. Era una mezcla extraña entre un cura joven y un cocinero. El logo de The White Spoon estaba bordado en rojo en el pecho derecho. No era la chaquetilla oficial, ya que en The White Spoon todos llevaban una blanca idéntica por una cuestión de identidad corporativa, pero a Philippe no le importaba que se la cambiase para salir a la calle; de hecho, creía que era una forma poco invasiva de hacer publicidad.

Pasado un rato, el japonés se dio por vencido. Le dijo a Philippe que no había encontrado el libro sobre marinadas.

—Debería estar en la 15.

—¿La 15? —se extrañó Tsu.

—Sí, la caja número 15 de libros que, tras la mudanza, no encontramos. También tenía libretas de mis años mozos. Hablé con los transportistas y me dijeron que ya me llamarían si encontraban algo.

Tsu le dijo que no se preocupara porque tenía otras ideas en la cabeza para el menú degustación que ya le explicaría mañana martes.

—Chef, ¿puedo preguntar una cosa?

—Claro, Tsu, dime.

—Viernes, en Scotland Yard, y ayer mañana en Colors, viendo flores y especias...

—Sí, no quise decir nada —lo interrumpió Philippe— para no involucrarla en un asunto tan delicado. Le va muy bien y no me gustaría que esto la salpicara de alguna forma. Pero estoy contigo. Un día de estos a primera hora podríamos ir a verla.

A Tsu, que parecía haberle leído el pensamiento, le pareció perfecto.

9

Acababan de entrar en esa fábrica abandonada y Philippe ya se quería ir. Notó que le faltaba el aire y se aflojó el fular. Hacía fresco, pero no era la razón de sus escalofríos. Un espacio gigantesco y diáfano de techos inalcanzables se desplegaba ante él. El suelo era de cemento cubierto de arenilla, las paredes estaban repletas de grafitis con poco arte y todas las ventanas estaban rotas. A unos veinte metros habían colocado una especie de biombo que separaba la escena del crimen del resto de la nave. En total, había unos diez policías: seis de la Científica y cuatro del equipo del capitán Gibbs. Una chica se recogía el pelo mientras vomitaba en una esquina; sus arcadas reverberaban en las paredes.

—A otro sitio, lleváosla más lejos, joder. —Las palabras de Athenea irrumpieron en la escena que Philippe contemplaba con incredulidad.

Se acercó más al panel separador; de color gris oscuro, parecía hecho de terciopelo y se desplegaba unos diez metros desde una pared hasta una columna de hierro oxidado. Se quedó unos segundos frente a él y rezó por que no se cayera al suelo. Los *flashes* de las cámaras de fotos relampagueaban por encima iluminando el macabro decorado. A lo lejos, la doctora Smith daba instrucciones a dos personas enfundadas en trajes espaciales, como si fuesen a entrar en una planta repleta de infectados por un virus letal. A su lado, Tsu llevaba unos guantes y contemplaba la escena del crimen como si estuviera en el rodaje de un videoclip de una estrella del pop. Detrás de él, el capitán Gibbs y la sargento Harrington. Tsu dio unos pasos y desapareció tras el panel. Philippe esperó unos segundos. Respiró hondo y por fin preguntó:

—¿Qué tenemos, Tsu?

—Trozos cebolla. Caramelizada. La carne se deshace. Pero es normal. Es bolo alimenticio. Busco yo trozo más grande.

Por el ruido metálico, Philippe intuyó que Tsu estaba diseccionando la comida ingerida con unos cubiertos. El japonés hablaba con los decibelios justos para que su jefe lo oyera a la perfección. Ahora era sus ojos.

—Lo tengo, un trozo bastante entero. Carne bastante melosa.

—¿Rabo de buey? —preguntó Philippe a tientas.

—No, chef. Carne poco más seca, poco más astillosa. Creo yo que es caza.

—¿Color?

—Marrón no muy oscuro. Oscura es la salsa. Por mí, que es un fondo de huesos rustidos en *demi-glace*.

El ruido de cubiertos cesó. Philippe esperaba en silencio, al mismo tiempo que miraba las caras del capitán y la sargento, que contemplaban a Tsu en el escenario del crimen.

—Oliendo, chef.

—¿A qué huele?

—Trufa, chef.

—¿Blanca, negra?

—Negra, chef.

—*Melanosporum*.

—Esto es absurdo, capitán —dijo Athenea—. Una auténtica pérdida de tiempo.

—Paciencia, sargento. No tenemos nada mejor.

Entonces el capitán Gibbs vio algo que le hizo dar media vuelta con la mano en la boca. Athenea arrugó la nariz.

—Qué asco —balbuceó la sargento.

Viendo las reacciones y conociendo a Tsu como lo conocía, Philippe no necesitó ver lo que acababa de pasar. Así que esperó. Esperó a que el japonés terminara de degustar el trozo de bolo alimenticio que se acababa de meter en la boca. Al cabo de unos segundos, la voz de Tsu se hizo oír.

—¡Chef!

—¡Dime, Tsu!

—Caza, ¡es caza! —corroboró.

—Bien —se adelantó la sargento—. Eso nos sitúa en el mundo de la perdiz, codorniz, jabalí, corzo, rebeco, faisán, ciervo, cabra montesa... Mi padre era cazador. Vamos, capitán, esto es absurdo.

La voz de la sargento era lo suficientemente baja como para pensar que se había tomado la molestia de que no la oyesen, y lo suficientemente alta como para que la oyesen. En todo caso, sus incisos parecían distraer más al chef que a Tsu, que seguía inmerso en sus pesquisas.

—¡Chef! Hay algo blanco. Pastoso. Patata. Parmentier.

Philippe se lo imaginó sosteniendo una cuchara en el aire delante de la cara, moviendo la lengua dentro de la boca y haciendo vibrar parte de su papada.

—Esa pasta blanca ¿es homogénea o está separada en trozos pequeños?

—Separada, chef.

—Pasta —se dijo Philippe.

—¿Pasta, chef?

—Es posible. Y la carne ¿lleva tomate?

—Creo no, no acidez de salsa tomate —contestó Tsu.

—Pasta y carne... sin tomate, o sea, napolitana no es. Y trozos de carne, grandes, como si fuese un ragú. Eso descarta los *tortellini*, *tortelloni*, *ravioli*...

—Chef, *lasagna*, *cannelloni*.

—O *spaghetti* o *linguine* o *penne rigate* o *lisce*...

—Este hombre no masticaba —soltó Tsu—. He encontrado seta casi entera.

—Bien, entramos en el mundo de los hongos, que no son pocos. Analicémoslos todos —volvió a apostillar la sargento.

—No seta cualquiera. Es colmenilla —aclaró Tsu, como si por una vez hubiese prestado atención a Athenea.

Hubo un silencio entre los dos cocineros que se prolongó más de lo habitual. Hadrien miró a Philippe inquisitoriamente.

—¿Qué pasa, Phil?

El chef procesaba los datos recibidos en voz alta para ordenarlos y exponerlos con claridad:

—Carne, trufa, caza, ragú, pasta... y ahora alguna especie de morchella.

Tsu abandonó la zona acotada por el panel.

—Parecerse a becada deshuesada en salmis.

—¿Salmis? —preguntó extrañado el capitán.

—Es la técnica con la que se hace la salsa de muchas aves. Se elabora con sus propios interiores, incluidos intestinos, huesos de carcasa, piel, mantequilla, *cognac*...

—¿Becada? —preguntó la sargento Harrington.

—Es un ave de pluma... —empezó diciendo Tsu.

—Sí, lo sé, pero...

—Pero seguro que su padre no cazarla.

10

Era miércoles muy temprano y The White Spoon descansaba, aunque Philippe y Tsu no. Solo, en la cocina, el chef avanzaba obstinado en la elaboración del menú degustación, mientras que el japonés había ido a primera hora a la lonja de Billingsgate Fish Market a negociar precios. Comprarían kilos y kilos de caballa durante cuatro meses, que es lo que duraría el menú degustación de invierno, así que tenía que asegurarse un precio asequible para que el plato le fuese rentable.

Sobre la tabla de cortar, Phil tenía varios filetes de ese pescado azul que tanto él como Tsu adoraban por su versatilidad. Todavía no tenía claro si lo harían en forma de tartar o ceviche. Esa era una de sus grandes piedras en el camino: la indecisión a la hora de escoger platos. «Lo mejor es enemigo de lo bueno», le decía siempre su madre. Una verdad que no es que le hubiese evitado avanzar, pero sí le había ralentizado el ritmo en muchos procesos de producción. Ese perfeccionismo, el saber que todo siempre podía estar mejor, contrastaba con la claridad de miras y el arrojo del japonés. Philippe pensaba que era cuestión de generaciones. Mientras los nacidos en los setenta, como él, habían vivido en sus carnes o en las de sus padres lo que era triunfar y fracasar en cuestión de una década, la generación Z no conocía esos saltos. Siempre vivían el aquí y el ahora. Esa comparativa con un mundo mejor al cual aspirar era algo que los jóvenes no se planteaban. Sabían que existía algo mejor, obvio, pero no vivían obsesionados con ello. Seguramente, no haberlo conocido antes ayudaba. Philippe se fijaba en las chicas y chicos de su equipo, y hacía esfuerzos titánicos por aprender de ellos. «Adaptarse o morir en el olvido.» En medio de sus cavilaciones, la puerta de la cocina se abatió hacia dentro y entró Tsu lleno de energía cargando dos cajas de poliespán.

—¿Cómo ha ido, Tsu?

—Seis libras el kilo, chef. Darme muestras —dijo levantando un poco las cajas.

—Perfecto. Déjalas en la cámara y vamos a ver a Guada.

—Genial, chef.

—Oye, por cierto, lo que te dije sobre si tartar o ceviche...

—Ceviche, chef. Ir muy bien para luego de *parmigiana di melanzane*, ayudar a bajar grasa. Además, Flor tener receta muy buena de familia suya. Pero ser con pescado blanco, no azul.

—De acuerdo, si vosotros lo tenéis claro, adelante entonces —concluyó Philippe sin ningún ánimo de contrarréplica.

11

Guadalupe García Moreira. Para Philippe, Guada. Mexicana. Cuarenta y tres años. Pintora de profesión. De las que llegan a hacer exposiciones. Hacía dos años que decidió cambiar las galerías de arte por los restaurantes. «Existe mucha falta de sensibilidad en los emplatados. Poco arte. Muchos cocineros saben combinar muy bien sabores y texturas en boca, pero no lo saben plasmar en el plato. Yo los ayudo a eso. Lo que llega primero a los alimentos no es el paladar, son nuestros ojos.» Philippe todavía recordaba cómo se lo había explicado Guada cuando se la encontró en una conferencia de Ferran Adrià sobre cromatismos en los alimentos. «Llevo poco en esto, pero creo que hay mucho por explorar y explotar.» Y razón no le faltaba. En pocos meses se había convertido en asesora de los principales restaurantes de lujo. Impartía clases en los propios locales. Sus emplatados, sus presentaciones, eran sublimes. Sus servicios se centraban sobre todo en dar unas *guidelines* para que el personal las siguiera a rajatabla. En Londres se la conocía como la Frida Kahlo de la cocina.

Philippe todavía guardaba en casa un cuadro de Guada. Se lo regaló hacía años, antes de conocer a Anne. A simple vista, era un cuadro lleno de color y, si te fijabas bien, estaba lleno de contrastes y matices. *El camino entre lo que fuiste y lo que quieres ser* era el título. Un camino que unía dos mundos repletos de formas, siluetas, con una primera franja de color que atraía la atención de quien lo miraba y simbolizaba su presente. «Un arcoíris, vamos», le solía decir Philippe cuando la quería hacer rabiar.

El Nokian era un restaurante tailandés en Stoke Newington. Philippe lo conocía porque coincidió hacía años en París con Eric, su propietario, cuando ambos eran ayudantes de cocina. Estaban en su último año en Le Cordon Bleu y surgió la posibilidad de unas prácticas remuneradas en un pequeño y prestigioso bistró de Montmartre.

Una noche, después de fregar muchas ollas y cazos, salieron a tomar una copa. En las callejuelas de ese teatro puesto en las faldas de aquella colina, se cruzaron con un grupo de estudiantes de Bellas Artes. Fue allí y fue entonces cuando vio a Guadalupe por primera vez. Y fue allí y fue entonces cuando desde una azotea baja, Cupido decidió dispararle con buena puntería una flecha con la punta empapada en absenta. Fue una época de excesos que Philippe recordaba con cariño, pero con cierto sabor agridulce. Su relación con Eric se enfrió y se distanciaron. Filosofías de vida y conceptos diferentes sobre la cocina les hicieron emprender caminos distintos. Eric llegó a Londres años después de que Philippe lo hiciera. Se casó con una chica tailandesa de familia adinerada y abrió tres restaurantes sin mucho éxito. El Nokian, sin embargo, su último invento, parecía ir viento en popa. Todavía recordaba Phil el día de la inauguración. Él no pudo ir, pero envió a Tsu en su representación. El japonés volvió alucinado ante tal despliegue. «Chef, tenía que ver, el restaurante lleno de gente importante, *influencers* de más de 100K, periodistas...»

«La gente, cuando se le da de comer gratis, es capaz de cruzar el desierto de Namibia descalza», pensaba Philippe a menudo cuando se celebraban actos así. Aunque cuando le preguntó por la comida, el japonés arrugó la nariz y ladeó la cabeza.

Phil y Tsu fueron en una moto eléctrica al Nokian. Durante el trayecto, Tsu le anunció que el de Eric optaba a ser uno de los mejores restaurantes *thai* de la ciudad, pero para eso necesitaba un empujón. «Por eso la *masterclass* de Guada aquí», pensó Philippe. Tsu le informó de que la mexicana cobraba mil libras la hora y que, para él, el Nokian era más un restaurante de postureo que otra cosa, que a nivel gastronómico le faltaba mucha esencia *thai* y mucha técnica. «Siento chef decir esto, yo sé que Eric amigo suyo.» Philippe no se lo tomó a mal; de hecho, coincidía por completo con el japonés.

El Nokian era como un visado abierto a Bangkok. Todo el servicio era de origen tailandés y la decoración lucía espectacular. Un pequeño atril daba la bienvenida y acceso a una enorme sala. En los laterales, pequeños reservados separados por biombos de papel ocre y caña de bambú. Del techo colgaban decenas de lámparas cilíndricas a diferentes alturas. Philippe las miraba y realmente cumplían muy bien su cometido: parecían las típicas lámparas flotantes que ascienden cielo arriba. Solo que esas no tenían velas en su interior.

A lo lejos, ella. Sostenía un plato en una mano y un pequeño pincel en la otra. Hablaba y gesticulaba mientras un equipo de quince profesionales la escuchaban atentos. Detrás, una enorme pantalla donde un proyector plasmaba una ensalada que parecía de brócoli con cilantro, germinados de lentejas y puntos de *curry* verde y rojo. Así, visto de lejos, parecía un jardín de Monet.

—Acojonante —soltó Tsu.

Si hubiese sido por él, no habría entrado, pero cuando la llamó, Guada insistió: «Venga, Phil, así lo saludas, son muchos años en la misma ciudad sin veros. Y además ves un poco lo que hago». Tsu y Philippe esperaban a que acabase la formación cuando el chef notó una palmada en el omoplato. Para su gusto, dada con excesiva fuerza. Los dos cocineros se giraron de golpe.

—Bueno bueno bueno, ¿a quién tenemos por aquí?

—Hola, Eric. ¿Qué tal estás? —preguntó Philippe tendiéndole la mano.

—Va, hombre, va, no me jodas —dijo Eric tirando de Philippe para abrazarlo con efusividad. Las palmadas se trasladaron a la espalda. Seguían siendo potentes.

—A Tsu ya lo conoces, ¿no?

—Cómo no lo voy a conocer. La perla del mar de Japón.

—Hola —dijo Tsu en tono solemne.

—Hola, Tsu.

Eric seguía siendo el mismo fanfarrón de siempre. En contra del futuro que Philippe le había augurado, los años no habían sido consecuentes con él. De su misma estatura, ya no tenía esa enorme panza de la que siempre había alardeado. Incluso lo encontraba un poco fuerte. Podría decir que más joven y todo.

—Te veo bien, Eric.

—Moderación, Phil, moderación. Esa es la clave. Hace años que ya no me meto nada, y hago un poco de ejercicio. Corro tres días a la semana, pádel, pilates...

«Eso, y algo de bótox y algún que otro *lifting*», valoró Philippe tras examinar su cara. También observó que mantenía ese trasfondo en la mirada. Detrás de esos ojos marrones casi negros que tanto atraían al principio, se escondía algo que nunca había querido conocer. No sabía cómo llamarlo, pero transmitía de todo menos confianza.

—Guada me ha dicho que habíais quedado.

—Sí, me citó sobre las diez.

—Está a punto de acabar.

—Vale, esperaremos.

—Oye, ¿queréis desayunar algo? Les digo a los chicos que os preparen alguna cosilla.

—No no, gracias.

—Yo café americano, por favor —dijo Tsu.

—¿Algo para llevar al buche? Tenemos galletas *tong ake*...

—¡Vale, gracias!

—Ahora vengo —dijo Eric perdiéndose por el fondo de la barra y metiéndose en la cocina.

Después de lo que Philippe consideró el «almuerzo del japonés» y una vez finalizada la clase, le pidió a Guada salir a la calle. Quería un lugar tranquilo, donde estuvieran seguros y nadie los pudiese oír.

—Cuidádmela, que le quedan dos días de formación por aquí —dijo Eric casi gritando mientras los cocineros y la mexicana salían de su local.

Los tres empezaron a caminar por Stoke Newington High Street. Philippe y Guadalupe, a la misma altura; Tsu, dos metros por detrás, inmerso en la tecnología de su móvil.

—Pareces tenso, Phil. ¿Qué pasa? Me tienes preocupada.

—Estamos investigando una serie de asesinatos.

—¿Qué? ¿Cómo? ¿Investigando? —dijo Guadalupe mientras se le dibujaba una media sonrisa.

—Va en serio. Hay un asesino en serie en Londres. Ha matado ya a cuatro personas en las últimas semanas.

Guadalupe lo miraba como esperando que desmintiera lo que acababa de oír.

—Te lo digo en serio, Guada, no es ninguna broma. ¿Me ves cara de venir hasta aquí para bromear sobre algo así?

—Pero eso..., eso es imposible. Es horrible, quiero decir. ¿Y qué quiere decir que lo estáis investigando?

Mientras Anne vivió, Philippe y Guada coincidieron de manera accidental en algún acto y en alguna feria gastronómica. Y desde que ella acudiera a su entierro, se habían visto solo en un par de ocasiones. Philippe no se acordaba de si se lo había explicado alguna vez, pero le contó de todas formas quién era su cuñado y la relación que guardaban los crímenes con la comida. Sobre todo, con las especias, las flores y los emplatados.

—Pero ¡qué dices!

Guada siempre había sido demasiado sensible. Era una de esas sensibilidades que tan pronto aparecía como se desvanecía en el olvido de la ignorancia voluntaria. Obligados de manera inconsciente por el ruido del tránsito, torcieron a la derecha y cruzaron la pequeña entrada de Abney Park. Siguieron por el camino de tierra principal.

—No te puedo enseñar fotos porque no tenemos. Pero te puedo describir los platos por si te sugieren alguna idea.

—Claro, dispara.

—Por cierto, antes de nada, decirte que no le hemos hablado a la policía de ti. Viendo cómo te están yendo las cosas, tampoco te quería liar con esto ahora.

—Muchas gracias, Phil, sigues siendo un cielo. Bueno, si vienen, los ayudaré en todo lo posible.

—En todo caso, no nos conoces. Este encuentro con nosotros es *off the record*.

—Entiendo. No te preocupes. Nunca os he visto.

—Tsu, acércate, por favor, entre los dos le podremos dar más detalles —dijo dirigiéndose al japonés.

Phil notó un cierto grado de nerviosismo. Y no era para menos. Guada imponía a todos los hombres, y el casi imberbe japonés no iba a ser la excepción. Sus tirabuzones rubios seguían cayendo intermitentes en una cascada de pelo tupido y ondulado. Los años no le habían quitado encanto a su mirada llena de esperanza y sin miedo a los giros de la vida. Su sonrisa, que escondía cierta picardía sana y juguetona, seguía iluminando un rostro dominado por unos ojos verdes y arrugando una piel tersa y pálida. Guadalupe todavía albergaba esa seguridad de quien sabe que nadie, jamás, conseguiría acaparar su atención del todo.

Los cocineros le explicaron con detalle la decoración de los cuatro platos. Ella iba tomando nota mental de cada detalle. Poco a poco y sin darse cuenta, se vieron caminando entre las tumbas de un cementerio. El cementerio de Abney Park. Hacía años que Philippe no pisaba ese lugar; de hecho, solo había estado en una ocasión. Fue en el entierro de un tío de su madre. A un lado y a otro se levantaban numerosas lápidas. La hiedra atrapaba las estatuas de algunos ángeles que parecían rezar para alzar el vuelo y huir de allí. El camino umbrío y la salvaje irrupción de la naturaleza angustiaron a Philippe, que, sin que se diesen cuenta, recondujo los pasos del grupo hacia la salida.

—Phil, no sé qué decir. Claro que os ayudaré. Pero déjame hacer mis averiguaciones. ¿Dices que ya habéis hablado con Ghalib?

—Sí, el sábado pasado fuimos al Colors con los de Scotland Yard.

—Ese hombre es muy oscuro, yo no me fiaría. Bueno, en todo caso le doy vueltas y te llamo un día de esta semana, ¿ok? Y ahora, perdonadme, tengo que volver al Nokian, que me esperan para más emplatados.

—Sí, claro. Gracias, Guada.

—No me las des. Ya sabes que puedes contar conmigo para lo que quieras. Adiós.

Guadalupe acarició el fular de Philippe y le dio un beso. Un beso cerca de la comisura de los labios. Un beso que daría mucho que pensar en los próximos días.

—Adiós, Tsu. —Ella lo miró mientras daba media vuelta para marcharse.

El japonés, que había vuelto a buscar refugio en la pantalla de su móvil, levantó la mano sin apenas mirarla.

12

Eran las 16 horas y The White Spoon ya estaba cerrado al público.

—*Ma vaffanculo!* ¡Carnaroli o arborio!, ¿en serio os lo tengo que decir?

Los gritos de Massimo que salían de la cocina se colaban en el despacho a través de la puerta abierta, donde Ruth, la encargada, intentaba explicarle a Philippe lo que supondría cambiar de proveedor de café. Pero el volumen de los chillidos la interrumpía.

—Lo que hace que un *risotto* sea *risotto* es la textura. Y esa textura se consigue con almidón. Con mucho almidón. ¿Sabéis de dónde sale ese almidón?

—De remover el arroz. —Desde el despacho la voz del portugués Gonçalo se oyó floja pero nítida.

—*Eccolo qua!* Pero de nada sirve remover si el *riso* no es el que tiene que ser. El *riso* debe tener mucho almidón. Y para eso necesitamos... —dijo Massimo esperando a que le acabaran la frase.

—¡Carnaroli o arborio! —dijeron Erika y Gonçalo al unísono.

—Pero ha gustado mucho, ¡incluso el cliente nos ha felicitado! —continuó sola Erika con su habitual dosis de inocencia y optimismo.

Philippe se imaginaba la situación: Gonçalo cerrando los ojos pensando que Erika se podría haber callado y la cara de Massimo desencajada por el comentario. Lo segundo así fue.

—*Mamma mia*... ¡me importa una mierda este cliente! Por cada tres clientes que se la puedas meter doblada, habrá uno que te pillará. Seguro. Y además será de alguna revista o algún crítico importante. Es la puta ley de Murphy. No nos podemos permitir estos lujos. Ni nos los podemos permitir ni queremos permitírnoslos. ¿Has oído? —El tono de Massimo, a medida que hablaba, era más histriónico—. Alguien con el paladar de una vaca después de lamer un kilo de sal no es ninguna referencia. A gente así le tendríamos que vetar la entrada aquí. No somos un restaurancito de cuarenta libras el cubierto que mete un kilo de emmental al risotto en el último segundo para hacerlo cremoso. Recuerda, por cada tres clientes a los que puedas engañar, habrá uno al que no. Te queda una chance como máximo, Erika.

Philippe percibió el inicio de un sollozo y unos pasos que se aceleraban. Después vio pasar a Erika llorando por delante del despacho.

—Perdona, Ruth. Hablamos del café en otro momento.

—No importa, chef. Sí, claro, se lo cuento luego.

Philippe iba a salir del despacho cuando en el umbral de la puerta apareció Ricardo, el *sommelier*, junto al capitán Gibbs y la sargento Harrington.

—Chef, tiene visita —aclaró sin necesidad el *sommelier*.

Philippe no tardó ni una milésima de segundo en postergar la charla con Massimo.

—Gracias, Ricardo. ¿Te importaría avisar a Tsu?

—Voy, chef.

Philippe miró a Hadrien y a Athenea, pero no supo interpretar bien sus caras.

—Phil —dijo el capitán con un gesto para que no se levantase.

—Hola, Hadrien. Oye, esto se nos está haciendo muy

duro. El día a día del restaurante requiere mucha dedicación. Tsu y yo hacemos el doble de horas, dormimos muy poco, y eso que apenas nos ponemos en la elaboración del menú degustación con el que quiero abrir la temporada de invierno. Todavía no hemos averiguado nada sobre la vajilla de ayer.

—Tranquilo, Phil, no veníamos únicamente por los dibujos de la vajilla.

Tsu apareció en el despacho y miró al chef, que con un gesto le pidió que cerrara la puerta antes de continuar:

—Es mucha información para nosotros. Y en muy poco tiempo. Todo esto nos coge de nuevas. Hadry, vosotros lleváis casi dos meses trabajando, y nosotros somos cocineros, no investigadores. Sí, son elementos de nuestra profesión, pero en un contexto en el que no estamos habituados a verlos... Y como os digo, son muchas cosas, algunas pueden ser una pista, o no. Tenemos la forma, pero sobre todo los dibujos que salen en los cuatro platos, donde cada uno es de su padre y de su madre, la vajilla, las flores, los brotes, las especias y las aromáticas de cada emplatado, los lugares, las víctimas, el ritual y, obviamente, las cuatro comidas servidas: una especie de gelatina de cítricos, un tipo de marisco con aceite, guacamole con una salsa dulce y la pasta rellena con un ave de caza.

—El cubo de Rubik, ostra con caviar de aceite, crema de aguacate sobre remolacha y *cannelloni de grouse* con salsa de trufa y colmenillas —dijo Athenea con total convencimiento.

Philippe y Tsu se miraron sin entender nada.

—¿Cómo saber tú eso? —preguntó Tsu.

—Mirad —dijo Athenea ofreciéndoles su móvil—. Nuestro departamento digital lo ha descubierto hace una hora. Fue publicado hace dos. Son fotos de lo que creemos que pueden ser los cuatro platos.

El chef agarró el móvil y enseguida se lo pasó al japonés, nacido en plena era digital y mucho más diestro que él en aplicaciones. Tsu lo cogió y sus dedos empezaron a bailar ágiles por encima de la pantalla. Ambos miraron detalladamente los platos fotografiados y colgados en una cuenta de Instagram. Parecían los platos originales antes de ser deglutidos. La sargento continuó hablando:

—Según nuestros analistas informáticos, la cuenta se abrió hace un mes y estuvo sin fotos durante todo este tiempo. Hace dos días se cargaron las de los cuatro platos y se publicaron.

—Es cubo de Rubik de ácidos —dijo Tsu distanciando el índice del pulgar para ampliar la foto.

—¿De ácidos? —preguntó el capitán Gibbs.

—Bergamota, mandarina, limón, pomelo, naranja y kumquat. Hecho con agar-agar. Separado con galleta de mantequilla y menta. Obra de arte. Hacerlo primero chef Léonie Sagart en 2008 en el Blauer Himmel de Viena. Muchas versiones después.

—¿Conocemos a la tal Léonie? —preguntó Athenea mirando al chef.

—Sí, coincidí con ella en una feria hace años, en Milán. Ahora lleva un restaurante aquí en Londres.

—Genial —dijo el capitán—. Y los otros platos ¿son igual de originales?

Los cocineros no contestaron. Estaban inmersos en el móvil de Athenea. Se indicaban con pequeños golpes de codo y señalando lo que les parecía relevante. En ninguno de los cuatro platos había descripción ni comentario a pie de foto. Únicamente el nombre del perfil: @BloodyMary.

Hacía ocho meses de la última conexión que tuvo Philippe con Léonie Sagart. Fue un mensaje de wasap del 6 de febrero. En él, el chef le daba el pésame por la muerte de su abuela. Se enteró porque Tsu vio que había colgado en su

Instagram el plato que le enseñó a cocinar cuando era niña. Debajo comentaba cuánto la echaría de menos y le daba las gracias por lo mucho que había aprendido de ella. Philippe creía que Léonie era una crack por dos razones: por saber cocinar como los ángeles y por ser una mujer que cocinaba como los ángeles. Durante los últimos años se había avanzado bastante en la igualdad, pero todavía quedaba camino. En un sector donde muchos chefs de la *old school* aún imponían criterios machistas, abrirse paso como mujer tenía mucho mérito. En 2010 Philippe participó con ella en un *showcooking* en la Feria de Milán. Hasta el momento no se habían visto, y después de una conferencia, un reportero gastronómico los retó a que cada uno cocinara platos del otro. Ambos aceptaron la propuesta y fue así, en el *stand* de una prestigiosa casa de hornos, donde los dos cocineros se conocieron. Desde entonces, Philippe mantuvo la conexión con la chef suiza, a la que escribía para felicitarle las Navidades y de vez en cuando para saber cómo le iba.

En 2014, cuando ella abrió negocio en el mercado londinense, fue a visitar a Philippe a The White Spoon. Él le devolvió la visita acudiendo el día que inauguraba su local. Fue con Tsu, y a los dos les encantó el enfoque que le había dado Léonie a su restaurante, Kraken. Un lugar en pleno Chelsea, con decoración y tintes de velero moderno, especializado en pescado y marisco, pero, sobre todo, en cefalópodos. Obviamente, en los postres de la carta no podía faltar la creación que la catapultó a la fama: el Rubik de ácidos.

Philippe no se quiso dar importancia, principalmente porque casi siempre rehuía todo afán de protagonismo, pero pensó que los policías tenían suerte de tenerlos a su lado. Gracias a ellos, ahora estaban hablando con Léonie en el Kraken. Algo de lo que después se arrepentiría.

Aunque podía ser por un robo con violencia o por un simple atraco, la sola presencia de Scotland Yard ponía sobre aviso al visitado. En sus primeras tomas de contacto, los policías siempre mantenían la razón de su visita en secreto. «Estamos investigando un caso de suma importancia», eran las palabras con las que Gibbs anunciaba su presencia antes de que Athenea empezara con la batería de preguntas.

«¿Hace cuánto que abriste Kraken? ¿Cómo se te ocurrió la receta? ¿Qué ingredientes contiene? ¿En qué restaurante fue la primera vez que lo pusiste en carta? ¿Quién conoce la receta original... original? ¿Dónde sueles comprar los productos para su elaboración? Necesitamos un listado de todos tus proveedores. ¿Quién te la ha plagiado y qué restaurantes lo tienen? ¿Te has enfadado con alguien en concreto por ello? Necesitamos un listado del *staff* que trabaja aquí. ¿Dónde estabas el 2, el 17 y el 30 de septiembre, y el lunes pasado?»

Las preguntas se sucedían ante la mirada avergonzada de Philippe. Athenea hablaba y tomaba nota de las respuestas con dedos ágiles en su iPhone. Léonie contestó lo mejor que pudo. «La sinceridad de quien no tiene nada que esconder», pensó Philippe. Aunque no la conocía en profundidad, siempre le había dado la impresión de que Léonie era educada, disciplinada, transparente y honrada. Y esas cualidades personales se podían ver en todas sus elaboraciones.

Hasta el momento, los policías no habían sido tan incisivos en sus pesquisas. Cierto era que tampoco antes habían encontrado una cuenta de Instagram con los platos de los asesinatos.

—Le rogamos que no salga del país en los próximos días —fueron las últimas palabras de la sargento Harrington antes de que los cuatro saliesen del Kraken.

Ya en la calle, Philippe le envió un wasap a Léonie disculpándose.

De los cuatro platos que conocían gracias a las fotos de Instagram, dos eran elaboraciones imposibles de rastrear, demasiado usuales en muchos locales. Las otras dos eran más fáciles, dado su sello distintivo. Después del Rubik de ácidos, reconocieron los *cannelloni de grouse*. Un plato típico del The Partridge Under the Bridge. Un restaurante clásico de toda la vida donde los guisos de caza con setas configuraban gran parte de su oferta. Sus recetas se habían mantenido intactas a lo largo de seis generaciones. Sin embargo, durante los últimos años se había reinventado incorporando nuevas técnicas de cocina sin llegar a perder su esencia. Una reorientación del negocio que lo había puesto en la primera línea de las listas de los restaurantes de moda en Londres.

Howard Terstenhood era el propietario y dirigía The Partridge Under the Bridge. En los fogones mandaba un cocinero recién salido de una de las escuelas más prestigiosas de Reino Unido. Un joven finlandés que había sabido adaptar y fusionar la cocina que antaño se hacía en el restaurante con la de los nuevos tiempos. Aves de caza menor en escabeche eran una de las especialidades. Y los *cannelloni de grouse* con salsa de trufa y colmenillas era un plato que había soportado los embates de la cocina moderna y aún se mantenía en carta.

Athenea se mostró implacable. Howard Terstenhood respondía a algunas preguntas con clarividencia y extensión; sin embargo, con otras se desviaba por una tangente más propia de un político que de alguien interrogado por Scotland Yard. No hacía falta ser muy avispado para ver que Howard escondía algo, aunque indagar en los motivos ya era más complicado, pensó Philippe mientras miraba ese desgarro oral al que lo sometía la sargento.

Al salir del restaurante, el capitán Gibbs y la sargento comentaron que tenían que contrastar coartadas, pero que, *a priori*, tanto Léonie como Howard parecían tenerlas para la mayoría de los días en que se produjeron los asesinatos.

—Hadry, te quería pedir algo.

—Claro, Phil, dime.

—Mira, en lo que concierne a estos interrogatorios...

—Esto es el preámbulo de un interrogatorio. Un día te invitaré a uno de verdad —dijo Athenea.

A Philippe no se le escapó la mirada que el capitán le dirigió a la sargento y que parecía cargada de reproches.

—Bueno, pues el preámbulo —continuó Philippe—. Me gustaría que nos pudierais dejar al margen cuando vayáis a visitar a colegas nuestros. Entiendo que, de momento, no puedan saber nada sobre las víctimas y los crímenes. —Philippe se sentía menos mal llamándolos así; *asesinato* le parecía una palabra demasiado cruda—. Y visto que nuestra aportación en estas visitas no es trascendental, os pediría no acompañaros.

—Sí, tener menú degustación que hacer y nosotros aquí nada que pintar.

—Pintaréis lo que nosotros digamos que pintéis. —Las palabras de Athenea volvieron a aumentar el grosor del muro que los separaba—. No sé si son conscientes, señores, de que aquí están matando a gente. Pensad que son bocas que pueden dejar de saborear vuestras delicias, con lo que vuestro negocio se puede resentir. Miradlo de este modo.

El capitán Gibbs intervino para quitar un ladrillo y estrechar el muro:

—Lo entiendo perfectamente, Phil. Haremos lo que esté en nuestra mano. Si vemos que vuestra presencia no es necesaria, como en este caso, no os pediremos que nos acompañéis.

A Howard lo conocía desde hacía años. Nunca habían tenido *feeling* y por eso no le importó demasiado, pero a Léonie la apreciaba y lo había incomodado la situación por la que le habían hecho pasar. La policía no se granjeaba simpatías, y ahora entendía por qué. Pero ellos eran cocineros, no policías.

—Gracias, Hadrien.

—Una cosa sí os pido, Phil.

—Dime.

—Aún no hemos hablado sobre el estampado del plato en el cuarto asesinato.

—Sí, es verdad.

—Me gustaría ver al *influencer* de vajillas que nos comentasteis el otro día.

—Sí, Elliot Plate.

—Exacto. Hemos intentado localizarlo, pero nos ha sido imposible.

Athenea concretó:

—Hace cinco días que no pisa su casa y no responde ni al teléfono ni al *mail* que nos disteis. A ver si vosotros tenéis más suerte.

—De acuerdo. —Miró a Tsu, que estaba inmerso en su móvil—. Tsu, por favor, ¿podrías escribirle por Instagram?

—Chef, él no seguirnos a nosotros, quizá no responder.

—Bueno, tú pruébalo, ¿vale?

—¡Sí, chef! —respondió el japonés con energía.

Los cocineros se dirigieron a The White Spoon. El servicio de noche estaba a punto de empezar. Philippe confiaba en que Massimo tuviera la *mise en place* a punto.

13

Era jueves y un sol cansado de vivir atrapado entre nubes durante la semana se atrevió a salir desafiante. Los rayos avanzaban por la moqueta hasta casi llegar a los pies de Philippe. Lo separaba de ella un escritorio liviano a la vista. De diseño nórdico.

—Hacía meses que no te veía, Philippe.

—El menú degustación...

—¿Cómo va, por cierto? ¿Ya lo habéis acabado?

—Nos quedan unos cuantos platos, pero más o menos la línea ya está marcada.

—Me alegro. ¿Y cómo llevas lo tuyo? ¿Has podido...?

—Hadrien ha vuelto a contactar conmigo.

—Vaya... Hacía mucho que no os veíais.

—Desde el funeral de Anne, más de dos años.

—¿Y cómo fue?

—Raro.

—¿En qué sentido?

—Fue como revivir algo que pensaba que solo existía en mi memoria. Fue como verla a ella.

—¿Te dolió?

—Bueno, doler..., digamos que fue extraño. Duro, al principio, aunque después me he ido acostumbrando.

—¿Os habéis visto más veces, entonces?

—Sí, bueno, vino a comer al restaurante un día y después ha querido quedar más veces conmigo.

Clarice lo miró pidiéndole más. Supuso que era lo mínimo después de estar más de seis meses sin ir a la consulta. Philippe clavó los codos en los apoyabrazos y tomó impulso para recuperar los centímetros que había perdido mientras se escurría en esa butaca de cuero.

—Supongo que debía de sentirse culpable. Lo llamé varias veces, hasta que me cansé. Y ahora creo que quiere recuperar el tiempo perdido.

Philippe se dio miedo a sí mismo. Pensó que, dos veces más repitiendo la misma mentira, y ya sería verdad. Su verdad. Siguió explicando algo que él hubiese deseado que fuera realidad:

—Claro que para él debió de ser muy duro también. Estaba muy unido a su hermana. Algunas veces, hasta me sentí celoso.

—Sí, recuerdo que en alguna sesión me lo comentaste.

—Tenían una complicidad que a menudo me costaba entender. A lo mejor, por eso lo envidiaba. Obviamente, vivieron muchas más cosas juntos que yo con ella. Él también debió de pasar su calvario.

—Cada uno tiene su manera de afrontar el duelo y el dolor de la pérdida.

—Por eso, por eso... Supongo que quiso tomar distancia. Lo entiendo, pero ni lo compartí ni lo comparto.

—¿Por qué no?

—Por Lottie. De mí se podía alejar, pero de mi hija, de su ahijada... Hacían muchas cosas juntos. La llevaba al cine, iban a conciertos de estos *mediocantantes* que ahora están tan de moda, incluso habían ido a algún combate de boxeo juntos, a pesar de mis reticencias..., y de repente, se esfuma. Me parece que Charlotte también le envió algún mensaje. Pero nada. Sin respuesta.

El sol ya le había atrapado los pies. Por un instante agradeció tenerlos calientes. Aunque fue por poco tiempo debido al paso de alguna nube, que dejó apagado otra vez ese espacio aséptico. Philippe se fijó en los tres libros que había en la kilométrica estantería sobre Clarice. Dos seguían siendo los mismos, y solo uno había cambiado. Un despacho recargado de información y de mensajes quizá distraería a los pacientes. Sin embargo, él no necesitaba muchos *inputs*. Volver a estar allí le recordaba aquella época negra en la que acudía aturdido por la falta de sueño. Fueron meses eternos. Noches en las tinieblas, deseoso de volver a ver la luz.

—¿Sabes una cosa?

—Dime.

—Al principio la odié.

—¿A quién? ¿A Charlotte?

—¡No, a Anne!

—¿Por qué razón?

—Puede sonar egoísta, e incluso infantil, pero sentí rabia porque me hubiera dejado solo con una hija casi adolescente.

—Forma parte de las fases de duelo. ¿Y ahora?

—La echo muchísimo de menos. Pero su continuidad aquí, en la tierra, aparte de su recuerdo, es Lottie. Ella me ha dado las fuerzas para tirar adelante, aunque está muy difícil.

—¿Qué edad tiene?

—Por eso mismo, casi dieciséis. Hormonalmente es como la caja de Pandora y si le sumas que, aunque no lo diga abiertamente, debe echar tanto de menos a su madre como yo, pues figúrate... Creo que ninguno de los dos lo hemos superado todavía.

—Philippe, una pérdida así no se supera, se asimila y se lleva encima como una mochila. Es nuestro bagaje de vida.

—Me estoy empezando a hacer a la idea... Y sé que tengo que dejar al margen mis sentimientos y centrarme en Lottie. No, si la teoría me la sé..., pero volver a ver a Hadrien ha reavivado una herida que apenas tenía cicatrizada.

—Es perfectamente comprensible. Con tu hija, te diría

que debes priorizar su estado anímico, pero con el resto no. Debes mirar por ti mismo. Y si sigues molesto con tu cuñado, debes comunicárselo. De forma asertiva, pero debes decírselo. ¿Habéis hablado?

—Sí, el otro día un poco.

—Philippe, yo me especialicé en sueños, en su análisis y en el significado que subyace en ellos. En su día viniste aquí porque tenías uno muy recurrente y que escondía un problema que suponía un fuerte impedimento para el desarrollo de tu trabajo diario. Lo diseccionamos y buscamos herramientas para que poco a poco fueras superando esa fobia. ¿Cómo llevas este tema?

Philippe se quedó inmóvil, pensando qué decirle para que sonara convincente. Pero si bien la primera mentira era por un acuerdo de absoluta confidencialidad firmado con Scotland Yard, una segunda no tenía sentido en ese contexto.

—No muy bien, la verdad. Me enviaste una serie de documentos, pero no he hecho nada. Sé que hablaban de los miedos irracionales. De exponerse poco a poco. Pero apenas he tenido tiempo. Además, creo que mi trabajo es una exposición continua a mi miedo. No veo motivo para que tenga que forzarlo.

—Tienes razón, pero no es lo mismo hacerlo de manera voluntaria y controlada que dejarlo todo a expensas de un santoku.

Philippe sonrió y ella sonrió, tensando hacia arriba esos labios que siempre llevaba pintados de rojo.

—Es verdad, a tu marido le encantaba cocinar, ¿no?

—Sí, es un *freaky* de los cuchillos. Se los compra todos.

Philippe asintió, le agradaba que hubiese no profesionales a quienes les apasionase la cocina.

—Sobre los sueños..., ya no los tengo tan a menudo. Muy de vez en cuando. Pero sigue siendo el mismo.

—¿Cómo era?

Philippe tragó saliva. No podía creerse que no se acordara. «¡Si cobra 180 libras la hora! ¡Cómo no se va a acordar!»

Hacía más de dos semanas que no tenía ese sueño, y empezar a rememorarlo le volvió a producir ese ardor en la boca del estómago. Ese nudo pidiendo a gritos ahogados salir del pecho. Pero ya había tomado la decisión. Además, estaba acompañado por una profesional. Así que lo invocó. Y sus imágenes borrosas lo arrastraron al otro lado. Cerró las pestañas rubias, casi albinas. Una oscuridad maléfica se cernió sobre él...

—Es de noche. Voy caminando por el arcén de una carretera secundaria. Oigo gritos. A lo lejos, veo humo. Sale del capó de un coche. Corro. Corro y corro. Pero avanzo muy poco. Es mi coche. Y quien grita soy yo. Tengo la cara desencajada... Me fijo en lo que sujeto entre mis brazos. Es Anne.

Philippe se tomó unos segundos de pausa. Cogió aire y valentía. Siguió:

—Lleva su jersey preferido, uno de cuello de cisne blanco. Intenta decirme algo, pero le falta el aire. De repente, del cuello le sale una pequeña mancha roja. Cada vez se hace más y más grande. A un ritmo imparable, coloniza pulgadas y pulgadas de algodón blanco. Mi yo agachado pretende frenar esa expansión. Le bajo el cuello. De un corte que le secciona la yugular sale un géiser de sangre.

—Philippe...

—Me salpica el rostro. La sangre cae en cascada.

—¡Philippe!

—Me empapa. La empapa. Yo lloro. Sangre también. Y corro. Quiero ayudar a mi otro yo. A mí. Pero no me muevo. Grito. Pataleo. No avanzo. Un charco de sangre...

—¡¡Philippe!!

Él frenó en seco la secuencia.

—Lo has hecho muy bien, Philippe. Tranquilo, tranquilo...

Todavía respiraba de manera entrecortada. Tenía la mirada perdida y los ojos rojos y vidriosos. Clarice le tendió una caja de pañuelos, lo único que había sobre la mesa aparte de su bloc de notas. Los cogió y se secó la frente y una lágrima que le caía por el lateral de la nariz.

—En eso consiste la exposición. No hace falta que los hechos sucedan de forma real, lo importante es que desencadenen en nosotros los mismos síntomas. Rememorar y revivir lo que nos provocan. Hacerlo de manera continuada hasta que aprendas a convivir con ello. A no tenerle miedo. A mirarlo a la cara. En eso consiste la práctica. En habituarse. Muy bien, Philippe, has tenido mucha valentía y coraje.

Philippe salió de la consulta de la doctora Clarice Dupont sabiendo que debía ponerse en serio con sus recomendaciones si no quería seguir toda la vida igual, algo que sería imposible si quería continuar viviendo de la cocina. La fobia que le provocaba la sangre desde que Anne murió en sus brazos le estaba poniendo a prueba en todos los sentidos.

Eran las doce y el turno del mediodía de The White Spoon estaba a punto de comenzar. Aceleró el paso. Bajó por Rutland Gardens y pasó por delante de la sinagoga de Westminster. Al girar la esquina, vio a lo lejos a Massimo y a Tsu que caminaban por la acera del otro lado. Esperó a que el semáforo se pusiera en verde y cruzó. Detrás de ellos, a punto de darles alcance, se percató de que discutían. Más que una discusión, era un concierto a una sola voz. No lograba entender el contenido, pero el volumen era más alto de lo normal, y la manera de gesticular de Massimo era más airada de lo que ya era habitual. El italiano le hablaba a medio palmo de la cara. Casi le escupía. Philippe ralentizó la marcha y se abrieron más metros entre ellos. Andaba con los ojos clavados en el suelo, aunque levantaba la mirada con frecuencia hacia el italiano y el japonés, que aguantaba impasible la avalancha de palabras subidas de tono. De repente, se pararon en seco. Tsu le cogió de la solapa de la tejana al italiano y lo empotró contra la fachada de un edificio. Philippe frenó sin saber dónde esconderse. Se ocultó tras una papelera e hizo ver que se anudaba los cordones de los botines. Massimo, de puntillas, le agarró las manos al japonés para zafarse. Tarea complicada para el italiano. Agachado como estaba, a Philippe por un instante le pareció ver los pies danzarines del napolitano que dejaban de tocar el suelo. La gente pasaba a su lado y los miraba sin detenerse. Massimo se quedó estático. Abrió los brazos invitando a Tsu a que siguiera, a que le pegara, a que eso fuera a más. El japonés pareció pensárselo, pero finalmente abrió las manos dejando ir a su adversario. Ambos retomaron su camino hacia The White Spoon como si nada hubiese ocurrido. Philippe esperó unos minutos antes de reanudar la marcha mientras se preguntaba qué coño había pasado ahí. Sabía, desde que el japonés entró en su cocina, que entre él y Massimo nunca había habido muy buena onda. No eran amigos del alma, y eso lo palpaban todos en el restaurante. Pero de ahí a casi llegar a las manos... Su ayudante principal y su *sous-chef* enfrentados. Lo que le faltaba.

14

Llevaba mucho sin ir a cenar a un restaurante con estrella Michelin. Robert y él llevaban planeando una salida así desde hacía tiempo. A los dos les encantaba probar sitios nuevos. Pero este era diferente. Era el restaurante de Phil. «Tenemos que ir. Se lo debemos.» Una frase que se repetían y repetían, y a medida que pasaba el tiempo, más costaba tomar la iniciativa. Por vergüenza. Por el qué dirán. Por miedo a revivir viejos fantasmas. Hasta que un día de hacía cinco meses, Robert por fin se decidió a reservar. «Hadry, el 10 de octubre tenemos reserva donde Phil.» Al principio se le hizo un nudo en el estómago con solo pensarlo, no le acababa de apetecer del todo. Pero a medida que se acercaba la fecha, empezó a hacerse a la idea e, incluso, se llegó a entusiasmar después de leer algunas críticas. Cuando ya lo tenía más que asumido, una gripe mal curada hizo que su pareja no pudiera acompañarlo y que su acompañante fuese otra.

—Venga, sargento, debemos conocer al enemigo, lo que le apasiona, su oficio. Por lo que hemos podido averiguar de las conversaciones entre Philippe y Tsu cuando se refieren a él o ella, sabe lo que hace. Quizá nos podamos inspirar o nos vengan ideas nuevas a la cabeza. Además, hablar con los cocineros de manera distendida, después de su servicio y fuera del nuestro, nos irá bien.

Al fin, la sargento accedió.

The White Spoon estaba en Knightsbridge, un barrio de lujo repleto de casas victorianas que los fines de semana se abarrotaba de turistas. Un largo ventanal apaisado ofrecía unas vistas extensas del interior. A la izquierda, quedaba una barra de base blanca y un sobre de madera decapada y tratada. A la derecha, a unos cuatro metros frente a la barra, tres mesitas para dos comensales.

—Buenas noches, capitán y sargento. ¿Vienen a hablar con el chef?

La *maîtresse* se acordaba de ellos a la perfección.

—Tenemos reserva. De hecho, no sabe que venimos hoy, así que le ruego que no se lo diga. No quiero importunarlo —mintió.

Tras confirmar la reserva y cogerles los abrigos, los acompañó hasta la mesa. Durante el trayecto, alguien del *staff* se dirigió a ella como Ruth. Hadrien pudo constatar que era una mujer corpulenta y alta, sin tacones medía casi su metro ochenta. Vestía pantalón negro de pinzas y chaqueta blanca, que contrastaban con su piel de mulata. Se notaba que había trabajo detrás de ese pelo casi liso, donde también resaltaba un mechón canoso recogido con un clip.

Durante las dos visitas oficiales por trabajo, Hadrien no se había fijado bien en el local. Dejaron atrás la barra de la sala principal y cruzaron un pasillo que pasaba por delante de los lavabos y de la cocina. Sepultado a dos escalones de altura, un pequeño comedor casi cuadrado. Hadrien vio cómo el día se apagaba a través de dos grandes ventanas que daban al jardín de un patio interior. Pero lo que le llamó la atención fue el techo. Era muy alto y en él habitaban decenas de tuberías de diferentes grosores que, en conjunto, ofrecían una imagen curiosa y estética al mismo tiempo. De las alturas, bajaban lámparas que iluminaban las mesas de madera, que se extendían paralelas a unas paredes de ladrillo visto calado de blanco, y unos sofás modernos recorrían el perímetro de la estancia. The White Spoon reunía la eterna y controvertida dicotomía entre modernidad y calidez.

—Enseguida vendrá el *sommelier* para tomarles nota de los vinos —les dijo Ruth mientras les entregaba las cartas.

Hadrien se colocó sobre la punta de la nariz unas gafas transparentes y rectangulares. Ambos empezaron a ojear los platos y los vinos. Esa noche Athenea parecía que se había arreglado un poco más de lo habitual. Pero lo único que había variado respecto a su *outfit* diario de tejanos y camisa lisa era un jersey y unos pendientes. El jersey era fino y le estilizaba aún más su cuello largo y delgado. Los pendientes, en forma de aro, le daban cierto aire juvenil.

—Una hamburguesa con queso y unas hojas de lechuga ya nos darían el aporte calórico que necesitamos para compensar lo que vamos a gastarnos —disparó Athenea mientras diseccionaba la carta.

—Pero si le cambias la textura, lo aderezas y lo condimentas para darle un sabor más original, ¿no es mejor?

—Sí, si no condimentaran tanto el precio.

—Sargento, ¿sabe cuánta investigación y técnicas hay detrás de cada uno de estos platos?

—Convertir un tomate en gas no me parece un gran aporte a la ciencia que digamos. Ahora, si ese tomate gaseoso tuviese las propiedades para curar la ELA, por ejemplo, sería un avance estratosférico.

—Entiendo su punto de vista, sargento. Entiendo que el placer es un añadido a nuestras vidas y sentirlo no cura ninguna enfermedad, pero puede alargarnos la vida. O al menos, hacérnosla más llevadera.

El turno de rebate para Athenea se vio interrumpido por el *sommelier*, que acudió a tomar nota del vino. Era un hombre de unos treinta años, alto, con el pelo recogido en una coleta lacia y morena combinada con un bigote que le daban un aire entre *cool* y bohemio. El arrastre de las eses no tardó en revelar su origen chileno, uruguayo o argentino. A Hadrien le costaba mucho distinguir entre esos tres.

—¿Ya saben qué vino quieren los señores?

—¿Nos recomienda alguno?

—¿Qué menú pedirán, el corto o el largo?

—El largo.

—El corto —dijo Athenea casi al unísono.

—En ese caso, puesto que ambos menús poseen más coincidencias con los principales y los primeros platos que con los segundos, les aconsejo el Warstast. Se trata de un riesling de categoría auslese, procedente de la pequeña comarca del Rin y...

Durante la explicación del *sommelier*, el capitán observó que el vino se ajustaba al presupuesto que habían estipulado. Lo interrumpió y, lo más importante, se adelantó a Athenea:

—Nos parece fenomenal.

—Estupenda elección —dijo el *sommelier* ladeando la cabeza en señal de aprobación.

Hadrien disfrutó con el menú largo, compuesto por cuatro principales, tres primeros, tres segundos y tres postres, cuatro platos más que el corto. Todos seleccionados y ordenados con juicio. Siempre procurando que el gusto de uno no eclipsara el del siguiente. Pero entre todos, uno destacó por encima del resto. Era un calamar quemado en su tinta sobre gelatina de hinojo y agua de tomate. No supo qué le gustó más, si el sabor conseguido o la presentación, que le pareció espectacular: en un pequeño cuenco azul, la gelatina flotaba sobre el agua. La pata del cefalópodo surgía de abajo y trepaba, como un mástil, por un pequeño palo de pan con semillas de amapola clavada en la base gelatinosa. Le recordó a uno de esos cuentos de Julio Verne donde unos tentáculos gigantes emergen del fondo del mar para engullir una embarcación. Unas formas oscuras e irregulares de la tinta manchaban el agua simulando vestigios de una batalla librada. Alrededor flotaban, como si de un funeral hindú se tratase, unos diminutos pétalos amarillos y rojos.

Después del café y los *petit fours*, el capitán y la sargento pidieron una *grappa* italiana y un *whisky* escocés para ganar un poco de tiempo. Horas antes de acudir al restaurante, Hadrien había enviado a Philippe un wasap informándole de que iba a cenar allí y pidiéndole que no se relacionaran dentro del restaurante. Suponía que su presencia allí el primer día había dado lugar a habladurías. Así que, si las podía evitar, las evitaría. Quedaron con los cocineros en salir antes y esperarlos fuera, dos calles más arriba.

15

Sobre las doce y media apareció Philippe, que vestía una boina negra y el fular azul, y Tsu, con su chaquetilla negra de calle. Los cuatro cruzaron el Hyde Park. Era ya viernes por la noche, y el Raw estaba a rebosar de gente.

Los cocineros y los policías se abrieron paso entre la multitud hasta alcanzar la barra. Una camarera que no llegaba a los treinta saludó a Tsu y le tomó el pedido. Diez minutos más tarde los cuatro se sentaban en un sofá en forma de ele; era una zona muy apartada del bullicio central, casi un reservado. Bebían en la penumbra dos *whiskies* dobles con hielo, un *black russian* y un agua con gas.

—Phil, os queríamos comentar que Ghalib Totah ha desaparecido del mapa. Desde ayer lo buscamos, pero no hemos tenido suerte.

—¿Sospecháis de él? —preguntó Philippe un tanto sorprendido.

—No hasta su desaparición —se adelantó a decir la sargento Harrington.

—La verdad es que lo único que tenemos, y que nos lo reveló él mismo, es su falta de coartada en los tres primeros crímenes. La doctora Smith calculó las horas aproximadas de los asesinatos, y en todas las ocasiones se encontraba solo: una, trabajando en su despacho del Colors, y las otras dos, solo en su casa.

—¿Y el cuarto? —preguntó Tsu después de dar un sorbo al *black russian*.

—Eso es lo que queríamos averiguar ayer, pero en la

tienda su encargado nos dijo que hacía dos días que no acudía al trabajo. Nos acercamos a su casa, pero tampoco estaba allí. Estamos tramitando por medio de la jueza instructora del caso una orden de registro.

—Hadry, todo esto es muy confuso —apuntó Philippe. El contraluz mantenía su rostro en un falso anonimato para los dos policías. Su voz, sin embargo, denotaba preocupación—. Por una parte, tenemos las especias, los germinados, las aromáticas y las flores que decoran los platos. Por otra, están los dibujos de las vajillas. Y finalmente tenemos las fotos colgadas en Instagram que supuestamente son los platos de los crímenes. Aparte de los contactos que os hemos dado, no podemos aportaros gran cosa. Y es que hay mucha gente que sabe cocinar. Nosotros, Hadry, estamos acostumbrados a ver codornices y conejos destripados, no cuerpos humanos. Y menos con la precisión de corte que presentan los...

—Los cadáveres —lo ayudó a concluir Athenea.

—Sobre eso queríamos hablar con vosotros, Phil —intervino Hadrien.

—Sobre eso y sobre las vajillas —agregó la sargento.

—Sí, pero primero hablemos de la forma de cortar —apuntó el capitán—. Nuestros expertos forenses han estado analizando el corte, la profundidad, la superficie de la sección de corte..., y de momento no han podido concluir si el asesino o asesina es diestro o zurdo. Otro rasgo característico en el *modus operandi* relativo a las vísceras. En las dos primeras víctimas, el asesino las dejó en el lugar del crimen. Pero a partir de la tercera, nada. No existen. Desaparecidas. Como si nuestras víctimas hubiesen nacido sin ellas. Hemos registrado palmo a palmo, no ya solo los escenarios de los crímenes, sino las zonas donde se ejecutaron. Pero no hemos encontrado nada. Creemos que existe alguna razón por la que nuestro asesino empezó a quedárselas. Nos resulta extraño que se tome la molestia de llevárselas, y que en cambio no haga nada con la sangre. Philippe, Tsu, el otro día comentasteis que el tipo de corte estaba efectuado de manera magistral. ¿Quién es para vosotros el mejor cortador de carne o pescado en estos momentos en todo Londres? O la mejor, se entiende.

—Esto que os lo diga Tsu —respondió Philippe y llegó a pensar sin decirlo: «Que, como buen japonés, sabe lo que es cortar»—. Yo os hablaría de cocineros de mi edad que en su día eran auténticos maestros del corte, pero creo que las nuevas generaciones los han superado.

—Hay bastantes cortadores carne *sushi* muy buenos en ciudad —aclaró Tsu.

—Ya, pero si tú tuvieses que elegir a uno, ¿a quién escogerías? —presionó la sargento.

—Yumiko Kokoro. Excepcional, fina, rápida —soltó de sopetón—, ágil, limpia —siguió de manera más pausada—, elegante, precisa, creativa... —acabó diciendo casi con desgana.

—¿Se necesita mucha fuerza para cortar un cuerpo humano? —preguntó Athenea.

—Mí no sé. Nunca corté uno.

—Pero sí has despiezado ciervos y jabalíes, ¿no?

Philippe vio que Athenea había hecho los deberes. El japonés no era lo que se diría un personaje muy conocido en el mundo de la restauración londinense, y siempre había mantenido la discreción en las redes sociales. Pero el hecho de trabajar junto a él en The White Spoon lo había hecho visible en Google, y algún que otro *foodie* lo había mencionado en Instagram, Twitter o Facebook. Supuso que eso ayudó a la sargento a averiguar que Tsu había trabajado y aprendido mucho de un cocinero que procedía de una familia de carniceros de la Toscana. Ahora regentaba una *trattoria* en Siena, donde su especialidad en carne era el *stracotto* y la *tagliata*.

—Sí, con buenos cuchillos nada resistirse.

Como si se hubiesen puesto de acuerdo, todos bebieron un trago a la vez.

—Philippe, ya sé que convinimos en que no nos acompañarais, pero visto el cariz japonés, quizá Tsu nos sería de gran ayuda —comentó el capitán.

Ambos cocineros asintieron con la cabeza sin que les quedase otro remedio, aunque Philippe captó en Tsu cierta ilusión.

—Capitán, ¿y si investigamos las principales casas de cuchillos? ¿Qué le parece?

—Buena idea, sargento. Tsu, ¿dónde o quién vende los mejores cuchillos afilados?

—Un cuchillo no nace afilado —dijo tajante el japonés—. Afilarse con el tiempo. Necesitar trabajo, tiempo y cariño.

—¿Cariño? ¿Tiempo? —preguntó la sargento—. Yo creía que, con el tiempo, un cuchillo deja de cortar y se debe ir afilando.

Philippe trató de explicárselo:

—En la cultura japonesa, el cuchillo no se considera solo una herramienta, sino una extensión más del cuerpo humano, de la mano. Y como tal, se tiene que cuidar. Un cuchillo pierde filo con cada corte, sí, pero lo gana en el sentido de que cada vez conoce mejor a su dueño, y en función de la inclinación a la que lo someta el chef, se va gastando más por una parte que por otra. Pierde filo en sentido literal, pero lo gana porque se va puliendo poco a poco transformándose en una parte de quien lo usa. Después se afila con la piedra al agua.

—Está bien, está bien —dijo Athenea.

—Cada cuchillo es personal, intransferible —sentenció Tsu.

Philippe y Tsu les explicaron dónde podían encontrar los mejores cuchillos en la ciudad. No hablaron de marcas comerciales, sino más bien de casas antiguas alemanas y de maestros japoneses con los que no habrían dado en su vida.

—Chef, Tsu, ¿qué pensáis sobre los dibujos y estampados de las vajillas? —preguntó Athenea.

—Quizá son pistas, o quizá esté jugando con falsas señales para despistarnos —dijo Philippe.

El capitán esbozó una sonrisa y miró de reojo a la sargento, que asintió cabeceando varias veces, como quien reconoce a regañadientes que ha perdido una apuesta. En ese momento, Philippe pensó que su cuñado sabía que Tsu y él iban a colaborar incluso antes que ellos mismos.

—Nosotros también hemos pensado en eso. De hecho, os queríamos hablar sobre el *influencer* de vajillas. Le pediste a Tsu que le enviara un privado por Instagram. ¿Os ha contestado?

—Nada, cero.

—La verdad —dijo la sargento haciendo una pausa mientras esperaba a que una camarera que pasaba cerca se alejara a una distancia prudencial—, nos llamó la atención eso de *influencer* de vajillas. Estamos acostumbrados a los *influencers* del mundo de la moda, o a que sean cantantes o actores o actrices, o *foodies*, pero nos chocó el perfil de este tal Elliot Plate.

—Bueno, Elliot lleva en el mundo de la gastronomía muchos años. En el ramo se le empezó a llamar *influencer* de vajillas a modo de broma y con cierta ironía, pero con el tiempo acabó siendo verdad.

—Empezó de coleccionista de vajillas, pero con tiempo ha sido *influencer* para nosotros —recalcó Tsu.

—Sí, por lo que tengo entendido, tiene bastantes seguidores, ¿no, Tsu? —preguntó Philippe esperando la corroboración del japonés, que asintió con un gesto de cabeza.

—Nuestros informáticos han estado rastreando y siguiendo todos sus movimientos. No han detectado nada que les llamara la atención, excepto una cosa. Elliot Plate tiene 19.318 *followers*, y la mayoría son restaurantes y cocineros de todo el mundo, entre ellos el White Spoon y también tú, Philippe.

—De eso se encarga mi hija, yo...

—Te entiendo perfectamente. Yo tampoco sirvo para las

redes sociales, me sacas del buscador de Google y ya se me viene el mundo encima. Estamos al día gracias a Robert, que es el que se encarga de todo esto. Pero...

—Y tú, Tsu, ¿no tienes Instagram? —interrumpió la sargento.

—Mi Instagram es White Spoon.

No eran pocas las veces que Philippe le había dicho al japonés que no empleara tanto tiempo con el Instagram del restaurante. Tsu no paraba de hacer fotos de los platos, de la materia prima, de los procesos... Para Philippe, demasiadas. Pero había comprobado que daban sus resultados.

—Y que no va nada mal, por cierto. Tenéis miles y miles de seguidores también.

Phil pudo entrever una leve sonrisa del japonés, invisible para los policías.

—Como os estaba diciendo —siguió el capitán—, hay algo muy curioso: Elliot Plate tiene miles de seguidores pero él solo sigue a tres personas. Una es su madre, una mujer de sesenta y siete años con un perfil muy normal; otro es su hermano, un conductor de autobús de la ruta 38 de Londres, sin nada que destacar tampoco. Pero la tercera persona a la que sigue es una especie de *foodie* cocinero que se hace llamar @Coriandrum3.0.

—De él dice —la sargento miró el móvil—, y leo textualmente un *post* que subió hace meses: «El único al que le dejaría tapar mis platos con sus recreaciones». La verdad es que se tiran algunas florecillas mutuamente. Parece una relación basada en el peloteo y el respeto, lo que constata, según nuestros analistas de redes digitales, que no se conocen personalmente.

—Y nosotros, Tsu, ¿conocemos a este tal @Coriandrum3.0? —preguntó Philippe.

—Me parece que seguimos.

—Sí, lo seguís —aclaró Athenea.

—Igual que 160.115 *followers* más. Estamos indagando en

sus movimientos y rastreando sus fotografías. Muy elegantes y plásticas, por cierto —añadió el capitán.

—Sí, la verdad es que tiene bastante éxito en las redes para ser alguien que cuelga fotos de platos. Se trata de un perfil más transversal. A la gente siempre le ha gustado comer, y desde que hacen estos *realities* en los que hay más *show* que cocina —la sargento dirigió una mirada rápida al japonés—, todavía ha generado mayor expectación. Y no cuelga nada más. Todo su *feed* es de comida ya cocinada y emplatada. Abrió la cuenta hace casi diez años.

—¿A cuántos seguir @Coriandrum3.0?

—Pues la verdad es que sigue a una amplia masa de restauradores y cocineros de todo el mundo. No os podemos decir más. Si tenemos nuevas noticias, os iremos contando.

—Phil, gracias por todo, de verdad. Sabemos que no es fácil compaginar el servicio diario de un restaurante como el vuestro, la elaboración de un menú degustación en el que estáis inmersos, y además ayudarnos con el caso.

—También hemos investigado, y lo seguimos haciendo, a algunos de los cirujanos más reputados de Londres. —Athenea parecía no dar tregua—. Cortes de este calibre y con esta precisión podrían proceder también de alguien que trabajara en un hospital y se dedicara a operar con asiduidad. La mayoría tiene coartadas, así que de momento los profesionales de este sector parecen más inocentes que vosotros, los que os dedicáis a la restauración. Ah, y relacionado con esto, no hemos encontrado rastros de drogas o anestésicos.

—Pero ¿cómo puede alguien ser perforado de este modo sin estar dormido? —preguntó Philippe.

—Creemos —se adelantó el capitán— que las víctimas fueron drogadas con escopolamina, burundanga, como se suele llamar en la calle. La utilizan violadores y pequeños delincuentes para efectuar robos. Se trata de una droga que suprime y bloquea los neurotransmisores e inhibe la voluntad de la víctima. Es de rápida absorción, con lo que los efectos son casi inmediatos, y, de igual manera, de rápida expulsión a través de la orina. Nuestros especialistas forenses no han encontrado rastro en las vejigas, uno de los pocos órganos junto al corazón y los pulmones que conservan dos de las cuatro víctimas.

—¿Y eso qué significa? ¿Que las duerme y las mata entonces?

—Pensamos que las droga en un bar y las invita a casa o donde quiera que les sugiera él, y allí las amordaza. Las marcas en las muñecas y en los tobillos no dejan lugar a dudas. También creemos que para someterlas haya empezado a usar otro tipo de droga que sí deje rastro, y por eso a partir de entonces no hay ningún órgano donde poder detectarlas. Pero para esto, es probable que tenga una guarida donde nadie lo vea ni lo oiga. Y luego traslada los cuerpos.

Athenea apuró la copa y complementó la explicación del capitán:

—En su matadero, una vez amordazadas, espera a que recuperen la conciencia y las abre en canal y les extrae el estómago, el hígado, el páncreas, la vesícula y el intestino. Después corta la carne, la fibra y los músculos hasta dejar el espacio necesario para que quepa un plato. Por los capilares que hemos analizado en la sección del corte y la carne en contacto con el aire, nos consta que el corazón dejó de latir unos cinco minutos después del primer corte.

—Pero entonces... —dijo Philippe sin acabar de entender el procedimiento.

—Phil, a no ser que se desmayen antes, nuestras víctimas son conscientes en todo momento cuando se les vacía el estómago.

La penumbra del Raw a Philippe se le hizo más oscura que nunca.

16

A los cuatro años Charlotte asfixia el peluche contra su diminuto pecho. La luz del pasillo, encendida para que se pueda dormir de manera plácida, hace horas que ha dejado de funcionar. Sombras fantasmagóricas invaden la casa y avanzan al son de una gran luna que se cuela sin pedir permiso por los ventanales del comedor. Solo los espíritus más oscuros tienen permiso para romper el silencio. Son las cuatro y veintidós de la madrugada y todos duermen. En la penumbra de la habitación de Philippe, las siluetas se recortan. La puerta, ajustada, se abre y una silueta más aparece. Él se da cuenta y voltea su cuerpo cambiando de lado. Abre el edredón de pluma de oca.

—Ven, peque, ¿no te puedes dormir?

Pero nadie entra. Nota que alguien, de pie, lo mira.

A Philippe le costó, pero pudo chillar aún y sentir una mano invisible que le tapaba la boca. Se despertó envuelto en un sudor frío. Eran las cinco de la tarde del viernes y todavía arrastraba las secuelas de la noche anterior. La siesta no lo había repuesto. Casi al revés. Notaba algo extraño. «¿Qué me pasa? Ayer no bebí tanto. Y esto no es de resaca. Esto es diferente. ¿Por qué estoy temblando si no tengo frío?»

Sí, Philippe temblaba. Pero no de frío. Sino de miedo.

La teoría la sabía. La gráfica era esta:

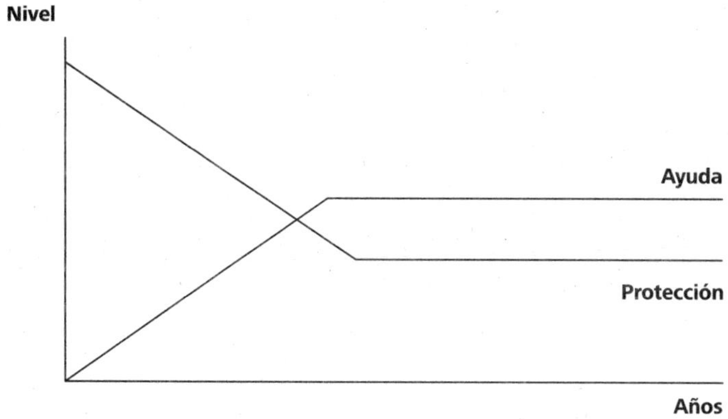

Clara y meridiana. Pero, como en todo, ponerla en práctica era lo realmente difícil. Como cualquier padre, llevaba años intentando hacerlo lo mejor posible con su hija. Sabía que, y los datos ahí estaban, en materia de educación, cuanto más se involucrasen las emociones, peor era para el futuro de los pequeños. Ser frío y racional era la clave. Las decisiones en caliente sofocaban un fuego instantáneo, pero dejaban unas brasas con potencial suficiente como para transformarse en llamas ante la más ligera brisa. Según él, lo duro era dejar de lado la comodidad, su comodidad, de un resultado a corto plazo para uno a largo. Aunque le costara el doble de esfuerzo y el triple de paciencia. Desde lo de Anne, meses en los que tocó fondo, se había estado recuperando, y esos destellos de racionalidad y desapego que él, a veces, había tenido, habían empezado a aflorar de nuevo.

Pero desde que apareció Hadrien con su maldito caso, todo había cambiado. Un alto estado sensitivo había vuelto para quedarse. El miedo llevaba días trayendo ramitas a su cerebro, hasta acabar anidando ahí. Y un pensamiento recurrente le venía a la cabeza: «¿Cuántas veces he estado cerca de la muerte?». No de una muerte accidental o meramente circunstancial, como que le cayese un rayo o ser atropellado por un taxista distraído. No. Pensaba en las veces que había estado tan cerca, casi hasta tocarlo, de un asesino en serie. ¿En la panadería cuando el dependiente le devolvía el cambio? ¿Ayer cuando le abrió la puerta al de Amazon? ¿La semana pasada, que le preguntaron dónde estaba la parada de Bayswater? ¿Hablando con el camarero de refuerzo mientras este se fumaba un cigarro en la calle? ¿O el amable conductor que espera a que Lottie llegue para entrar en el autobús? «Nos pasamos toda la vida intentándonos conocer y a menudo nos sorprendemos a nosotros mismos. Como para que los demás no lo hagan también», pensó.

Un olor a chamuscado le sacó de sus oscuras cavilaciones. El humo se colaba por debajo de la puerta de la habitación. Al salir, apenas veía a pocos metros de distancia. La alarma antiincendios empezó a sonar. Al bajar las escaleras una neblina baja cubría todo el comedor y se hacía cada vez más densa a medida que se acercaba a la cocina.

—¡Mamá! ¡Mamá!

Philippe pudo ver la silueta de una persona que intentaba apagar una sartén en llamas con un vaso de agua.

—¡Noooooo!

Philippe le agarró el brazo evitando la catástrofe. Charlotte llegó a la cocina como un rayo.

—¡Hostia! ¿Qué ha pasado?

—Charlotte, abre la puerta del balcón y las ventanas del comedor. ¡Rápido!

Philippe abrió las dos de la cocina para que pudiese correr un poco el aire. Poco a poco el humo empezó a disiparse haciendo más nítido el ambiente. Evelyn apareció con el cubo de la colada lleno de ropa. La alarma paró de sonar.

—Phil, Lottie, ¿estáis bien?

—Sí, abuela, pero ¿qué ha pasado?

—Señora, lo siento, lo siento, yo no saber, yo no saber...

—Tranquilo, Yan, todo está bien —dijo Evelyn, que se

giró hacia Philippe y Charlotte —. Le pedí a Yan que vigilara la tortilla que tenía en el fuego y me lie con la ropa y no me acordé más. Ha sido un descuido.

Yan miraba al suelo repitiendo las mismas palabras:

—Lo siento, lo siento, lo siento...

—Vale, Yan, ya está... Ha sido un susto. No ha llegado a más —dijo Philippe.

—Es que si llega a más no hace falta que nos incineren ya...

—¡Charlotte! —le gritó Philippe a su hija.

—Vale, vale, ya me voy, ya me voy... Alguien me llama arriba, me parece que es Lady Gaga.

Charlotte pasó al lado de su abuela guiñándole un ojo y esta le pegó un cachete en el culo mientras se le escapaba la risa.

—Mamá, aunque entre un poco de frío, deja las ventanas abiertas un buen rato para que se ventile todo, si no las cortinas y el sofá se impregnarán de este olor a quemado. Me voy al White a preparar la *mise en place* de la noche.

—Vale, hijo. Oye, ¿ya pediste el prensapatatas? —preguntó Evelyn, que tras dejar el cubo de la ropa se sacó un lápiz naranja del moño y lo sujetó con los labios para acabar de colocarse bien el pelo.

—Cierto, sí, me lo trajeron ayer. Esta noche después del servicio lo traigo —dijo Philippe con la mano ya en el pomo de la puerta.

Philippe bajó las escaleras. El olor a quemado había llegado hasta el portal.

El metro iba muy cargado, y en la parada de Green Park vio subir a Tsu con su inseparable chaquetilla negra y su patinete de siempre. Era negro, y parecía eléctrico; de hecho, parecía más moderno que otros que había visto por la calle. Philippe no distinguió que tuviera ruedas, y se imaginó al japonés volando a un palmo del suelo como Marty McFly en

Regreso al futuro II. De repente, Tsu se giró de golpe, como si se hubiese dado cuenta todo ese rato de que lo estaba mirando. Se acercó sorteando a varios pasajeros. Ambos aprovecharon para concretar detalles del menú degustación. Con todo lo que había pasado esos días, lo habían descuidado en exceso. Que si las setas deberían tener más protagonismo, que si los platos desengrasantes deberían ser más ligeros y, viniendo al caso de lo anterior, que si deberían poner más aires y menos espumas, que si algún encurtido iría bien, etcétera.

Bajaron en South Kensington. Tsu iba en patinete muy despacio, respetando el ritmo de Philippe. Decidieron alargar un poco el paseo hasta The White Spoon para charlar tranquilamente sobre el caso y la investigación.

Había oscurecido cuando se adentraron en los Thurloe Square Gardens. Philippe pensó en cómo abordar el tema de la tensa relación entre Tsu y la sargento Harrington. Y a colación de lo que acababan de hablar minutos antes en el metro, encontró la excusa ideal:

—Ojalá el capitán no fuese mi cuñado.

El japonés lo miró como si no lo hubiese entendido bien. Philippe prosiguió:

—¿Te crees que si no fuésemos familia ahora estaríamos metidos en todo este lío? Seguro que no.

—Y podríamos centrarnos más en menú nuestro.

Philippe vio que la estrategia daba sus frutos.

—Exacto. Lo que daría yo por volver a como estábamos hace dos semanas, cuando teníamos casi todo el tiempo del mundo para probar cosas nuevas.

—Mí también, chef, mí también.

Philippe prefirió obviar la sutil técnica de coacción a la que lo sometió Athenea el primer día en el lavabo.

—Pero no podemos. Estamos obligados por ley a ayudar a la policía.

—Yo sé.

—Y como estamos obligados, deberíamos colaborar de la mejor manera posible. Cuanto más fácil se lo pongamos, antes acabaremos y antes nos podremos poner con lo nuestro. —«Si veo que no lo entiende, tendré que ser más explícito», pensó Philippe. Aunque no hizo falta.

—Oído, chef. Yo más suave con la sargento. Prometido, chef —dijo el japonés sacando su móvil de gama alta de la chaquetilla—. ¿Quiere que yo llamarla?

—No, no hace falta, Tsu.

—No es molestia, chef. Si usted me lo pide...

Pasaron por delante de un banco donde cinco jóvenes tomaban cervezas. Su presencia hizo que los chicos bajaran repentinamente el volumen de sus risas. Ese silencio abrupto hizo que Philippe mirara al grupo de chicos. Se dio cuenta de que uno de ellos se fijaba en exceso en el móvil de Tsu, que seguía hablando:

—... yo querer acabar rápido, acabar muy rápido, chef...

El chico hizo una señal. Tres de ellos, sentados en el respaldo del banco, se pusieron de pie. Los cocineros siguieron caminando, aunque Philippe notó que se acercaban por detrás. La voz de uno de ellos sonó más cerca y más fuerte de lo que hubiese deseado nunca. Al oírla, Tsu se calló.

—Ostras, fijaos qué móvil tan chulo. Mi hermana tenía uno igual, pero lo perdió la semana pasada. Os acordáis, ¿verdad?

Los demás no tardaron en responder.

—Sí, ahora que lo dices, me acuerdo —dijo uno.

—Seguro que es el de tu hermana —dijo otro de pelo casi rapado al cero y que llevaba una sudadera negra con capucha—. Mirad lo que lleva en los pies, no está mal el patinete.

Los cinco se acercaron a los cocineros. Philippe comprobó que no eran tan jóvenes. Debían de rondar los treinta. Fueron ocupando sus posiciones. Formaron una media luna en torno a ellos. El que parecía el cabecilla tenía un diente de oro y un tatuaje que le salía del pecho para comerle parte del cuello, casi hasta la mandíbula. Se le notaba fibrado, aunque no era excesivamente alto. Tsu miraba al suelo.

—Vaya, vaya, el chinito parece que la toca. Y el abuelo adoptivo, ¿qué dice? ¿También la tocas?

A Philippe, que ya se le había disparado el pulso desde que se pusieron de pie, empezó a faltarle la respiración.

—Mira qué chaqueta lleva, seguro que sí —dijo el más grandullón, una bestia de casi dos metros que tapó la luz de una farola cuando se puso delante de ella.

Philippe vio que masajeaba con los dedos de una mano el enorme anillo que llevaba en la otra. Pero no era uno, sino cuatro anillos. Un puño americano.

Clavó los pies en la tierra del parque. Hizo acopio de fuerzas, aunque le salió un hilillo de voz:

—Por favor, no nos hagáis daño. Os daremos todo lo que tenemos.

—Eso seguro. Como también seguro que algún hueso os romperemos. Pero no sé cuántos.

La sonrisa de estar disfrutando con aquello a Philippe le pareció tremendamente cruel. Intentó controlar el tembleque de sus manos para llevar a cabo con éxito lo que se disponía a hacer: desabrocharse la cazadora para entregarles todo.

—Vosotros darnos paliza. Pero uno morir en el intento.

¿Se había vuelto loco el japonés? Vio que tenía la mirada clavada en el líder, el del tatuaje en el cuello, que dio un paso hacia él colocándose a unos dos palmos de su cara.

—¿Perdona?

—Vosotros darnos paliza. Pero uno morir en el intento. Quizá dos.

El tono de Tsu era firme y cortó el ambiente como una *katana*. Los otros cuatro chicos se miraron de reojo entre ellos.

La calma que desprendía el japonés era aterradora. A Philippe incluso le pareció ver un fugaz arco que se dibujaba en las comisuras de sus labios. Parecía disfrutar más que el sádico que tenía delante y que no dejaba de mirarlo a los ojos. Así estuvieron, escrutándose, averiguando debilidades el uno del otro. Mientras, a Philippe el corazón le subía un palmo por la garganta a cada latido y estaba a punto de desmayarse. El duelo silencioso se prolongó unos segundos. Horas para Philippe. De repente, el líder se apartó a un lado. Los otros lo imitaron.

Los cocineros retomaron su camino hacia The White Spoon. El japonés empezó a hablar sobre que sería una buena idea incorporar una crema fría en el tercer o cuarto plato del menú degustación. Philippe pensaba en el Valium que se tomaría nada más llegar.

17

Era un atún rojo. Su lomo azul metálico y su primera aleta dorsal amarilla no dejaban lugar a dudas. Era grande, no de los mayores que había visto, pero si no llegaba a los ciento cincuenta kilos, poco le quedaba. Todavía guardaba entre las agallas algún trozo del hielo donde había estado conservado. Tendido encima de esa mesa de acero, Philippe contemplaba la aerodinámica de tan hermoso ser. Un ser que, en su hábitat, se mimetizaba con las profundidades del azul oceánico, pero que los reflejos de su vientre blanco y plateado lo delataban en la superficie cada vez que se proponía cruzar como un torpedo algún banco de caballas. Un depredador en estado puro. Un depredador depredado. Y ahora, dispuesto a ser despiezado. Igual que sucede con el cerdo, con el atún también se aprovecha todo.

En ese frío sótano de alientos visibles, alrededor del majestuoso animal, estaban Yumiko Kokoro y sus cinco hermanos mayores. En segunda línea, los dos cocineros y los dos policías. Estaban ahí gracias a Tsu, que era amigo de Akihiro, el menor de los hermanos varones. Coincidió con él hacía años en el Hattori Nutrition Navy. La sargento Harrington y el capitán Gibbs no eran conscientes del privilegiado lugar que ocupaban en esos momentos. Estaban presenciando un ritual reservado solo a miembros del núcleo duro de la familia. Muchos medios de comunicación pagarían miles de libras por verlo. Pero Yumiko no se prodigaba en redes, ni concedía entrevistas, ni salía en revistas. Tampoco había sucumbido a las principales marcas de cuchillos, que se morían de ganas por ver su pálido rostro inocente y risueño firmando sus anuncios y pronunciando sus eslóganes. La habían tentado con contratos millonarios, pero seguía sin morder la manzana. Las grandes cadenas de *sushi* de la ciudad hacía tiempo que habían desistido en sus ofertas. Lo que se sabía de ella era por simple información recabada por Internet o de boca en boca, el método más fidedigno aún en el mundo de la gastronomía. Aun así, a pesar de sus veintiséis años, en Londres era conocida por todo el que se dignase cocinar bien y hacer de ello un oficio. Un oficio donde ella solo era fiel a su familia y al producto, que respetaba al máximo. Buena prueba de ello eran los cortes con los que honraba a algunos animales, como aquel atún rojo, a punto de tener la suerte de probar sus afilados cuchillos.

Yumiko desenfundó con la izquierda una especie de *katana*, más de un metro de longitud de *oroshi hōchō* que llevaba colgado a la espalda. Miraba el pescado con determinación, cartografiando cada milímetro de su tersa y brillante piel. Hizo un pequeño giro de muñeca para destensar los músculos de la mano, y el delgado y largo cuchillo cortó el aire en forma de arco. El destello de la hoja dejó en Philippe una mancha grabada en su vista cada vez que parpadeaba. Deseó que se le fuera rápido y así contemplar con nitidez lo que estaba a punto de suceder. Había estado con muchos maestros cortadores, tanto de carne como de pescado. Pero nunca, como decía Tsu, con una leyenda viva japonesa de veintiséis años. Philippe absorbía cada segundo de ese maravilloso instante. Y seguro que Tsu también.

La japonesa dio dos pasos inaudibles y se colocó en la punta de la boca del atún. Los cinco hermanos hicieron una reverencia al animal y gritaron al unísono una palabra en japonés. Ella cerró los ojos y levantó la hoja de la espada. Abrió los ojos. El *oroshi hōchō* desapareció en el aire. Fueron dos pequeños movimientos bruscos y secos. Una fracción de segundo más tarde, Yumiko volvía a estar en la misma posición. Blandía con las dos manos el largo cuchillo. Igual que antes. «Pero ¿antes de qué?», se preguntó Philippe mirando el atún, que seguía intacto en la mesa. Entonces se dio cuenta de que algo había cambiado. La escena ya no era igual. Se fijó en el filo del cuchillo. Ya no relucía. La sangre seca lo impedía. Entonces, uno de los hermanos cogió la cabeza del atún. Philippe no podía creerlo. ¡Estaba perfectamente separada del cuerpo! ¿Cuándo había sucedido? El corte se había producido justo por debajo de las agallas, sin dañarlas lo más mínimo, suponía que para preservar la tapa, una de las partes más codiciadas del atún, antes comida para pobres. Ambos cortes eran profundos y limpios a cada lado, formando un triángulo. Teniendo en cuenta el morro del animal, que acababa en punta, la cabeza era parecida a un rombo. Apenas había sangre, ya que se había desangrado y congelado el atún en el mismo momento de la captura en alta mar.

Philippe nunca había visto cortar una cabeza con un *oroshi hōchō*. De hecho, nunca había visto nada parecido. Había pasado todo tan rápido que desearía tenerlo grabado para repetir la jugada a cámara lenta. Normalmente ese cuchillo se utilizaba, con un solo corte continuo, para separar los cuatro lomos de la espalda, los dos superiores —más magros— y los dos inferiores —con más grasa por estar cerca del vientre—. Se fijó con detenimiento en el cuchillo. No era un *oroshi hōchō*. Era parecido, pero más robusto, y daba la impresión de que tenía otro tipo de filo. El mango era más propio de una *katana* que de un cuchillo. Se necesitaba tener bastante fuerza para blandir semejante instrumento. «Por muy afilado que esté, no entiendo cómo esta chica le ha dado con tanta fuerza.»

Tsu le había explicado que cuando Yumiko aparecía en las ferias acompañada de su séquito familiar, la gente se paraba y la miraba fascinada, mientras se apartaba para dejarlos pasar. Era la *geisha* de los cuchillos. La *geisha* en el arte del corte. Se había criado en el Gran Circo de Tokyo, en el seno de una familia donde todos habían sido acróbatas y malabaristas. Con cinco años, ella ya hacía piruetas en la cuerda y lanzaba puñales. La crisis de los noventa en Japón hizo que cambiaran por completo de negocio y se dedicaran a la hostelería. A principios del año 2000 desembarcaron en Reino Unido, donde vieron una creciente demanda de todo lo relacionado con la cultura japonesa, sobre todo en el ámbito culinario. Algunos de sus tíos y primos abrieron negocios de alimentación y varios restaurantes por todo Londres. Ella, junto a sus padres y hermanos, regentó una pequeña taberna en Brixton, la misma donde acababan de presenciar la decapitación del majestuoso atún.

Era una pequeña taberna con seis mesas de madera y una barra a la vista hecha de bambú sobre la que hacían el *sushi* y el *sashimi*. En una esquina había una cocina diminuta y cuadrada donde Philippe vio al entrar al que supuso que era el padre salteando magistralmente unas verduras en un *wok*. Comer allí se había convertido en todo un lujo y un reto para los londinenses y, en general, para todo el que no fuera japonés. Degustar los manjares que allí se elaboraban estaba reservado solo a japoneses o a gente con algún vínculo de cierta relevancia, como escritores, escultores, músicos, *geishas* de muy alta cuna, políticos o algún miembro perteneciente a alguna dinastía real de Oriente.

Durante el último año Yumiko Kokoro había decidido crear un proyecto muy *ad hoc* a los tiempos que corrían. En esa taberna se había quedado parte de su familia. Sin embargo, ella había creado junto a dos de sus hermanos una taberna *pop-up*. Su campamento base seguía siendo Brixton, pero el espacio donde daban de comer era itinerante; un día podían instalarse en el muelle de un río y otro día dentro de un museo. Para los exteriores, contaban con una pequeña *food-truck*. Yumiko cocinaba una vez al mes para un máximo de veinte comensales. Este hecho, unido a la filosofía «solo para japoneses» que seguía vigente también en este proyecto, convertían la experiencia en aún más exclusiva y única. Cada enero se abrían reservas, que se agotaban en cuestión de minutos. Las localizaciones eran un misterio para los comensales, que se enteraban dos días antes de la fecha reservada. El cubierto salía a mil libras.

Conversar con Yumiko y sus hermanos fue como hablarle a la cabeza de ese atún. Hermetismo en estado puro. Aunque chapurreaban inglés, el capitán prefirió que Tsu lo tradujese todo al japonés para que no se perdiera nada en el mensaje. A cada pregunta hecha por Hadrien o la sargento, las respuestas fueron frases cortas o monosílabos. Todos tenían coartadas los días de los asesinatos, y, cuando se les enseñó un macro de una sección de corte de una víctima en toda su profundidad, un *«wooow»* al unísono se apoderó de sus bocas. Ninguno de ellos parecía conocer a ninguna de las víctimas, ni tener el más mínimo vínculo con ellas. El descaro con el que Tsu se dirigía a la joven japonesa contrastaba con el riguroso respeto que mostraban por ella sus hermanos. Philippe observó que, cada vez que Tsu se dirigía a ella, Yumiko miraba al suelo y contestaba tapándose la boca con la mano. Aunque se percató igualmente de cómo fulminó con la mirada a uno de sus hermanos cuando este respondió a la pregunta de si había algún cuchillo especial para cortar carne humana.

—No, no hay ninguno en especial —tradujo Tsu.

18

Philippe se acabó de atar las Asics en el recibidor. Aprovecharía el domingo para salir a correr. Nunca se había considerado aficionado al ejercicio, al menos no de una manera constante. Pero la ocasión bien lo merecía. El deber de ayudar en el caso, sumado al deber de sacar un menú degustación propio de una segunda estrella Michelin, lo habían llevado a un nivel de estrés casi a la altura de cuando perdió a su mujer. Por aquel entonces, los mareos y los vértigos eran tan frecuentes que le recetaron unas pastillas que lo dejaban todo el día adormecido. Llevaba ya un tiempo sin ellas, pero fue aparecer Hadrien por la puerta del restaurante y, con él, de nuevo los mareos. No quería volver a tomarlas y estaba seguro de que el haberse descuidado tanto los últimos meses había ayudado a su patético estado de forma actual.

Lejos quedaban aquellos años donde Anne lo arrastraba para que se entrenara y corrieran medias maratones juntos. Poco más de veintiún kilómetros que para ella eran un calentamiento, un ensayo para afrontar después distancias mucho más largas. Philippe admiraba esa capacidad de esfuerzo, esa osadía para llevar el cuerpo hasta límites incalculables. Ese ímpetu por conocer otros yoes. Anne había sido una experta en eso. Fútbol, esquí, surf..., había practicado muchos deportes durante toda su vida, pero con los años se aficionó a correr hasta el punto de dejar las demás disciplinas. Sí, veía algo enfermizo en esa entrega desmedida, pero ¿quién era él para juzgar las obsesiones de nadie si se pasaba más de quince horas al día pensando en comida? Así que, de la misma manera que ella se había adaptado a él, él se adaptó a su nueva afición. Siempre que el restaurante le dejaba, la acompañaba a maratones por ciudades europeas o a *trails* de alta montaña que se corrían los domingos. Solían hacerlo una vez cada tres o cuatro meses, aunque dependía de la condición física en la que ella se encontrara. A Philippe le encantaban aquellos planes. Delegaba el servicio del sábado noche a Massimo y a Tsu, y su mujer y él cogían un avión por la tarde. Así, ella podía descansar bien para la mañana siguiente. Él veía la salida de la carrera, y después se perdía durante dos horas y media o más —eso dependía de la prueba— por mercadillos, colmados y restaurantes. El reloj de Anne le enviaba cada treinta minutos y de manera automática su ubicación exacta, y él calculaba el tiempo que le quedaba para ir a recibirla a meta. Después se iban a comer juntos, y Philippe le aconsejaba los alimentos idóneos para reponer todo lo que había quemado. Y ella se dejaba asesorar. Eran el tándem perfecto. Él cuidaba la nutrición de ella y ella cuidaba el estado físico de él cada vez que le pedía que la acompañara a correr. Pero, por encima de eso, lo que más valoraba Philippe de aquellos viajes era que siempre descubría un tipo de pan, un licor o una receta local en alguno de los rincones que visitaba. De esa manera, Tsu no era el único que hablaba de sus hallazgos gastronómicos, que no eran pocos.

De repente, Philippe oyó una canción que procedía de arriba. Subió las escaleras. *Someone like you* de Adele salía de la habitación de Charlotte a un volumen desorbitado. «Ya le han vuelto a romper el corazón —pensó mientras se disponía a llamar a la puerta—. O quizá se lo ha roto ella misma con sus altas expectativas. Ya le preguntaré a mamá más tarde. A ella siempre le cuenta cosas, porque lo que es a mí...» En temas de amor, Philippe no se agobiaba demasiado porque, aunque tuviese quince años, una de las cosas buenas de Lottie era que, con la misma rapidez con la que se enamoraba, se desenamoraba. Decidió no decirle nada y que Adele continuara a todo trapo.

Ya en la calle, se dirigió a The Mall. Su intención era hacer Saint James' Park y también Green Park, aunque quizá fuese demasiado para ese día y no aguantara. Lo vería sobre la marcha. Todavía se acordaba de conectar el *bluetooth* del móvil a Spotify. Pasaban doce minutos de las doce del mediodía cuando empezó a trotar. Un *loop* aleatorio de canciones para correr empezaron a sonar en sus AirPods y una serie de pensamientos, también aleatorios, sonaron en su cabeza.

«Todo esto es tan surrealista. Un asesino en serie, no cerca, sino muy cerca, de mí, de nosotros, de mi hija, de mi madre; todavía no me lo creo. ¿El asesino es @BloodyMary? ¿O en su Instagram los platos son pura coincidencia? ¿Cómo es que los expertos digitales aún no han dado con este perfil? Y es cocinero, de eso estoy seguro. Y emplata lo que comen sus víctimas, y además lo hace de forma extraordinaria. El hermano de Yumiko ¿qué debió decir ayer por la mañana cuando los fuimos a ver para que ella reaccionara así? Tsu no lo tradujo de manera literal, segurísimo. Eso, a ojos de la policía, ¿la convierte en más sospechosa que los demás? No creo que lo sea. O no más que otros. ¿Quién es @Coriandrum3.0, y por qué es de los pocos que Elliot Plate sigue en Instagram? ¿Por qué este no contesta los mensajes de Scotland Yard? Seguro que los dibujos y estampados de las vajillas significan algo, pero ¿qué? Y Ghalib Totah, el dueño del Colors, ¿por qué ha desaparecido? ¿Realmente sospechan de él? Vale, no tiene coartadas, pero y qué, eso tampoco garantiza nada.»

Philippe se repitió las palabras de Athenea: «Aunque tengan coartadas sólidas, no debemos olvidar que, a lo largo de la historia, algunos asesinos en serie han colaborado en pareja. No es lo más común, pero ha sucedido. Uno se encarga de allanar el terreno y el otro crea su obra de arte. Uno tiene los escrúpulos para ejecutar, y el otro, los mecanismos para lidiar con la parte logística. Ante la Justicia, ambos son asesinos. Por una parte, es muy difícil investigarlos porque los dos se cubren con coartadas, pero por otra, una vez se establece la conexión entre ambos, es fácil incriminarlos. Son casos muy contados, porque son individuos demasiado inteligentes como para correr semejantes riesgos. Por eso, estamos casi seguros de que se trata de una persona. Una persona que sabe cortar, cocinar y emplatar y a la vez».

La evaluación psicológica forense que le resumió el capitán Gibbs confirmó, en parte, lo que Philippe había encontrado en Google sobre asesinos en serie. «Nuestro asesino establece un período de tiempo entre un crimen y otro, y ya ha matado a cuatro personas en poco más de un mes; eso lo convierte en un asesino en serie. Aunque hace años a quien asesinaba con cierta frecuencia se le denominaba *asesino de extraños*, no era siempre cierto que no conociera a sus víctimas; en nuestro caso, las investigaciones parecen indicarnos que no las conoce, que no guarda relación alguna con ellas; por eso es tan difícil rastrearlo; mata a personas al azar que se cruzan en su camino. Tampoco es que necesite no conocerlas para distanciarse emocionalmente, porque no tiene ningún vínculo con nadie, además de que un psicópata carece de empatía.»

Philippe corría por lo que era cada vez menos un camino y más un tapiz otoñal de hojas marrones y secas. Las ramas despobladas de las *Tilia tomentosa* dejaban al descubierto un punto de fuga donde se entreveía parte de Buckingham Palace. Green Park no tenía ni fuentes ni estanques, solo áreas verdes y boscosas repletas de senderos por donde correr. Había sido un terreno pantanoso que sirvió para enterrar a los leprosos del hospital de Saint James. Philippe corría a buen ritmo por su antigua fosa. Bajo sus pies crujían las hojas, y bajo estas, miles de huesos y algún que otro lamento.

La explicación forense continuaba:

«La falta de empatía es una de las características principales de la psicopatía. Y los asesinos en serie son psicópatas, personas que nacen con esta carencia. Es muy difícil detectarlos en edad adulta, ya que con el tiempo van mejorando y perfeccionando sus crímenes. Sin embargo, un rasgo distintivo en edades tempranas es que matan animales. No del tipo hormigas o arañas, sino más bien perros, gatos, conejos... Sobre el móvil que los impulsa a matar, siempre lo hay. Puede ser por motivos económicos, por amor, por estatus..., o más onírico, como el reconocimiento por la culminación de su obra, o el poder, el goce de someter a sus víctimas. El placer de matar a un semejante con total impunidad. Se trata de asesinatos organizados y muy premeditados. Tienen planeado hasta el más mínimo detalle y no dejan nada al azar. Son personas muy inteligentes que esconden personalidades manipuladoras y persuasivas. Suelen ser números uno en algo y destacan en alguna actividad. Narcisistas y con un gran ego, tienen una gran necesidad de que su trabajo sea reconocido y quieren mostrar al mundo lo que son capaces de hacer con sus asesinatos: verdaderas obras de arte».

Philippe también recordó que el capitán Gibbs acotó el perfil que les ocupaba:

«En nuestro caso, el sadismo está implícito, pero no siempre tiene por qué haberlo. Cada uno posee su seña de identidad, su marca, su firma, y en el caso que nos ocupa, es el mundo gastronómico. Una lectura puede ser que nos quiera hacer ver que lo que comen sus víctimas puede resultar tan apetecible que hasta puede volver a ser ingerido. Teniendo en cuenta que se trata de alguien a quien le gusta mucho cocinar —todo apunta a que podría ser un profesional—, también parece que quiera castigar a sus víctimas por algún motivo. A nosotros se nos ocurren dos: o porque la víctima no valoraba la comida y pensaba que era un mero instrumento sin necesidad de ornamentos para sobrevivir; o bien, ese plato en concreto no había sido digno de su estómago al no haberlo valorado como debiera».

Ese nuevo enfoque, que a Philippe nunca se le hubiese ocurrido, evidenciaba la experiencia del que trataba con las mentes más perversas. La deducción era simple. Directa. Un puñetazo en la boca del estómago. Y lo propinó Athenea: «Eso convierte a todos los chefs de Londres y, sobre todo, a todos los creadores de esos platos, en potenciales sospechosos».

De Philippe emergió esa parte oscura y enterrada que no quería volver a cavar para encontrar. Una fuerza que empujaba desde abajo. Una mano que salía asfixiada formando un pequeño montón de arena en la superficie le indicaba que todavía seguía allí. Una mano arrugada en forma de garra que le decía que esa teoría tan plausible para Scotland Yard lo era también cada vez más para él.

«En el mundo de la cocina, no solo hay estrellas, espumas y buenas críticas. He visto su peor cara. Sobornos, robos, gritos, peleas, estafas, drogas, abusos, extorsiones, racismo, sexismo... Bajo ese escaparate de trabajo en equipo, también existen envidias, celos y rencores. Inframundos llenos de egos decapitándose los unos a los otros, donde cada uno quiere ser admirado y declarado patrimonio único. Cuchilladas traperas que antes se daban por la espalda, y que ahora alguien se ha dignado dar de frente, con premeditación y alevosía.»

El sudor que Philippe supuso que era de correr había pegado la camiseta a parte de su espalda. Notaba las piernas cada vez más cansadas y su respiración más acelerada. Pensó en hacer el último kilómetro y recordó las últimas palabras que Hadrien le trasladó de la psicóloga forense:

«Al principio se creía que las víctimas de un asesino en serie eran personas que mostraban cierta vulnerabilidad. Con el tiempo, esta teoría dejó de ser válida, porque no era un dato característico. Se habían hallado cuerpos de personas completamente autónomas y que no poseían ninguna dependencia ni emocional ni material. Vamos, que eso de putas, drogadictos y vagabundos era más un recurso de la literatura que de la realidad. Los cuatro cadáveres que nos ocupan nos dicen que se trata de personas *random*, normales y corrientes. La falta de un patrón en lo que respecta a su identidad no es nuevo, pero tampoco ayuda».

Mientras tonificaba su cuerpo y lo hidrataba con una bebida isotónica, un ciclón de ideas lo asaltaba sin orden aparente:

«Los drogan y los matan. ¿Con escopolamina como dice la policía o con qué droga? No han encontrado restos de ninguna en los cadáveres ni en los lugares de los crímenes. Si el asesino no conoce a las víctimas, alguna sustancia les ha de suministrar para realizar las atrocidades que comete con ellas. Pero... ¿dónde las hace? ¿Dónde cocina los platos? ¿Dónde los fotografía para colgarlos en Instagram? ¿En su casa? ¿En el lugar del crimen?».

Y otra pregunta le venía una y otra vez a la cabeza: «¿De qué coño discutían Massimo y Tsu el otro día en la calle?».

Philippe entró en casa. Su madre se estaba haciendo un moño delante del espejo del recibidor. Introducía un lápiz de color azul en el interior de una maraña de pelo moreno y canoso.

—¿Llegas o te vas? —dijo Philippe descalzándose y cogiendo las zapatillas con la mano.

—Llego. ¿Tú crees que me quedaría bien si me dejo el pelo blanco?

—No sé si mejor o peor, pero más práctico, seguro. No tendrías que teñirte.

—Eso seguro. Quizá lo haga.

Philippe subió las escaleras y se dirigió al baño. De la habitación de Charlotte salía *Fuck you* de Lily Allen. «Ya está mucho mejor.»

Se desnudó y dejó el móvil en el borde del lavabo. Se metió en la ducha dispuesto a quitarse de encima todo ese sudor en forma de toxinas y pensamientos tóxicos. Si se pudiera transcribir, en las últimas gotas transpiradas de su cuerpo pondría: «Ojalá mataran a esta sargento de mierda». Se enjabonó a conciencia el torso, las piernas y las ingles. El agua estaba caliente a rabiar.

Al salir de la ducha, el vapor le impidió ver la toalla blanca que había colgado en el toallero. Hizo cuatro pasadas con la mano al espejo empañado. Se encontró cansado, pero esa hora y pico de ejercicio le había sentado bien. Estaba más relajado. De repente, el móvil, silenciado mientras corría para evitar cualquier interrupción, se iluminó.

Era un wasap de Tsu. El corazón volvió a bombear más sangre de lo normal. El pulso se le volvió a acelerar. @Bloody Mary había colgado su quinta foto.

19

The Phantom era un barco casa de ocho metros de eslora. Su dueño no denunció su desaparición porque estaba fuera de Londres unos días. El casco, de color verde desconchado, pedía a gritos una lija y una mano de pintura. En el techo del alargado y único camarote que tenía, tres paneles solares rezaban por salir de debajo de ese puente de Regent's Canal y aprovechar uno de los pocos días de sol que ofrecía el cielo en semanas. En la popa, dos cactus en unos tiestos de dudosa sujeción se empezaron a balancear a medida que la comitiva subía a bordo.

—Vayan con cuidado, señores. Aunque lleven guantes, no toquen nada, y si pierden el equilibrio, apóyense con el hombro. La voz de la doctora Smith resonaba potente bajo el puente.

Eran las ocho de la mañana y algún que otro *runner* ralentizaba el ritmo para echar un vistazo por encima de las cintas que acordonaban la zona. Hacía pocos minutos que acababan de encontrar The Phantom amarrado debajo de ese amplio arco de piedra fría. La oscuridad había ganado la batalla a la claridad. Como si se tratara de un set de rodaje, dos focos de pie iluminaban lo que ocurría en esa porción de embarcadero y también en el barco. En el agua turbia, dos haces de luz se movían de manera intermitente como esos peces de las profundidades a los que la evolución obligó a llevar linternas en vez de antenas. Bajo el casco, dos buzos de la Thames River Police ayudaban en su labor por encontrar algún descuido del asesino. Philippe no había embarcado y esperaba en el pequeño muelle, aunque también le hicieron ponerse unas fundas de plástico en los zapatos. Dos de la Científica analizaban el noray y el cabo de amarre en busca de alguna huella, y otros dos examinaban la cubierta.

Tsu, que se movía con soltura por el barco, entró en el camarote junto al capitán Gibbs y la sargento Harrington, seguido de la doctora Smith y un auxiliar de la Científica que salió enseguida con el rostro pálido y petrificado. Poco tardó el japonés en emitir su primer apunte sacando la cabeza a través de una escotilla.

—¡Color naranja! —gritó y volvió a meter la cabeza en el camarote. Philippe esperó la segunda indicación—: ¡Sabe a mar y humo!

Aunque estaban condicionados por la foto colgada el día anterior, Philippe intentó razonar como si no la hubiese visto. Creía que solo de esa manera, si finalmente coincidía, estarían ante la cuenta de IG del asesino. Aunque era demasiado pronto para afirmarlo. La maquinaria deductivo-culinaria empezó a funcionar:

«Ahumados, ¿qué pescado se puede ahumar? Casi todo el pescado, pero sobre todo el azul. Salmón, anguila, caballa..., pero es naranja. Lo más seguro, salmón. Ya lo tenemos. Cuidado, pero no, también puede ser... En el segundo asesinato utilizó ostra, ahora puede que sea otro marisco».

—¡Mejillón! —A Philippe le sorprendió la contundencia que adquirió su voz allí abajo.

La cabeza de Tsu volvió a asomar.

—¿Qué dice, chef?

—Puede que sea mejillón. Mira si ves trazas negras, lo que sería el borde ondulado del manto —pidió con cierto desánimo.

Tsu volvió a sumergirse en el camarote. A los pocos segundos, su cabeza emergió.

—Razón tiene, chef. Ser mejillón. Lo de Instagram parece ser verdad.

—Aún no podemos asegurarlo al cien por cien.

—Esta presentación para mí ser la mejor de todas.

—Ya la veré en las fotos. Tsu..., sé que es muy difícil averiguarlo, pero a ver si detectas el tipo de madera del ahumado.

Dejando al margen los mejillones, Philippe quiso centrarse en esa técnica originaria de países nórdicos y que en la alta cocina es bastante utilizada. A él le encantaba. Dota de matices a los alimentos, potenciando o complementando sus propios sabores. Pero se tiene que ir con mucho cuidado, porque no todo se puede ahumar. Según Philippe, ese procedimiento para alargar la vida de los alimentos se había desvirtuado. No de manera sustancial, puesto que ya nadie la utiliza como método de conservación, sino en el sentido más hedonista. Algunos restaurantes, en su afán por estar a la vanguardia, se habían apuntado a la moda de ahumarlo todo, convirtiéndolo en un sinsentido. Ese no era el caso. Igual que el pescado azul, los mejillones también son ricos en grasas omega-3 y aceptan un buen ahumado. Pero no todos los ahumados son iguales. Según el tipo y el tamaño de la pieza que se ahúma, unas maderas son más adecuadas que otras; los alimentos potentes requieren maderas que aporten sabores intensos, mientras que los alimentos con sabores menos fuertes necesitan maderas suaves. Otro factor clave es el tiempo; con los alimentos pequeños, unos cuantos minutos basta; las piezas de gran tamaño necesitan más tiempo. Sin embargo, los mejillones se pueden ahumar de forma rápida.

En medio de sus cavilaciones, la cabeza del japonés volvió a salir. Lo que aún no era papada vibraba, señal inequívoca de que saboreaba el bolo alimenticio de la víctima que tenía en la boca.

—Chef, mí creer que madera de árbol frutal. Pero no estar seguro.

En ese momento Philippe se dio cuenta de que tanto él como Tsu eran claves para la investigación. Si fuese por las fotos de Instagram o por lo que podían analizar los del departamento forense, nadie se habría percatado del ahumado. Que Tsu probase en el cuarto asesinato los bolos alimenticios fue algo que hizo de manera casual e impulsiva. Los resultados en aquella ocasión lo instaron a que lo volviese a hacer. Y suerte de eso, porque «el sabor a ahumado no lo puede captar ningún microscopio».

Los de Scotland Yard todavía no se habían acostumbrado a la presencia de los cocineros y de vez en cuando se giraban desde la popa al oír las conversaciones entre ellos.

Ya en el embarcadero, los policías aprovecharon para hablar con Philippe.

—¿Qué piensas? ¿Quién sirve mejillones en esta época? —le preguntó el capitán Gibbs.

—A ver, en el supuesto de que sean mejillones, son muchos los restaurantes que los tienen en carta ahora. Son *bouchots*, los mejillones pequeños que nos llegan de Bretaña y Normandía después del verano. Sería una locura investigar a todos los que los ofrecen en sus cartas esta temporada. Por eso, yo me centraría en el ahumado.

El capitán y la sargento miraban a Philippe esperando que prosiguiera.

—Es una técnica muy utilizada, pero que no todo el mundo domina. El pionero fue el Lofoten. Es un restaurante noruego, pequeño. Especialistas en ahumados. Usan técnicas muy interesantes.

De los cuatro asesinatos anteriores, dos platos eran bastante comunes, por lo que el rastreo de restaurantes era prácticamente imposible. Cualquiera podría haberlo hecho o tenido en carta. Salvo el cubo de Rubik y los *cannelloni* de *grouse*, que sí eran especialidades de restaurantes o de chefs concretos. Y aunque no les habían reportado nada fructífero, les tocaba hablar con el personal del Lofoten.

El chef observó que Athenea se comportaba de manera nerviosa, casi excitada.

—Phil, hay dos cosas que deberías saber —le dijo Hadrien.

A él se le oscureció todavía más la penumbra bajo ese puente. Arqueó las cejas.

—La primera es que en la moqueta no hay ni una gota de sangre.

—¿Y eso qué significa?

—Que nuestro asesino no ha matado a nadie ahí dentro —dijo señalando el barco—. Lo trajo ya muerto. Cometer una atrocidad así debe de llevar su tiempo, y hacerlo en una barca y en medio de un canal, sin levantar sospechas, no debe de ser muy viable.

—¿Y por qué lo trajo justamente aquí?

—Creemos que nos quiere decir algo. El río, la barca, el embarcadero..., debe haber un mensaje oculto. Esto nos hace pensar en el otro lugar, donde realmente sí se cometió el crimen. Un sitio donde la víctima se sintió confiada, o donde el asesino se sintió cómodo.

—O ambas circunstancias a la vez —añadió Athenea.

—Eso nos lleva a la segunda cosa que deberías conocer. Un primer test rápido de drogas nos ha indicado que no había ningún tipo de estupefaciente en el cuerpo de la víctima. No fue inducida bajo los efectos de nada.

—Eso significa que...

—Que asesino y víctima se conocían —sentenció el capitán mirando a la sargento, que retomó el hilo de la explicación:

—¿Se acuerda de que Ghalib Totah llevaba desaparecido desde hacía días? Pues ya lo hemos encontrado.

Philippe se giró de golpe y miró a Tsu, que se mostraba igual de sorprendido que él.

—No se lo reproche, chef —añadió Athenea—, su pinche estaba demasiado ocupado haciendo su trabajo.

Había sido un día duro. De camino a casa, Philippe no paraba de pensar en cómo era que Tsu no había visto que se trataba de Ghalib Totah. «Cabeza adelante, como si dormir, no verle la cara.» También pensaba en la excitación que generó en el equipo de Scotland Yard que la víctima fuese uno de los sospechosos. Un hecho que tiraba por el suelo su esperanza de que no los necesitaran más. «Si las fotos de IG son realmente del asesino, ya no nos querrán para averiguar los platos de los crímenes», había pensado hacía días. Pero su deseo se hundió en las frías y turbias aguas de aquel canal. Que el dueño del Colors fuese una de las víctimas confirmaba que se habían acercado. Que el asesino se había visto obligado a eliminar una pista, un riesgo que no estaba dispuesto a asumir. Eso la policía lo sabía. Y eso, en el mercado detectivesco, disparaba el valor de ambos cocineros a cifras estratosféricas.

20

Ryan, el freganchín filipino de dieciocho años, abrió una vaina de vainilla de Tahití con la puntilla y depositó la pasta del interior en un bol metálico que contenía medio litro de crema de leche. El líquido blanco poco a poco se llenó de puntitos negros.

—¿Está frío?

—¿Cómo, chef?

—¡Que si está frío! —insistió Massimo comprobando él mismo con el reverso de la mano la temperatura del metal—. Bien, ese es mi Ryan.

Era habitual que los que se encargaban de fregar también echaran una mano cuando se les necesitaba, sobre todo en las primeras fases de la elaboración de los postres.

Erika metía papada de cerdo con romero y unas gotas de salsa *hoisin* en bolsas para envasar al vacío. Massimo pasó por detrás.

—Diez gotas de salsa, Erika, ¿oído?

—¡Oído! —dijo mientras miraba concentrada la punta de una pipeta.

Massimo miró a su segundo, que estaba dando un golpe de calor a unas finas láminas de apionabo, para más tarde empezar a ligar un puré.

—Gonçalo, que no se tuesten demasiado, no quiero que el puré amargue.

—¡Oído! —soltó el portugués.

Tsu introducía la punta de los dedos en un cuenco con agua fría y cerraba de manera magistral unas *gyozas*. En su interior, setas *shimeji*, puerro caramelizado y costilla de cerdo desmenuzada y cocinada a baja temperatura. Massimo pasó por su lado y le rajó la garganta...

—¡Chef, chef! —Tsu le sacudió el brazo.

—¡No no no! —farfulló Philippe.

—Chef, ¡chef! —La sacudida del japonés fue más vigorosa.

Philippe se despertó entre balbuceos. Miró a su alrededor para ubicarse. Estaba en The White Spoon, sentado a la mesa del despacho. Delante, una libreta y unas hojas desperdigadas. Miró su reloj, que marcaba las siete y cuarto de la mañana.

—¿Pasó la noche aquí, chef?

—Me temo que sí —contestó Philippe mientras se sacaba con una mano las gafas de la frente y se frotaba los ojos con el índice y el pulgar de la otra, a modo de pinza—. Da igual cómo tenga los ojos, si abiertos o cerrados, todo esto es una pesadilla —murmuró—. Pero bueno, supongo que es normal después de saber que están entrevistando a algunos asesinos en serie de Inglaterra.

Tsu, de pie en medio del despacho, arqueó las cejas.

—Ayer por la noche me llamó el capitán Gibbs. Tienen a dos de su equipo en ruta por algunos centros penitenciarios. Tipo *Mindhunter* pero a la inglesa. —En su interior, Philippe agradeció las series que veían los de la generación Z como Lottie—. El lunes visitaron al desollador de ancianas de Londres, hoy hablarán con el descuartizador de Manchester y el viernes verán al decapitador de Leeds. —«Me doy miedo con solo oírme», pensó—. Han optado por aquellos que más se asemejan al nuestro en cuanto a *modus operandi*. Ninguno tenía vínculo con la cocina, si no contamos las auténticas carnicerías que hacían con sus víctimas, claro.

—Chef, ¿piensa que servir de algo? Que hablen con esos tres, digo —dijo el japonés mientras tomaba asiento frente al escritorio.

—Se ve que son personas muy narcisistas. Cada uno piensa que la manera que tuvo de matar era la más auténtica. Dos de los tres se entregaron a la policía, y Hadrien me contó que el descuartizador de Manchester declaró que se había dejado atrapar. Con tal de que la policía coja a nuestro asesino y de que ellos se mantengan en la palestra, ayudarán. Solo llevan una entrevista y hoy hacen la segunda. Los tres asesinaron a personas vulnerables, ancianas, yonquis y vagabundos. En cambio, el nuestro no tiene esa necesidad de sentirse superior. Esto, junto a que no han encontrado señales de que las víctimas le generasen ningún estímulo sexual, los tiene muy desconcertados. Por eso, mueven todas las teclas posibles. Ojalá les sirvan de ayuda estas entrevistas, así nosotros saldríamos del caso. Pero después de ver lo de ayer, creo que somos su única esperanza.

La doctora Smith siempre había dicho que, frente a un asesino en serie, lo importante es la marca que dejaba, ya fuese en la víctima o en cómo la ejecutaba. Hasta el momento se habían centrado en la forma, confirmando la aleatoriedad de los cuatro cadáveres. Pero el quinto asesinato lo cambió todo. El del comerciante Ghalib Totah era un avance significativo. No solo por la identidad de la víctima, sino por el lugar donde se halló el cuerpo. «La escena del crimen habla.» En esa ocasión, lo hizo sobre la víctima y sobre su asesino. Philippe recordaba a la perfección toda la explicación de la doctora Smith: «De momento todo indica que fue el asesino quien invitó a la víctima a su territorio. Y no al revés. Hemos mirado todos y cada uno de los lugares donde Ghalib lo podría haber invitado, y no hemos encontrado rastro de sangre ni de nada».

—¿Usted cree que Ghalib conocía asesino? —Tsu se inclinó hacia delante buscando una posición más cómoda en la dura silla de madera.

—No sé si de manera cercana o superficial, pero se conocían seguro. Si no, no entiendo que lo matara. —Philippe se sorprendió a sí mismo de estar hablando en esos términos y con esa templanza—. Sería demasiada coincidencia. Lo que creo es que se enteró de que habíamos hablado con él.

—Sí, yo también pensar que conocerse. Quizá fue cliente de él.

—Seguramente. Están cerrando mucho el círculo de Ghalib. —Philippe se reclinó en la silla y entrelazó las manos por detrás apoyando en ellas la nuca—. Aparte de a su familia y amigos, están interrogando a proveedores, clientes, visualizando las grabaciones de las cámaras de seguridad del Colors... Cotejarán la información que obtengan de las entrevistas con el histórico de sus más allegados. Me dijo que este tipo de perfil suelen ser personas inteligentes y cultas, con trabajo y familia. Distantes en la emoción, pero que fingen y son encantadoras y amables en el trato. Gente que nunca dirías que comete estas atrocidades. Espero que el asesinato de Ghalib arroje luz sobre el caso. La coincidencia de que nosotros hubiésemos hablado con él aumenta la probabilidad de que se conociesen, y la conexión laboral parece la más probable.

Él nunca se hubiese expresado de este modo, solo era el emisor de lo que le había contado por teléfono el capitán Gibbs. Por un instante, se preguntó si Tsu, que lo escuchaba atentamente, estaría entendiendo algo. Enseguida disipó dudas.

—Para mí, si nacer así, estar enfermo. Pero hacerse quizá...

—Por experiencia, ellos creen que en la mayoría de los casos nacen así.

Pareció que el japonés se animaba a decir algo, pero algo lo frenó.

—Oye, Tsu, sobre el emplatado, nada que decir. Ya vi en las fotos que me enseñasteis en el embarcadero que, por desgracia, las especias y las flores de ayer se corresponden con las de la foto colgada en Instagram. Sobre otra textura, pero, si mi memoria no me falla, eran las mismas.

—Sí, chef. Hibiscus, centaurea y caléndula.

—Ya, pero, en el plato, no me fijé bien, ¿era el mismo? La misma vajilla, quiero decir...

—Sí, chef, el mismo. Pero yo no ver el fondo. Hoy veremos.

Habían quedado en que por la tarde irían a las dependencias de Scotland Yard. Allí hablarían del plato de la vajilla, entre otras cosas. Cuando ayer encontraron a Ghalib Totah, el plato, como siempre, estaba cubierto por la comida acabada de ingerir.

—Bueno, pongámonos manos a la obra con el menú.

Philippe se levantó y ambos salieron del despacho. Se dirigieron a la cocina, en la que Tsu había sido el primero en llegar y ya había encendido la campana extractora, el horno Rational, el lavaplatos y también había abierto la llave del gas.

Esta noche he estado pensando. ¿Qué te parece si le damos aún más protagonismo a las setas? Creo que, para estar en temporada, no les damos suficiente —dijo Philippe mientras sacaba un trapo de la nevera bajo barra.

Lo desplegó como si dentro hubiese un jarrón chino de la dinastía Qing, y un puñado de tierra se desperdigó por la superficie inox de trabajo. En medio del trapo, unos magníficos *Boletus edulis* empezaron a desprender su aroma.

—¡*Wow!*, qué pintaca —dijo Tsu empleando el mismo idioma de *instagrammer* que Lottie.

—¿Qué te parece un *carpaccio* de boletus con espuma de castaña asada en el Josper?

—Brutal, chef.

Tsu siempre decía la verdad. Para bien o para mal, el japonés era de los pocos que no le bailaban el agua a Philippe. Quizá le fallaran un tanto las formas, pero el fondo era honestidad pura.

—Chef, para dar toque más a bosque, ¿qué parecerle si poner un poco de falsa arena y pinaza?

A Philippe le encantaba cuando se juntaban y estaban inspirados; su complicidad generaba una energía capaz de encender una cafetera de tres mil vatios.

—¿Cómo podríamos hacer esa tierra?

—¿Parmesano triturado y tintado?

—¿Y la pinaza?

—Yo hacer esferificación de crema de piñones con moldes silicona largos y finos.

—Bravo. Empieza con la arena. Yo voy a buscar el alginato.

—¡Sí, chef!

El japonés se dirigió a una gran nevera vertical de puerta transparente. Dentro, decenas de quesos de todo tipo se repartían en varios estantes estancos: curados, semicurados, de oveja, de cabra, frescos, franceses, italianos, españoles, ingleses, suizos... Ahí había más de cinco mil euros en quesos. El japonés cogió del estante de más abajo una gigantesca cuña de *parmigiano reggiano* de dieciocho meses de curación. La dejó encima del sobre de acero inoxidable de una barra en forma de ele. A su lado, casi de espaldas, Philippe se puso a elaborar la mezcla química de alginato y calcio. Una vez cortó el trozo de queso que quiso, Tsu fue a la habitación del patio interior donde tenían los pequeños electrodomésticos y utensilios que utilizaban de vez en cuando en alguna fase de sus elaboraciones. Amasadoras, trituradoras, exprimidores, ollas eléctricas, licuadoras, panificadoras..., todo estaba dispuesto en estanterías a la vista para ser encontrado de forma rápida. De repente, sonó un estruendo. El chef dejó la mezcla que estaba haciendo y corrió hacia el patio.

Tsu se incorporaba del suelo. A un metro, la trituradora, que también había caído, se veía un tanto desnuda al haber perdido alguna pieza.

—¿Estás bien?

—Torcerme el tobillo bajando, chef.

La habitación no estaba a la misma altura que el suelo del patio, dos pequeños escalones separaban ambos niveles.

—Pero estar bien —dijo, y de repente, se tambaleó y estuvo a punto de volver a besar las baldosas del patio, pero Philippe lo evitó sujetándolo del brazo.

—Siéntate, Tsu.

Apoyándose en Philippe, fue cojeando hasta una silla metálica. Una vez allí, se levantó el pantalón, se sacó el zueco negro y el calcetín. Una bola de tenis había decidido cambiar identidad con su tobillo.

—Llamaré al médico.

—No, chef, ir yo.

—De eso ni hablar. Si apenas puedes moverte. Pido un taxi y te acompaño a la clínica.

Philippe cogió el móvil y marcó el número de los taxis. Estaba hablando cuando se fijó en que Tsu, lejos de quejarse, se miraba el tobillo con cierto grado de placer en su expresión.

Tras dos horas, una radiografía y una resonancia magnética, los resultados de las pruebas fueron mucho más halagüeños de lo que cabía esperar vistos la hinchazón y el morado del pie. Esguince de tobillo de grado 1. Tiempo de recuperación: de una a dos semanas. Le pusieron un vendaje compresivo y le dijeron que debía tener el pie inmovilizado durante los tres primeros días. Después, que guardase reposo durante una semana. El doctor de la mutua del seguro le dio la baja por una semana, si bien el japonés le aseguró a Philippe que al día siguiente ya iría a trabajar. Discutir con Tsu era algo imposible y muy cansino. Ya lo había comprobado en otras ocasiones. Así que llegaron a un acuerdo tras una dura negociación, en la que Evelyn tuvo mucho que ver: se quedaría tres días en casa de Philippe, sin ir a trabajar, pero atendiendo las obligaciones que requería el caso en el que estaban colaborando. Y al cuarto día, como acordaron, ya podría reincorporarse a The White Spoon.

21

Primero se vio una muleta y después otra. Philippe aguantaba la puerta del taxi esperando a que Tsu saliese. La sargento Harrington los esperaba en el vestíbulo de la sede de Scotland Yard.

—Vaya, ¿demasiado marisco y te ha salido gota, Tsu? —preguntó Athenea sin dejar de caminar a un ritmo demasiado acelerado para las muletas de Tsu.

—No, torcerme el pie ayer trabajando —contestó el japonés apurándose por seguirla.

—Supongo que te tiene asegurado, ¿no? —dijo la sargento desviando la mirada hacia Philippe, que caminaba al lado de Tsu.

—Sí, no problemas.

Las dependencias de Scotland Yard no habían cambiado en una semana y media. Seguían grises. Athenea los condujo a través de un laberinto de pasillos estrechos y de suelo de microcemento. Lo que no faltaba era luz. Infinidad de leds incrustados en el techo se iban encendiendo y apagando a medida que captaban los movimientos de los tres. El último pasillo daba a una especie de descansillo con tres ascensores. La sargento puso el pulgar en un lector de la pared, y en pocos segundos el ascensor del medio se paró para ellos. Subieron tres niveles, y cuando la puerta se volvió a abrir, el paisaje gris que habían dejado atrás se había convertido en un mundo muy diferente.

Alumbrados prácticamente por el resplandor de las pantallas, Philippe intuyó cuatro hileras de mesas largas y contiguas que se extendían a lo largo de toda la planta; a cada lado, la silueta de una persona situada frente a un ordenador de última generación. Un silencio casi sepulcral se mezclaba con el continuo tecleo de lo que Philippe se imaginó que eran códigos y mensajes imposibles de descifrar. Le volvió a embargar la misma sensación que con el departamento forense. Scotland Yard era un mundo alternativo donde la realidad se reducía a un puzle frenético repleto de un panel multipantallas. En un despacho de paredes y puerta transparentes como una pecera, el capitán Gibbs y un hombre hablaban sentados a una mesa blanca. Athenea abrió la puerta y dejó pasar a los dos cocineros. Tanto el capitán como su acompañante se pusieron en pie.

—Philippe, Tsu, os presento a Francis Cardano, máximo responsable del área digital de Scotland Yard —dijo el capitán Gibbs.

Mientras Athenea se sentaba al lado del capitán, Philippe escaneó rápidamente a ese hombre. En la corta distancia aparentaba unos treinta y pico, bastante alto y de cuerpo desgarbado. Vestía unos tejanos y una camisa blanca debajo de una americana azul marino, cuya manga derecha se acortó al alargar el brazo para estrecharles la mano.

—Philippe, Tsu, un placer.

De pelo afro de habérselo dejado largo, una tez clara ayudaba a fijarse con detenimiento en unas pequeñas pecas marrón oscuro que colonizaban parte de sus mejillas y de la nariz, sobre la que descansaban unas gafas que se percibían ultraligeras, casi invisibles.

—El capitán Gibbs ya me ha informado de la valiosa ayuda que estáis aportando al caso. Se agradece el apoyo.

—No es un escenario ideal para nadie, así que haremos todo cuanto esté en nuestra mano.

—Bien, entremos en materia. Estamos trabajando estrechamente con la doctora Smith. En lo que se refiere a huellas o a algún tipo de rastro, no hemos encontrado nada. También hemos investigado las redes sociales de las víctimas y hemos hecho un seguimiento de las redes de los posibles sospechosos. Hasta ayer no obtuvimos nada.

Philippe se fijó en que todos los ojos estaban depositados en él. Todos los ojos, menos dos. Los de Athenea, que miraban a Tsu. Francis siguió con la explicación:

—Ayer nuestro equipo de *community managers* detectó algo que, si bien se aleja de un posible patrón, nos podría servir como pista.

—Philippe, Tsu, ¿os acordáis de que Elliot Plate estaba en paradero desconocido? Pues ya lo hemos encontrado. Volvió ayer. Ha estado de viaje en Laos durante dos semanas —aclaró la sargento Harrington.

—¿Y no respondía al teléfono? —preguntó Philippe, mitad curioso, mitad enojado.

—Dice que cambia de móvil siempre que viaja. Hemos verificado en el aeropuerto el embarque de ida y de vuelta. No estuvo en Londres los días del cuarto y el quinto asesinato. Pero, aunque tenga coartada, esta tarde iremos a visitarlo a su almacén. Al margen de la información que nos pueda proporcionar sobre las vajillas, desde ayer tenemos más motivos para irlo a ver.

Philippe y Tsu se miraron extrañados. Francis les sacó de dudas:

—Ayer averiguamos que tanto Ghalib como la segunda víctima seguían a Elliot en su Instagram. Puede ser mera coincidencia, pero no podemos pasarla por alto. A estas alturas y con las pocas pistas de las que disponemos, que dos de las cinco víctimas lo siguiesen es bastante relevante.

—Otra cosa que nos sigue llamando la atención es esa cuenta a la que sigue. —El capitán empujó hacia los cocineros un ordenador portátil de color gris plata. En pantalla, el perfil de Instagram de Elliot Plate—. Como os dijimos, solo sigue a tres personas: a su madre, a su hermano y a esta especie de *foodie* cocinero, @Coriandrum3.0.

Francis alargó el brazo y se hizo rápidamente con el control del *touchpad*. El cursor empezó a pasar por delante de las palabras *seguidores* y *publicaciones*.

—Hace dos semanas creamos muchos *bots*.

Philippe miró a Tsu, que le aclaró:

—Un robot automáticamente enviar órdenes y ejecutar acción.

—Como cuando programas la calefacción de casa o la lavadora, pero envías fotos a tu perfil de Instagram —dijo Francis—. Pues enviamos solicitudes para seguirlo. Pero no aceptó ninguna. Incluso probamos con perfiles que llevaban años con cuenta en Instagram. Pero ni así. También es verdad que hace mucho tiempo que no cuelga nada, con lo que puede ser que haya dejado la cuenta congelada. Aunque con tantos seguidores como tiene, también nos parece raro.

—O quizá haya muerto —dijo Athenea mirando impasible a los cocineros—. Hay muchas cuentas de gente que muere y siguen sin actividad en el limbo de las redes, pero recibiendo algún *like* de vez en cuando.

—¿Y creéis que este perfil es importante? Quiero decir, lo veo muy alejado de todo.

El capitán Gibbs arrugó su nariz plana de exboxeador.

—Tienes razón. Es un eslabón muy lejano en la cadena. Pero nos llama la atención la manera en cómo lo trata Elliot, viendo que su enorme ego le impide seguir a nadie más. Además, *coriandrum* es cilantro en latín...

—Y ayer encontramos destripado al mayor representante de especias y aromáticas de todo Londres. ¿Casualidad? Si lo es, debemos saber que lo es para descartarla —intervino Athenea tajante.

—Debemos investigar cualquier indicio —recondujo el capitán—. A veces, lo más pueril te lleva a algo inimaginable. Pero estoy contigo y, de hecho, si no formara parte del mundo de la gastronomía, como intuimos, ni habríamos reparado en él. Sería una madre o un hermano más.

Francis bebió un sorbo de un botellín de agua que tenía a su lado y prosiguió:

—En redes sociales se han llegado a dar las conexiones más inverosímiles, por lo que seguiremos intentándolo. Aunque todos nuestros esfuerzos, obviamente, van a estar dirigidos a descubrir quién hay detrás de @BloodyMary. Al principio pensamos que los cuatro platos que colgó podían haber sido el resultado de alguna filtración en nuestro departamento. Pero el del domingo confirmó nuestras peores sospechas. Por vuestras indagaciones y por lo que hemos analizado con los forenses, parece ser que es el plato de la foto que se colgó antes del asesinato.

—Entonces @BloodyMary... ¿es el asesino?

—Eso creemos —respondió el capitán Gibbs—. Aunque somos cautelosos y con una foto colgada que coincida antes de un asesinato... A ver, es muy relevante, pero no concluyente. Me jode decirlo, pero el tiempo aquí es nuestro mejor aliado.

—¿Creéis que Elliot Plate o @Coriandrum3.0 podrían ser el asesino, o sea, @BloodyMary?

—Afirmar eso sería demasiado precipitado todavía —intervino la sargento—. Estamos investigando la coartada de Elliot. Sobre @Coriandrum..., es un eslabón un tanto lejano. Pero nuestro trabajo es barajar todas las opciones.

—¿Creéis que seguirá matando?

—Ojalá me equivocara, Phil, pero todo indica que todavía no ha acabado lo que ha empezado —concluyó el capitán.

Tsu, que había estado callado, se rascó el interior del

cuello mao de su chaquetilla negra de manga corta y por fin habló:

—¿Y qué decir del rastreo de @BloodyMary?

—Nos es muy difícil rastrearlo —reconoció Francis apesadumbrado—. Está encriptado y tiene varios cortafuegos. Hemos visto que la cuenta se creó en Rusia hace un mes, y las fotos se colgaron el lunes pasado, o sea, hace nueve días. Pero de momento vamos a remolque suyo, dependemos de él y así nos lo ha hecho saber.

—¿Cómo? —se extrañó Phil, que parecía no entender nada.

—El domingo mató a alguien a quien nosotros estábamos investigando, y eso nos hace creer que nos estamos acercando, aunque sea un poco. Y si finalmente @BloodyMary es nuestro hombre, no tenemos que olvidar que fue él quien colgó las fotos la semana pasada. No tenía por qué hacerlo. Pero lo hizo.

—¿Pero podría ser, como dice Tsu, que lograrais rastrearlo?

—Como he dicho antes, es muy difícil —volvió a intervenir Francis—. Si es @BloodyMary, puede incluso que se haya servido también de un *bot* para enviar las fotos.

—Vamos a ir paso a paso. Esta tarde iremos a hablar con Elliot Plate. Los diseños de las vajillas nos tienen un tanto confundidos, y más este último, un hombre corriendo a través de un campo.

—Sí, a ver qué os dice Elliot.

—Bueno, de hecho, nos gustaría que nos acompañarais —dijo Hadrien en tono solemne.

Philippe se giró hacia Tsu, que acató en silencio.

22

«Tengo unas ganas inhumanas a conocerlo», fue lo que le dijo Tsu a Philippe antes de que se subieran al taxi eléctrico dirección a Shoreditch. Un entusiasmo que contrastaba con la apatía y el cansancio que sentía él. Al bajar, no llovía, pero estaba a punto. Philippe se echó hacia atrás el extremo de su fular azul marino para que le protegiera el cuello. Hacía bastante frío. El invierno amenazaba con llegar de golpe para quedarse, acontecimiento que no era motivo para que Tsu cambiase por una prenda de manga larga su chaquetilla de manga corta.

Bajaron del taxi y pasaron por al lado de un chico que hablaba con entusiasmo a un grupo de personas en una esquina:

—Y aquí es donde encontraron sus vísceras...

Tsu miró extrañado a Philippe.

—Estamos en el barrio de Jack el Destripador. Hacen *tours* turísticos.

Bajo la entrada de un edificio por la que bien podía pasar un camión de mercancías, se recortaban dos siluetas que los esperaban. El capitán Gibbs llevaba una gabardina larga y ceñida que marcaba unos hombros portentosos. La sargento arrastraba una maleta con ruedas y vestía unos tejanos pitillo y una chaqueta cruzada de cuero negro, como sus botines, pero estos con tachuelas. Los cuatro saludaron a un vigilante que hablaba por el móvil dentro de una pequeña cabina. Entraron por el suelo adoquinado. El traqueteo de la maleta sonó amplificado en cuanto llegaron a un amplio patio cuadrado. Se plantaron en medio y lo escudriñaron girando sobre sí mismos. En cada uno de los cuatro lados, unas escaleras metálicas subían hasta como máximo una segunda planta.

—Segundo C —dijo Athenea con una cara más antipática de lo habitual.

La sargento caminaba con desgana. Philippe la había oído discutir con el capitán Gibbs justo después de estar en el departamento digital. Los policías habían bajado a despedir a los cocineros en el vestíbulo. Cuando ya salían a la calle, Philippe se acordó de lo que le había dicho su madre: «Dile a Hadry si le apetecería venir al cumpleaños de Lottie». Le dijo a Tsu que esperara sentado en un banco. Retrocedió sobre sus pasos y volvió a entrar en las dependencias de Scotland Yard. Como lo habían visto salir acompañado de los policías, no le fue difícil volver a entrar. Pero el despacho del capitán estaba cerrado. Cuando estaba a punto de abrir la puerta, oyó unas voces en el interior. Eran del capitán y de la sargento. Hablaban alto. Pocos decibelios más y se hubiesen considerado gritos. Que no tenía sentido ir. Que deberían explicar los asesinatos para que se pudiese hacer un mapa mental de la historia. Que sin eso sería difícil contextualizarlo y que entendiera lo del *storytelling*. Que para ella esa era una pista muy importante. Que por qué no llevaban solo las fotos. Que no hacía falta la maleta... Después de oír eso detrás de la puerta, decidió transmitirle a Hadrien el mensaje de su madre vía WhatsApp.

El almacén de Elliot Plate le pareció a Philippe algo fuera de lo normal. Y a juzgar por la cara que puso, a Tsu también. Quinientos metros cuadrados diáfanos delimitados por cuatro enormes paredes de cuatro metros de altura. Todas ellas, repletas de cientos y cientos de platos colgados.

Un mosaico atestado de colores y formas capaz de embelesar al mismísimo Miró o a Kandinsky. La parte adyacente al techo era la única franja despejada que permitía ver cómo era la pared industrial de ladrillos marrones que se ocultaba detrás. Philippe pensó que ese almacén bien podría haberse expuesto en cualquier museo como obra itinerante.

La espectacularidad estaba a la par de la singularidad del propietario. Elliot Plate no tenía ni un centímetro cuadrado de su piel que no estuviese tatuado o perforado por algún objeto. Llevar a cuestas ese ensamblaje debía de ser duro, pensó Philippe. La mayor parte de su cráneo calvo y pelado se lo había adjudicado a un enorme rosetón de colores vivos, una imagen que parecía moverse con él, como quien mira un caleidoscopio. A ambos lados de la cabeza, bajándole hasta las patillas, dos figuras hechas con piezas de tangram empalmaban con cenefas de varios tamaños y se perdían por el cuello. Elliot tenía una mezcla entre *cool*, integrante de una tribu de Nueva Guinea y personaje de una época postapocalíptica de una película de los ochenta. Verle alguna espinilla o alguna arruga era imposible, por lo que adjudicarle una edad resultaba difícil. Sin embargo, su tono de voz y su manera de hablar lo delataron, situándolo en la generación Z. Elliot conocía The White Spoon por las redes sociales, si bien nunca había hablado ni con Philippe ni Tsu. Tras las presentaciones pertinentes y ofrecerles café y agua, se sentaron en unos taburetes alrededor de una barra alta que había en un rincón a modo de *office*.

—¿Viajas mucho, Elliot? —preguntó la sargento.

—Un huevo.

—¿Y dónde sueles ir?

—Puf, no paro. De aquí para allá, de allá para aquí... La semana que viene me voy a Grecia.

—¿Por qué fuiste a Laos?

—A coger ideas y a comprar unas vajillas.

—¿Ideas?

—Sí, tengo mi propia línea. Siempre busco inspiración para nuevas colecciones —dijo mientras se toqueteaba un aro de la dimensión de una *cookie* que le colgaba de la nariz.

—Vaya, ¿y dónde las fabricas?

—Aquí, en mi taller.

—¿Aquí?

—Sí, mira. —Elliot señaló una puerta al fondo. Athenea se giró—. Ahí dentro hay un horno y dos tornos. Eso es el taller más puro y duro.

—¿Por qué te dejaste aquí el móvil durante tu viaje?

—Tengo dos. Cuando viajo no quiero que me den el coñazo.

—¿Quién?

—Clientes.

—¿Qué clientes?

—Hostia, no sé..., chefs, museos, alguna fundación, *caterings*..., tengo mogollón.

—Digamos que te va bien el negocio.

—No me puedo quejar.

—Ahora mismo, ¿qué restaurantes te piden cosas?

—Varios. Tendría que mirarlo en el ordenador. Muchos desean trabajar conmigo, pero uno debe poner un tope.

—¿Y cuál es el tuyo?

—Me debe gustar lo que hacen. No me refiero únicamente a que la comida sea buena o no, sino que los platos deben estar presentados de la polla.

—O sea, un buen emplatado.

—«Buen» no, tiene que ser de quedarte en plan... *wow*; si no, paso. No quiero a nadie que ensucie mis platos con presentaciones de mierda. Tienen que estar a la altura.

—¿Ellos lo están? —preguntó Athenea refiriéndose a Philippe y Tsu.

—Sí, claro. El White Spoon lo hace de puta madre. Si me lo pidieran, y si yo pudiera, molaría hacerles algo.

Los dos cocineros y el capitán Gibbs observaban el interrogatorio en ese mano a mano que disputaban la sargento y el diseñador de vajillas.

—¿Trabajas solo o tienes algún socio?

—Solo. No creo que nadie pueda hacer el trabajo mejor que uno mismo.

—En tu Instagram hemos visto que solo sigues a tres personas.

—Nadie más me inspira.

—¿Quién es Coriandrum3.0?

—Un puto o una puta crack.

—Entiendo que no lo has visto nunca.

—Correcto.

—¿Pero le conoces?

—No.

—Os habéis comentado en redes.

—Exacto, pero decir que conoces a alguien porque haya comentado algo que ha colgado quizá es un pelo exagerado.

—Bueno, él te comenta a ti también.

—Como miles de seguidores más que tengo. Supongo que de eso se trata. Tú comentas, a ti te comentan. Tú etiquetas, a ti te etiquetan... Son las reglas del juego.

—Ya, pues en tu juego muchos juegan contigo, pero parece que tú solo juegas con uno.

—Jugaba. Hace mucho que no cuelga nada. Además, creo que es el único merecedor de ser comentado.

—Vaya, se debe de sentir halagado...

—Ni puta idea de cómo se siente. Yo solo sé que a mí me gusta cómo emplata, y parece que a él le gustan mis vajillas.

—¿Os habéis enviado mensajes de forma privada?

—No, solo comentarios en fotos. Y hace un huevo de eso.

—¿Te ha encargado algo alguna vez?

—No, que yo sepa.

—Necesitaremos tus libros de facturas de los últimos seis meses.

—Y yo necesitaría saber qué cojones está pasando aquí. ¿Me estáis acusando de algo? Porque si es así, mejor dímelo ya y déjate de tonterías.

Alguna vez desde que se habían sumado a la investigación, Philippe ya había pensado que ser policía no debía de ser nada fácil. Mantener el temple y no dejarse llevar por impulsos, intentar sonsacar la mayor cantidad de información posible sin apenas dar nada, ir con pies de plomo... En definitiva, cómo hacer que alguien confíe en ti habiéndole dejado claro que tú no confías en él. Ardua tarea. Ver actuar así a Athenea le sorprendió. Pensó que esa chica de cabello corto y cuerpo menudo y huesudo tenía más tablas de las que en su día le había concedido.

—No hay nada de lo que se te acuse, Elliot. Como te dijimos ayer por teléfono, estamos investigando un caso y creemos que nos puedes ser de gran ayuda. Igual que ellos, por ejemplo, que nos ayudaron a conocerte.

El sol se coló por unos largos ventanales que había en la parte alta de la pared de la entrada. Los rayos se refractaron en muchos platos que había colgados en la pared lateral. El espacio se inundó de tal resplandor que era como si alguien estuviese a punto de anunciar la bajada de un arcángel. De repente, sonó un teléfono.

—¿Me disculpáis un minuto? Asuntos personales —dijo Elliot tapando la parte baja de su móvil y alejándose hacia un extremo de la nave.

Tanto la sargento como el capitán Gibbs le concedieron ese minuto.

—Y bien, ¿qué pensáis, Philippe, Tsu? —preguntó el capitán.

—No sé si nos va a servir de ayuda. Parece un poco cerrado.

—Saquemos platos ya. Juguemos a lo que a él gustarle —dijo tajante el japonés.

—Sí, yo también creo que mejor movernos en el terreno donde él se sienta cómodo. ¿Cómo lo ve, sargento?

—En cuanto vuelva, los saco —dijo Athenea.

Todos miraron a la pared hacia la que se había dirigido Elliot, pero no lo vieron. Philippe pensó que quizá había ido al taller.

De repente, pareció que la pared se movía, como si parte de ella hubiera cobrado vida. De ese desdoblamiento surgió la silueta de Elliot. Sus tatuajes se habían mimetizado tan bien con los platos que no lo distinguieron hasta que no estuvo lo suficientemente cerca. Sin que apenas se diesen cuenta, los cuatro constataron que ya volvía a estar sentado entre ellos.

—Bien, ¿por dónde íbamos?

Parecía que Athenea hiciera un esfuerzo por recomponerse de esa ilusión óptica.

—Elliot, ¿conoces a Bintou Saratz y a Ghalib Totah?

—El primero, ni puta idea; el segundo es el dueño del Colors. Le compré alguna especia hace bastante.

—¿Hace cuánto? ¿Para qué?

—Buf, hará dos años o así. Un empresario me pidió que crease una colección de platos hechos con canela y unos pequeños recipientes hechos con *curry*. Quería dotar a su vajilla de aromas, y que estos aromas se transmitieran de forma muy sutil a los alimentos que se sirvieran en ellos. Al entrar en contacto con los ingredientes calientes, la cerámica mezclada con especias emanaría el aroma, y el comensal lo olería.

—¿Funcionó?

—No. Hicimos mil pruebas con muchos tipos de arcilla, pero al pasarlas por el horno las especias acababan perdiendo sus características, entre ellas el olor. Entonces pensamos que, mezclando más cantidad de especias, mejorarían los resultados. Pero ni de coña. Entonces fue la arcilla la que perdió sus características, y los platos perdieron consistencia. No había por dónde cogerlos sin que se rompiesen.

—¿Quién era ese empresario?

—No lo conocí. Mi contacto era con una trabajadora suya. Se llamaba Preeda, o algo así.

—¿Qué restaurante era?

—El Nokian. Querían crear una vajilla especial para su inauguración, hace como dos años. Aunque no funcionara, me pagaron todas las horas que estuvimos haciendo pruebas. Unos señores.

—¿Lo conocéis, Philippe? —preguntó el capitán Gibbs haciendo un *impasse* en el interrogatorio de Athenea.

El corazón de Philippe empezó a bombear más sangre. Rezó para que la mirada de Tsu fuese la misma mirada aséptica de casi siempre. Él no pensaba mirar al japonés.

—No he ido nunca, pero sí, lo conozco de oídas. Me han hablado muy bien —mintió Philippe.

—Genial. Iremos a visitarlo. Perdone, sargento, continúe.

La sargento se agachó y abrió la maleta que tenía a los pies de su taburete. De ella extrajo cinco platos. El capitán Gibbs apartó los dos vasos de café y las dos aguas de encima de la barra creando espacio suficiente para que Athenea pudiese dejarlos.

A Elliot Plate le cambió el ánimo de golpe, y a Philippe le fue volviendo la sangre poco a poco a su cauce y a su caudal.

—Queremos que les eches un vistazo. A ver si te suenan o si te sugieren algo.

Por lo que Philippe oyó durante la discusión entre los policías, Athenea era partidaria de todo o nada. Ya que a Elliot no se le iba a explicar nada sobre los asesinatos ni sobre el supuesto *storytelling* que ellos creían que había, mejor no llevarlos y enseñárselos en fotos. Pero el capitán le dijo que nunca sería lo mismo solo verlos, que verlos y tocarlos y olerlos y acercarse...

El *influencer* de vajillas se quedó mirando los cinco recipientes. El tiempo parecía haberse parado. Cogió el plato del tercer crimen. Era el de forma de lágrima con un ribete dorado. Lo sostuvo en las manos como quien arrulla a un recién nacido. Con una delicadeza extrema lo escrutó con detenimiento girándolo entre los dedos.

—No puede ser.

—¿Qué pasa? —preguntó Athenea.

—Esto debe de ser una réplica, porque el original...

—El original, ¿qué?

—Que valdría miles de libras.

—Vaya, ¿de qué está hecho?

—No es tanto de qué, sino quién.

—¿Quién qué?

—Quién comió en él.

«Si tú supieras», pensó Philippe en un ataque de humor negro repentino.

—Se trata de una casa de porcelana japonesa ya desaparecida. Ahora no me acuerdo del nombre, pero lo puedo buscar. Fabricaban para los señores feudales de principios del siglo XVIII.

—¿Y es muy difícil de plagiar? ¿Cómo se sabe que es el original?

—Por la L del sello de detrás. Tiene tres distintivos. Uno es el ángulo de inclinación del palo largo. Otro es la longitud del palo corto. Y el tercero es el polvo con el que está hecha la L.

Elliot seguía analizando el plato, aunque Philippe intuyó que ya lo hacía con cierta desconfianza.

—Es polvo de un mineral que se crea en condiciones extremas. Se encuentra solo en el monte Fuji. Y se origina solo cuando entra en erupción.

—Bueno, tampoco veo que el plagio sea tan difícil —comentó la sargento—. En el mundo de la falsificación hemos visto auténticas maravillas que poco tenían que envidiar al original.

—El Fuji duerme desde hace trescientos años —apuntó Tsu.

Athenea lo miró como si fuese un bicho raro.

—Exacto —exclamó Elliot—. La última vez que el Fuji erupcionó fue en 1707.

Philippe vislumbró cierto enrojecimiento en la cara de la sargento.

—Y de los otros platos, ¿qué nos dices?

Elliot los cogió de uno en uno, pero no se detuvo ni una décima parte de tiempo.

—Bua, no están mal, aunque yo te los haría bastante más bonitos.

Tras sonsacarle poca información y hacer lo que Philippe valoró como «pocos comentarios y de poco valor» sobre el resto de los platos, llegó la hora de marcharse. Le preocupaba el servicio de noche en The White Spoon. Tsu estaba de baja, y no tenía suplente para él. Eso suponía llegar con más antelación y dejarlo todo bien preparado. Antes de salir del almacén, la sargento Harrington se dirigió a Elliot por última vez:

—Por cierto, ¿te acuerdas de que tienes que viajar a Grecia?

—Sí, claro, la semana que viene.

—Pues como no vayas al British Museum, pocas cosas griegas verás en unos días.

—¿Cómo?

—Que no salgas del país.

—¡No podéis hacer eso!

—No tienes ni puta idea de lo que podemos llegar a hacer.

23

Asesino en serie da de comer a sus víctimas en Londres.
Lucifer en los fogones.
Nuevo asesino en serie en Londres: 5 platos, 5 asesinatos.
¿Qué comen los muertos?
Matar para emplatar.
Un asesino en serie se mete hasta la cocina de Londres.
La cocina de los horrores.
Gastrokiller.
...

Desde los más sensacionalistas hasta los más serios, las versiones digitales de todos los diarios abrieron ese jueves sus portadas con el caso. Pero fue el *hashtag* #gastrokiller el que causó más furor y se convirtió en *trending topic* en pocos minutos.

Un enjambre de periodistas se arremolinó alrededor del capitán y la sargento. Los cocineros ya habían bajado las escaleras exteriores de Scotland Yard y los miraban desde lejos. Como desde allí no se podía oír bien, Tsu decidió buscar un enlace en una de sus webs y le enseñó a Philippe un *streaming* en el móvil de lo que estaba sucediendo a pocos metros. Con un auricular cada uno en una oreja, veían y escuchaban en la pequeña pantalla cómo los periodistas los bombardeaban con preguntas.

«¿Cuándo empezó a asesinar?»

«¿Quién está detrás de la cuenta de Instagram @Bloody Mary?»

«¿Tienen ya a algún sospechoso?»

«¿Es cierto que hay gente de la restauración ayudándoles en el caso?»

«¿Es cierto que los emplatados son con los bolos alimenticios?»

«¿De dónde saca las flores y las especias para sus emplatados?»

«¿Creen que va a volver a matar?»

Los policías hacían caso omiso a lo que al final parecían súplicas. No se sabía de dónde había llegado la filtración, pero había llegado bien. Lo sabían casi todo. Lo único que no había trascendido era el diseño de las vajillas, ya que en las fotos de @BloodyMary los dibujos quedaban ocultos por la comida.

—Esta tarde se dará una rueda de prensa donde responderemos a todas las dudas. Muchas gracias —fue lo único que decidió comunicar el capitán al borde del primer escalón.

El capitán y la sargento se giraron para volver a las dependencias. La nube de periodistas se movió como una bandada de estorninos colocándose a un lado de los policías. El alboroto de pasos, preguntas y empujones los acompañó hasta la puerta de Scotland Yard.

«Hadry odia todo esto.» Philippe lo conocía bien. Pero era irremediable. El daño ya estaba hecho. Aun así, ¿quién era el que decidía dentro de la policía ir por su cuenta y saltarse el código deontológico? Porque si algo sabía era que las filtraciones siempre salían de dentro, y lo más seguro era que la venta de semejante exclusiva hubiese ido acompañada de varios ceros. «La información es poder, y el poder corrompe.»

Esa mañana los habían llamado temprano por motivo de la filtración. Se vieron a primera hora en la sede de Scotland

Yard. Hablaron sobre la estrategia que seguir porque eso lo cambiaba casi todo. Los medios sabían que había dos cocineros ayudando en el caso. Pero no conocían aún su identidad. Philippe todavía no se lo creía. No entendía cómo había podido trascender todo menos sus nombres. Pero eso le aliviaba. Porque si se llegaran a saber, la prensa se les tiraría encima y ese foco de atención haría que todos en el restaurante se distrajeran. Los machacarían vivos. Sería el desplome de The White Spoon. Todo el trabajo empleado en la elaboración del menú degustación se iría a pique. Estaba convencidísimo.

—Phil, a partir de ahora no nos acercaremos al restaurante. Puedes estar tranquilo. Os llamaremos antes para quedar en algún lugar alejados de los focos —le tranquilizó el capitán como si le hubiese acabado de leer la mente.

Otra cuestión fue la cuenta de Instagram. Se habló sobre si capar o no a @BloodyMary. Pero el departamento digital instó a que no se hiciera. Y con razón. Según Francis Cardano, «si le vetamos la cuenta, no le dejaremos alardear sobre sus logros. Tenemos que alimentar su ego. ¿Y cómo se consigue eso? Dándole seguidores y *likes* a sus fotos. Aparte de los morbosos que lo van a seguir de forma natural, desde aquí vamos a sumarle muchos más seguidores falsos. Él nunca lo sabrá, pero hará que su autoestima crezca. Debemos hacer que el halago le debilite, y que se ahogue en su propia arrogancia. Hasta que cometa un error».

Desde que colgara sus fotos hacía diez días, solo 7 personas lo habían seguido; les habían hecho un seguimiento exhaustivo en redes. Pero ese día, dos horas más tarde de hacerse pública la noticia, sus seguidores se dispararon a más de 21.000. Y seguían creciendo.

—Lo de hoy lo ha sacudido todo, incluso cómo abordaremos desde ahora el posible *storytelling* de los platos.

Athenea se mostraba bastante más contenta, en detrimento de su jefe.

—Lo que no cabe duda es que la filtración nos ha hecho un favor.

La llamada de Elliot Plate no tardó en llegar, aunque nadie le respondió. Segundos más tarde Athenea recibía un mensaje que leyó en voz alta:

—«Si me hubieseis dicho que había víctimas, me los habría mirado con otros ojos. ¿Sabéis ya si el plato es original o copia?».

—Dile que mañana quedamos para ojearlos otra vez —le ordenó el capitán—. Que esté atento al móvil.

Salir de las dependencias de Scotland Yard se había convertido en todo un desafío para los cocineros. A Tsu ponerse el jersey no le hizo gracia, pero no había tenido elección.

—Pasar desapercibidos es básico, Tsu —le dijo Philippe mientras el japonés se enfundaba un jersey de cachemira de cuello redondo que le había prestado Francis.

—Saldremos a la vez. Nosotros por la puerta principal y vosotros por la lateral.

La estrategia del capitán Gibbs surtió efecto. Los periodistas encargados de vigilar la puerta lateral se vieron obligados a dejar sus puestos y salir corriendo a toda prisa hacia la entrada principal, dejando pista libre a la salida de los cocineros.

Philippe no podía parar de darle vueltas a la mentira que soltó en el taller de Elliot Plate. Lo cogió por sorpresa y fue lo primero que le salió. Lo cierto era que no quería ir al Nokian acompañado de la policía. Si Guada seguía dando clases de emplatado allí, lo más seguro es que la considerasen alguien relevante para el caso. Y lo último que quería era involucrarla en ese asunto. Estaba en el cénit de su carrera profesional como emplatadora y había trabajado duro para ello. Mientras estuviese en su mano, reduciría las posibilidades de que la policía la conociese. Pero sabía que en el fondo lo movía otro motivo para actuar así. No servía de nada seguirse engañando. Y es que, si la policía se enteraba de su pasado con Eric, el propietario del Nokian, sería una de esas coincidencias que, en palabras de la sargento Harrington, no podrían pasar por alto. Eso desencadenaría una serie de daños colaterales que harían peligrar la segunda estrella Michelin de The White Spoon. Aunque si su nombre salía a la luz pública, de nada serviría no acompañar al capitán al Nokian. Eso haría que Eric hablara. Seguro. Así que ahora planeaban dos interrogantes nuevos encima de su cabeza. Uno: ¿cómo convencer al capitán para no acompañarlo el día que se lo propusiera? Y dos, y el más difícil porque no dependía de él: ¿cuánto tiempo durarían su nombre y el de Tsu en el anonimato?

En la sala atestada de periodistas, el oxígeno ocupaba un segundo puesto. El caso se había hecho viral y las principales cadenas internacionales habían acudido a la llamada. Todos rezaban para que se les diera voz y hacer la pregunta del millón. Reporteros alemanes, austríacos, franceses, peruanos, españoles, portugueses, rusos, chinos, italianos, argentinos, japoneses... «Todo el mundo tiene hambre. Todo el mundo come. A todo el mundo le gusta tener un buen sabor en la boca. Lo que une la cocina, un lenguaje tan universal, tan querido, y ahora todos horrorizados ante quien lo ha profanado», pensaba Philippe mientras miraba en la televisión la rueda de prensa que estaba a punto de comenzar. Eran casi las 17 horas y todos estaban sentados en el sofá expectantes. Sobre todo, Charlotte y Evelyn, que miraban nerviosas esperando la primera aparición de Hadrien frente a las cámaras. Tsu, en la parte de la *chaise longue* con la pierna mala estirada, hacía tiempo ojeando el móvil.

—¡Mira, mira, que ya sale! —dijo Charlotte emocionada.

—¡Qué guapo está! ¡Siempre ha sido guapo!

—Mamá, ¡por favor! —le pidió Philippe.

Hadrien hizo un resumen bastante extenso y cronológico desde que hallaron el primer cuerpo el 2 de septiembre. Philippe se fijó en él. Estaba cansado. Abatido. Demacrado. Unas enormes ojeras sobresalían de sus pequeños ojos. Noches eternas. Noches oscuras. Unas pequeñas gotas le perlaban la frente, y con el índice se subía con cierta frecuencia las gafas, a veces debido al sudor, a veces por manía. Hadrien no soportaba hablar en público. Era un miedo escénico que siempre lo había acompañado. Philippe todavía se acordaba del día de su boda con Anne y lo mal que lo pasó para leer el poema en la celebración.

La ronda de preguntas empezó. Un pinganillo en la oreja le traducía las que se hacían en todos los idiomas menos en inglés, su lengua materna, y francés, con el que se manejaba bastante bien. Hubo de todo tipo, pero muchas de ellas incidieron una y otra vez en el mismo punto: ¿quiénes eran los cocineros que los estaban ayudando en el caso?

—Bua, no me gustaría estar en la piel de esos cocineros, me pegaba un tiro. ¡Menuda presión! —exclamó Charlotte sin quitar ojo a la pantalla.

Hacía tiempo a Philippe también se le había pasado por la cabeza. Un disparo en la sien, somníferos, tirarse al metro... Todavía recordaba cuando Anne murió. Nada tenía sentido y la única liberación pasaba por quitarse la vida. La razón por la que no lo hizo volvió a hablar:

—Voy a mirar todas las series y películas de asesinos en serie, a ver si se me ocurre algo que lo pueda ayudar. Pobre tío Hadry, se le ve hecho polvo.

—Sí que lo está, sí —secundó Evelyn—. Debe de ser agotador aguantar todo este circo.

A Philippe le asombraba el poco rencor que Charlotte guardaba a su tío. Ojalá a él le saliese de manera tan natural. A ella le podían más las ganas de volver a tenerlo a su lado que la rabia por el tiempo sin haberlo visto. Cuánto tenía que aprender de su hija. Reconocía que a veces se veía obligado a hacer un poco el numerito esforzándose por no pensar más en el tema.

Respondiendo a la pregunta de una periodista alemana sobre si habían establecido ya un perfil del asesino, el capitán empezó diciendo que se trataba de una persona sumamente inteligente, que les llevaba mucha ventaja, que ellos siempre habían ido muy por detrás y que una de las únicas pistas que tenían la habían sacado gracias a su cuenta de Instagram. Sin decirlo de esta manera, el mensaje que transmitió fue que @BloodyMary les concedió la posibilidad de investigarlo. Acabó aclarando que, desde todas las fuerzas del orden, seguirían poniendo en la investigación todo el empeño. También subrayó que cualquier colaboración ciudadana siempre sería bienvenida y, sin entrar en cifras, que sería recompensada.

—Papá, ¿tú crees que el asesino es cocinero?

—Por las fotos que han enseñado de su Instagram, no sé si cocinero profesional o no, pero algo sabe seguro —aclaró Philippe intentando dotar al comentario del tono más natural posible.

—Y tú, Tsu, ¿qué piensas? —le preguntó Evelyn.

—Ser cocinero. Y muy bueno.

A Philippe le empezaron a sudar las palmas de las manos.

—Caray, pareces estar muy seguro.

—Abuela, es su forma de hablar. Los japoneses hablan así —aclaró Charlotte.

—¿Ah, sí? ¿Y a cuántos japoneses conoces tú? —le preguntó Evelyn con sorna.

—En los documentales hablan así. Parecen secos y directos, pero es el poco dominio del idioma que tienen. Pero bueno..., ¡ojalá yo hablara japonés como tú nuestro idioma, Tsu!

—No importa. Tener razón —le dijo mirándola fijamente a los ojos.

Charlotte sonrió colocándose un mechón de pelo detrás de la oreja.

La rueda de prensa duró dos horas. Según un mensaje que había recibido de Athenea hacía poco, mañana volverían a ver a Elliot Plate. Aún no sabía dónde, pero esperaba que no fuese en Scotland Yard. Allí los reporteros hacían turnos cubriendo las veinticuatro horas del día y durmiendo en las escaleras de la entrada. Volver a entrar sin ser reconocidos, como lo habían hecho al salir esa misma mañana, lo veía poco probable.

Elliot esperaba en la esquina de Curtain Road con Bateman's Row. La furgoneta negra de la policía se paró justo delante. Una puerta corredera se abrió invitándolo a entrar. El diseñador de vajillas entró sin dudarlo. Llevaba un plumón fino verde pistacho. «Bastante llamativo para entrar con discreción por la puerta principal de Scotland Yard», pensó Philippe. Unos cristales tintados de última generación permitían ver lo que había fuera, pero era imposible atisbar lo que pasaba en el interior, tal y como comprobó en el momento de entrar. Tsu y Philippe se abrieron hueco. Elliot se sentó en medio y se sacó la cincha de la funda de un ordenador que llevaba colgada al cuello. La sargento y el capitán estaban sentados en dos asientos girados frente a ellos.

—Anda que ya os vale —fue lo primero que dijo.

—Ya has visto el revuelo que se ha originado. No podíamos decírtelo —contestó el capitán con rotundidad.

—¿Los tenéis aquí? —preguntó mientras se quitaba una boina negra.

Athenea abrió la misma maleta de la vez anterior. Sacó los platos.

Elliot Plate no los miró con la misma delicadeza. Había una cierta frialdad en su mirada. Más analítica, menos compasiva. Hizo una foto de cada uno de los platos y se las envió a su correo, tal y como les iba relatando en sus acciones a tiempo real. Abrió un portátil y se lo puso en el regazo.

—¿Qué estás haciendo? —le preguntó Athenea.

—Ahora voy a comprobar si estos platos existen.

—Eso te va a llevar un rato, ¿no?

—Una horita más o menos. Sé que el tiempo corre en vuestra contra, pero me da a mí que en estos momentos soy vuestra mejor baza.

—¿Y cómo lo vas a hacer?

—Junto a un programador amigo mío, diseñamos una *app* de reconocimiento de platos. Empecé colgando las fotos de los diseños de todos los platos que iba teniendo, pero después lo abrí a cualquier usuario. Gente de todo el mundo empezó a colgar sus fotos. Piezas hechas en cualquier rincón del planeta, desde las casas más prestigiosas hasta el taller más chusco. Hoy en día nuestra base de datos es de más de tres millones de fotos, contando platos, tazas, boles y ensaladeras.

—¿Y por qué no la sacaste el miércoles? —preguntó Athenea.

—Mis ojos han visto miles de vajillas y me fijé en el que tenía un valor fuera de lo normal. Pensaba que os interesaba eso, el valor económico, por un robo, un atraco o algo así. Pero no me imaginé que cinco tipos destripados habían comido de ellos. Lo encuentro brutal.

Philippe observó que Athenea se contuvo en la reacción. Elliot prosiguió:

—¿Veis? —dijo señalando un botón en la aplicación donde la palabra *cotejar* parpadeaba—. Ahora acabo de cargar las fotos de los cinco platos y clico aquí. La *app* buscará similitudes por líneas, colores, dibujos y formas con todas las piezas de la base de datos.

A Philippe le pareció una idea fantástica, y por la cara que pusieron los demás, no fue el único. Esa *app* bien la hubiese adquirido Francis Cardano y su departamento digital por una buena suma de dinero. La pantalla se convirtió en un frenesí de fotos que cambiaban de una a otra a una velocidad vertiginosa. Todos se quedaron mirando esos cientos de *frames* por segundo, esperando a que una imagen se detuviera. El capitán Gibbs rompió ese silencio viendo lo poco fructífera que parecía la búsqueda:

—Elliot, hemos pensado en posibles mensajes ocultos en los platos. Bueno, más que mensajes, un solo mensaje. Una especie de *storytelling*. Una historia explicada a través de los diseños y dibujos de los platos.

—Sí, después de que ayer me enterara, pensé lo mismo.

—No me digas —soltó Athenea.

—Sí, te digo. Por eso estoy cotejando los platos. Para ver si ya existían, porque si no...

—Si no, ¿qué?

—Pues que si los ha hecho *ad hoc* para cada ocasión, será complicadillo de rastrear. Os tendréis que esperar a que vuelva a matar para tener más piezas del *storytelling*. Cada vez os será más fácil, pero si queréis ahorrarle sufrimiento a algún pobre inocente, más os vale averiguarlo cuanto antes.

—Tú haz tu trabajo, que nosotros haremos el nuestro —concluyó la sargento.

Elliot cogió de nuevo los cinco platos: el redondo con estampado de hojas de té del primer asesinato; el rectangular ondulado del segundo; el de forma ovalada con ribete dorado que tanta estupefacción le causó del tercer asesinato; un plato color crema con una especie de rayo cruzando de punta a punta del cuarto, y el del quinto y último crimen, un hermoso plato donde un hombre corría a través de un campo.

Cuarenta y cuatro minutos más tarde, el ordenador solo

había encontrado una coincidencia: el del plato de la franja dorada. Ninguno más había sido detectado. El desánimo se adueñó del interior de la furgoneta.

—Vale, y ahora que sabemos que, menos uno, el resto son casi desconocidos, ¿qué harías tú, Elliot? —quiso saber el capitán.

—Yo cogería cada plato y haría una lista de lo que pudieran significar. Seguro que hay una simbología detrás. Después haría combinatoria. Cruzaría los posibles significados hasta dar con una historia con sentido.

—Eso es una locura —convino Athenea.

—Eso es lo único que tenéis —afirmó Elliot.

24

Los siguientes días fueron muy tranquilos. Tanto que The White Spoon aprovechó para sacar por fin el tan deseado menú degustación de la nueva temporada. Hicieron la cata un lunes aprovechando que el restaurante no se abría al público. Como era costumbre siempre que se sacaba un menú nuevo, todo el personal comía junto para degustar y comentar los platos. En la cocina muchos ya habían probado bastantes de ellos, pero el personal de sala no. Y a Philippe le interesaba la opinión de todos. Si bien el objetivo principal era la cata, el segundo, y no menos importante, era el de formar piña pasando un momento agradable y distendido. Aun así, todos iban vestidos como un día normal de trabajo, para que cualquiera pudiera desempeñar sus funciones si la ocasión lo requería. Dos manteles largos transformaron tres mesas en una sola. Los trece de The White Spoon se sentaron en torno a ella y, a pesar de alguna reticencia por parte de Ricardo, no se escatimó en regar el menú con buenos vinos.

—A ver, mi indio preferido, ¿dónde está? ¡Que se ponga a mi lado! —dijo Massimo en voz alta.

Mamun, el freganchín, salió de la cocina secándose las manos en el delantal.

—Yo no indio, yo bangla.

—¡Tomaaaaaa! —dijo Gonçalo—. ¿Podemos empezar ya, chef?

—¿Dónde está Birgitta? —preguntó Philippe.

—En el lavabo, cagando.

La risa estridente de Ryan no tardó en oírse.

—¡Eres un cerdo, Gonçalo! —lo reprendió Ruth.

—¡Pero si es verdad!

—Y tú, Ryan, ¿de qué te ríes? ¿O es que en Filipinas no vais al baño? —le preguntó Ruth.

Mientras Tsu se sentaba entre Erika y Ricardo, Philippe dio unos ligeros golpes con un tenedor en una copa de vino vacía. Poco a poco el alboroto de sillas, platos y voces se fue apaciguando, extinguiendo una posible y estúpida discusión escatológica que no quería que fuese a más. Cuando el silencio fue casi absoluto, una cadena de váter sonó de fondo. Todos rompieron en carcajadas. Incluso Ruth no pudo contener una sonrisa.

Ricardo descorchó tres botellas de vino blanco de la Toscana y empezó a servir. Philippe esperó a que acabara. Observándolos allí sentados, le gustaba que se sentaran mezclados. El buen rollo entre todos, a excepción del episodio entre Massimo y Tsu aquel día en la calle, era patente. Siempre había rencillas, pero cada uno sabía apartarlas cuando salía de su zona y caminaba por terreno neutral. Philippe volvió a golpear tres veces la copa ya llena para recuperar el silencio.

—Antes de nada, quería deciros que estoy supercontento de que estéis todos hoy aquí. Os quería dar las gracias por vuestra entrega y sacrificio, sobre todo estas últimas semanas, que han sido especialmente agotadoras y que...

—¡Venga, chef, que nos morimos de hambre! —La voz de Gonçalo sonó camuflada entre toses, lo que hizo que todos rieran de nuevo.

—Ya va, ya va. Solo daros las gracias por la dedicación, y ya sabéis, si consideráis que algo es mejorable, decidlo sin ningún tapujo. —Philippe alzó la copa de vino—. ¡Salud para todos!

—¡Salud! —gritaron al unísono los doce seguidos de un tintineo sin contenciones que resonó en toda la sala.

—¡Ah, y nada de fotos! ¡Este menú sale mañana, así que os pido por favor que no salga publicado antes en ninguna red! —vociferó Philippe por encima de lo que ya empezaban a ser los primeros compases de una gran comilona.

El chef comprobó que Massimo y Tsu se habían sentado lejos el uno del otro. ¿Por qué seguían enfadados? Quizá fue por el peso que él le había dado al japonés en la creación de ese menú. Quizá Massimo se sintiera apartado siendo el *sous-chef*. Pero no lo había podido evitar. Que Tsu lo acompañase en la investigación hizo que hablaran más sobre la creación de los platos. Había sido una especie de terapia, que con el italiano no hubiese podido hacer. Pero eso no justificaba su enojo, porque si con alguien tenía que estar enfadado era con él, no con Tsu. Eso, en el caso de que fuese esa la razón... De repente, notó que alguien le daba unos golpecitos en el brazo.

—Chef, chef, ¿empezamos? —quiso saber Ruth.

—Sí, chef, ya todos hemos probado el entrante —señaló Ricardo.

Philippe asintió y el turno de las valoraciones empezó. El primer plato era un entrante: trilogía de algas con setas y destilado de tierra. Según Ginger, la ayudante en calientes, la presentación la hubiese firmado hasta la mismísima Guadalupe García. Las tres algas en diferentes texturas se entrelazaban para formar un manto verde como musgo con diferentes inclinaciones y alturas, provocado por las setas que sobresalían de debajo. Un fondo terroso de migas de pan, parmesano y panceta deshidratada, humedecido con el agua destilada de las setas, formaba el sustrato del plato y evocaba la tierra del monte justo después de llover. Decorado con pinaza y hojas de tonalidades cobre y amarillas comestibles, el resultado final era como estar a punto de comerse un trozo de sotobosque de clima atlántico. Todos alucinaron tanto con la presentación como con el sabor. Menos Mamun, que no comía cerdo, coincidieron en que era muy sabroso y que el recuerdo que evocaba era como ir de excursión por el bosque un día de otoño. A Philippe aquello le encantó. Siempre había pensado que un restaurante lo que tenía que transmitir eran experiencias, y eso pasaba por el local, el servicio y, cómo no, la comida.

El segundo entrante del menú degustación fue aclamado por todos de manera unánime. En cambio, el primero de los primeros fue criticado por William y Birgitta. Al joven y educado camarero inglés y a la simpática camarera sueca les pareció un pelo ácido.

—Pero ácido... ¿por qué? ¿Qué notáis, Will, Gitta? Un ceviche debe tener un toque ácido, si no... —dijo Massimo mientras dejaba la frase abierta por la interrupción de un sorbo de vino.

Los dos jóvenes camareros, que junto con Erika eran los más nuevos en The White Spoon, se quedaron callados. Philippe notó en las palabras de Massimo cierto cinismo. Quizá fuese paranoia suya, pero la verdad era que el ceviche fue, casi en su totalidad, obra de Florencia y Tsu. La pinche peruana convenció a Philippe con una antigua receta de su abuela. Con notables variantes en su deconstrucción, el sabor recordaba al plato original.

—Flo, ¿no les dices nada? Ay, si tu abuela levantara la cabeza... —insistió el italiano mientras volvía a beber vino y miraba a la joven levantando las cejas dos veces de manera rápida.

La mirada desafiante de Ruth no se hizo esperar, aunque el *sous-chef* la eludió por completo.

—Si mi abuela levantara la cabeza, encontraría que sí, que está un pelo ácido. Tsu, ¿te parece si se lo rebajamos? Quizá podríamos exprimir menos lima. Chef, ¿qué opina?

—Me parece bien.

El resto de los platos fueron muy aplaudidos, sobre todo el «Arroz y salmonete en red». Una red encerraba un montoncito de arroz cremoso con un carabinero y dos lomos de salmonete. La trama de la malla era casi opaca y fina, y no dejaba salir ni un grano. Una malla que se podía comer al estar hecha con alginato.

Los postres también tuvieron su ovación. El segundo de ellos, «Colmena de chocolates, naranjas y flores», fue proclamado por todos como el postre más bello y rico que jamás hubiesen probado. Incluso hizo que Mamun se tapara la cara con la servilleta, dejando a los presentes inmóviles. Ruth se levantó, lo abrazó por la espalda y volvió a su asiento. Massimo, con los codos encima de la mesa y las manos entrelazadas, lo observaba con los ojos exageradamente abiertos y la boca arqueada hacia abajo. Al cabo de unos segundos, el de Bangladesh se descubrió la cara. Tenía los ojos rojos. Se dirigió a Philippe:

—Lo siento, chef. Recordar cuando iba con padre a buscar miel al campo.

—No te disculpes, Mamun, todos tenemos recuerdos.

«La tenemos», pensó Philippe mirando al techo, donde ya veía brillar su segunda estrella.

—Es perfecto este postre, chef —dijo el freganchín.

—Díselo al que tienes al lado, él es el culpable —afirmó Philippe.

—Felicidades, Massimo. Yo emocionarme —dijo Mamun mirándolo fijamente a los ojos.

—Gracias, bangla, me alegro de que te guste. Pero bueno, basta de mariconadas y un brindis por el menú, ¿no? —dijo el *sous-chef* dirigiéndose a todos mientras se llenaba otra copa de vino y la alzaba con energía.

—¡A por la segunda!

—¡A por la segunda! ¡Au, au, au! —corearon todos como si fuesen a entrar en combate.

De repente, se hizo un microespacio de silencio y la voz de Erika dirigiéndose a Ginger se oyó perfectamente:

—Tenías razón, entre las algas y este postre, hasta Guadalupe García tendría envidia de...

—¡¿Queréis parar ya de una puta vez con la Guadalupe de los huevos?! —La voz de Massimo sonó fuerte, más de lo normal.

—Sí, ¡qué pesadas! —apuntó Gonçalo.

—Ya está bien, nuestros emplatados no tienen nada que envidiar a los de esa mexicana.

—¡Pero si es lo que estábamos diciendo! —repuso Erika.

—Sí, Massimo —coincidió Ricardo—, es lo que estaban diciendo.

—¿Cafés? ¿Quién quiere cafés? —preguntó Ruth.

—¡Yo solo!

—¡Y yo!

—¡Yo con leche de avena!

—¡Yo infusión!

Mientras se generaba otro tema de conversación, Philippe pensó que con esos platos había querido transmitir un fiel reflejo de su equipo. Una amalgama de influencias multiculturales, pero sin perder la esencia ni la identidad de las tradiciones; una vuelta al origen vista desde la perspectiva de los jóvenes actuales. Un 30 por ciento de cocina clásica fusionada con un 70 por ciento de nuevas corrientes experimentales. Normalmente sus menús degustación habían sido muy muy técnicos, pero esta vez, quizá influido por Tsu y las nuevas hornadas de chavales que tenía a su alrededor, se había dejado llevar, apostando un poco más por la cocina intuitiva.

Eran las seis de la tarde y casi todos ya se habían marchado. Philippe estaba cambiándose en el pequeño vestuario masculino de The White Spoon. El silencio era casi sepulcral. Había sido un día distendido, apacible. Lo suficiente como para olvidarse de tripas, sangre y mutilaciones. Ese parón en su cabeza le había sentado muy bien. De repente, la puerta se abrió. Philippe se giró sobresaltado en medio de su oasis temporal de paz. Massimo entró mientras se quitaba la chaquetilla blanca.

—Hola, chef. ¿Aún aquí?

—Sí, me cambio y me voy, que llevo días sin apenas pisar mi casa.

—Sí, habéis trabajado mucho.

—Tú también.

—Bueno, lo que es en el menú, no mucho, la verdad —dijo Massimo quitándose la camiseta imperio.

—Lo sé. Y de eso quería hablar contigo.

—No importa, chef, de verdad. Lo entiendo.

—No no, déjame que te explique. Sé que no has participado mucho, pero necesitaba a alguien con galones suficientes para que pilotase el servicio diario de cocina. Gracias a eso, el menú ha sido posible. Gracias, Massimo, te lo agradezco de veras.

—Bueno, al menos me pude meter un poco con el postre, que no ha salido tan mal —apuntó el italiano mientras se limpiaba los sobacos con unas toallitas de bebé.

Philippe había tenido que hacer malabares con ese tema. El postre de Massimo era espectacular, sin duda, pero Tsu le había propuesto otro que para él lo era aún más. Tuvo que hacerle esa concesión al italiano si no quería que se le amotinara en la cocina.

—Sublime, no cabe duda. Me encanta que el menú acabe con tu postre. La gente lo recordará, seguro.

Massimo lo miraba complacido, como esperando que continuase.

—Eres una pieza fundamental en el White, Massimo, y lo fuiste desde el primer día que entraste hará ya cinco años.

—Gracias, chef. La verdad es que hemos conseguido ser una gran *famiglia* —dijo mientras se peinaba con las manos posando delante del espejo que había encima del lavabo.

Philippe abrió la puerta del minúsculo espacio con ocho taquillas.

—¿Preparado para mañana? —le preguntó al *sous-chef*.

—Preparado.

—Bien, pues hasta mañana.

—Hasta mañana, chef.

25

El cuchillo penetró perfecto. Las fibras de carne se iban separando lentamente. Poco a poco, las puntas del filete de angus se convertían en retales cada vez más y más pequeños. Lo siguieron unas chalotas, unos pepinillos y unas alcaparras. En un pequeño cuenco, Philippe puso una yema curada de huevo ecológico y añadió a la carne unas gotas de salsa Perrins y unas pocas menos de tabasco. Excepto un cliente del turno de las tres en la mesa 8, ya nadie pedía platos de la carta como ese. Todos preferían el nuevo menú degustación. Llevaban ya cinco días con él y las primeras impresiones le habían parecido inmejorables. Los comensales salían felices tras la experiencia. Además, Scotland Yard llevaba toda la semana sin dar señales de vida y los medios habían aflojado en sus ansias por conocer al chef que ayudaba a la policía. Que @BloodyMary no hubiera vuelto a asesinar a nadie había ayudado mucho a que el ambiente se hubiera calmado. Pero Philippe sabía que ese equilibrio se acabaría rompiendo tarde o temprano. Y que lo que les contó a sus trabajadores después de la rueda de prensa de Hadrien no duraría mucho:

«Supongo que os habréis enterado por las noticias. Y sí, al que habéis visto por la tele es mi cuñado. Ya sabéis que vino un par de veces por aquí. Y os voy a ser sincero: vino a pedirme ayuda, pero no pude ofrecérsela. Todos conocéis el porqué».

El chef ya les había contado su aversión a la sangre, considerando que en algún momento podría afectar a su trabajo en la cocina. Así que sus empleados lo creyeron. Era una razón más que lógica e hizo que ninguno intentara vender una exclusiva. Su pavor por la sangre lo estaba salvando. Le estaba regalando un tiempo valioso. Un tiempo que le podía dar la segunda estrella Michelin. Eso es lo que creía, hasta que recibió la llamada de Athenea esa misma mañana. La sargento le pidió una mesa para tres amigas.

—Imposible. Las reservas se cerraron hace meses.

—A ver, Philippe, yo no soy Hadrien. No sabes lo fácilmente que se filtran las noticias.

—No os convendría a vosotros tampoco.

—Créeme, no afectaría para nada al caso. Además, sabes que tarde o temprano va a acabar sucediendo. Ya pasó una vez..., ¿por qué no iba a volver a pasar? Tu cuñado está haciendo malabares para que no salgáis a la luz, todo por ti, por tu restaurante y por tu estrellita. No por nada más, puedes estar seguro.

Al final liberaron una mesa para dos. Llamaron al afectado y se disculparon decenas de veces. Argumentaron que en el sistema de reservas la suya se había solapado con otra. Y le ofrecieron la mesa para otro día a coste cero. Ese era el precio que tenía que pagar. No mucho, en comparación con lo que podía salir perdiendo. Pero cómo le jodía.

Philippe puso un molde redondo en un plato y dentro la carne aliñada. Prensó levemente y desmoldó. Massimo le pasó en un plato con papel absorbente unas patatas *soufflé*. Sobre el jugoso *steak tartar*, Philippe colocó seis, tres a cada lado en forma de arco, dejando un hueco en el medio, donde depositó con delicadeza la yema curada. Puso sal a todos los saquitos de patata hinchados, y espolvoreó cada uno con una especia diferente: pimienta de Jamaica, pimentón de la Vera, sal de anchoa, sumac, cardamomo negro y comino. Con dos cucharas hizo una *quenelle* de helado de mostaza a la antigua y limón, y la colocó apoyada en un lateral de la carne. Con unas pinzas finas colocó encima unos pocos germinados de col lombarda y, coronando el plato, pétalos de tres flores: hibiscus, centaurea y caléndula.

—¡Es que son gilipollas! —dijo entrando en la cocina antes de recoger el plato. Se apoyó en la pared y se puso la mano en la boca. Que lo dijera Ricardo, aún. Pero Birgitta, que era el buen rollo personificado, eso ya era otra cosa.

—¿Qué ha pasado? —le preguntó Massimo.

—No es qué ha pasado, es lo que puede llegar a pasar como sigan así —dijo la joven sueca cogiendo el *steak tartar* y dando una patada a la parte baja de la puerta abriéndola de golpe.

Poco a poco la información fue llegando a cocina. Que si las tres amigas de Athenea eran unas pijazas que no veas. Que apenas miraban a la cara. Que muy bordes. Que se reían como hienas. Que eran unas maleducadas. «Han mareado a Ricardo con el vino de tal manera que un poco más y se las come.» Birgitta se declaró intolerante a las intolerantes:

—Una cosa es que les siente mal el gluten, los frutos secos o lo que sea, a todas nos puede pasar, pero otra es que no paren de preguntarte: «Oye, ¿esto lleva eso, esto lleva aquello, lo otro lleva eso?». Buf, qué pesadas, si lo pone en la carta, ¡y además se lo he dicho!

De los tres menús, dos tuvieron que ser modificados. Una era celíaca y alérgica a los frutos secos, y otra intolerante a la lactosa. Pero eso ya estaba pensado. Había opciones para esos platos susceptibles de intolerancias y alergias. Aunque a una de ellas no le gustó el plato alternativo y se le tuvo que hacer el *steak tartar* de la carta. A medida que las botellas se vaciaban, la estridencia de sus risas se hacía cada vez más notoria.

—Y les he tenido que llamar la atención; notaba que algunas mesas vecinas se estaban incomodando —añadió Ruth.

Tras dos cafés con un chorrito de leche de almendras y una infusión de jengibre y naranja con azúcar de coco, se marcharon. Fue lo único que Philippe agradeció, que se levantaran rápido y así no tener que lidiar con ellas en su ronda de mesas. Odiaba hacerlo, pero creía que era imprescindible en un restaurante del nivel de The White Spoon. La gente quería ver al chef que se escondía detrás de esos platos. Su *tour* solía ser muy rápido: interesarse por el comensal, recibir halagos, despedirse. Excepto alguno que le preguntaba sobre algún ingrediente o alguna técnica, casi siempre se limitaba a estos tres actos.

El resto de la noche de ese sábado transcurrió tranquila. Eran las once cuando los últimos comensales salieron por la puerta. Como hacían siempre al acabar un servicio, los de sala acudían a cocina y todos se ponían a aplaudir. Era una manera de celebrar el buen trabajo de unos y otras. Un momento de distensión que servía para comentar de manera rápida los lances de la jornada. Por supuesto, «Las tres amigas de Athenea» fue el *greatest hit* de esa noche.

Todos estaban acabando de recoger y de limpiar. Mamun fregaba las últimas ollas, que debían hacerse a mano. Ryan llevaba unos platos calientes recién sacados del lavavajillas a sala. Tsu pulverizaba un líquido antibacteriano sobre las superficies de trabajo y les pasaba un trozo de papel de cocina. Gonçalo restregaba con un estropajo empapado en un quitagrasa algunos recovecos de la zona de calientes. Massimo abría las neveras bajo barra y apuntaba en una hoja de inventario lo que faltaba. Philippe salió a sala para preguntarle a Ricardo si le molestaba no acompañarlo al día siguiente a las bodegas de Kent. Como experto *sommelier*, sabía que la presencia del chileno era muy importante, pero la llamada de su madre le hizo abrir los ojos. Y tuvo una idea. Hacía muchos días que estaba centrado en el menú. Una vez más, lo urgente había adelantado a lo importante en su lista de prioridades, y Charlotte había pasado a segunda posición. Esperaba que Ricardo no se lo tomase a mal. Por una parte, le apetecía una hora y media de ida y otra de vuelta en coche con su hija. Pasar la mañana hablando de cualquier cosa. Pero por otra, le daba miedo. Pero ¿y si para Lottie su «cualquier cosa» no era suficiente? ¿Y si se volvía a cansar de una conversación con su padre?

Ricardo lo entendió perfectamente. Sentado a la barra, Philippe hablaba con él cuando vio a Tsu vestido con su chaquetilla de calle. En una mano miraba su móvil mientras con la otra arrastraba el patinete eléctrico. Encima había una pequeña maleta de cuero marrón con asas.

—¡Que vaya bien el viaje, Tsu! —le deseó Will.

—¡Gracias! —contestó el japonés saliendo por la puerta.

—¿Viaje? ¿Qué viaje? —preguntó Philippe mirando a Ruth, que hacía también inventario, pero ella de licores y bebidas detrás de la barra.

—Ni idea. Primera noticia.

—¿Cuánto tiempo? —preguntó esta vez mirando al joven camarero, que estaba junto a la mesa más cercana a la entrada.

—Se va dos días, chef. A Copenhague —respondió William con una media sonrisa mientras repasaba unas copas de vino con un trapo de tela.

A Philippe le volvió el pulso a la normalidad. Era imposible que se hubiese olvidado de las vacaciones pendientes de alguien, y menos de las de Tsu. Sabía que no era su padre, pero le sentó mal. No tenía por qué decirle ni dónde, ni cuándo, ni con quién iba. Pero un mínimo de información la hubiese agradecido. A veces le costaba entender por qué los jóvenes iban tan a lo suyo. Sin dar explicaciones. Sin tener en cuenta que sus acciones podían tener consecuencias. Pero... ¿qué consecuencias? ¿Estaba pensando en Tsu o en Lottie? Si bien hacía tiempo que Scotland Yard no los llamaba, habría estado bien que le dijera que se iba a Copenhague, por lo que había pasado, por lo que podía pasar. Y si Hadrien y Athenea se enteraban, ¿dirían algo? A través de la puerta vio cómo se subía al patinete y empezaba a circular con destreza. Lejos quedaba ya el esguince de tobillo. Era de noche y el led rojo de la parte trasera empezó a parpadear alejándose. En ese momento le inundó una sensación de sentimientos encontrados. Si bien no le hizo mucha gracia enterarse de ese modo, lo entendía perfectamente. Él, a su edad, quizá no solo no hubiese dicho dónde iba, sino que hubiese subido a ese patinete sin volver la vista atrás. Pero sabía que el japonés volvería para estar a su lado. No lo dudaba. Siempre estaba allí cuando lo necesitaba. Como cuando, sin pedírselo, hizo que lo acompañara durante la investigación. Lo dio por hecho, sin preguntarle si quería. Y una vez más, sin objetar nada, Tsu lo hizo. Muchos días se preguntaba cuánto tiempo tardaría en irse. Qué es lo que le llevaba a estar allí con él, un chef con más miedo a que los nuevos tiempos le hiciesen *bullying* que a asimilar con gusto el presente. Le atemorizaba el día en el que el sistema le pudiera decir «Gracias por participar. Ya le llamaremos». ¿Se iría Tsu si no conseguían la segunda estrella? Sería un duro golpe, sin duda. Seguro que su viaje a Dinamarca respondía una vez más a sus inquietudes culinarias. «A ver qué novedades nos trae ahora.»

26

Salieron a las 9.15 horas de Piccadilly, y diez minutos más tarde cruzaron Westminster Bridge para coger Borough Road. En los semáforos Philippe se fijaba en la mujer que iba a su lado. Era igual que su madre. Cada poro de su piel desprendía energía como para hacer girar el London Eye durante semanas. Con la cabeza ladeada, dividió en tres partes un mechón castaño de su densa y lisa cabellera. Según le dijo, eran trenzas de boxeador.

Hacía relativamente poco que volvía a conducir. Intentaba coger el coche lo menos posible. Desde el accidente de Anne, lo evitó durante un año. Al principio le tenía pavor, pero pequeños trayectos con Evelyn que cada vez se hicieron más largos, lo ayudaron a superar aquel miedo. Así pues, solo le quedó uno: el miedo a la sangre.

Cogieron la M20 en dirección a Maidstone. El Mercedes GLK de Philippe dejó atrás la bruma que envolvía Londres desde hacía días. Le extrañó que Charlotte accediera de manera tan fácil, pero antes de concluir nada, prefirió esperar a ver cómo se desarrollaba el viaje. Desde que muriera Anne, pocos habían sido los domingos en los que había sido capaz de sacarla de su habitación. Cuando salía, era porque algún amigo sin plan familiar la había llamado para ir al parque con los patines en línea.

Una de las botas negras Doc Martens no tardó en estar sobre la tapicería de cuero del asiento. Que se sentara bien era una lucha en la que Philippe había tirado la toalla hacía tiempo. Siempre se estaba retorciendo en las sillas, como si nunca acabara de encontrar la posición correcta. Un jersey fino color mostaza y unos tejanos *skinny* destripados por el muslo y la rodilla completaban su *outfit*. Philippe no entendía cómo no pasaba frío. En una de esas posturas imposibles, el tejano se le subió dejando al descubierto un trozo de pierna envuelta en *film*. «¿Un tatuaje?» Charlotte se dio cuenta enseguida y bajó la pierna de inmediato.

«Pero ¿cuándo? ¿Y de qué? ¿Un colibrí? ¿Una flor? ¿Una cenefa? ¿Un escudo? ¿Una calavera? Uno empieza por una diminuta luna en el tobillo y acaba con el sistema solar en el cuerpo... Que se lo pregunten a Elliot Plate si no... Bueno, Philippe, respira hondo y no le digas nada, intenta no pensar, ya lo descubrirás en primavera cuando empiece a llevar *shorts*. Tengamos la fiesta en paz.»

En Farningham los prados ya habían tomado el paisaje, y un sol revelador empezó a asomar entre las nubes insuflándoles autoestima suficiente para relucir más verdes que nunca. Charlotte se agachó para coger algo del bolso que tenía a sus pies, y la cadenita que le regaló Anne apareció colgando sobre su barbilla. Fue para su decimosegundo aniversario. Era fina, de oro, con una pequeña medalla donde en una cara estaba inscrita la inicial de Charlotte y en la otra la de su madre. Philippe no recordaba día en el que no la llevara al cuello. Unas uñas color azul eléctrico se movieron y desbloquearon raudas uno de los últimos modelos de iPhone.

—Te vas a marear.

—Lo tengo que cambiar.

—Pero si no tiene más de dos años.

—Por eso mismo —dijo sin levantar la mirada de la pantalla.

—Pero ¿qué tiene de malo el que ya tienes?

—No hace fotos buenas.

—¿Fotos buenas? ¿Para qué quieres hacer fotos buenas?

—Me gustan. Sin más.

—¿Y por qué no pides dinero para tu cumpleaños y te compras una cámara de fotos?

—Si el móvil también puede hacer esa función, ¿por qué voy a llevar un trasto más? Gracias, pero no, gracias.

—Yo no te pienso comprar uno.

Charlotte levantó la vista de la pantalla para replicar algo, pero Philippe se le adelantó:

—Y la abuela tampoco.

—Vale —gruñó volviendo de nuevo al móvil.

No podía con ese «vale». Equivalía a decir «No voy a seguir hablando de esto y que sepas que voy a hacer lo que te he dicho que haría».

Los siguientes diez kilómetros transcurrieron bajo el ruido cíclico de las ruedas avanzando sobre el asfalto, dos notas de voz y algún pensamiento de Philippe.

«Increíble. Increíble porque en su día accedí a que llevara móvil por una cuestión de seguridad. Porque podría ayudarla en cualquier urgencia o en una situación incómoda, o si corría algún peligro. Y ahora resulta que hay más peligros dentro de ese móvil que fuera. Qué irónico, ¿está aquí, a mi lado, o a mil años luz?»

Charlotte volvió a guardar el móvil en el bolso. Philippe hubiese dicho que se había mareado, pero obviamente no iba a decirle nada.

—¿Ponemos la radio? —le preguntó ella sin saber ya cómo ponerse en el asiento.

—¡Buena idea! —respondió él entusiasmado.

Charlotte lo miró como diciendo: «No te vengas arriba, que solo he propuesto escuchar la radio».

—Hace siglos que no la oigo —siguió Philippe—. Como ya apenas cojo el coche...

—Pues mira, aquí la tienes —dijo Charlotte apretando un botón de la consola central.

—En los hospitales existen, claro que existen robos. Pero es algo que, aunque no sea muy difícil de controlar, es costoso, porque exige medios y mecanismos de control y eso se traduce en una cierta inversión.

—¿Qué es lo que se roba?

—Todo tipo de material clínico, desde batas, bisturís, desinfectantes...

—¿Y los que más se roban?

—En los últimos años hemos registrado una tendencia creciente a los opiáceos, los medicamentos que se utilizan en las anestesias de las intervenciones quirúrgicas.

—O sea, ¿los que quitan el dolor?

—Sí, son los medicamentos que conocemos como analgésicos narcóticos.

Philippe vio que Lottie ya había soportado suficiente. Alargó la mano para cambiar de emisora. Pero se detuvo en seco.

—¿Y usted cree que @BloodyMary los ha utilizado en sus crímenes?

—Bueno, eso debería decirlo la policía. Las autopsias supongo que habrán arrojado mucha luz en este sentido...

Fue Philippe el que entonces alargó la mano para cambiar.

—Déjalo, déjalo, papi, porfa, ¡me interesa! —insistió Charlotte.

—... pero sí, supongo que los habrá utilizado con algún somnífero, betabloqueante o relajante muscular.

—Y una mierda. No creo que este sádico use analgésicos para calmar el dolor a nadie —escupió Charlotte.

Philippe miró de reojo a su hija y volvió a poner la mirada en la carretera.

—Leí en un blog sobre asesinos en serie que lo que buscan estos *piraos* es provocar el máximo sufrimiento posible. O sea, que de analgésicos, nada. En cambio, sedarlos, supongo que algo habrá hecho para que le hagan un mínimo de caso, con drogas hipnóticas, rufis, GHB...

—¿El blog explicaba todo esto?

—En parte sí.

—¿Y la otra parte?

—A una amiga mía la drogaron el año pasado —dijo sin apenas pestañear—. No la llegaron a violar, pero abusaron de ella...

—¿Co..., cómo? Pero ¿cuándo? ¿Y no me lo...?

Philippe decidió no acabar esa frase con tintes recriminatorios. Sabía que no era el camino. Optó por cambiar de estrategia. Decidió que fuera la tertulia radiofónica la que guiara el *flow* con su hija.

—Para los que se unen ahora, hoy en *Puede volver a pasar*, «Especialistas del corte», con Edgar O'Connor, jefe de Cirugía del hospital Saint Thomas, Agnes Osborne, propietaria del matadero Osborne Meat & Son's, en Blackham y, con el chef propietario del Nokian, Eric Moreau.

A Philippe se le paró el pulso.

—Hala, ¿este no es el que trabajó contigo hace años?

—Sí.

—Qué lástima que no te llamaran a ti.

—No habría ido.

—¿Por qué no? —dijo ella gesticulando con las manos.

—No me van estas cosas.

—Eso es lo que te falta. Deberías ser más mediático, saberte vender, hablar más de ti.

Lo bueno de no contestar era que el programa seguía avanzando y atrapando la atención de Lottie:

—Agnes, ¿se necesita tener mucha fuerza a la hora de perforar a una persona, en comparación a un cerdo o una vaca?

—Supongo que no, si el cuchillo es bueno. Y si no lo cortas a la primera, lo harás en dos o en tres pasadas. Lo que pasa es que, en nuestro campo, el corte debe ser lo más limpio posible, porque persigue un fin, y es que la carne no quede adherida al hueso y que quede lo más tierna posible. Para eso cada parte se debe cortar de una manera u otra.

—¿Cuánto grosor puede tener la carne humana?

—Bueno, yo te puedo hablar en animales, pero me imagino que en personas debe estar en torno a los tres centímetros.

—¿Doctor O'Connor?

—Depende de la persona. En gente mórbida puede llegar a ser de cuatro centímetros, pero en personas magras, apenas dos centímetros.

Más complicado en personas obesas, entonces.

—No crea. Los abdómenes flácidos resultan más gruesos pero más agradecidos a la hora de ejercer una incisión. En cambio, los más fibrosos tienen el músculo más desarrollado y son más difíciles de abrir.

—Diez días. Diez días son los que lleva @BloodyMary, el *gastrokiller* de Londres, sin matar. Lo que sigue siendo una incógnita es qué cocinero es el que ha estado ayudando a Scotland Yard en el caso. Bueno, pues deciros que hace cuatro días, Scotland Yard se puso en contacto con uno. Chef Eric Moreau, sabemos que no nos va a decir de qué hablaron, pero como profesional del sector, ¿cree usted que @BloodyMary se dedica a la cocina?

Philippe constató que Hadrien y Athenea habían hecho los deberes y habían ido a hablar con Eric, siguiendo lo que les dijo Elliot Plate.

> —Si no es cocinero, tiene conocimientos de anatomía o puede que tenga un pie en algún hospital, o quizá es alguien que se ha dedicado a destripar durante toda su vida, como puede ser un carnicero profesional. Pero ya que me preguntas, opino que sí, que se dedica o se ha dedicado al mundo de la cocina.
>
> —¿Qué le hace pensar eso?
>
> —Está claro que el corte no, porque como acabo de decir, muchos otros pueden y saben cortar. Más bien lo digo por los emplatados.
>
> —Muchos se han pronunciado diciendo que son excepcionales.
>
> —Sí, no están mal: aunque algunos son mejorables, en general son más que notables. Por eso creo que nociones de cocina debe de tener.

—Este tío es gilipollas. Vale que @BloodyMary esté fatal de aquí arriba —Charlotte se tocó con dos dedos una de sus sienes—, pero de lo que no hay duda es de que los platos que ha colgado en su Insta son espectaculares, ¿a que sí?

Philippe asintió sin decir nada y sin dejar de mirar la carretera. Agradeció que Hadrien le hubiese hecho caso en su petición de no acompañarlos a los restaurantes. Ya se podía imaginar el tira y afloja con Athenea. El primero que visitaron sin la compañía de los cocineros fue el Lofoten. Los policías no sacaron nada en claro allí. De hecho, nunca en la historia de su carta habían ahumado mejillones, cosa que, según le explicó Hadrien, hasta a ellos mismos les resultó extraño. Y después, fue el Nokian, el famoso restaurante *thai* que Tsu y Philippe visitaron sin decirles nada cuando fueron a hablar con Guadalupe. Lo que estaba claro era que su nombre no había aparecido en la conversación con su excolega. De ser así, los medios ya se habrían hecho eco. Eric vendería a su madre al diablo sin apenas pestañear si eso le supusiese algún tipo de compensación.

Inspiró aliviado hacia sus entrañas. Desde que el otro día Elliot Plate se lo dijera a la policía, cayó en la cuenta de lo fácil que era vincularlo a él con Eric y el Nokian vía Internet. Para su sorpresa y consuelo, ambos se habían ignorado en las diferentes entrevistas y artículos que habían escrito después sobre ellos, y ninguno mencionaba al otro. Aunque si bien era cierto que se tenía que rebuscar mucho en las redes porque de aquello hacía muchos años, era cuestión de tiempo que la policía los acabara vinculando a través del primer restaurante en el que coincidieron. Y entonces..., ¿qué les diría?, ¿que lo había hecho por amor? Eso a Athenea se la traería al pairo. Se tenía que inventar una buena excusa para cuando eso sucediese. «A ver cuánto tiempo tengo.»

Charlotte se retorció por enésima vez en el asiento, cruzando las piernas con una plasticidad inverosímil.

—¿Tú también crees que es chef?

Sí.

—¿Por el emplatado?

—Por eso y por los platos en sí. Son muy buenos.

—¿Cómo lo sabes? ¿Los has probado?

—No, pero tienen mucha lógica. Son sabores y texturas que, si las analizas bien, combinan a la perfección.

—Y yo que creo que se ha hablado poco de las vajillas...

Philippe se desabrochó el segundo botón de la camisa y bajó dos grados la calefacción del coche. Allí empezaba a hacer mucho calor. La tertulia en la radio seguía, pero se fijó más en su hija, que se agachó para volver a buscar algo en el bolso. Esta vez sacó un papel. Empezó a leer.

—¿Sabías que Inglaterra es el segundo país del mundo

que más asesinos en serie ha tenido, solo por detrás de Estados Unidos? ¿Sabías que Kenneth Bianchi era uno de los integrantes del grupo Hillside Strangler y que violó y asesinó a diez mujeres? ¿Y que además pidió trabajo en el departamento de Policía de Los Ángeles? ¿Sabías que en Europa, de cada cinco personas, tres son sociópatas, pero que algunos no brotan? ¿Y que uno, que se llamaba H. H. Holmes, fue el primer asesino en serie de Estados Unidos y vendía los esqueletos de sus víctimas a las facultades de Medicina? ¿O que otro fue elegido el soltero ganador en el programa *The Dating Game*? ¿Y que uno era periodista y escribía artículos con detalles que solo él conocía? ¿O que uno escribió una carta a los padres de una de sus víctimas para decirles lo buena que estaba la carne de su hijo? ¿Sabías que Ottis Toole y Henry Lee eran cómplices? ¿Y que uno hizo sándwiches con la carne de sus víctimas y los repartió entre los vecinos de su edificio? ¿Sabías que Fred Shipman era médico en Nottingham y fue acusado de matar a más de quinientas personas?

Philippe no podía asimilar tanta información por segundo bajo ese bombardeo.

—¿Pero de dónde has sacado tú todo esto?

—Google.

«Maldito Google...» ¿Desde cuándo su hija estaba obsesionada con los asesinos en serie? ¿Desde cuándo estaba tan preocupada por lo que le pudiese pasar a su tío? Cierto era que Hadrien se había jugado la vida en múltiples ocasiones debido a su trabajo, pero quizá la envergadura y la popularidad de ese caso habían hecho que Lottie fuese más consciente de ello.

«¿Desde cuándo Lottie escribe en papel? Si no conozco ni a mi hija que vive en casa, ¿cómo saber quién se esconde detrás del perfil de un asesino en serie?» Este era un pensamiento muy recurrente con el que Philippe convivía desde que empezó el caso. Charlotte, en silencio y quieta por una vez, miraba sus papeles mientras atendía al programa de radio.

—Diez días. Diez días son los que lleva @BloodyMary, el *gastrokiller* de Londres, sin matar. Un caso repleto de incógnitas que empezó el pasado mes de septiembre...

Después de muchos kilómetros sin oírla, la voz del GPS se elevó por encima de la radio: «En la primera rotonda, tome la segunda salida». Pocos minutos antes de las 11, el Mercedes de Philippe enfilaba la segunda rotonda de Tenterden para, cuatro rotondas después, dejarlo atrás. Siguieron por la B-2067 durante tres kilómetros y se desviaron por un camino de tierra donde cientos de hileras de viñas a cada lado se extendían hasta donde les llegaba la vista. «A su derecha, encontrará su destino.»

«Ojalá hubiese un GPS de asesinos en serie», pensó Philippe mientras giraba el volante. En una plazoleta ovalada bordearon una fuente. De una roca cubierta de musgo, brotaba un chorro de agua que caía entre las piedras hasta llegar a un pequeño estanque de aguas cristalinas, pequeños nenúfares y algún proyecto de rana.

Bajaron del coche y recorrieron un camino delimitado por guijarros blancos y macetas con hortensias cada dos metros. En la parte más elevada de una pequeña colina, una casa gobernaba cientos de hectáreas de viñas. A una preciosa y rojiza hiedra japonesa la habían dejado expandirse hasta cubrir toda la fachada principal, girar en las esquinas y hacer lo propio con buena parte de los muros laterales, llegando incluso al tejado. Un pequeño reducto en la chimenea aguantaba estoico el embate de esa enredadera y mostraba a los visitantes que la casa en su día también fue preciosa, con solo sus piedras irregulares de diferentes tonalidades de marrón. Las contraventanas de color verde botella estaban abiertas.

Philippe tuvo la sensación de que, si entraban allí, aquella mala hierba los engulliría y nadie volvería a saber nada de ellos nunca más. Era una casa preciosa y espeluznante a partes iguales. Iban a llamar al timbre de una puerta de listones también verdes cuando una voz a sus espaldas los sobresaltó:

—¿Chef Philippe Bouvier?

A pocos metros, una señora los miraba sonriente. Bajo un sombrero redondo de paja asomaban mechones de pelo liso y canoso.

—Sí, soy yo. Tú debes de ser ¿Sofía?

—La misma.

—Vengo con mi hija Charlotte. Ricardo al final no ha podido venir.

—Encantada, Philippe y Charlotte. Acompáñenme.

Philippe y Charlotte la siguieron y comprobaron que era alta y atlética. Llevaba un manojo de hierbas en la mano y, por la tierra que aún se desprendía de las raíces, Philippe supuso que las acababa de arrancar. La camisa de cuadros remangada mostraba unos antebrazos fibrosos y una piel morena, lisa y sin ningún pelo. Apenas la conocía, pero esa manera de caminar denotaba clase. Pensó en una mujer adinerada de ciudad venida al campo a trabajar en lo que le gustaba.

Atravesaron un patio de tierra hasta un Land Rover aparcado bajo un porche sobre el que se habían emparrado varias vides.

—Suban, por favor. Me gusta que mis futuros posibles clientes conozcan un poco la historia de nuestra tierra y sus viñedos. El vino acaba en el paladar, pero empieza mucho antes —dijo guiñándole un ojo a Charlotte mientras le sostenía la puerta para que entrara.

Sofía se quitó el sombrero y le pidió a Charlotte que lo colocara a su lado en el asiento de atrás. Después reclinó la cabeza para recoger su melena lacia y blanca en una coleta. Era uno de esos pelos canosos y sanos, nutridos, cuidados a conciencia. Philippe se fijó en su terso cutis, una de esas pocas pieles a las que el sol había decidido tratar con benevolencia. Unas pequeñas arrugas se le dibujaban en el rabillo de los ojos, acentuándose cada vez que sonreía, que era bastante a menudo. Le puso sesenta años llevados con la máxima dignidad que se le podía otorgar a un número. Philippe encontró el trayecto maravilloso. Sofía descapotó el todoterreno y un aire fresco y puro los envolvió a todos. Iban con chaquetas de abrigo, pero conducía muy despacio y, bajo aquel sol de otoño, la temperatura era perfecta. Sofía hablaba de sus viñedos como una madre de sus hijos. De vez en cuando buscaba, a través del retrovisor interior, una mirada cómplice con Charlotte que esta le devolvía con gusto. Les habló de la vid, de las clases de uva, de las cepas, de las añadas, del suelo, del clima y del cambio climático, del embotellado, de sus trabajadores..., mezclado con alguna que otra anécdota, y todo con una dulzura que escondía mucha pasión. Esa mujer desprendía un magnetismo que hacía que quisieran pasar todo el día a su lado.

Tras la ruta por los viñedos, entraron en la casa. Bajaron unas escaleras que conducían a la bodega. No era muy grande, apenas cien barriles ocupaban las paredes del sótano poco iluminado y rectangular. Encima de una mesita redonda, un bol con algunos trozos de pan, varias copas y tres botellas de vino: dos tintos —uno joven y un reserva— y un rosado espumoso. La cata empezó y, con ella, el desgrane de cada vino. Ricardo, que ya los conocía, ya se lo había dicho, pero Philippe lo comprobó en persona: esos vinos eran espléndidos. Mientras Sofía hablaba sobre taninos, buqués y armonías, a Philippe le volvió a embargar la sensación que a veces tenía cuando personas que creía más preparadas que él lo interpelaban. De nuevo, el síndrome del impostor volvía a emerger para quedarse unos minutos a flote. Pensó que allí, su *sommelier* habría sido más fructífero que él, y que al menos habría dado una imagen más profesional que llevando a su hija. Ricardo ya se lo había advertido: «Ella no te lo va a querer vender; lo que querrá es que tú le des motivos para querer comprarlo. Que lo entiendas, que compartas los valores de la casa. Son varios los restaurantes que han mostrado interés por su corta producción, así que no se irán con cualquiera. Tienen dónde elegir».

—Charlotte, si te pido que me digas en una palabra lo que te han sugerido los tres vinos, ¿qué me dirías? —preguntó Sofía mientras seguía moviendo en círculos el contenido de una copa.

Philippe fue a intervenir, pero no tuvo tiempo.

—Confianza —dijo su hija sin apenas pensarlo.

Las diez cajas ocupaban casi todo el maletero del Mercedes. El resto lo irían enviando semanalmente según el *stock* de The White Spoon. Philippe firmó por toda la producción de vino joven y de espumoso. En total, 5.000 litros, o lo que era lo mismo, 30.000 euros por los que los clientes acabarían pagando poco más de 100.000. El coche de Philippe levantaba una gran polvareda mientras volvía por el camino de tierra hasta la carretera del pueblo. Eran casi las dos y lo único que habían comido era el pan de la cata. Se pararon en la autopista para tomar un sándwich en un área de servicio.

Después de mirar el móvil, Charlotte encendió la radio. Empezó a sonar *Everybody's changing*, de Keane, una canción que su madre adoraba y que las dos se ponían a cantar a grito pelado a través del techo panorámico del coche. Charlotte miró a su padre con aire chisposo y arqueó las cejas en un movimiento rápido como queriéndole decir algo. Philippe levantó la mano y accionó un botón. El techo se abrió. Y Charlotte cantó. Cantó alto. Cantó alegre. Cantó despreocupada. Cantó como hacía años que no la oía. La vio feliz por primera vez en mucho tiempo. Quizá no hubiese escupido todos los sorbos de vino durante la cata, pero se alegró de verla tan relajada. Por unas horas, aquel lugar y aquella mujer le habían hecho olvidar lo que había sucedido durante las últimas semanas. Pero unos nubarrones negros que se cernían a lo lejos sobre Londres se encargaron de recordarle que él y su hija se dirigían hacia allí.

27

A la vuelta de Tenterden, Philippe dejó a Charlotte con una amiga. Faltaban diez minutos para las cuatro cuando aparcó el coche en el garaje de su casa y subió en ascensor. Para irse directamente a la ducha, pasó por delante de la habitación de Charlotte y vio a su madre de pie frente al escritorio.

—¿Qué haces?

—Cogerle un lápiz. A ver si adivina cuál es.

—Siempre con este jueguecito. Vigila, que los tiene muy afilados y un día te caes y te perforas el cráneo.

—Sí, hombre —respondió Evelyn mientras se mostraba dubitativa frente a un bote con infinidad de lápices de colores.

Charlotte dibujaba. Y lo hacía realmente bien. Aún le quedaban dos años para acabar el bachillerato, y Anne y Philippe le habían hablado alguna vez del Royal College of Art de Londres. Como todavía no sabía muy bien qué estudiar, decía que prefería vivir el presente y que ese momento ya llegaría. Aquel presente les iba obsequiando con dibujos espectaculares. Hasta que Anne murió. Entonces dejó prácticamente de dibujar, y lo poco que hacía era siniestro y distópico. El psicólogo al que Philippe la llevó le recomendó que la dejara hacer y que, si esa era su vía de escape, que no la coaccionara.

Miró el enorme plafón metálico que Lottie tenía encima de su escritorio. Un imán aguantaba el único dibujo: la cara de una mujer que tenía los labios pintados de rojo, con el pelo suelto sobre los hombros. Una nariz respingona le daba cierto aire infantil. Y no tenía ojos. Unas cuencas vacías miraban desde un negro abismal. Evelyn se puso a su lado para contemplar esa obra mientras se hacía un moño y lo atravesaba con un lápiz de color violeta.

—¿Sabías que está obsesionada con los asesinos en serie?

—Sí, ayer vi un capítulo de *Mindhunter* con ella —contestó Evelyn.

—Y a mí que no me hacía mucha gracia que viera *Juego de Tronos*... ¿Desde cuándo esta obsesión? Debe de estar muy preocupada por su tío.

—Sí y no.

Philippe giró la cabeza y se la quedó mirando.

—¿Qué quieres decir?

—Que sí, que está preocupada por Hadrien, pero sobre todo por otra persona.

—¿Quién?

—Tú.

Philippe se quedó paralizado.

—¿Se lo has dicho? ¿Cuándo? ¿Por qué? ¡Te dije que no le dijeras nada!

—Y no lo he hecho. ¿Pero tú te crees en serio que Lottie es tonta? No ha necesitado mucho para atar cabos.

—Pues si ella lo ha hecho, los periodistas no tardarán en encontrar mi parentesco con Hadrien.

—Bueno, no creo que investiguen la vida del capitán de Scotland Yard encargado de un caso pensando que pueda tener algún vínculo con un cocinero. Eso, porque nosotros lo sabemos, y por eso a Charlotte no le ha costado deducirlo.

—Pero ¿te lo ha preguntado abiertamente?

—Sí, y ya sabes que no sé mentir, y menos a mi única nieta.

—Ya, supongo que nos viene de familia. ¿Llegas o te vas?

—preguntó Philippe repasando a su madre de arriba abajo y mirando una gabardina impermeable verde oliva colgada en su brazo.

—Me voy.

—¿Adónde?

—A Regent's.

—¿Y eso?

—A comprar.

—¿Qué vas a comprar si hoy es domingo?

—Por eso, allí las tiendas cierran más tarde.

—¿Y qué vas a comprar?

—Una cosa.

—¡¿Qué cosa?!

—Ay, hijo, te has venido arriba con esto de ser el cocinero ayudante en el caso este.

Philippe la miraba con ojos inquisitivos. No sabía muy bien el destino, pero no le gustaba nada por dónde estaba yendo esa conversación.

—Papel de regalo.

—¿Y tanto te costaba decirlo? ¡Ni que fuera secreto de Estado!

—Sí, tienes razón. Bueno, me voy, que cierran a las cinco. ¡Buf, mira, y ya son las cuatro! —dijo mirando el reloj de la muñeca.

—¿Y qué le has comprado? —preguntó Philippe justo cuando Evelyn cruzaba el umbral.

—¿Qué? —respondió su madre aún de espaldas.

—Que qué le has comprado.

Evelyn se dio medio vuelta. Cerró los ojos y respiró hondo.

—Un iPhone...

—¡Coño!

—... 11...

—¡Hostia!

—... Pro.

—¡Mamá!

—Lo sé, hijo, pero es que se la veía tan apurada...

—¿Apurada?

—El suyo se ha quedado anticuado, y como necesita uno nuevo que tuviera mejor cámara, pues...

—¿Necesita? A ver, a ver, vayamos por partes. Primero, no necesita uno nuevo, ¡pero si el que tiene es mejor que el mío de ahora! Segundo, en caso de necesitarlo, ¿uno de mil libras? ¿Tú crees? ¡Nos estamos volviendo locos o qué!

—Cumple dieciséis años, le hace muchísima ilusión ese teléfono, tiene un gran angular que hace unas fotos increíbles y...

—¿Y ahora cómo quedo yo? Es el colmo. Si ni mi propia madre me apoya y me desacredita, yo ya no sé qué pinto aquí.

—Vamos, Phil, estás sacando las cosas de quicio.

—¿De quicio? Sabes que estas cosas me las tienes que consultar, mamá. Lo hemos hablado miles de veces. ¿Cuándo va a servir de algo lo que yo diga? ¡Me tienes que ayudar a educarla, joder, no a lo contrario! ¡Dejarte mil libras para una chica de dieciséis años!

—Hijo, no me acuerdo de haberlo hablado tantas veces contigo, pero bueno. Además, no me voy a dejar tanto dinero.

Philippe la miró extrañado.

—Ayer me hizo un Verse de quinientas libras.

Philippe suspiró resignado. «¿De dónde habrá sacado el dinero? Cuando esta mañana hablábamos sobre este tema, ella ya lo tenía todo cerrado.» Sabía que su abuelo por parte materna de vez en cuando le enviaba dinero desde España, donde vivía. Debía de ser eso. Pero lo que más le preocupaba no era el dinero, era que su madre no se alineara con él en la decisión de los regalos. Sin embargo, la falta de memoria cada vez más acusada la disculpaba. Otro tema que también le preocupaba tenía que ver con cómo convencerla para llevarla al neurólogo sin que se enojara como la última vez.

—Venga, va, no te enfades. ¿Quieres contribuir?

Seguía siendo demasiado dinero, pero si lo hacía, le daba a entender a su hija justamente eso, que costaba tanto que se habían tenido que dividir el coste. Además, daría la sensación de que no había sido ella la que le había ocultado información, sino más bien al contrario, quedando como un padre indulgente y no como un ogro inquebrantable.

—Vale, va —respondió Philippe.

—Lottie está en casa de Piper, ¿no?

—Sí, se encargará de entretenerla mientras Lucy y Aleska van a comprarle un regalo.

—Genial, he quedado con ellas a las seis y media para que vengan a ayudarme con el pastel y la decoración. Y Hadrien, ¿a qué hora vendrá?

—Me dijiste en el wasap que a las siete.

—Perfecto. Bueno, hijo, me voy, que si no me cerrarán y quiero envolverle el paquete con un papel bien chulo —le dijo Evelyn, que le besó en la cabeza y salió de la habitación.

Philippe recordó cuando dos semanas antes le explicó a su madre el caso. No entró en detalles, aunque ella después se enterara de la parte escabrosa por las noticias y los medios digitales. Aun así, ella siguió manteniendo ese aire despreocupado que tanto la caracterizaba. Philippe llegó a pensar que quizá se debiera a sus lagunas mentales, pero era imposible debido al constante bombardeo de los medios que recordaban a cada instante los sucesos. Al menos, al principio de conocerse el caso. A Philippe, ese desapego a veces le ponía nervioso. Esa actitud frente a la vida fue la responsable de la estrecha unión que tenía con su mujer. También ayudó el hecho de que Anne se quedara sin madre a temprana edad, pero lo que sin duda las conectaba era esa osadía mezclada con tintes de temeridad con la que afrontaban el día a día.

Había llegado a no soportar aquel arrojo, que en ocasiones había provocado fuertes riñas de pareja. Philippe le pedía a Anne seriedad a la hora de afrontar según qué temas, tildándola de irresponsable. «Phil, yo la responsabilidad la entiendo así, es mi manera de afrontarla. No se trata de hacerlo bien o mal, sino que es la única manera que sé. Analizo, sopeso y hago. No me quedo rumiando una y otra vez el mismo tema sin pasar a la acción.» Aquellas palabras a Philippe le dolían en exceso, seguramente por la cantidad de razón que contenían. La falta de memoria de Anne también había provocado algún que otro desencuentro. Si bien con la edad había notado cierta decadencia, Philippe siempre había gozado de una memoria envidiable. «Phil, yo no tengo esta memoria de elefante que tú tienes, y sí, hay detalles que se me pasan y se me pasarán por alto, aunque me hablen cara a cara.» Philippe hacía el esfuerzo por entenderla, más bien por creerla, pero en el fondo siempre le asaltaba la duda, igual que le pasaba con su madre, de si era que no se acordaba o realmente no se quería acordar. Para él, esa falta de memoria era un arma de doble filo; por una parte, confiaban en que el otro siempre se acordaría, y por otra, les eximía de lo que Philippe consideraba ciertas obligaciones.

Aunque viviese en Londres, Philippe era más de café que de té. Había calculado bien el tiempo porque aún faltaban dos horas para la fiesta sorpresa de Lottie, y preveía que, en una hora como máximo, ya estaría de vuelta en casa. «Estoy en la mesa del fondo con un fular azul», le había enviado vía WhatsApp. La Macchiato era la cafetería del hotel Bloomsbury, cerca del British Museum. El café excepcional y la presencia de turistas eran las dos razones que lo llevaban a querer quedar siempre allí para ese tipo de citas. Un banco largo y de tapicería mullida verde oscuro recorría la pared. Delante, varias mesitas redondas. Estaba sentado justo al final, donde el banco acababa para hacer esquina con un gran macetero de obra rectangular. Gozaba de una panorámica de casi todo el local. Una chica con una boina ladeada color *beige* entró, lo localizó y sonrió acercándose a su mesa.

—Aquí el café es brutal.

«Premio. Punto a su favor.»

—Perdón, soy Eztia —dijo dándole la mano.

—Siéntate, por favor.

Una vez cara a cara, el chef descubrió una belleza fuera de lo común. Todo en su rostro respiraba armonía y simetría, y unos ojos rasgados lo miraban desde un marrón oscuro, profundo, casi negro. Le empezaron a sudar un poco las manos. Muchas veces se había preguntado que, si él se ponía un poco nervioso, cómo debían de estar los que se sentaban enfrente.

—Eztia..., ¿francesa? —preguntó extrañado.

—De abajo, de Biarritz —respondió ella.

—Vaya, gran cocina la de esa zona.

—Pues sí, la verdad, a mí me encanta. Mi *ama* y mi *amona* saben mucho de cocina tradicional vasca, y lo aprendí todo de ellas.

—Me pondría a juntar culturas y no creo que encontrase mejor fusión que la cocina vasca y la francesa.

—Ja ja ja, sí, yo también creo que combinan muy bien.

Philippe observó su dentadura blanca y perfecta.

—Vi en tu currículum que empezaste muy joven en el Bas..., Base...

—Baserri Maitea.

—Eso.

—Después hiciste un *stage* en Akelarre, también pasaste por el Disfrutar en Barcelona, luego el Anne Sophie-Pic en Valence, el De Treeswijkhoeve o como se pronuncie —Eztia sonrió—, el holandés no es mi fuerte, y ahora, en el Nokian.

Perdona que sea tan directo, pero... no me cuadra. ¿Qué haces allí?

Philippe nunca había sido de entrar en guerras absurdas y, de hecho, esa no lo era. Bien sabía de fuentes fiables que Eric había tentado a gente de su cocina en más de una ocasión para llevárselos a su restaurante.

—Me vendieron un proyecto que después no se ha cumplido.

—Me suena.

Sin embargo, en esa ocasión, era verdad que Philippe necesitaba a alguien y no fue él quien la buscó. Fue ella quien se puso en contacto con él a través de una amiga de Clarice, su psicóloga.

—¿Por qué me escribiste? ¿Qué te gusta del White Spoon?

No lo necesitaba, pero de vez en cuando le gustaba que le echaran algún piropo a él y a su cocina.

—No creo que un chef como tú pierda el tiempo con alguien si no está buscando a nadie. Y no creo que un chef como tú a estas alturas esté armando un equipo. ¿Quién se va o a quién echas? ¿Qué cargo estás buscando?

«Me gusta», pensó Philippe mientras le empezaba a explicar. Tenía tres cuartos de hora antes de la fiesta de Charlotte.

28

Las luces estaban apagadas y las persianas bajadas. Philippe esperaba detrás del sofá atento a la puerta. Esa oscuridad y ese silencio solo se vieron profanados por el resplandor y la vibración de un móvil recibiendo un mensaje en algún bolsillo. Las respiraciones arrítmicas de los demás en ese comedor sin una pizca de luz le estaban provocando ansiedad.

En el rellano se oyeron dos voces que hablaban distendidamente. Una llave entró en la cerradura. La puerta se abrió.

—¿Qué hace todo esto tan a oscuras? ¿Es que no hay nadie?

La mano de Charlotte palpó una pared antes de activar un interruptor. Se hizo la luz.

—¡Sorpresa! —gritaron las nueve personas saliendo de sus escondites.

—¡Ostras, qué susto! —gritó Charlotte dando un ligero salto hacia atrás.

—¡Ja ja ja! —rio su amiga Piper, que había entrado con ella en casa.

—¡Ya te vale, tía! ¡Conque necesitabas mi vestido rojo para la boda de tu primo!, ¿eh?

—Es lo primero que se me ocurrió —contestó Piper.

Lucy y Aleska corrieron hacia ellas y las cuatro se abrazaron formando un corro que empezó a girar.

—¡Dieciséis, dieciséis, dieciséis...! —gritaban al unísono mientras daban brincos.

Philippe puso los ojos en blanco y Evelyn fue a abrazar a su nieta, que todavía giraba en aquel círculo de amistad adolescente.

—Abuela, esto es cosa tuya fijo. ¡Pero si es el miércoles!

—Lo sé, mi amor, pero el miércoles pocos podían y lo he adelantado unos días.

—¡Gracias, abuela! —Charlotte se tiró al cuello de Evelyn.

Philippe estaba convencido de que, si esa fiesta la hubiese organizado él, Lottie se habría enfadado. Pero siendo la abuela, la cosa cambiaba. Ver a su hija así de contenta lo compensaba todo. O casi todo. Mientras las miraba a las dos, sintió una punzada de envidia, ¿o eran celos?

Hacía años que su hija no lo abrazaba así, y se moría de ganas por recuperar algún día su aroma. Philippe esperaba su turno esperando a que fuese ese el día. Pero antes les tocó a Hadrien y a Robert.

—¡Tío Hadrien! ¡Tío Robert! ¿Hacía semanas que no os veía?

«¿Semanas?»

Charlotte se tiró a los brazos fornidos del capitán Gibbs y luego a los de su cónyuge. Philippe observó que en dos años apenas habían cambiado y que seguían haciendo muy buena pareja. Evelyn pidió un instante de silencio:

—Perdón, perdón que interrumpa, tenéis bebidas a un lado, y sándwiches y un par de ensaladas, que por cierto no están aliñadas, al otro —dijo señalando la mesa del comedor.

Philippe esperaba a cierta distancia a que Hadrien y Robert acabaran de hablar con Lottie. Cuando por fin vio un hueco, se acercó decidido, pero su hija sacó el móvil y empezó a grabar un vídeo con ella como protagonista. Nervioso, intentó salir de plano de la forma más digna posible.

—Pedazo de fiesta que se ha currado mi *family* con una compañía inmejorable —dijo hablando a cámara mientras rotaba 360 grados sobre sí misma. Por detrás de ella aparecieron Piper, Lucy y Aleska, que se apoyaron en sus hombros mientras sacaban la lengua en señal de despedida.

La que no parecía tener demasiado reparo en salir, en lo que Philippe supuso que era un vídeo para Instagram, fue tía Martha, que esperaba paciente al lado de las chicas a que Charlotte le diese al *stop*.

A Philippe no le gustaba demasiado hablar con ella. Era una prima de su madre que desde hacía años vivía sola con tres gatos en Hounslow. Debía de tener la edad de Evelyn y, pese a haber sobrevivido a la muerte de su marido en la guerra, a una leucemia que se le llevó al único hijo que tenía y a un ictus, se conservaba bien. Su aspecto jovial y alegre se correspondía a un carácter dulce y bondadoso. Sin embargo, bajo esa apariencia se escondía algo. Algo que Philippe nunca había sabido bien cómo definir. Era algo tétrico. Una cara B que solo él parecía intuir. Sus pañuelos, sus joyas, sus labios pintados de rojo Chanel, la mirada seria con la que a veces se había cruzado y que ella enseguida se encargaba de cambiar. Era algo inexplicable. Esa percepción se acrecentó el día en que su madre le contó que tía Martha le había echado las cartas. Philippe supuso que tanto sufrimiento lo había canalizado intentando buscar respuestas. Y no la juzgó. Él, cuando murió Anne, no se refugió en el más allá, sino en el trabajo. «Cada uno tiene su estilo», pensó. Después de que su madre le dijera eso, buscó el colgante de su tía en Google. Era redondo, de color blanco marfil y con una espiral oscura en medio. Leyó todo lo que el ojo de Shiva puede ver en el más allá. Aquello confirmó las sospechas que siempre había tenido. Aun así, cada vez que hablaban, ella era cordial y agradable, si bien a veces decía frases en sentido figurado que parecían tener un significado oculto. Philippe no sabía si eran indirectas con las que le quería decir algo, o imaginaciones suyas. Sin embargo, siempre concluía lo mismo respecto a la tía Martha: le gustaba su parte de aquí, si no fuese por su parte de allí.

De repente, notó que alguien le estaba hablando:

—¿Philippe? ¿Hola hola? ¿Estás aquí?

Evelyn movía la palma de la mano de lado a lado a poca distancia de su cara.

—Ay, sí, perdona, mamá.

—¿Sacamos el pastel?

—Espérate un par de minutos, que todavía no la he felicitado —dijo mirando a Charlotte.

—¡Claro!

Aprovechó que su hija había logrado zafarse de tía Martha, pero su trayectoria se vio frenada a pocos metros del objetivo por la incursión de Yan, que fue el primero en marcharse. Había estado ayudando a Evelyn y a las amigas de Charlotte a preparar la fiesta. Se disculpó por irse tan pronto, pero tenía que levantarse temprano al día siguiente para ir a ver a su familia a Northampton, como hacía todos los lunes.

—Siento mucho no regalo aún, señorita. Yo estoy haciendo. Dárselo otro día.

—Yan, no te preocupes para nada. Eres un sol —le respondió Charlotte cogiéndole la cabeza y besándosela.

Cuando Philippe tuvo de nuevo el campo despejado para ir a felicitar a Charlotte, varias voces se unieron para entonar una canción que empezó extremadamente lenta y que venía a coro desde la cocina.

—Cumpleañooos feeeliiiz...

Custodiadas por Evelyn, que iba delante mientras grababa con el móvil caminando hacia atrás, una comitiva formada por las tres amigas de Charlotte sostenía una preciosa tarta de tres pisos. Dieciséis velas ardían en la cima del bizcocho bañado en chocolate y mantequilla de colores pastel. A Philippe le gustó ver el resplandor de la emoción en esos rostros juveniles que se acercaban a la mesa del comedor.

—... cumpleaaaaños feeeliiiz...

En el lateral de cada piso se podía leer una palabra:

SIX
TEEN
WTF!

—... te deseeeamos todooos....

Los móviles ya estaban preparados para disparar ráfagas y retratar cada *frame* del momento.

—.... ¡¡¡cumpleaños feeeliz!!!

Hubo un segundo de silencio. El tiempo se paró para todos. Charlotte cerró los ojos. Inhaló con fuerza. Retuvo el aire. Y apagó las dieciséis velas de un barrido. Los vítores y aplausos no se hicieron esperar.

Tras cortar la tarta y comerla —a Philippe nunca le habían gustado esa clase de dulces, excesivamente cargados de colorantes y mantequilla—, llegó la hora de los regalos. Piper, Lucy y Aleska le entregaron unas bambas con una suela que a Philippe le dieron vértigo con solo verlas. Tía Martha, un libro sobre ilustración artística con un *ticket* regalo enganchado en la tapa, y Hadrien y Robert una entrada para ir a ver *El fantasma de la ópera* con ellos. Evelyn le entregó un paquete envuelto en papel craft con topos blancos.

—De parte de tu padre y mía —le dijo su abuela.

Charlotte giró la cabeza hacia él y lo miró con el ceño fruncido. Este le respondió arqueando las cejas en dos movimientos rápidos.

—Esperamos que te guste.

Aunque ya sabía que era un móvil, Charlotte rompió el papel como si buscara la sorpresa. Las reacciones de sus amigas fueron inmediatas:

—¡Haaala!

—¡Qué cabrona!

—¡El 11 Pro! ¡Qué pasada!

—Evelyn, señor Bouvier —se arrancó Piper en tono solemne—, quiero que tengan una conversación con mis padres ya —acabó diciendo mientras arrancaba las carcajadas de los allí presentes.

Philippe miró a su madre como diciéndole «¿Lo ves como no es normal?». Charlotte se acercó a su padre y le dio un beso y un abrazo. Un abrazo que Philippe hubiese querido que durara mucho más, pero la curiosidad de las amigas de Lottie por ver el móvil lo redujeron a un instante.

Poco a poco todos empezaron a despedirse. Las primeras, las amigas de Charlotte. Cuando les fueron a decir adiós a sus dos tíos, un comentario de Aleska alertó a Philippe:

—Espero que lo cojan pronto.

—¿Cómo? —dijo Hadrien intentando ganar tiempo para responder algo ocurrente.

—A @BloodyMary, que lo cojan pronto.

Hadrien solo pudo articular una palabra:

—Gracias.

Hadrien y Philippe se miraron. Tendrían que hablar con Charlotte esa misma noche. No podían correr ese riesgo. «Aún no», pensó Philippe. Se imaginó la hecatombe que eso provocaría en el restaurante justo ahora que acababan de empezar con el menú degustación y que cualquier día alguien de la *Time of Tyme* los podía visitar.

Hadrien y Robert fueron los siguientes en marcharse. Charlotte los acompañó a la puerta. Philippe, con una copa de vino en la mano, los observaba desde el comedor. Captó miradas cómplices entre los tres. «Semanas.» Esa palabra le había marcado. ¿Había sido capaz Lottie de quedar con ellos sin haberle dicho nada? ¡Con la cantidad de veces que se había quejado durante dos años de que Hadrien no le devolviese los mensajes! Esperaba que Hadrien tuviese una explicación más que convincente, y más después de hablar de ello en el Aranci hacía bien poco.

La última en irse fue tía Martha. Después de despedirse de Charlotte en la cocina, mientras esperaba a que Evelyn saliera del baño, tuvo un momento a solas con Philippe.

—Bueno, querido, a ver si pasáis un día a visitarme por Hounslow —le dijo mientras le plantaba un beso en la mejilla.

—Claro, tía Martha.

—Por cierto, he hablado con Anne y me ha dicho que vayas con cuidado.

Philippe no reaccionó. Evelyn apareció como una exhalación.

—Venga, Martha, que te acompaño al coche —dijo poniéndose la gabardina verde mientras las dos salían de casa.

Philippe seguía petrificado en el recibidor. ¿Habría usado esa vez tía Martha el sentido figurado?

29

El aroma a café había inundado parte de la casa. Sentados a la mesa de la cocina, Evelyn, aún en camisón, se calentaba las manos aferrada a una taza humeante de hinojo y anís estrellado. Philippe, ya vestido, se tomaba de un trago un *ristretto* recién hecho. Una pequeña lámpara colgaba del techo y su luz rebotaba en el centro de la mesa iluminándoles los rostros.

—Ya, mamá, pero es que da la casualidad de que soy su padre.

—Lo sé, Phil, y entiendo que estés preocupado, pero ahora lo que Charlotte no necesita es un padre preocupado, sino más bien a alguien que la entienda, que comparta con ella este momento de su vida, que le dé cierta libertad.

—Pero si no paro de darle espacio. No hago nada ni digo nada por miedo a que se agobie y un día se marche de casa y ya...

—Eso no lo hará —le cortó Evelyn—. Lo que creo que pasa es que no deberías darle espacio.

—¡Pero si me acabas de decir que sí, mamá!

—Me refiero a que, si tú tienes la sensación de que le estás dando algo, entonces malo. Conociéndote, quizá algún día se lo llegues a recriminar.

—Cuando te pones así...

—Así ¿cómo?

—Así..., tan tan tan abuela estupenda que lo sabe todo y que conoce mejor a mi hija que yo mismo.

—Phil, no te pongas así. Quizá es porque paso más tiempo en casa con ella.

—¡Pero si no para por casa!

—Más que darle espacio, debería salir de ti compartir ese espacio sin que se sienta como que la están invadiendo.

—Ya, eso es muy fácil de decir, pero hacerlo ya es otra cosa.

—Inténtalo. Pregúntale por sus cosas.

—¡Ya lo hago, mamá, ya lo hago!

—Por sus cosas, lo que le gusta, no por sus responsabilidades. Piensa que aún es una chiquilla.

—¿Le pregunto por las fotos de los platos de Instagram? ¡Está obsesionada con ellas!

—No entiendo por qué no han bloqueado ya ese perfil. A saber a quién estará *stalkeando* ahora mismo... Solo sigue a uno, ¿no?

La soltura con la que hablaba Evelyn sobre redes sociales y el mundo digital constató que pasaba muchísimo más tiempo ella con Lottie que él.

—La policía dice que bloquearlo podría ser peor, podría enojarlo y que eso provocaría más crímenes. Además, teniendo la cuenta activa puede que cometa un desliz en alguna de sus fotos, o que alguien oiga o vea algo y pueda resultar de ayuda.

—Pues ya podrían. Es una locura, ya tiene casi medio millón de *followers*. ¿Significa que hay quinientos mil asesinos en potencia campando a sus anchas por ahí? No sé, no me cuadra.

—A la gente le gusta el morbo, mamá —mintió Philippe—. Espero que no sea el caso de Charlotte, porque cada dos por tres la veo enganchada al móvil mirando esas malditas fotos.

—Está preocupada, y ya sabes por quién.

—Por mí, ya lo sé. Quizá se enteró de que era yo porque se lo dijo Hadrien.

Evelyn lo miró extrañada.

—Vamos, mamá, justamente tú, que lo sabes todo, ahora me dirás que no sabías que Lottie ha estado viendo a Hadrien y a Robert.

—No tenía ni idea. Te lo prometo. —Evelyn soltó la infusión y le enseñó las palmas de las manos—. No me había dicho nada.

—Molesta, ¿eh?

—Vamos, Phil, si lo han hecho, sus razones tendrán, y se tienen que respetar. Si quieren, ya nos lo dirán. Tienes que confiar en ella.

—Se lo preguntaré a Hadry.

—Hablad, seguro que hay una buena explicación.

—Que ella nunca me dará.

—Vamos, hijo, no te martirices tanto.

Philippe miraba a un punto fijo. Con el aturdimiento propio que dejan las palabras honestas y directas, sin maldad ni objetivo, asimilaba todo lo que le acababa de decir su madre. Sabía que tenía razón, una vez más, pero ¿qué podía hacer él? Él podía hacer que un *soufflé* se levantara; prever si se iba a quedar sin huevos; que los vinos no estuviesen picados; que la wifi del restaurante no se cayera; que los trabajadores estuviesen motivados. Pero fuera del restaurante... era otro. Ahí ya no era el chef. Ahí era Philippe, un padre viudo, angustiado y desesperado por hacer que su hija no echara tanto de menos a su madre como la echaba él.

—Creo que aún no me ha perdonado aquello.

—Cometiste un error. Todos cometemos errores.

Sucedió al morir Anne. Philippe se volcó en el restaurante y pasaba mucho tiempo allí.

—Estuve demasiado alejado de ella y ahora me lo está haciendo pagar.

—Bueno, pues ya sabes lo que te toca —dijo Evelyn poniéndose un poco más de azúcar moreno y removiendo la infusión.

—Sí, ponerme las pilas.

—Exacto. Y que no te vea así, tan...

—Tan ¿qué?

—No sé, tan tan alicaído.

—Lo de ayer me mató.

—¿El qué?

—Que sus amigas se diesen cuenta de quién es Hadrien. No les costará relacionarme con el caso.

—Pues no, para qué engañarte. Tampoco hay que ser muy avispada.

—¿Cómo pude ser tan gilipollas? Si no me hubieses insistido tanto para que lo invitara...

—No seas injusto, Phil.

—Cierto, lo siento, pero es que eso podría suponer un duro golpe para el White.

—¿Que su chef esté ayudando a la policía a resolver varios crímenes?

—Tengo que hablar con ella en cuanto se despierte. He oído el despertador, o sea que bajará enseguida a desayunar. Y después me voy a hablar con el productor de tomates. Ha cambiado la variedad y ¡no nos ha avisado! —mintió Philippe.

—¿Tú crees que eso afecta? Nadie repite un menú de estos en meses o en años, y para entonces ya lo habréis cambiado.

—El comensal paga casi 250 libras. Cualquier cambio, por pequeño que sea, deberían comunicármelo.

—Sí que es dinero, sí. —Evelyn miró en dirección al comedor cuando oyó a su nieta bajar las escaleras—. Aquí viene, sí que ha ido rápido.

Charlotte apareció en la cocina descalza, en calcetines y aún en pijama. Llevaba el brazo erguido y mostraba el móvil nuevo en la mano.

—¡Mira, papá!

—Sí, menuda pantalla. Y por lo que veo, las fotos ganan mucho.

—No, ¡que mires!

Sí, era el móvil nuevo. Sí, era en la pantalla. Sí, era el Instagram de @BloodyMary.

Y sí, era la foto del sexto plato.

30

Philippe estaba desesperado. Desde que había salido de casa esa mañana, había llamado varias veces a Hadrien, sin éxito. Tenía que ir a la Macchiato para ver a otros dos candidatos, pero aquello lo dejó sin ganas. Caminó arrastrando los pies hasta el Bloomsbury. Al entrar, sonaba una de Jovanotti. Su mesa habitual estaba ocupada, así que se conformó con la tercera desde la entrada. Pidió otro café y comprobó que no tenía nada que ver con el que se había hecho en casa. Tenía que indagar con qué marca de café trabajaban, porque la cafetera hacía tiempo que ya la tenía controlada: la Spaziale Vittoria. Después de dos conversaciones estándar sin atisbo de emoción ni conexión, al menos por su parte, decidió volver a casa por el Soho. Desde que se publicara la foto, las redes sociales habían sido un hervidero. Y su cabeza también. ¿Era @BloodyMary un profesional de la cocina? Todo apuntaba a ello. Era demasiada coincidencia que todos los crímenes se hubiesen cometido en días de fiesta para el gremio, como ese lunes. Cogió el móvil, abrió su Instagram y miró la foto de nuevo. El emplatado era una maravilla para la vista. Y el plato en sí lo parecía para el paladar: unas espardeñas se erguían y se enroscaban unas con otras en el extremo superior, formando algo parecido a un tipi indio. La base era un *carpaccio* de una seta que hacía años que no veía, y que en Inglaterra era difícil de encontrar. La *Amanita caesarea*. En las laderas de esa construcción, unas flores amarillas y naranjas daban el toque de color. Una obra de arte. «Otra.» Philippe leyó los cinco primeros comentarios de los 37.422 que ya había debajo de la foto:

Qué maravilla, debe de estar riquísimo.
El puto amo.
Precioso.
Se nota tu sensibilidad por la cocina.
Tarado, deja de matar.

«¿Cuántos serán de esos *bots* y cuántos no?», se preguntó mientras abría la puerta de casa.

Encontró a su madre en la cocina. Observó que el lavavajillas trabajaba lo más silenciosamente posible, y un olor dulzón le vino del horno.

—Hola, mamá, ¿qué haces?

—Pues voy a hacer crema de calabaza al horno. Me encanta el otoño por estos platos —dijo mientras sacaba una bandeja del horno—. ¿Comes aquí? ¿Alguna novedad de Hadry?

—Le he llamado cuatro veces, pero nada. ¿Lottie ha llegado ya del colegio? —preguntó mientras dejaba el móvil encima de la barra.

—Hoy come en casa de Piper. ¿Has visto el revuelo que ha causado la sexta foto? Todos hablan de ella. Más de 35.000 comentarios y 440.000 *likes*. ¡Qué animalada!

—Sí, es una brutalidad.

—En un comentario he leído que ese plato lo hizo el año pasado una chef catalana. Pero no ponían el nombre. ¿Hay alguna trabajando en Londres?

—Supongo, catalanes hay bastantes, pero mujeres de momento hay pocas, o sea que será fácil encontrarla.

—Tú lo has dicho, de momento. ¡Ay, en menudo mundo tan machista te fuiste a meter! ¿Y ahora qué, a esperar a que Scotland Yard encuentre el cuerpo?

—Supongo. Aún tengo la absurda esperanza de que nos hayamos equivocado todos, y de que @BloodyMary no sea más que una coincidencia en Instagram o un chiflado con ganas de protagonismo que ha visto la ola y se ha subido a ella.

—Ojalá, pero veo demasiadas coincidencias.

El móvil de Philippe empezó a vibrar. Se acercó a la esquina de la encimera de madera y atendió la llamada.

—Hadrien, ¿qué tal? Sí, lo he visto, Lottie me enseñó la foto esta mañana. Sí, me lo imagino, deben de ser unos pesados. ¿Ya?, ¿y dónde? ¿Qué?

Evelyn no le quitaba ojo. De repente se oyó un cloc y se sobresaltó. La pastilla del lavavajillas había salido disparada.

—Vale, ¿a qué hora? *Okay*, pues a las dos allí. No, de Tsu no sé nada, pero lo llamo ahora mismo, sabía que volvía esta noche. *Okay*, se lo digo. Adiós adiós.

Philippe colgó con cierto abatimiento. Suspiró profundo.

—Bueno, ¿y? —preguntó su madre expectante.

—Han encontrado el cuerpo.

—Pues han ido bastante rápidos, la foto se colgó a las ocho y...

—Ellos no lo han encontrado.

Evelyn lo miraba intrigada.

—Lo ha hecho la BKA.

—¿La BKA? —preguntó desconcertada.

—Es la Policía Criminal alemana. Ha matado en Berlín.

31

El perro de mayor tamaño llevaba un intestino colgando en la boca. De pelaje blanco, tenía el hocico y gran parte de la cara salpicada de sangre. Iba al trote y con las orejas gachas hacia atrás, como si tuviese miedo de que alguien se lo robase. Lo arrastraba por el suelo adoquinado como si fuese una cuerda mientras se acercaba a ellos. Los cuatro policías, los dos cocineros y la forense Smith acababan de entrar en un callejón sin salida y caminaban hacia el animal. Philippe observó que al fondo quedaban los alientos de los otros perros, que en medio de ese frío desgarrador se peleaban a dentellada limpia por lo que salía de un cubo de basura metálico. De repente, sucedió. Sin más. Ni el jefe de la BKA ni el oficial que los acompañaba tuvieron margen para la maniobra. Y menos aún el capitán Gibbs. En una fracción de segundo, Athenea echó a correr hacia los perros, sacó la pistola y de un tiro se sacó de en medio al enorme perro blanco, que cayó fulminado. El resto de la manada callejera se asustó levemente, pero enseguida continuaron con sus salvajes negociaciones. Algunos policías alemanes salieron alertados por la puerta trasera del restaurante. Pero ya era tarde. La sargento había empezado su particular cacería. Saltó por encima del perro que yacía en el suelo, con un gran agujero entre los ojos y un trozo de intestino aún en la boca, y se abalanzó a por el resto de la jauría. En su carrera patinó dos veces, pero unos reflejos prodigiosos la salvaron de llegar de manera brusca al pavimento adoquinado. Philippe seguía sin creerse la escena. Comprobó que Athenea no era de derrochar balas ya que usó una por cada chucho.

La BKA había sido rápida y eficiente en sus cometidos. Desde que llamaran al capitán Gibbs esa misma mañana, un amplio dispositivo se puso en marcha en Berlín para colaborar con Scotland Yard. Los billetes se expidieron desde Berlín, y Philippe, el capitán, la sargento y la doctora Smith volaron con Lufthansa en vuelo directo. En la misma pista los recibió un tipo alto, espigado y con unas entradas prominentes. Era Friedrich, el jefe de la BKA. Lo acompañaba un oficial joven y, sin apenas perder tiempo en introducciones vacuas, se dirigieron al coche que los llevaría al lugar del crimen.

Encontraron a Tsu ya dentro. Lo habían recogido también en la pista procedente de su vuelo de Copenhague, que había llegado media hora antes. El homólogo alemán del capitán Gibbs les dijo en un inglés casi perfecto que respetarían en todo momento sus procesos de investigación, y les brindarían todos los medios y dispositivos a su alcance para ayudarlos en lo necesario. Eran conscientes de los meses que llevaba Scotland Yard inmersa en ese caso. Para ellos, a nivel mediático no era nuevo, pero a nivel técnico sí.

Eran las 16.15 horas y un cielo encapotado aún permitía ver algo en ese callejón estrecho y sin salida. Un callejón resbaladizo al que no le habían echado sal para no alterar ni cubrir ninguna huella. La sombra de las paredes altas de los edificios a un lado y a otro engullía parte de la poca luz que entraba. Junto a un mugriento muro que los impidió huir, descansaban los cuatro animales. La sangre había aparecido bajo sus cuerpos y avanzaba caliente e imparable entre los canales de los adoquines, uniéndolos en una gran cuadrícula roja oscura. Unos diez metros más allá, casi a mitad del callejón, se hallaba el cuerpo del otro, un cruce de mastín blanco y pastor alemán. Philippe todavía no se podía creer que estuviese ahí. Todo había ido muy rápido. Demasiado. Esa misma mañana estaba en la cocina con su madre cuando recibió la llamada de Hadrien, y tres horas después estaba en una gélida callejuela sin salida de Berlín rodeado de cinco perros muertos.

El Michels 66 era una pizzería y estaba en Spandau, el quinto distrito administrativo de Berlín. Tenía dos entradas: la principal, custodiada por dos parterres con vestigios en forma de tallos marrones encargados de recordar que allí un día hubo vida, y la trasera, por la que habían accedido a petición de la sargento Harrington cuando vio algo en ese callejón que le llamó la atención al llegar en coche. La manada de perros se había saltado el cordón policial y había penetrado en una zona en teoría vigilada. Una fría mirada de Friedrich, junto a tres palabras de ruda fonética y en tono seco, hicieron que los subordinados encargados de vigilar el callejón se erosionaran a cámara rápida hasta casi desaparecer. Un desliz que tendría sus consecuencias, seguro, pensó Philippe. Porque allí todo era riguroso: las caras, las miradas, las palabras, el frío. Todavía quedaba por averiguar cómo acabaría el tiroteo de Athenea. ¿Eran humanos los órganos que habían encontrado en esos cubos de basura? ¿Se podrían considerar pruebas fehacientes? De ello dependía que le abrieran o no un expediente. Usar un arma en otro país, aunque no hubiese peligrado la integridad física de nadie, tenía sus riesgos.

Como hacían siempre antes de entrar en la escena del crimen, todos se vistieron con los holgados trajes de protección forense. Philippe agradeció una capa más. Hacía años que no pasaba tanto frío. Las prisas y su atención exclusiva a las noticias relacionadas con la sexta foto de @BloodyMary habían hecho que pasara por alto la ola de frío que afectaba a la Europa continental. La Muerte Siberiana, como la habían bautizado, hizo que el tabardo grueso tipo marinero y los guantes de cuero negro que había cogido se pareciesen a la primera piel de un diente de ajo. Se dio cuenta nada más salir del avión. Al dar los primeros pasos en la pista en dirección al coche, el frío se instaló en su cuerpo para irlo carcomiendo poco a poco. Los policías alemanes, en cambio, vestían gruesas parkas acolchadas de plumas con capuchas de pelo. Mientras, Tsu jugaba en otra liga. Había llegado de Copenhague con un jersey de lana gruesa azul y cuello alto. Debajo, como siempre, su chaquetilla negra de cocinero. De camino al restaurante, Philippe vio indicado en el letrero luminoso de una farmacia que la temperatura era de menos tres grados centígrados. «Para ser casi noviembre esta temperatura no es normal.» Pero ¿qué era normal llegados a ese punto? Desde hacía semanas, su normalidad era anormal. Una normalidad cruda que se cernía sobre su cabeza y que no le dejaba escapar. Una normalidad con la que no tenía más cojones que convivir.

Entraron por la puerta de chapa que daba al callejón trasero y enseguida se encontraron en la cocina. Era pequeña, cuadrada, y las paredes estaban repletas de estanterías alineadas con tarros de especias, cubetas gastronorm apiladas por tamaños y algún que otro pequeño electrodoméstico. Debajo de ellas, unas barras largas sujetas por cada extremo permitían que algunos cucharones colgaran ordenados de más pequeño a más grande en un encaje de muñeca rusa. Dado el poco espacio, habían decidido utilizar las superficies verticales casi como horizontales. Unas neveras bajo barra recorrían el perímetro de tres de las paredes. Sobre ellas, no había un sobre de acero, sino uno de mármol blanco, la superficie ideal donde trabajar las masas. «Pizzas hechas a mano.» Sin nada encima sobre ese mineral, se extendía un espacio diáfano ideal para manipular alimentos con comodidad. Philippe vio en una pared un juego de cinco cuchillos enganchados a una superficie imantada. Eran unos cuchillos hechos en una sola pieza plateada. Un pequeño horno de piedra hacía esquina en la pared más corta, que sacrificaba parte de su muro para abrir paso a lo que supuso era otra estancia. Tras el arco de la puerta, vio las pequeñas brasas de leña que lucían aún incandescentes a un lado. Philippe se acercó con disimulo buscando el calor. «Según nos han dicho, lleva encendido desde que cayó el Muro», apuntó el jefe de la BKA. Philippe sabía que los hornos de piedra para pizzas nunca se tenían que apagar, para albergar siempre un mínimo de calor, aunque le pareció increíble que llevara caliente treinta años *non stop*. Esa cocina era digna de una sección de Ikea para pisos minúsculos. Philippe pensó en la cantidad de cocineros de humildes restaurantes que se las debían apañar con lo que tenían. Había auténticos genios, verdaderos magos del espacio, como era ese caso. Ese orden y optimización solo podían responder a una cosa. El espacio que habían ahorrado aprovechando hasta el más mínimo milímetro se lo habían concedido a lo realmente importante: el producto. Decidió comprobarlo y abrió las neveras. Lo que imaginaba. Allí no trabajaban ni la cuarta ni la quinta gama. En la primera nevera había mucha verdura fresca, pero sobre todo de hoja verde. En la segunda, quesos y lácteos, predominando la *mozzarella*. Y en la tercera, tomates de San Marzano. Kilos y kilos de esta variedad. «Trabajar con producto fresco y con una cocina tan pequeña, todavía tiene más mérito», pensó el chef.

Siguieron avanzando. En un breve pasillo dos puertas daban paso a otras dos dependencias: un cuartucho, medio despacho medio vestuario, y otro a oscuras donde el resplandor de una luz naranja y el ruido continuo de un motor indicaban que una máquina trabajaba sin descanso. Encendieron la luz y descubrieron cinco sacos grandes de harina 000 a un lado, y en el otro una nevera vertical programada a cinco grados centígrados. La puerta transparente dejaba entrever siete bandejas insertadas en raíles y tapadas por trapos blancos. Philippe la abrió y destapó una de las bandejas. Debajo vio gran cantidad de bolas de masa fermentando. «Vendría a comer una pizza aquí», se dijo.

Al final del pasillo cruzaron una puerta batiente para entrar en el comedor. Era amplio y cuadrado. Le sorprendió porque estaba distribuido como un *diner*, pero sin colores pastel y muy rústico. Demasiado para su gusto. Estaba organizado en compartimentos, cada uno con una mesa de madera de pino y bancos del mismo material, cuyos respaldos se unían con los del espacio contiguo. A Philippe había algo ahí que no le cuadraba. Hizo repaso de la conversación mantenida durante el trayecto en coche desde el aeropuerto:

«No conocemos la identidad de la víctima. Tiene la cara completamente desfigurada. Es imposible reconocerla. Además, no hemos encontrado ni su móvil ni su cartera ni nada. Por lo que hemos podido mirar en la web del restaurante, podría ser una de las cuatro mujeres que trabajan allí. Aunque tampoco tiene por qué. Lo único que podemos certificar es que se trata de una mujer caucásica de entre veinte y cuarenta años, que opuso mucha resistencia y, por cómo va vestida, es alguien de cocina», les había explicado el jefe de la BKA.

«¿Cómo la habéis encontrado?», preguntó el capitán Gibbs.

«Nos llamó la mujer de la limpieza. Estaba fuera de sí. Ha accedido a estar aislada en nuestras dependencias hasta que podáis interrogarla. Es turca, así que cuando queráis, tenemos ya preparado a nuestro traductor.»

«¿Eso quiere decir que no ha llamado a nadie?», quiso saber Athenea.

«Exacto. Nosotros tampoco hemos querido llamar al personal del restaurante hasta no hablar con vosotros. Creíamos que no era aconsejable alarmar a nadie sin saber todavía quién es la víctima.»

«¿Y ella no la ha podido reconocer por la indumentaria?»

«Según nos ha explicado, hoy era su primer día. El dueño del Michels 66 trabaja desde hace años con una empresa de servicios de limpieza que coloca personas en riesgo de exclusión, y en este sector hay mucha rotación.»

«¿Oyó o vio algo? ¿Solo estaba ella?»

«No oyó ni vio nada —negó Friedrich con la cabeza—, y sí, solo estaba ella. El restaurante abre de miércoles a sábado.»

«Pero hoy es lunes —apuntó la sargento Harrington—, ¿por qué estaban ella y la víctima?»

«Por lo que nos ha dicho la chica, el propietario le dijo que limpiase a fondo porque pasado mañana tienen una reserva de grupo.»

«Muchos cocineros van uno o dos días antes para organizar pedidos y mirar inventarios. Y más si tienen una mesa grande», dijo Philippe.

«Has dicho que opuso mucha resistencia», intervino la doctora Smith.

«Sí, pero olvídese. No va a encontrar nada bajo sus uñas.»

«¿Por?»

«Porque no tiene. El asesino le cortó todos los dedos. Creo que nunca había visto tal ensañamiento con alguien.»

Los cocineros, los policías y la forense avanzaban por la mullida moqueta del pasillo central del comedor. Cada mesa tenía su propia lámpara, que colgaba a unos cuatro palmos. Todas estaban apagadas. Menos la última. A ambos lados estaban esos compartimentos de tren que para Philippe iban quedando atrás como si fuesen ellos los que avanzasen en sentido contrario, y no sus piernas. Se acercaban por la espalda al cadáver, ¿o era este quien lo hacía? A Philippe había algo que no le cuadraba. La cocina y el contenido de las neveras podían encajar, pero la foto colgada en Instagram no. No era el estilo de plato de ese restaurante. Metió su mano sudorosa en el bolsillo de su tabardo y sacó el móvil; la pantalla no detectó sus dedos hasta que se quitó el guante de látex. Buscó en Google «Michels 66». La conexión no era buena. Mientras la página se cargaba, la cabeza se le empezó a nublar. Tenía un nudo en la boca del estómago que cuarenta y seis años de vida le habían enseñado a ponerle nombre: presentimiento. Los hombros y la cabeza ladeada de la víctima ya habían llegado casi hasta dónde él estaba. Un pelo enmarañado y apelmazado en lo que supuso sangre coagulada se había enganchado al respaldo del banco contiguo. Todos, menos él, sobrepasaron el cuerpo de la víctima.

Los resultados de Google aparecieron.

—¡Dios mío! —se le escapó a la forense Smith.

—¡Joder! —dijo Athenea llevándose la mano a la boca. «¡No puede ser!»

La pantalla se le apareció borrosa. Los comentarios de los demás empezaban a reverberar. El comedor empezó a girar. Philippe se apoyó en la mesa que tenía al lado.

—¡Phil, Phil! —El capitán Gibbs retrocedió rápido cuatro pasos, lo cogió por el brazo y lo ayudó a sentarse.

—*Wasser!* —pidió en alemán el capitán de la BKA, y un oficial se apresuró a traer un botellín de agua.

—Phil, ¿estás bien? Quédate aquí, no avances más —le recomendó Hadrien.

Para no contaminar la escena del crimen, Friedrich había dado órdenes explícitas de que todo se dejara tal cual se había encontrado. Y así fue. El escenario era la foto de lo que había sido cuatro horas antes. Un reducido grupo de agentes de la BKA y de forenses alemanes se encontraban de pie tras una barra. Esperaban su señal, que no tardó en dar después de que la doctora Smith le pidiese dos ayudantes.

Tsu empezó a probar el plato digerido por la víctima ante la repulsiva mirada de los agentes alemanes.

—¿Y? —preguntó Athenea.

El japonés mantenía la mirada perdida en el limbo mientras su paladar vibraba intentando descodificar los ingredientes. Se había ido muy lejos y regresó al cabo de unos segundos.

—Sí, son espardeñas con *Amanita caesarea.*

—Se confirma lo que ya sabíamos. Se trata de @Bloody Mary.

—No entiendo, capitán. ¿Por qué aquí?

—Creo que cuando sepamos su identidad —dijo Hadrien mirando el cadáver—, sabremos por qué ha venido hasta Berlín a matar.

Los forenses sacaron sus artilugios y empezaron a rastrear todas las superficies. Los policías retiraban mesas, sillas y todo tipo de mobiliario en busca de alguna pista. Philippe se metió en su WhatsApp y borró el chat con Susie. O lo que era lo mismo, el chat que tuvo con la que estaba sentada a pocos metros de él con la cara deformada y la barriga perforada. Mientras, Tsu intentaba identificar qué tipo de aceite había usado el asesino en lo que había sido el *carpaccio* de la foto.

32

Suzanne Flow Serra, o Susie, según se hacía llamar ella. De padre inglés y madre catalana. Veintiocho años cuando Philippe la entrevistó hacía dos. Lo hizo junto a Tsu en la Macchiato. Siempre había sido de la opinión de que la persona que iba a estar codo con codo con otra debía estar presente en la entrevista. Iba a ser la jefa de fríos y, por tanto, la superior directa del japonés. Hubo una conexión inmediata y tremenda entre ambos. Él se fue y los dejó hablando sobre tartares y *carpacci*. Su incorporación estaba prevista al cabo de dos semanas. Pero nunca más se supo. Al menos él. Tsu, en cambio, siguió manteniendo contacto con ella. Incluso un verano fue a pasar unos días al restaurante que tenían sus padres en una localidad de la Costa Brava. El japonés le había enseñado fotos: era una casita en un desfiladero, con una terraza abierta al Mediterráneo y tres pinos que la custodiaban. Sus troncos, curvos, habían bailado durante muchos años con el viento de allí: la *tramuntana*. De hecho, aún se acordaba de la frase que el japonés había importado y que decían mucho en la familia de Susie. La llegó a repetir tanto que la puso de moda en el White, y hubo una época en que todos la adoptaron. «Será la *tramuntana*» soltaban cuando no encontraban explicación lógica para un hecho insólito. Según le había comentado Tsu, la *tramuntana* era un viento caprichoso, típico de aquella zona costera del norte de Cataluña, y cuando soplaba, lo hacía fuerte y muchos días seguidos. Tal era la obsesión que tenían por ese viento que corría la creencia de que los que vivían allí acababan locos. «Como Dalí, el pintor», le había aclarado el japonés.

Por lo poco que la conoció, Susie le recordó a Tsu, en versión mujer y caucásica. Con una ambición desmedida y ganas de flambear el mundo y comérselo. A pesar de saber que continuaban en contacto, nunca le preguntó a Tsu la razón por la que no había dado señales de vida. Y al japonés tampoco le salió explicársela. Hacía dos meses que ella se puso en contacto con él vía WhatsApp. A Philippe le extrañó mucho. Le explicó que llevaba dos meses en un restaurante pero que no estaba contenta. Le dijo que viajaría a Londres la primera de noviembre, y que quería hablar con él. Quizá quería disculparse, había llegado a pensar. El caso era que le interesaba una persona como ella y más después de que hubiese tenido que despedir a Conrad. Pero ya nada de todo eso sería posible. Ahora lo único que le preocupaba era intentar recordar si alguna vez se habían enviado algún *mail*. De ser así, la policía los acabaría encontrando. Y no le interesaba en absoluto. El hecho de que el móvil siguiera sin aparecer también jugaba a su favor. Y al de Tsu. ¿Cuánto tiempo tardarían en relacionarlos con la víctima? La incertidumbre les seguía ganando la partida. De lo que estaba seguro era de que correría el riesgo de no decir nada.

Habían pasado ya cuarenta minutos desde que, a petición de la doctora Smith, enviaran una muestra de sangre al departamento forense de la BKA. Todos estaban haciendo su trabajo cuando Friedrich recibió una llamada. Se acercó hasta donde estaba sentado Philippe. Tras unos segundos, colgó. Levantó la mano para avisar al capitán Gibbs, y este arrastró a sus colegas. Esperaron a Tsu, que fue el último en llegar. Diez ojos se posaban sobre el imperturbable rostro del jefe de la BKA.

—Acaban de averiguar la identidad de la víctima. Suzanne Flow Serra.

Philippe observó discretamente la no reacción del japonés. ¿Ya la había reconocido?

—Treinta años. Vivía aquí, en Berlín. Mi equipo está investigando sobre ella. En media hora me llaman para darme más información, pero por lo poco que me han dicho, es, era, la chef que llevaba este restaurante. La sangre coincide con la de los órganos del cubo de basura.

«Te libras, Athenea.»

—Parece que tenía prisa. Quizá haya oído llegar a la mujer de la limpieza y haya salido por detrás —intervino el capitán Gibbs.

—De haber llegado antes —dijo Friedrich señalando con un golpe de barbilla al cadáver—, quizá estaría viva.

—O ambas muertas —sentenció Athenea.

—Repatriaremos su cuerpo en cuanto sepamos algo de su familia. Mientras tanto, si no le importa —le dijo la forense Smith a Friedrich—, lleven el cuerpo a su departamento forense. Yo haré noche aquí. Así analizaremos el cadáver con más detalle. A ver si la hora de su muerte ronda la hora en que la mujer de la limpieza llegó aquí esta mañana.

—Por el primer apellido parece que es inglesa —apuntó el capitán Gibbs—. ¿La conocéis? ¿Es conocida en vuestro sector, Philippe, Tsu?

Philippe rezó una vez más para que Tsu no lo mirara, y para que los policías no oyeran la taquicardia de su corazón.

—No.

—No —dijo Philippe barriendo con la mirada todos los rostros que tenía delante. Y continuó hablando para no dejar un silencio que invitara a la sospecha—: Lo que no me cuadra es el plato. Espardeñas con *Amanita caesarea* no es un plato de este restaurante.

—Quizá lo sea de ella —intervino Friedrich—. Acabamos de saber quién es, veamos un poco sobre su trayectoria. A ver si encontramos algo que valga la pena —dijo alejándose hasta la barra, donde se reunió con gente de su equipo.

Philippe deseaba quedarse a solas con Tsu para hablar con tranquilidad. Pero eso de momento no sería posible.

—Mientras tanto, Philippe, Tsu, ¿nos podéis decir algo del plato? Las espardeñas sé qué son, pero esas setas no las conozco —dijo el capitán Gibbs.

—La *Amanita caesarea* es una seta más propia de climas templados —empezó Philippe mirando al japonés, como esperando su validación—. Pero eso mejor que os lo cuente Tsu, que ha estado por esos lugares y seguro que la conoce.

—Sí..., seta que usar mucho en el sur, muy rica y preciada.

—¿Cómo de sur? ¿En Nigeria? ¿Zimbabue? —soltó Athenea.

—Sur de Francia, en Italia, España...

—Vale, ya la tenemos más acotada.

Philippe pensó si esa seta tenía algo que ver con el hecho de que la madre de Susie fuese catalana.

—Entonces, ¿es imposible encontrarla por aquí? —quiso saber el capitán Gibbs.

—Imposible aquí, imposible en Inglaterra —aclaró Tsu—. Lo más seguro conseguir seca y después poner en agua.

—¿Y es buena?

—Mucho —dijo Philippe—. Yo la comí un par de veces en la Toscana y me pareció excelente. Se la conoce como la Seta de los Emperadores, de ahí el nombre, ¿no, Tsu?

El japonés asintió levemente.

Philippe advirtió que la doctora Smith introducía los restos de los bolos alimenticios en unas bolsas de sellado especiales. Acto seguido sacó varias fotos a la pieza de vajilla. El jefe Friedrich volvió con ellos. Philippe seguía sentado en el banco, junto a Tsu y los policías británicos, de pie frente a él.

—Hemos visto en Internet que se trata de una cocinera

relativamente conocida. Hace un año le hicieron una entrevista en una televisión local alemana. Se ve que nació en Malton, su padre es de allí, y que a los diez años migraron a la ciudad de su madre, que era de Girona. Allí sus padres abrieron un restaurante y es donde aprendió a cocinar de pequeña.

—Pues ya sabemos de dónde vienen las setas —dijo Hadrien.

—Y de Malton, seguro que no —añadió Athenea ante la extraña mirada del jefe de la BKA.

—Ya he recibido la orden de registro del juez. Podemos ir al piso de Suzanne.

—Perfecto —contestó el capitán Gibbs—. Athenea, ve con ellos; nosotros, si es posible —dijo refiriéndose a él y a los cocineros—, iremos a visitar a la señora que descubrió el cuerpo.

Los apelados asintieron, y Philippe, además, se encomendó a los dioses para que la sargento no encontrara ninguna pista que los relacionase con ellos.

«¿Qué coño hacía Susie en una pizzería en Berlín? A ver si Tsu sabe algo.»

Veinte minutos después de que la mujer de la limpieza turca dejara las dependencias de la BKA, un canal alemán se hacía eco del asesinato ocurrido en Berlín. La foto colgada en Instagram hizo que los medios londinenses esperaran impacientes por hacerse con la exclusiva. Lo que no esperaban es que la diese un medio alemán. Una hora antes de todo eso el capitán Gibbs llamó personalmente a los padres de Susie para comunicarles la noticia y explicarles el funcionamiento del protocolo que seguir.

Se encontraban esperando ya a que los llamasen para el embarque de regreso a Londres cuando apareció Athenea, caminando con paso decidido, como siempre. Los tres se levantaron de sus asientos.

—¿Habéis descubierto algo? —preguntó el capitán Gibbs.

—Nada relevante. Cuando me he marchado, empezaban a interrogar a su novio. Llevaban casi un año juntos. Creemos que era la razón por la que Suzanne se vino a vivir aquí. Cuando acaben, me pasarán el audio. ¿Vosotros?

Hadrien negó con la cabeza, afligido.

—Nada. Esa mujer ni vio ni oyó nada. Al menos que ella recuerde. Como estaba en *shock*, le dieron algún calmante y estaba un poco ida. A ver si le viene algo a la cabeza cuando se le pase el efecto.

—Y a ver si pueden sacarle algo al novio.

—¿Y el teléfono?

—Nada, ni rastro del móvil. Puede que con los *mails* haya más suerte. Cuando me he ido, estaban registrando su correo.

Philippe empezó a sudar de nuevo. Por lo que había buscado en sus bandejas, no había encontrado ni un *mail* con Susie. Siempre se habían comunicado por WhatsApp. Pero de repente cayó en la cuenta de algo. La carpeta. La carpeta que tenían en The White Spoon. Esa carpeta morada donde guardaban los currículums de los que pasaban buscando trabajo. Como Susie.

«¡Mierda!»

33

El avión giró en la pista y se paró. La luz roja del ala izquierda parpadeaba mientras el rugido de los motores crecía desde el interior. Las revoluciones empezaron a subir y las luces que delimitaban el pasillo por el que debían escapar pasaban cada vez más rápidas hasta que, al fin, se elevaron. A Philippe le había tocado ventanilla, y a Tsu, pasillo. En medio, nadie. El capitán Gibbs y la sargento estaban lejos, doce filas atrás. El ding de no desabrocharse el cinturón sonó. Eso les podía salvar de las turbulencias, pensó Philippe, pero no en caso de estrellarse. La cantidad de personas que se debían de haber encontrado casi desintegradas, pero aún sujetas al asiento tras un impacto contra el suelo. «Mueren sentados, como los nuestros.» Nunca le había gustado demasiado volar, y la edad había ido aumentando esa especie de miedo irracional. Esperó cinco minutos. Al ver que Tsu no iniciaba ningún tipo de conversación, empezó él:

—¿Cómo la reconociste?

—¿A quién?

—A Susie.

—No supe hasta que Friedrich decir nombre.

—Pues no te sorprendió demasiado cuando dijo que era ella.

—Yo fijarme que usted no decir nada, y por eso yo no abrir pico.

Quizá Tsu tuviera razón y Philippe estuviera sacando las cosas de quicio.

—Mejor, Tsu. Mejor que la policía no sepa que la conocíamos.

—Ya, pero si ellos enterarse, nosotros sospechosos.

—Si les hubiésemos dicho que la conocíamos, nos estarían pidiendo todavía más ayuda. Y está claro que Susie ha sido un toque de atención que el asesino —bajó el tono al nombrar esta palabra— nos ha querido dar. No había relación entre las víctimas, hasta que hemos llegado nosotros. Ghalib Totah fue un aviso de que nos estábamos acercando. Y ahora, con Susie, parece que quiera que seamos solo nosotros quienes recibamos el mensaje.

—Tarde o temprano Scotland Yard enterarse.

—Sí, pero si nos hacemos a un lado, es tiempo que ganamos; uno, para que él acabe su trabajo, y dos, y el más importante, para que no entremos en sus planes. Desde hoy, está claro que o nos apartamos del caso, o los siguientes podríamos ser nosotros.

Tsu se quedó pensativo mirando el respaldo de delante. Philippe continuó:

—¿Tienes algún *mail* con ella?

—Que yo pensar no. Siempre WhatsApp.

—Yo de ti eliminaría el chat que tuvieses con ella.

—Sí, chef.

Tsu cogió su móvil y empezó a manipularlo.

—Ya está.

—Bien. Espero que tarden mucho en encontrar el móvil de Susie. Ahora lo que me preocupa es la carpeta morada del White.

—¿De currículums?

—Sí. Creo que dentro hay uno de Susie. Me lo dio cuando nos vimos en la Macchiato y lo metí allí.

—Ruth controla carpeta.

—Exacto. Como lo haya visto... Hablaré con ella en cuanto aterricemos.

—Chef...

—¿Sí?

—Mí creer que la clave estar en platos.

—¿Lo pudiste ver esta mañana?

—Sí, después de doctora Smith vaciar comida, yo ver fondo plato.

—¿Y cómo era?

—Una casita. Un camino y al final casa pequeña.

—No pudiste hacer foto, ¿no?

—No, chef.

Tanto la forense Smith como Athenea y Hadrien siempre les habían prohibido terminantemente hacerlas. Preferían no arriesgarse a que el azaroso destino les obsequiase con unas fotos colgadas en las redes de algún medio digital.

—Y de la casa, ¿qué dices?, ¿cómo era?

—Pequeña, con chimenea, humo...

—Parece salida de un cuento.

—Sí, creer lo mismo yo.

—¿Tenía colores?

—No, un color, una línea. Dibujo simple.

—Se trata de una historia, seguro. Los dibujos y los estampados de los platos explican algo..., pero ¿qué?

Un azafato negro con el pelo afro se acercó sonriente. El vuelo no ofrecía cena, pero sí bebidas. Tsu pidió zumo de naranja y Philippe agua con gas.

—Tsu, ¿cómo estaba Susie?

—Chef, mí no creo que...

—Tarde o temprano tendré que lidiar con esto, y mejor cuanto antes. Me siento muy impotente sin poder entrar en los escenarios de los crímenes.

—Susie tenía cara mucho desfigurada y...

—¡Con detalles, Tsu! —dijo elevando la voz un poco más

de la cuenta—, por favor... —le pidió con un tono más suave mientras reclinaba al máximo el respaldo y cerraba los ojos.

—Toda la cara tenía hinchada, partes rojas, partes moradas, partes negras. Supongo tenía ojos, pero yo no vérselos: pómulos tan hinchados como pelotas. La nariz la tenía más que rota. Desgarrada. Se le veía hueso. Los labios morados, hinchados también, con restos de sangre seca, pero abiertos, sin dientes, como con mueca de suplicar no seguir... —Tsu tragó saliva.

Philippe no supo qué pensar de esa pausa melodramática.

—El cuello hinchado, rojo púrpura, parecía como sacar algo grande de dentro. Una oreja no verse, masa de sangre impedirlo, y mano derecha... como un guante sin dedos, pero de piel humana.

La ventanilla fue testigo de una lágrima que a Philippe empezó a brotarle por el rabillo del ojo. Cayó en el jersey, que enseguida la absorbió.

—El agujero de barriga no tener que ver con otros asesinatos. Estaba más peor. Pero plato con comida caber igual. Sangre en cojines de banco, sangre en moqueta, sangre en mesa... Yo también creer que mujer limpieza interrumpirlo.

Philippe no pudo evitar ponerse en la piel de aquellos padres que habían visto marchar a su hija antes que ellos. La naturaleza tiene sus propias leyes y normas, y a veces ya son duras de asimilar, pero ir en contra de ellas resulta despiadado. «Unos padres nunca deberían vivir más que sus hijos. Dios mío, no sé lo que haría yo si me pasara esto.»

Los cuatro avanzaban por el *finger* junto a otros pasajeros cuando Philippe encendió el móvil para llamar a Ruth. La llamada estaba por el segundo tono, y el móvil vibró varias veces en su oreja. «Los de la compañía telefónica dándome la bienvenida a mi país.» Ruth no contestó. «Ruth, por favor, en cuanto escuches este mensaje, llámame.» Dejaron atrás las cintas de equipajes. Como le interesaba que Ruth recibiese el mensaje cuanto antes, quiso enviarle uno por escrito. Al mirar el móvil vio seis llamadas perdidas de su madre y cuatro wasaps. Las puertas de la zona de salida de viajeros se abrieron. Y ya nada pudieron hacer.

Eran las 22.20 horas y, aun habiendo suficiente luz, se dispararon varios *flashes*. Un enjambre de periodistas les dio la bienvenida abalanzándose primero sobre los policías y formando después un corro alrededor de los cocineros.

—¿Desde cuándo colaboran con Scotland Yard?

—¿Creen que @BloodyMary es cocinero?

—¿Qué significan los platos que prepara? ¿Y las vajillas?

—¿Qué relación tenían las víctimas con la cocina?

—¿Conocían a Suzanne Flow Serra? ¿Qué opinan del Michels 66?

Sin mediar palabra, los cuatro se metieron rápidamente en un taxi.

—¡Joder con la limpiadora del Michels 66! —soltó Athenea en el asiento de atrás mientras se retorcía para quitarse el abrigo—. No ha tardado ni un suspiro.

—Ha visto dinero fácil y no se lo ha pensado —dijo Hadrien girándose desde el asiento delantero.

—Pobres familias. —Philippe estaba sentado atrás en medio y miraba la calzada más allá del parabrisas—. No es suficiente con las pérdidas de sus seres queridos, sino que además se tienen que enterar de detalles innecesarios.

—Pasa siempre —dijo el capitán Gibbs, esta vez sin mirar atrás—. La primera fase es la del bombardeo informativo, pero después muchas familias optan por no mirar ningún medio de comunicación. Y hacen bien.

Los primeros en bajar fueron la sargento y el capitán. Philippe le ordenó al taxista que se dirigiera a Knightsbridge, a The White Spoon. Tenía que hacerse con la carpeta morada lo más rápido posible.

—Tsu, deberías hablar con los padres de Susie cuanto antes. Si nos han visto en las noticias y ningún medio todavía ha dicho que nosotros conocíamos a Susie, se preguntarán por qué, y es más que probable que se pongan en contacto con la policía. Entonces estaremos perdidos.

—Sí, chef. Pero no sé qué decir para ellos entender que policía no debe saber relación nuestra con Susie. Porque si eso ayudar a detener a asesino, pues...

Tsu estaba en lo cierto. ¿Qué se les podía decir a unos padres de una hija recién asesinada a quienes lo único que les quedaba era confiar en la Justicia? «Piensa, Phil, piensa.»

—Ellos no saben que la policía no lo sabe. Si estamos en estrecha colaboración con Scotland Yard, es normal pensar que si no ha salido a la luz pública es por algo. Cuando les llames, diles que la policía ha pedido discreción. Diles que el hecho de que conociésemos a Susie ha sido una coincidencia que el asesino no conoce y que juega a nuestro favor, y que si se enteraran los medios, supondría un duro golpe para la investigación.

—Sí, chef.

—Hasta mañana —dijo Philippe mientras cerraba la puerta desde fuera.

El taxi se alejó en dirección a la casa del japonés. Philippe accionó la persiana metálica del White con el mando y, cuando ya estuvo a media altura, pasó por debajo. Una vez dentro, la volvió a bajar. Con ayuda de la linterna del móvil, se dirigió al cuarto donde estaba el cuadro eléctrico y subió los fusibles de la zona de la barra. Abrió el primer cajón del mueble que había justo debajo del TPV táctil.

Nada.

Abrió el segundo cajón. Nada.

Abrió el tercer cajón. «Nada. ¡Joder!»

¿Dónde estaba la carpeta morada de los currículums?

Philippe volvió a llamar a Ruth, pero le volvió a saltar el contestador.

—¡Joder, joder!

Durante el camino a casa ya se había hecho a la idea de que tendría que esperar al día siguiente para hablar con Ruth. Eran las 23.30 cuando abrió resignado la puerta. Justo en ese instante, Charlotte pasaba en pijama por el recibidor. Estaba amorrada a su nuevo iPhone. Sin detenerse, saludó levantando la mano que tenía libre y continuó con la nota de voz:

—... ya me imagino, ya, que debía de hacer un frío muy *heavy* en Berlín, no sé si tanto como en tu altillo, je, je, je, pero bueno, oye, ¿sabes que no has salido mal hoy por la tele? Yo ya me lo imaginaba, que estabais en el caso, quiero decir, je, je, je, siendo mi tío el capitán...

Charlotte se perdió escaleras arriba. Philippe arrastró los pies hasta la cocina. Evelyn miraba en el sexto canal un especial sobre el caso. Al ver a su hijo, apretó el mando a distancia y apagó la televisión.

—¡Hijo! ¡Te he llamado no sé cuántas veces!

—Lo sé, mamá, lo sé.

—Sobre las siete de la tarde han salido vuestros nombres en los boletines informativos, y después ya os he visto en el aeropuerto y...

—Estoy hecho polvo, mamá. ¿Podríamos no hablar del caso, por favor?

—Claro, hijo. ¿Has cenado?

—No.

—Te caliento un poco de crema de apio que he preparado con sésamo tostado.

—No tengo hambre.

—Es muy ligera, ya verás. Te vas a poder ir a dormir y ni la notarás. Además, el apio es diurético, te ayudará a limpiar.

—Vale vale.

—Phil...

Se quedó mirando a su madre, que estaba de pie al lado del armario con un bol en la mano.

—... no te preocupes por la segunda estrella. No tiene por qué influir.

Agradecía las palabras de su madre, pero desde que los periodistas los avasallaran en el aeropuerto, no había ni pensado en el White ni en la estrella. Ese nuevo paradigma le había estado avisando de que llegaría, tarde o temprano, pero que llegaría. Y ya era el momento. «Tengo cosas más importantes en las que pensar ahora mismo.»

Tras la cena, se dio una ducha rápida y se puso el pijama. Hacía años que no se metía en la cama con el pelo mojado. Su cabeza, para variar, no podía estarse quieta. ¿Habría llamado Tsu a los padres de Susie? ¿Lo habrían entendido? ¿Dónde estaba la carpeta morada? ¿Por qué Ruth no contestaba? ¿Desde cuándo Lottie y el japonés se enviaban audios? El cansancio acumulado pudo a esa cantidad de interrogantes también acumulados durante el día. Y, por fin, Philippe se durmió.

34

Era temprano cuando Philippe salió de su portal. No vio venir a tres periodistas que esperaban en la calle. Caminó rápido hacia una hilera de motos eléctricas. Desbloqueó una, se subió y se fue tan rápido como pudo por Archer Street. Después de despistar lo que un indicio paranoico catalogó como dos coches de medios informativos, se dirigió hacia Covent Garden para recoger a Tsu, que se había bajado en esa parada de metro. Juntos fueron a la central de Scotland Yard. La llamada perdida y el wasap de primera hora de la mañana del capitán Gibbs lo habían alertado: «Phil, podemos tener algo. Ven con Tsu a las 9 a nuestras oficinas». Después de contestar con un «ok», había llamado enseguida al japonés.

«¿Hablaste con los padres de Susie?»

«Sí, chef. Todo *under control*.»

«Ahora solo nos falta Ruth.»

«Sí, yo llamar ayer también y no contestar.»

«Seguiremos intentándolo. Me ha llamado Hadrien. Dice que han encontrado algo.»

«Buf.»

«Sí, yo también pienso lo mismo. Te paso a buscar por Covent a las nueve menos cuarto. Hasta ahora.»

Philippe y Tsu accedieron por la entrada lateral a la sede de Scotland Yard. Dentro los esperaban Athenea y Hadrien. De camino al departamento digital, el capitán Gibbs les explicó que la forense Smith, todavía en Berlín, los había llamado a primera hora diciendo que aún no habían encontrado nada; que el novio de Susie tenía coartada y que no había aportado detalles de interés a la investigación, y que volverían a hablar con la chica de la limpieza para preguntarle sobre algunos flecos. También les contó que el equipo que tenía haciendo un *tour* para entrevistar a los principales asesinos en serie de Inglaterra había redactado un informe con varias conclusiones. La más destacable era algo en lo que habían coincidido todos los asesinos: los dibujos de cada vajilla escondían algo. En la planta del departamento digital los recibió Francis Cardano junto a Elliot Plate.

—¡Hombre, si están aquí los cocinitas! —se adelantó Elliot.

Philippe observó que el *influencer* de vajillas tenía los ojos rojos y las pupilas casi tan grandes como los aros que le colgaban de la oreja.

—Bienvenidos de nuevo —dijo Francis abriendo la puerta de un despacho e indicándoles que pasaran—. Tomen asiento, por favor —les instó a todos mientras apagaba las luces.

Se acomodaron alrededor de una mesa ovalada. En la penumbra, las seis siluetas esperaban las indicaciones de Francis, que movió los dedos sobre el *touchpad* de un portátil. Como reacción a ese movimiento, la pantalla de una gigantesca televisión extraplana se iluminó. En la primera *slide* apareció la palabra @BloodyMary con un número de referencia debajo, el SK-1002. Philippe pensó en si la sigla SK correspondería a *serial killers*. Si eso era así... «¿Quiere decir que hay 1.002 casos? ¿En cuánto tiempo? ¿En un año? ¿En diez? ¿Desde que Scotland Yard es Scotland Yard?». Francis empezó a hablar:

—No hace falta decir que esta reunión es estrictamente confidencial. No puede ni debería trascender a los medios.

Philippe se sorprendió a sí mismo cruzando los dedos bajo la mesa en un acto reflejo.

—El capitán Gibbs y la sargento Harrington ya están al corriente, pero queríamos compartirlo con vosotros para ver qué opináis o si os sugiere algo, porque a nosotros sí. Llevamos varios días trabajando con Elliot en un supuesto *storytelling* oculto en los dibujos de los platos. Y esto es lo que hemos encontrado.

Francis pasó a la *slide* dos.

—Bien, en la parte superior de la pantalla podéis ver por orden cronológico los dibujos de los platos de los seis asesinatos. Debajo, en cada columna, los conceptos, ideas o palabras clave, llamadlo como queráis, que cada dibujo nos ha sugerido. Por favor, si os viene a la cabeza algo relacionado con alguno de ellos, comentadlo y lo incluiremos en el documento. El caso es que del primer plato han salido 15 conceptos, del segundo 17, del tercero 8, del cuarto 21, del quinto 18 y de este último, 9. Cruzar estos conceptos ha dado 6.940.080 resultados. Un programa informático de coincidencia nos ha ayudado a configurar historias. El algoritmo propone conceptos y palabras derivadas a partir de las planteadas por nosotros, siempre con un rango de interpretación establecido previamente. Tras descartar miles de historias, millones, que no tienen sentido alguno, selecciona las que sí parecen tenerlo. Cuantos más conceptos coincidan, más difícil es que se genere una historia con sentido. Sin embargo, el algoritmo ha encontrado una en la que coinciden seis palabras derivadas. Son las que están en color rojo.

Todos intentaban asimilar esa cantidad de información. Francis miró a Elliot, que estaba a su lado, cediéndole la palabra.

—Sí, voy. El concepto del primer plato es el té. A ver, muy jodido no fue, ya que las hojas que salen en el dibujo son hojas de té, o sea que facilón. El segundo no tiene que ver con el dibujo, más que nada porque no tiene, sino más con la forma. El plato ondulado, largo y con un lateral curvo, se parece a una lengua, una lengua larga. Y una lengua larga, aparte de dar muchas satisfacciones —se giró hacia Athenea—, es señal de hablar mucho, parlotear, incordiar, putear, insultar... En nuestro caso, molestar. El tercer plato es el que más problemas nos dio. Igual que el segundo, no tenía dibujo, pero sí forma. Forma de gota. Al principio pensamos en gotas de agua o incluso lágrimas. Pero al final, la palabra que el algoritmo encajó en nuestra viñeta de cómic —Elliot alzó las manos y entrecomilló lo que acababa de decir— fue *sudor*. Era una gota, sí, pero de sudor. La cuarta palabreja es el rayo que cruza el plato, y mira, justo hablando de cómics, el rayo significa...

Elliot dejó la explicación suspendida en el aire esperando la participación de los presentes, que no estaban para muchos juegos. Athenea habló de mala gana para hacer que continuara:

—Enfado.

—Vaya, la señorita de pelo corto ¡sabe de lo que está hablando! Exacto, enfado. El quinto es ese plato de porcelana inglesa tipo Churchill que nos mostraba a un tipo corriendo campo a través. En este caso una de las palabras derivadas fue *huida*. Y, por último, la figura del sexto plato, el que visteis ayer. Una alacena.

—Pero ¿no era una cabaña? —preguntó Philippe recordando lo que le había explicado Tsu.

—Bueno, visto con un ojo tapado, después de varias birras y de haber pelado varias cebollas seguidas, sí, puedes llegar a ver la cabañita del Tío Tom si quieres, pero no, es un mueble de cocina con dos puertas de cristal. Hay una taza arriba, como si alguien la hubiese dejado allí, de café o una infusión o algún líquido caliente, porque sale humo.

Francis retomó el hilo:

—La historia que nos ha dado es la leyenda de Oda Nobunaga.

—Tsu, quizá la conozcas —añadió Athenea con retintín.

Todos miraron al japonés, que se mostraba impávido.

—Se trata de una leyenda samurái —continuó Francis, que cogió un papel y lo empezó a ojear a intervalos—. Se remonta al período Kamakura, cuando se forjaron las mejores espadas samuráis. Hasebe Kunishige, uno de los Diez Discípulos y herrero heredero del legendario Masamune, dio a luz en 1338 un sable samurái considerado hoy en día tesoro nacional. Pasados unos siglos, cayó en manos de Oda Nobunaga, que lo bautizó como Heshikiri, que en japonés quiere decir 'corte por presión'. Cuenta la leyenda una cruel anécdota. Durante la ceremonia del té, uno de los pajes de Nobunaga, un criado con la lengua muy larga, lo importunó. Tras el enfado de su jefe, el pobre hombre se refugió dentro de una alacena. De nada le sirvió, porque Nobunaga agarró su Heshikiri y cortó el mueble y al paje en dos mitades.

El despachó se iluminó. Philippe no se dio cuenta de que Athenea se había levantado para encender las luces.

—Tsu, ¿conocías esta historia? —le preguntó el capitán Gibbs.

«¿Qué coño quiere decir eso? ¿Acaso sospechan de él?»

—Sí, es popular, es leyenda. Espada samurái ser conocida. También sale en videojuego y en serie de anime.

—Sí, lo hemos visto por Internet. Se llama *Touken Ranbu*, y Heshikiri Hasebe es uno de los personajes. ¿Has jugado o has visto la serie?

—No, yo cocinar, no jugar a videojuegos.

—Entiendo. ¿Y crees que Yumiko o alguno de sus hermanos puedan ser seguidores del juego o de la serie?

—Yumiko y hermanos cocinar, no jugar a videojuegos. Pero mejor pregunte a ellos.

—Lo haremos, no te quepa duda —añadió Athenea.

—Puede que nuestro algoritmo se equivoque y todo sea una mera coincidencia, pero es lo único que tenemos ahora mismo encima de la mesa. Y nos parece una opción bastante plausible. Por eso, si este es el *storytelling* que @BloodyMary sigue en sus platos, el siguiente tendrá algún dibujo relacionado con la espada samurái o el corte —dijo Francis mientras miraba a Elliot.

—Sí, ya he empezado a investigar todas las vajillas que tienen dibujos de este rollo. En breve contacto con fabricantes y proveedores.

Philippe se preguntó si para tener así a Elliot, comiendo de la mano de Scotland Yard, las coacciones de Athenea habían sido suficientes, o si le habían ofrecido algo.

—De acuerdo —dijo Hadrien—. Philippe, Tsu, solo para que lo sepáis, interrogaremos de manera formal a Yumiko y a sus hermanos.

—No como el otro día —especificó Athenea.

—Entendemos que no queráis estar presentes. Por otro lado, también nos gustaría averiguar algo sobre la seta del último asesinato, la *Amanita caesarea*. Dijisteis que no era propia de estas latitudes, pero ¿sabéis dónde se puede encontrar seca, o qué restaurantes la pueden tener en sus cartas?

—Ni idea, ¿y tú, Tsu?

—No, chef. Aquí en Londres no creo que nadie usar.

—Bueno, en todo caso haced memoria o a ver si se os ocurre algo que nos pueda llevar a cualquier pista relacionada con esta seta.

Los cocineros abandonaron el edificio y recurrieron de nuevo al *motosharing* para dirigirse a The White Spoon.

—Tsu, como todo lo que nos acaban de contar sea una pista válida, estamos perdidos. Ve con mucho cuidado, por favor.

—Sí, chef, usted también. Pero creo mucha coincidencia y sistema equivocarse.

—Ojalá —contestó Philippe mientras se abrochaban los cascos y se sentaba en la parte trasera de la moto.

Le agobiaba pensar en la posibilidad de que hubiera muchos periodistas revoloteando por The White Spoon. Justo en ese momento, el bolsillo de su chaqueta vibró. Sacó el móvil y vio un wasap de un número desconocido:

> Supongo que si los medios todavía no
> saben que tenías el CV de Suzanne, debe
> ser por algo. Deposita 100.000£ en la
> cuenta GB77 MIDL23335509822947 y tu
> secreto será bien guardado.

«¿Cómo? ¿Qué es esto?»

Un asesino le había avisado para que dejara de colaborar con Scotland Yard. Una segunda estrella Michelin, casi imposible de conseguir. Su *sous-chef* y su mano derecha, peleados. Su hija, sin apenas hablarle. Y ahora, un extorsionador en The White Spoon. Lo que le faltaba.

35

Hacía frío. Mucho frío. Era el tercer día de una ola de frío siberiano que azotaba París. A la una de la madrugada ya no había un alma en esa calle adoquinada. Charlotte caminaba rápido con las manos en los bolsillos de su plumón. Un abrigo de plumas de oca que había comprado en el mercadillo de La Bastilla hacía dos semanas y con el que el vendedor le había prometido que jamás volvería a pasar frío. Sus pasos cada vez sonaban más veloces. Igual que los de su perseguidor. Giró en la primera calle a la izquierda y después por la siguiente a la derecha. Pero la callejuela donde se metió era todavía más estrecha, de paredes más altas, y aún más lúgubre que la anterior. El repiquetear de los pasos se multiplicaba y parecía extenderse más allá de los adoquines, trepando por los muros del callejón. Charlotte entendió que había llegado el momento de realizar algo que hacía meses que no practicaba ni en cinta, ni en asfalto, ni en tierra: correr. La falta de ejercicio y el frío desgarrador, o quizá la combinación de ambas cosas, hacían que cada exhalación se repitiera con más frecuencia. La luz intermitente de una vieja farola, con más apariencia de querer apagarse que de seguir encendida, iluminó tres *frames* de la cara de pánico de Charlotte. Las lágrimas arrastraban parte del rímel de sus pestañas y rodaban oscuras por sus prominentes pómulos. La velocidad hacía saltar las gotas de su cara, que se congelaban antes de tocar el suelo. Charlotte parecía no poder más. Y paró. Y dobló su cuerpo. Y apoyó las manos en las rodillas. Y tomó aire como el que toma agua en un oasis después de caminar tres días por el desierto. Y cerró los ojos. Y dejó de oír sus pasos. Y los de su perseguidor, también. Parecía que lo había dejado atrás. Y así fue. Exactamente, cuarenta y siete centímetros atrás. Charlotte se giró orgullosa mientras un cuchillo subía cortando el gélido aire para bajar pocos segundos después y cortar su caliente cuello.

—¡Noooooo! —chilló por fin Philippe después de haberlo intentado antes varias veces.

Eran las 6.46 horas y ya no era un espectador en aquel callejón. Medio incorporado y empapado en sudor, miró las cuatro paredes de su habitación. El miedo que a veces sentía era indefinible, indescriptible, pero condenadamente real. Sabiendo que no se volvería a dormir, cogió el móvil de la mesilla de noche, lo desbloqueó y deslizó el dedo para desconectar el despertador, programado para media hora más tarde. Se levantó y fue al baño a darse una ducha, no sin antes sentarse en el inodoro y hacer el pis de la mañana.

Coronilla, frente, perfil derecho, perfil izquierdo, frontal, un giro y nuca. Ese era el rito con el que Philippe se enfrentaba al chorro de la ducha. Mientras el agua circulaba por los pliegues de su cuerpo, recordó la conversación con Ruth. Lo llamó casi justo después de recibir el mensaje de la extorsión. ¿Coincidencia? Seguro. Ruth sería incapaz de hacer algo así.

«Chef, yo no cogí la carpeta morada. Hace tiempo que no buscamos a nadie, así que no abro ese cajón desde hace mucho.»

«Ruth...», empezó a decir él.

«Tranquilo, chef, le ayudaré a encontrarla», lo interrumpió ella.

Tan solo por el tono, Philippe ya supo que ella lo sabía.

Seguramente se acordaría de alguna vez que estuvieron buscando a alguien.

«Ruth, siento mucho la manera en que os habéis enterado, de verdad. No son formas. Estábamos condenados a no poder decir nada. Disculpadnos a Tsu y a mí. Hazlo extensivo al resto del equipo, por favor.»

Ruth lo entendió perfectamente, algo que no le sorprendió pero que alivió mucho a Philippe. Tener una persona así en el equipo era una garantía de éxito, pero sobre todo de tranquilidad, si es que existía alguna posibilidad remota de tenerla llegados a ese punto. Aun así, estaba sumido en la desesperación. Siempre había fichado a su plantel basándose en unos conocimientos técnicos, pero sobre todo de acuerdo a unos valores. Él creía que, durante una entrevista, el *feeling* y la conexión del momento eran fundamentales. Pero también sabía que no era tiempo suficiente, y que cualquiera podía vender en pocos minutos una imagen ajustada a unos intereses. Lo sabía por experiencia. Durante años, más de un trabajador había resultado ser otro bien diferente al del día de la entrevista. Por eso, él hacía tres. Ese filtro le permitía no equivocarse casi nunca.

Y eso era lo más doloroso. Saber que su sistema había fallado estrepitosamente. Porque estaba claro que quien le había mandado el mensaje era uno de sus trabajadores. Pero ¿quién? Durante el último año tres le habían pedido un aumento de sueldo. A uno se lo había concedido, a los otros dos no. Y esos eran Gonçalo y Ricardo. «¿Serían capaces?» Philippe empezaba a no confiar en nadie. Casi ni en sí mismo.

Le dio los buenos días a su madre, con quien se cruzó al salir del baño, y bajó a la cocina. Un *ristretto* y una tostada de aguacate con tomate más tarde, ya estaba de camino a The White Spoon. Normalmente llegaba sobre las 9, pero esa mañana lo adelantó todo. Subió los diferenciales de las luces y se quedó allí en medio, mirando el espacio. Nunca había sido de poner cámaras en el restaurante y se arrepentía. «Ahora sabría quién me está haciendo chantaje.» El hecho de confiar en el personal siempre le había traído problemas. «Ten en cuenta que siempre, siempre, te van a robar. En dinero o en especie, pero lo van a hacer. La cuestión es que hagas balanza entre quién te lo coge y la cantidad que te coge.» Las palabras de su gestor/abogado las tenía grabadas a fuego. Fue de las primeras cosas que le dijo nada más conocerse. Y razón no le faltaba. Los primeros años lo sufrió en sus carnes, y alguna que otra vez la caja no cuadró y se consumía más de lo que se vendía. Cuando las cosas le empezaron a ir bien, abrió The White Spoon, y eso supuso un punto de inflexión. Decidió contratar personal mejor cualificado, aunque eso supusiera pagar nóminas más altas. Eso y el sistema de tres entrevistas hicieron que la caja empezara a cuadrar en un 99 por ciento de las veces, y que las provisiones apenas se viesen afectadas. Además, la imagen que se proyectó del restaurante fue mucho más profesional, haciendo que los clientes lo percibieran de otra manera, y que el *ticket* medio subiera considerablemente. Fue entonces cuando el negocio hizo clic y ganó la primera estrella Michelin.

Philippe entró en su despacho. Era una habitación pequeña con una simple mesa de madera, dos sillas, dos estanterías con algunos libros de cocina y un archivador metálico de cuatro cajones. Aparte de él, ese espacio solo lo utilizaban Ruth y, en alguna ocasión, Ricardo. Normalmente todos empezaban a llegar sobre las 10, así que tenía casi dos horas para responder bastantes *mails* que tenía atrasados y para poner en el buscador varios nombres en busca de algo que no supiera: «Suzanne Flow Serra», «Yumiko Kokoro», «dibujos vajillas corte», «dibujos vajillas espada samurái»...

Estaba buscando «diseño vajilla Oda Nobunaga» cuando el móvil le vibró encima de la mesa. Era Hadrien. Tenía algo importante que decirle. Quedaron en Hyde Park.

Los chorros de The Huntress Fountain se torcían a menudo para volver a su estado de cascada habitual. El viento lo obligó a alzar un poco la voz:

—¿Hace mucho que esperas?

—Nada, ni cinco minutos —dijo el capitán levantándose del banco.

Ambos se mantuvieron de pie uno frente al otro. Hadrien vestía como casi siempre. Ese chaquetón ceñido color crema con el cuello levantado era más propio de un modelo de Gucci que del capitán de Scotland Yard.

—¿Qué querías decirme? Podías venir al restaurante, ahora ya todo el mundo lo sabe.

—No sé cómo decirte esto, así que seré directo. Tsu estuvo en Berlín el día del asesinato.

—¿Qué? ¿Cómo? Pero ¿qué dices? ¡Si estaba en Copenhague!

—Fue a Copenhague, sí, pero hizo escala en Berlín.

—No no, no puede ser. Me lo hubiera dicho.

Philippe sabía que eso no era cierto. De hecho, le molestó la manera en que se enteró de su viaje a Copenhague. Pero Tsu era así. Siempre había ido mucho a su aire, sin rendir explicaciones a nadie, a no ser que él las hubiese querido dar antes.

—Sé que puede resultar duro.

—Vamos, ¡no me jodas, Hadry! ¿Ahora Tsu va a resultar sospechoso?

—Piensa una cosa, Phil. Alguien que lleva días, semanas, ayudando a resolver un caso de varios asesinatos, y que sabe, porque estuvo allí con nosotros, que el último ha sido en Berlín, ¿y no nos dice que ha hecho escala allí el mismo día que ocurrió el asesinato, justo cuando los forenses dictaminan que en efecto se produjo en esa fecha?

Philippe supo que el capitán tenía razón. Tsu había actuado de manera imprudente. Si no quería dar lugar a sospechas innecesarias, esa falta de información no fue lo más certero.

—Quizá justo por eso no lo dijo. Para no parecer sospechoso.

—Al revés, lo pareces más si lo ocultas, y esto es lo que más me preocupa. Era tan evidente que lo acabaríamos descubriendo que...

—¿Que qué? —preguntó Philippe mirándolo inquisitivo.

—En ocasiones, los asesinos, viendo que la policía puede andar cerca, conducen las pruebas de forma voluntaria en su contra.

—¿Por qué?

—Justamente para parecer inocentes. Son tan condenadamente sospechosos que se hace difícil pensar que hayan obrado de manera tan descuidada.

—Pero ¿realmente crees que Tsu es @BloodyMary? —Una ráfaga hizo que los extremos del fular le taparan el rostro. De un manotazo, Philippe se los sacó de encima y los metió por enésima vez dentro de la chaqueta.

—Yo solo sé que, hasta el otro día, las pruebas no lo ayudaban, pero es que ahora empiezan a ir en su contra.

—Se me hace muy difícil pensar en ello —mintió mientras no paraba de pensar en que Tsu ni se inmutó cuando vio el cuerpo de Suzanne: «¿Realmente no la reconoció? En tal caso, tampoco reaccionó cuando Friedrich dijo su nombre»—. ¿Qué quieres decir con ir en su contra?

—Tsu no tenía ninguna coartada. Cuando sucedieron todos los asesinatos nadie ha confirmado que estuviera con él.

—¿Lo habéis interrogado?

—No de manera oficial, pero Athenea se lo sonsacó hace días.

«La sargento, siempre tan sutil...»

—Tsu es un tipo solitario. Lo conozco. Es disciplinado,

es un apasionado de su trabajo, lleva años conmigo, hasta ha venido a casa. Sería incapaz de hacer algo así.

—Phil, las declaraciones de la gente más cercana a los asesinos suelen ser un calco de lo que acabas de decir. Pero no voy a entrar en conjeturas. Los hechos son los que son. Y son que no tiene coartada en ninguno de los seis crímenes, que parece que la historia de las vajillas es una leyenda japonesa, que los días en que han matado coinciden con los días de fiesta de vuestro gremio y, lo último y más importante, que hizo un alto en el camino en la misma ciudad el mismo día que se cometió el último crimen. Todo esto son hechos. Y son irrefutables.

«Y lo que tú no sabes...»

—¿Lo vais a detener?

—No, y no por falta de ganas de quien tú ya sabes. Si existiera alguna prueba que lo situara en cualquier escena del crimen, entonces lo tendría crudo. Pero que no nos dijera que estuvo en Berlín, cuando está colaborando con nosotros, se podría considerar obstrucción a la Justicia. De momento, lo interrogaremos.

Philippe miraba las copas de unos árboles que se mecían por el viento.

—¿Cuándo?

—Esta tarde. Tranquilo, yo también estaré.

—Y a ti, Hadry, ¿qué te dice tu intuición? Supongo que, con tantos años en Scotland Yard, habrás desarrollado un sexto sentido.

El capitán Gibbs se puso en paralelo a él. Ambos miraban por encima del banco el trozo del parque que se desplegaba más allá.

—Phil, no te voy a engañar, yo tampoco creo que sea Tsu. Y me duele en el alma decirlo, pero a estas alturas aún estamos muy perdidos. Nunca había tenido un caso así. Es la primera vez que investigo a un asesino en serie, pero es que, además, este se sale de los parámetros.

Philippe se giró y le miró el perfil sin comprender.

—Un asesino en serie común —Hadrien levantó índice y anular para entrecomillar— no actúa así. Las víctimas normalmente son escogidas al azar. Y así es como se comportó el nuestro justo hasta que cometió el quinto asesinato. Con Ghalib Totah, todo cambió. Hablé con varios inspectores jefe ya retirados que habían llevado casos similares, y todos coincidieron en lo mismo: es muy difícil que un asesino en serie mate a alguien relacionado con la investigación. Este es un hecho poco usual, casi único, en la historia de todos los asesinatos en serie cometidos no solo en Londres, sino en todo el Reino Unido.

—Bueno, tampoco es tan raro teniendo en cuenta que, quizá, nos estuviéramos acercando a él, y por eso mató al único que nos podía dar alguna pista.

—Una mente así solo tiene un único objetivo: acabar su obra. Que después lo cojan, para él ya es un juego, incluso le puede dar hasta igual con tal de haber completado su trabajo.

—Pues lo que digo. Eliminó a la única persona que podía evitar que acabara su tarea.

—Sí, pero no. Teniendo tantas formas de matar, ¿por qué escogió una que podía dejar infinidad de cabos sueltos?

Philippe no dijo nada, evidenciando un silencio que sonó a respuesta.

—Lo sé, lo sé, muchos cabos, pero de momento parece que no se ha dejado ninguno suelto —dijo el capitán.

—Pues no sé, quizá el riesgo forme parte de la grandeza de su obra.

—Sí, puede ser. Pero ¿y si no fuese tanto el cómo, sino más bien el quién?

—No creo que porque conozcamos a una de las cinco víctimas —dijo Philippe mientras empezaba a sudar por dentro de su camiseta— debamos olvidar la manera en que mata.

—No, tampoco digo eso, pero estoy seguro de que el asesinato de Suzanne tampoco es fortuito. Que fuera chef podría ser una coincidencia, pero algo me dice que no es así.

Philippe respiró hondo buscando fuerzas para que en ningún fonema de la siguiente frase se notaran titubeos:

—Pero ¿tienes alguna prueba?

—No...

«Menos mal.»

—... pero son dos asesinatos seguidos y no son como los anteriores. Tengo una corazonada, más que otra cosa. Ahora mismo, lo único que tenemos es...

—Lo de Tsu.

—Exacto.

Philippe tuvo la sensación de que le llegaban algunas gotas de la fuente, aun estando a más de cinco metros de distancia.

—Y a ti, ¿tu intuición qué te dice? ¿Crees que el asesino es cocinero?

—Sí —soltó a bote pronto Philippe. Le salió de lo más profundo de su ser—. Según lo que nos habéis dicho, asesina los domingos o los lunes, nuestros días de descanso en hostelería. No sé si todavía estáis investigando a carniceros o cirujanos, pero yo dejaría de buscar por ahí. Sí, es verdad que sabe cortar muy bien, pero las flores, las especias, las vajillas..., parece que le apasiona lo que hace. Y un cirujano o un carnicero no disfrutan colocando una aromática o un germinado en una posición concreta en el plato. Es de pura lógica.

—Cien por cien, coincido contigo. De hecho, desde hace ya más de una semana que a los únicos que estamos investigando es a vosotros. A los cocineros.

36

La repercusión para The White Spoon fue mucha menos de la que se había temido Philippe después de que se conociera su colaboración en el caso. Los primeros días había tenido a merodeadores y a algún periodista preguntón. Después todo se fue calmando hasta que casi no aparecieron más curiosos por el restaurante. Dentro de lo que cabía, hasta le dio un plus de notoriedad que no le fue mal del todo.

Todos recogían y limpiaban después del último servicio. Unos sacaban la grasa de la campana extractora después de aplicar desengrasante; otros hacían inventario; otros vaciaban el lavavasos y cargaban bandejas para llevar copas a la sala. Philippe acababa de rociar con desinfectante las superficies donde habían estado manipulando alimentos. Por un momento se los quedó mirando. ¿Quién le estaría chantajeando? Juntando los dos fondos de inversión que tenía, podía reunir las 100.000 libras en pocos días. Pero ¿debía hacerlo? Explicárselo a Hadrien no era viable, pues revelaría su vínculo con Suzanne y estaría haciendo algo que justamente el asesino, al matarla, le había dejado bien claro que no quería. Asesorar a Scotland Yard suponía poner en peligro a los suyos, e iba a hacer todo lo posible para evitarlo. Intentaría ganar algo de tiempo, pero llegados a un *deadline* por parte del extorsionador, acabaría pagando esa cantidad de dinero. Pero ¿quién le aseguraba que no le pediría medio millón más? Se fijó en Tsu. Fileteaba rápida y delicadamente unos salmonetes sobre una tabla azul. Había estado aún más callado de lo habitual. Y ya se imaginaba por qué. Lo llamó la noche anterior para ver cómo le había ido el interrogatorio, pero no le contestó. Se moría de ganas por saber qué le habían preguntado, y si Athenea habría sido lo suficientemente hábil como para sonsacarle lo de Susie. Como Hadrien no lo había llamado, deducía que eso no había pasado. Por la mañana no había podido abordarlo, y tampoco al acabar el servicio. Tenía prisa porque había quedado con Federica.

Bajó caminando hasta Chelsea. Allí, en una pequeña consulta, Federica le trataba desde hacía más de cinco años. La conoció gracias a Anne, que se la presentó después de que él empezara a quejarse un poco de la espalda. Se presentó como fisioterapeuta y osteópata de deportistas de alto rendimiento. «Y ahora, de mí también», le había contestado Philippe en tono de broma. Desde que lo trataba, aquel principio de protusión de la L5-S1 no había ido a más, y había logrado frenar lo que hubiese sido una hernia de no haber hecho aquel trabajo conjunto. «La hernia típica de los cocineros», le había dicho. Y era verdad. Después de preguntar a varios colegas de profesión, supo que a muchos los habían operado de lo mismo. «Demasiado tiempo de pie y parado. Philippe, ¿no tienes un pequeño taburete en el que ir apoyando los pies de manera alterna?» Aparte de aquel pequeño hábito, Philippe adquirió otro que le costó infinitamente más. Tanto que había épocas en que lo descuidaba. «Demasiado trabajo, demasiado estrés.» «Pues por eso mismo, Philippe, tienes que acostumbrarte a hacer los estiramientos. En época de tanto estrés, la espalda es la primera que se resiente.» Su dejadez acababa desembocando en episodios de lumbociática. Avisaba unos días antes. Un pequeño malestar en la parte baja de la espalda afloraba y terminaba con Philippe postrado en la cama durante dos días. Solo las inyecciones de Nolotil podían levantarlo y devolverlo al restaurante. Al primer aviso y sabiendo lo que se le venía encima, siempre intentaba pedir cita de manera urgente, pero con tan poca antelación, Federica nunca tenía horas libres. Menos esa semana. Philippe empezó a notar algo raro el miércoles y, sin hacerse grandes ilusiones, la llamó. «Estás de suerte. Me han cancelado y el viernes a las cinco tengo un hueco.»

Llegó a la consulta a las 16.45. Esperó en una pequeña habitación con un sofá azul de escay y dos sillas. Hojeó una revista especializada en hábitos alimenticios hasta que Federica lo acompañó a su consulta. Lo dejó solo para que se cambiara. Philippe sacó su móvil del bolsillo, lo silenció y se desvistió. Se puso un pantalón corto y dejó su torso desnudo. Se quedó mirando la estancia. Debía tener unos treinta metros cuadrados y no había cambiado nada desde la última vez. Seguía habiendo la misma mesa austera con la misma silla austera a un lado, negra con respaldo alto, refuerzo lumbar y apoyabrazos. Detrás, una estantería blanca con algunos libros de fisioterapia. Delante de un ventanal largo por el que ya entraba poca luz, estaba la camilla de siempre: la típica hidráulica de color azul, cubierta por un papel blanco que salía de lo que parecía un rollo gigante de cocina, que descansaba justo debajo. En el otro lado, un espejo de dimensiones considerables proyectaba el reflejo de una esterilla y una pelota medicinal amarillas. Federica apareció y, como siempre, le hizo llevarse las manos hasta la punta de los pies sin doblar las rodillas. Le faltó mucho para llegar a ese objetivo. La fisio le pidió que se tumbara boca abajo en la camilla y empezó a masajearle la zona lumbar. La presión con la que esas yemas recorrían con determinación sus lumbares hizo que por momentos se olvidara del chantaje, de @BloodyMary, de la estrella Michelin, del *storytelling*, de Elliot, de Athenea, de Tsu, de su madre e, incluso, de Lottie. Lo necesitaba. Necesitaba desconectar, aunque solo fuera para volver a la carga con más energía. Se dio media vuelta. Federica se colocó a los pies de la camilla. Le sujetó una rodilla con una mano, y con la otra lo ayudó a estirar el psoas y el piramidal. Finalizados estos ejercicios, pasó al de isquiotibiales, que, como siempre, a Philippe le costó un poco más. Aguantar en esa posición tan dolorosa le ponía nervioso. Cada segundo pasaba como la manecilla de un reloj que se está quedando sin pilas. Le tiraba toda la parte posterior de la pierna. «Cuenta hasta diez. Haremos tres en cada pierna.» «1, 2, 3...»

Eran las seis y empezó a caminar hacia su casa sin molestias en la espalda. Federica era una genia, pensaba siempre que salía de su consulta. Su cuerpo, desengrasado y con movimientos más livianos, avanzaba ligero por Saint Lukes Street, como si danzara entre nubes. No había doblado la esquina cuando su cabeza empezó a reactivarse: la estrella Michelin. La *Time of Tyme* era un magazine digital relativamente nuevo y muy influyente. Tanto que quien aparecía en sus páginas solía ser merecedor de alguna estrella. En el sector, se rumoreaban muchas cosas acerca de ese medio: que si era una Guía Michelin encubierta, que la editora jefa era la hermana del director de la guía francesa, que facilitaban el trabajo a aquellos inspectores que no habían podido acudir, que era un estadio previo para avisar a los inspectores de si valía la pena ir a un restaurante... Era la antesala de la estrella, y quien gozaba de su visita y lo bordaba tenía muchos números para conseguirla. Los críticos de la *Time of Tyme* también reservaban como una persona cualquiera. *A posteriori* todos los chefs y los dueños de restaurantes hacían sus quinielas sobre el día que pudo haber sido la visita. Muchas pistas las daba el artículo que escribían días después en la revista. Una anécdota, un detalle de la mesa, la transcripción de parte de la conversación con el *maître*..., siempre había algo que ayudaba a contextualizarlos. Y Philippe sabía que había una estadística en todo eso. Bueno, en realidad, era «su estadística». La había sacado de su propia experiencia, pero también de todas las conversaciones mantenidas con sus colegas de profesión que habían recibido la estrella después de que los de la *Time of Tyme* los visitaran. A medida que los años pasaban, esa estadística se afinaba, tomaba más forma, y más relevancia en su imaginario. Philippe había deducido que, teniendo en cuenta que la gran mayoría de restaurantes con estrella cerraban los domingos y los lunes, el 71 por ciento de las veces que un crítico o una crítica se había dejado caer había sido en viernes. Un 14 por ciento correspondía a los jueves, un 7 a los miércoles y un 4 tanto a los martes como a los sábados.

«El menú lo sacamos hace cinco días, hoy es 1 de noviembre y las estrellas Michelin son a mediados de diciembre..., o sea que tenemos un mes y medio para que pasen los de la *Time of Tyme* y los de la Michelin, ¿o solo los de la *Time*? Da igual, a ver, entonces, si hoy es día 1, eso da un total de seis viernes y..., bueno, no tenemos que fallar nunca, no podemos, pero estos días menos, y hoy es viernes. El primero de los seis.»

Cruzó el umbral de su portal cuando se dio cuenta de que todavía tenía activado el modo avión del móvil. En cuanto lo quitó, tres avisos de llamada y tres wasaps le entraron rápidamente, como si tuvieran prisa. Pertenecían al mismo remitente. Había novedades en el caso. Ayer habían interrogado a Tsu. ¿Era eso? La puerta del ascensor se abrió y se cerró, pero sin él dentro. Llamó a Hadrien. El móvil le temblaba en la mano.

—Hola, Philippe. Supongo que ya lo has visto.

—¿Ver el qué?

—Lo de @BloodyMary.

—No, ni idea.

—¿Te acuerdas a quién seguía @BloodyMary en Instagram?

—A nadie —respondió Philippe tajante.

—Hasta hace poco más de una hora, era así. Ahora sigue a @Coriandrum3.0.

—¿Qué? ¡Pero no puede ser! —El córtex frontal de Philippe se activó y empezó a buscar motivos y conexiones entre @Coriandrum3.0, Elliot Plate y @BloodyMary—. Y esto ¿qué significa?

—No sé —respondió el capitán tomándose su tiempo—, puede haberlo hecho para confundirnos, o para reírse de nosotros, o porque @Coriandrum3.0 sea el auténtico asesino, o porque los dos sean los asesinos y se hayan enfadado entre ellos...

—Eso suena bastante descabellado.

—Bueno, ya os explicamos que se había dado el caso de asesinos en serie que actuaban en pareja.

—Dios mío...

Se hizo un silencio.

—¿Hadrien? —Philippe iba de un lado a otro de la portería.

—Estoy aquí.

—Oye, ¿cómo fue ayer el interrogatorio a Tsu?

Se hizo un silencio todavía más largo que el anterior. Pero esta vez no pensó que fuera por falta de cobertura. A Philippe no le gustó nada.

—Tienes un ayudante muy hermético.

«¡Bien!»

—¿No os ha dicho nada?

—Es información confidencial, Phil, pero vamos, poca cosa.

Por un momento, Philippe se olió que eso pudiera no ser verdad. ¿Estaría jugando Hadrien, su propio cuñado, con él? Intentó retomar el hilo para no evidenciar en su tono ningún principio de ironía o enfado.

—Claro, claro, lo entiendo. Oye, pero entonces, esto de @Coriandrum3.0, ¿dónde nos sitúa?

—No sé, Phil. Son tantas las variables que esto nos ha cogido con el pie cambiado. Estábamos poniendo todo nuestro empeño en lo que parecía la pista más fiable, el *storytelling* de las vajillas, y ahora...

—Quizá lo haya hecho por lo que dices.

—He dicho muchas cosas.

—No, digo, para despistar, porque estáis, estamos —corrigió veloz— en el buen camino con los estampados de los platos.

—O no... —Hadrien suspiró profundamente.

Era la primera vez que lo notaba abatido. «¡Dile lo de Suzanne, Phil! ¡Díselo!» La voz de la conciencia surgió repentina, pero la aplacó ninguneándola.

—¿Qué os ha dicho Elliot? Él y @Coriandrum3.0 se seguían en redes.

—Estamos analizando más al detalle los *posts* y los comentarios donde se mencionan mutuamente. Pero de momento, nada.

Philippe se dejó caer en el sofá acolchado del portal.

—Y él, ¿qué dice?

—Nada. Lo que ya nos dijo en su día, que nunca se han visto.

—Pero Elliot, aparte de a su madre y a su hermano, seguía a @Coriandrum3.0. ¿Cómo ha podido adivinarlo @BloodyMary?

—Bueno, eso se puede ver fácil. Cualquiera que siga a Elliot puede ver a quién sigue él.

Philippe se sintió un poco idiota y, aunque no era eso lo que quería decir, se vio obligado a preguntar lo obvio:

—Eso significa entonces que... ¿lo seguía bajo otro nombre?

—No obligatoriamente. Piensa que tanto @Coriandrum3.0 como @ElliotPlate, y ya no digamos @BloodyMary, tienen miles y miles de seguidores en común, o sea que la probabilidad de ver a quién sigue Elliot a través de esos seguidores es muy alta.

—Ya, pero lo que quiero decir es: ¿por qué se ha ido a fijar justamente en Elliot Plate?

—Ese es otro tema. Los medios de comunicación pagan muy bien, y los sueldos de algunos en Scotland Yard no es que sean para tirar cohetes.

—¿Filtraciones?

—Más de las que te puedas imaginar. Mira, cuando un caso sale a la luz, se transforma en una bola de nieve imparable. Y muy suculenta. Pero no creo que Elliot tenga nada que ver, nos está ayudando mucho.

—Ya, yo tampoco lo creo. Oye, y la doctora Smith, ¿ha vuelto ya de Berlín?

—Sí, volvió ayer.

—¿Y? ¿Alguna pista? Del novio, de los *mails* de Susie..., digo de Suzanne, es que tuve a una trabajando en el White que se llamaba igual —rectificó antes de que el corazón estuviese a punto de implosionarle dentro del pecho—, y el móvil, ¿ha aparecido?

—Nada, ni rastro.

—Pues entonces, a ver si dais con el estampado del siguiente plato, no queda otra.

—Ojalá, eso nos ayudaría a evitar el siguiente asesinato. De momento, es la única vía de investigación plausible.

«Ah, ¿y Tsu no?»

—Bueno —continuó el capitán—, esta y también @Coriandrum3.0, al que ya empezamos a investigar en su día, pero entre que nos fue difícil seguirle el rastro, porque hacía años que no cuelga una foto, y que empezaron a abrirse más frentes de investigación, lo dejamos un poco apartado. No hemos parado, que si estampados, las flores y las especias, las elaboraciones de los platos...

—Sí, la verdad es que no debe de ser nada fácil.

—De momento —empezó a decir Hadrien en un tono mucho más convincente y contundente—, vamos a averiguar quién está detrás de @Coriandrum3.0. Moveremos el tapete de este puto mundo, si hace falta.

—Ya sabéis, Tsu y yo estamos aquí para lo que se tercie.

—Gracias, Phil, oye, me entra otra llamada. Te tengo que dejar.

—Ok, tranquilo. Hablamos mañana. Adiós.

Philippe se quedó un rato más sentado en el sofá. Pensaba y pensaba. Miró el móvil y marcó el número de Tsu.

«El teléfono al que llama está apagado o fuera de cobertura en este momento.»

¿No tendría Federica otro hueco libre?

37

Ese viernes por la noche los electrodomésticos, los utensilios, las personas, todo se conjuró para cumplir la ley de Murphy a rajatabla. El lavavajillas dejó de funcionar a medio servicio y tuvieron que empezar a fregar a mano algunos cubiertos, platos y vasos. Se rompieron una espátula, una lengua de silicona y el mango de un cuchillo cebollero. El dosificador de un colador chino se partió. Y Gonçalo se quemó con el aceite de la tempura. Pero, sin lugar a duda, lo peor era tener a una persona menos. Y si era Tsu, todavía se notaba más. En fríos faltaban brazos, y eso ralentizaba toda la cadena. Flor no daba abasto, y Philippe se dio cuenta de que él no era el japonés. De que no podía suplir su velocidad. De que nunca conseguiría sus acabados. Le entristeció verse y que lo vieran tan vulnerable. «Mira el viejo que intenta ir de moderno, se ha quedado atrás, no puede seguir el ritmo.» Podía oír los pensamientos de los más jóvenes de su cocina. No podía depender tanto del japonés. Dos mesas se quejaron del tiempo de espera. Otra lo hizo de la carne, que llegó fría. «Tres mesas de doce. Un 25 por ciento.» Prefirió no ver de quiénes se trataba. Eso hubiese supuesto aún más combustible a una cabeza donde el fuego pedía a gritos algo para calcinar. La segunda estrella Michelin iba acumulando energía por momentos para convertirse en fugaz, e irse a brillar sobre otros firmamentos.

Philippe tenía la cabeza rota. Diseccionada. Partida en dos. En una mitad trataba de hacer malabares para que el engranaje fluyera de la mejor manera posible. En la otra mitad, los interrogantes se entretejían hasta formar una fina malla donde nada se filtraba y todo se embozaba. «¿Dónde está Tsu? ¿Por qué no aparece? ¿Por qué no ha avisado?» Eso era lo más extraño. No era su estilo. Philippe lo había llamado cinco veces, le había enviado tres wasaps. Había preguntado a Ricardo, con el que mejor se llevaba Tsu del White Spoon. También lo había preguntado en la cocina procurando que no se notase su desesperación. Pero nadie sabía nada. Algo había engullido al japonés, y Philippe esperaba que lo regurgitase lo más rápido posible.

Al día siguiente, se lo pensó mucho antes de decirle nada a su cuñado, pero ya le había ocultado suficiente y además eso no tenía por qué ponerle en peligro a él ni a nadie de los suyos. Le envió un wasap:

Hadry, te he llamado. Ayer noche Tsu no vino a trabajar. Es la primera vez en cinco años.

Era sábado noche, Tsu seguía sin aparecer, y el servicio no iba tan mal como el día anterior. Habían venido de urgencias a arreglar el lavavajillas y había un extra en la cocina que, aunque distaba leguas de Tsu, cumplía su cometido con celeridad y sin apenas preguntar. Philippe trabajaba con una ETT y, siempre que había tenido una baja de última hora, le habían podido solventar el problema enviándole a alguien. Eso le permitió volver a estar en la mesa de pase dando el último toque a los platos que salían. Junto a Flor, en la barra de fríos, el suplente preparaba tres ceviches para la mesa siete. «Ojalá vengan otro día», se dijo Philippe, pensando en la *Time of Tyme*. Entonces, la conciencia dio un empujón a su vergüenza. ¿Quién le importaba? ¿Tsutsomu Matsu, o Tsu, el ayudante de cocina? ¿Por quién estaba preocupado? Una parte de él pensaba: «Seguro que está bien, todas las pruebas van en su contra y se ha escondido hasta que se aclare un poco todo. Yo también lo haría»; mientras que otra parte pensaba: «¿Y si es él?».

Por la mañana, los medios enseguida declararon a Tsu desaparecido. No habían pasado ni veinticuatro horas y ya lo sabían. «Es lógico.» Pero no creyó que fuese nadie de Scotland Yard. Sí, había hablado con Hadrien a primera hora, pero esta vez no pensó en nadie del equipo de su cuñado, sino más bien del suyo. Él tenía a doce personas en nómina. Entre ellas, a un posible asesino en serie y a uno o una que lo chantajeaba, así que era probable que alguien se hubiera ido de la lengua por unos cuantos ceros. A Philippe le entró la risa. Esa risa entre floja y tonta que le entra a uno a sabiendas del baño de realidad que le está dando la realidad misma a la ficción. Todos en la cocina lo miraron. Al principio no sabían cómo reaccionar, pero al ver que parecía estar pasándoselo bien, sonrieron y continuaron con sus labores. El servicio acabó como empezó. Sin grandes sobresaltos.

El suplente ayudó a recoger y se despidió de sus compañeros. Antes de irse, Philippe le dijo que le había gustado cómo había trabajado y que estaría una semana más con ellos. El chico, un americano de veintipocos y con todavía algunos granitos en la frente haciendo tributo a una pubertad recién acabada, le dijo que no había problema, que cuando apareciese Tsu, él se iría. Le sorprendió la familiaridad con la que se refirió al japonés. «Sois famosos y populares, y no solo a nivel de gremio.» Se habían convertido en dos personajes con los que la gente simpatizaba y a quienes apoyaba, y hablaba de ellos como si los conociese de toda la vida. Eso le hizo pensar en algo. Todo lo que veía en redes sociales era siempre a través del Instagram de The White Spoon, que Tsu se encargaba de actualizar. Sin embargo, en el suyo propio hacía meses que no se metía. Lo intentó, pero le pedían una contraseña. Se acordó de que un día Charlotte se la dijo, porque fue ella quien le abrió la cuenta, pero era una pérdida de tiempo intentar buscar en el archivo de los recuerdos. Así que le envió un wasap:

Cariño, qué contraseña tengo de IG???

Diez minutos más tarde, y después de repasar lo que se había gastado en las neveras de la zona de fríos —algo que normalmente hacían Tsu y Flor—, le llegó el mensaje de Charlotte:

4EverAnne76.

Eso le sentó mal. No porque le hubiera ofendido, sino porque subrayaba el hecho de que se sentía solo. Porque la soledad lo atrapaba por momentos y no le dejaba respirar. No le podía contar a nadie lo que le pasaba por la cabeza. Era de locos. Estaba solo en el mundo, y la naturaleza, sabia, crecía hacia él. Las enredaderas cada vez eran más largas y querían atraparlo. Cogerlo del tobillo. Arrastrarlo hacia abajo. Hasta el vacío. Hasta la nada. ¿Lo habrían hecho con Tsu también? ¿Qué hubiese hecho Anne en esa situación? ¿Cómo la habría manejado? ¿Sospecharía de Tsu? ¿Creería que Hadrien estaba jugando con él? ¿Cedería al chantaje? «Cuánto te echo de menos, joder.» Le empezó a faltar el aire. Salió a sala. Le pidió a Ruth un vaso de agua con hielo. Se sentó a la barra.

—¿Está bien, chef? Le veo un poco pálido.

—Un poco de agua me irá bien. Oye, yo me voy ya. Cierra tú.

—No hay problema, chef. Descanse, que han sido dos días muy duros.

Philippe fue a su taquilla y se cambió. Se mojó la frente y la nuca con agua fría. Se miró al espejo.

«Estás blanco, Philippe.»

Salió de The White Spoon y subió por Exhibition Road hasta que cambió de nombre al entrar en Hyde Park y pasó a ser West Carriage Drive. Quería tomar aire fresco y caminar un poco. Pero fue extraño. La calle seguía siendo la misma cuando se convertía en la avenida principal del parque, pero ya no se oían voces. El griterío de los grupos de chavales que querían arrancar horas a la madrugada quedaba atrás, sumido en la ciudad. Eran casi las doce y Hyde Park estaba a punto de cerrar. Ese silencio dejaba a su paso el sonido de las polillas intentando escapar de la luz de las farolas. De repente, frenó en seco. Cuatro pasos detrás, pararon. Retomó el camino hasta que al cabo de unos segundos volvió a hacer y oír lo mismo. Se giró. No vio a nadie bajo las farolas. Pero en la acera no había hojas, y los pasos que había oído no eran sobre adoquines. Siguió con la vista hasta donde la luz llegaba tenue, el límite entre el cemento y la arboleda. A unos veinte metros, en medio de un matorral de media altura, le pareció ver la silueta recortada de alguien. ¿O quizá era la caprichosa forma de algunas ramas? ¿Era su imaginación o lo estaban siguiendo?

«¿Me está siguiendo Scotland Yard? ¿Por qué? Quizá creen que Tsu y yo somos los asesinos.»

Pensó en llegar cuanto antes a Serpentine Bridge. Allí no había margen para escondites. Allí le vería quizá la cara, seguro el cuerpo y la ropa. Pero nada, sobre el puente no apareció nadie. ¿Paranoia por el sueño que había tenido sobre Lottie dos días antes?

Salió del puente y los pasos ya no lo siguieron. O eso creyó, hasta que, al cabo de pocos minutos, volvieron a sonar a su espalda. Entonces miró la hora en el móvil. Eran las 23.49 horas. Faltaban once minutos para la media noche. Para el domingo. Para el día de fiesta. Para el día de descanso.

Para el día en que @BloodyMary asesinaba.

De repente, lo pensó. ¿Y si, sin quererlo y sin haberlos ayudado, la policía se había acercado igualmente al asesino?

¿Y si @BloodyMary creía que había sido gracias a él? ¿Había alguna forma de decirle que desde el sexto asesinato él no había cooperado para nada con Scotland Yard? ¿Fue un sueño premonitorio el que tuvo con Lottie? No iba a tomarse el lujo de comprobarlo. Corrió. Corrió como nunca antes lo había hecho por Hyde Park.

Después de coger un taxi y pedirle que callejeara un poco con la vista siempre puesta atrás, Philippe llegó a Piccadilly. Entró en casa cuando pasaban veintitrés minutos de la medianoche. Subió al piso de arriba. Como siempre que llegaba del White después del servicio de noche, metió la cabeza por el hueco de la puerta entreabierta de la habitación de Charlotte para ver si dormía. En tal caso, la arropaba. Pero esa noche era diferente. Era fin de semana y su hija apenas pisaba casa los fines de semana.

—¿Qué tal?

Philippe dio un salto acompañado de un grito. Su madre estaba detrás con un camisón de tirantes azul.

—Mamá, un poco más y me matas —dijo llevándose la palma derecha al corazón.

—Perdona, hijo.

—¿Y Lottie?

—Se ha ido dormir a casa de Piper.

Antes de que le diese tiempo a objetar algo, Evelyn siguió:

—Y qué, ¿cómo ha ido el servicio? ¿Mejor que ayer?

—Por suerte, sí —dijo reponiéndose aún del susto—. ¿Qué haces despierta?

—No podía dormir y te he oído llegar. Bajo a por un vaso de leche con miel. ¿Te preparo uno?

—No no, gracias. Me doy una ducha y me meto en la cama. Estoy muerto.

Tras ducharse y lavarse los dientes, se sentó al borde de la cama a punto de desconectar el móvil. Se fijó en que tenía un mensaje de hacía pocos minutos y de un número raro:

Tienes 3 días.

Apagó el móvil.

Tenía guardado algún somnífero de la época de Anne. Abrió el cajón de la mesilla. Miró la caja. Aún no habían caducado.

Se levantó a las diez y, para su asombro, descansado. La pastilla lo dejó sedado y en un estado de letargo lo suficientemente profundo como para no acordarse de nada de lo que había soñado, si es que lo había hecho. Hacía tiempo que no dormía así. Subió la persiana y descorrió las cortinas. El sol se había dignado aparecer, y aprovechó sus rayos para remolonear unos minutos en la cama. De repente, se acordó de que el día anterior se había olvidado por completo de mirar su Instagram. Alargó el brazo y cogió el móvil de la mesita. *On* mantenido durante cinco segundos y ya está. No tenía contraseña, accedía directamente. Para su alivio, no le llegó nada, ni mensajes ni llamadas perdidas, aunque con el mensaje de la noche anterior ya tenía suficiente. Ahí estaba. El primero de todos. Hablaría con su gestor para que le transfiriese los cien mil euros a su cuenta.

«¿124.397? ¡Pero si tenía doscientos ochenta y pocos!»

Era increíble. Su cuenta de Instagram había crecido en *followers* de una manera espectacular. Y sin haberse metido en los últimos meses. ¿O lo había hecho Lottie? No, ella tampoco, la última publicación era de febrero. A Philippe le parecía inverosímil. Y triste. Bastante triste. Seguía siendo el mismo, haciendo lo mismo, rodeándose de los mismos, pero ahora, un asesino en serie lo había transformado en un *influencer*. Ahora ayudaba a Scotland Yard, pero ¿quién no lo haría? Si supiesen que se vio obligado por la coacción de Athenea... Dejó de pensar en ello y se centró en lo que buscaba. Estuvo dos horas mirando comentarios, comentarios de comentarios, perfiles de quienes lo seguían... No encontró nada relevante que mereciese la pena ser comentado. «Aunque todo esto supongo que Hadry ya lo habrá mirado.»

Después pasó a la cuenta del restaurante. Si lo suyo había sido alucinante, lo del White no se quedaba corto. No se acordaba muy bien de cuántos seguidores tenían —le sonaba unos veintiún mil—, pero en esos instantes sumaban casi un millón. Era para romperse la cabeza. Se levantó de la cama, se puso un pantalón de chándal y una camiseta, y bajó a la cocina.

—Vaya, si se ha levantado la marmota ya —dijo Evelyn mientras batía con unas varillas un líquido en un bol.

—Sí, la verdad es que me ha ido muy bien.

—No me extraña, hijo, menudo tute estos dos días sin Tsu. No sabrás nada de él, ¿no?

—Nada. Pero creo que ayer por la noche, al salir del White, me siguieron por Hyde Park —comentó Philippe mientras abría una de las cuatro puertas de un aparador blanco y cogía una taza de café.

—¡Qué dices! ¿Estás seguro? ¿Y crees que era Tsu?

—No, más bien creo que era la policía.

—¿Hadrien ha mandado que te sigan?

—Puede —respondió sin explicarle la opción de que podía haber sido también el asesino—, pero ¿sabes cuando tienes la sensación de que te están mirando? Además, oí pasos detrás de mí. —Philippe abrió la nevera y sacó la leche.

—¿Y qué buscan los de Scotland Yard siguiéndote?

—O que me pueda reunir con Tsu o que él se pueda poner en contacto conmigo. Si no, no lo entiendo.

—¿Sospechan de él? Ningún medio lo ha dicho. Al revés, dicen que puede ser la siguiente víctima. Ay, prefiero ni pensarlo.

—A ver, que sospechan de él es algo que todavía no se ha filtrado.

—¿En serio lo piensan? —Evelyn golpeó el borde del bol

para sacudir las varillas y aprovechar lo que se había quedado enganchado.

—Hadrien no lo cree, pero no depende de él, y la obligación de Scotland Yard es la de investigarlo todo —dijo sin explicarle que él podría estar también en el punto de mira de la policía.

—Ya, entiendo, no debe de ser nada fácil tampoco para el pobre Hadry. Bueno, que él se centre en lo suyo y tú en lo tuyo, que es el restaurante, y que te mareen lo menos posible. Y hablando de sospechosos, ¿visteis a alguien que pudiera ser de la *Time of Tyme*?

La concatenación con la que su madre a veces ligaba temas aún sorprendía a Philippe. Igual que su manera de restarle importancia a los asuntos, tanto suyos como de los otros. Porque estaba claro que todo lo que le pasaba a Philippe también era asunto suyo, pero tenía una manera de afrontar la vida que él ya la quisiera en muchas ocasiones, sobre todo a la hora de comunicarse con Lottie.

—Después del pésimo servicio del viernes, prefiero ni pensar en la *Time of Tyme*. Paso —dijo dando un sorbo a su café con leche recién hecho.

—Va, no te desanimes, seguro que pasarán otro día, llevas poco con el nuevo menú. Oye, ¿y si vamos este mediodía a tomar una cervecilla por allí? Conozco una terraza muy *top*. Tenemos que aprovechar que el sol ha venido de visita.

—Uf, no tengo muchas ganas, mamá.

—Vamos, Phil, tienes que forzarte un poco, te vendrá bien airearte. Tanto del trabajo a casa y de casa al trabajo va a poder contigo.

—Vaaaaaale.

—Perfecto —dijo con el pulgar levantado—. A las doce y media salimos.

38

La terraza era un patio interior espectacular. Debía tener capacidad para unas ochenta personas, calculó Philippe de un vistazo. Unos gruesos arcos de hierro forjado iban de lado a lado del suelo sosteniendo unos paneles acristalados. Los laterales quedaban abiertos a unos dos metros de altura, y tenían un toldo enrollado que a Philippe le pareció transparente por si el día se torcía y llovía. «Aquí en Londres es un riesgo no cubrir las terrazas.» Del frío de Berlín a un día casi primaveral. El tiempo estaba loco. «Pero no solo el tiempo», pensó Philippe.

Al pasar entre las mesas en dirección a la suya, se dio cuenta de que casi todo el mundo miraba a su madre.

—Si no fuera porque estás ayudando en un caso de asesinato, diría que miran el fantástico vestido que me he puesto.

Evelyn tenía razón. Llevaba un vestido amarillo estilo Chanel años 60 con un lazo en el lateral que le hacía lucir un tipo fantástico. Se conservaba muy bien, y en más de una ocasión Philippe se había dado cuenta de cómo la miraban algunos hombres y mujeres, incluso bastante más jóvenes que ella. Evelyn no era de este mundo. Ese día llevaba ese modelo con un moño atravesado por tres lápices de color blanco.

Las sillas eran antiguas y de un hierro que se retorcía en el respaldo. Gracias a un acolchado en el asiento, les parecieron sorprendentemente cómodas, y pesadas, como pudo comprobar Philippe al arrastrar una.

—Deja, mamá, ya te la retiro yo, que pesa mucho.

—Caray, qué gentil el caballero.

Tras sentarse a la mesa, Philippe se quedó ensimismado pensando en sus cosas.

—Hijo, hola, hola, ¿hay alguien ahí? —dijo Evelyn mientras colgaba el bolso en el respaldo de la silla.

—Sí, perdón. Pinta bien el sitio, ¿no? —dijo mientras hacía un barrido con la mirada.

—Vine la semana pasada con Dorothy —dijo, y lo miró como esperando a que él se acordase, pero empezó a negar con pequeños movimientos de cuello y arqueando de manera cóncava los labios—. Sí, mi amiga de cerámica, te he hablado más de una vez de ella. La que su marido había sido jugador del Arsenal.

—¡Ah, sí!

—¡Ah, sí! —repitió ella exagerando el mismo tono—, maldito fútbol.

—Ya sabes que no soy muy futbolero, pero no todo el mundo ha tenido un marido en la Premier. Pero sí, ya me acuerdo, la que tenía cáncer y le extirparon un pecho.

—Exacto —dijo Evelyn con cara de satisfacción.

—¿Cómo está? Acabó la quimio hace tiempo, ¿no?

—Bien, bien, de lo suyo está bien, a ver, con controles rutinarios, pero fuera de peligro. Aunque lleva un par de semanas...

—Un par de semanas, ¿qué?

—Muy pesada con la investigación.

—¿Por qué?

—Cree que de las vajillas se ha hablado poco.

Y razón no le faltaba. Fue una de esas informaciones que pasaron de puntillas cuando se hizo público el caso, y que ningún medio volvió a mencionar. Y en aquellos momentos, junto a @Coriandrum3.0, Tsu y quizá él eran el principal foco de investigación.

—Está obsesionada. No para de preguntarme.

—¿Por qué tanto interés?

—Para que te pregunte a ti.

—Ya sabes que eso es confidencial, mamá.

—Lo sé, hijo. Y se lo he dicho hasta en hebreo, pero no hay forma. Ya ni le cojo el móvil.

—Lo siento. A todos, de una forma u otra, esto nos ha acabado salpicando.

—No te preocupes por mí. Ya se cansará. Además, si quieres que te...

—¿Se han decidido ya los señores? —Una camarera pelirroja, vestida impecable y con un *piercing* en la ceja, los miraba con una tableta digital dispuesta a tomar la comanda.

Philippe miró a su madre.

—Tú decides. Ya sabes que me gusta todo.

—Pues mira, compartiremos unas raciones. ¿Con cuatro será suficiente?

—Sublime, señora.

Philippe vio que Evelyn sonrió. Le gustaba la gente joven.

—Pues tomaremos *tataki* de atún, berberechos al vapor, croquetas de chorizo y huevos rotos con *foie*.

—¿Y de beber?

—Para mí una cerveza —dijo Evelyn.

—¿Lager o ale?

—Una IPA, porfa.

—Tenemos Maset, Drunken Sailor, McGargle's, Super 8, Nostrale...

—Una Maset. En botellín.

—Sublime. ¿Y para usted? —dijo mirando a Philippe.

—Para mí...

Philippe oteó las otras mesas. Muchas veces lo hacía. Se fiaba de lo que la gente tomaba. Se sorprendió al ver muchas copas grandes con un líquido rojo y una rama de apio que sobresalía por el borde.

—Es la bebida del momento, no paramos de servirla —le explicó la camarera viendo el desencanto en la cara de Philippe.

—Pero ¿cómo puede ser? ¿En qué estáis pensando?

—A mí no me meta. Yo aquí solo sirvo.

Evelyn se giró para ver lo que había en las otras mesas.

—¡Ja, ja, ja, qué bueno! ¡Está repleto de Bloody Marys, no me había dado cuenta!

—Es de locos.

—Ay, hijo, claro que sí, si no conoces al enemigo, acércate a él.

—Está muy bueno. Además, va bien para la resaca —se atrevió a añadir la camarera.

—Claro, ahora me dirás que tú nunca lo tomaste después de una noche animadilla —siguió Evelyn.

Philippe se mostraba indeciso.

—Venga, va, tráeme uno —dijo con cierto aire resignado—. Pero es de locos.

—Vamos, Phil. Déjate llevar de vez en cuando.

La camarera tenía razón. El Bloody Mary estaba realmente bueno. Nada cargado, y equilibrado en sus aromas y matices. Comieron y hablaron sobre Lottie y sus amigas, tía Martha y la última de Woody Allen. Le fue bien esa charla distendida con su madre. Por unos minutos casi logró olvidar el caos de vida que tenía desde hacía semanas. De repente, Evelyn cogió su móvil del bolso para mirar la hora.

—No.

—¿Qué?

Evelyn miraba el móvil. No reaccionaba.

—¿Qué pasa, mamá?

Philippe se dio cuenta de que la gente los volvía a mirar, pero esta vez con más descaro. Los susurros sonaban entre las mesas propagándose como la pólvora. Parecía como si estuviese rodeado por cientos de monjes que rogaban en voz baja. Agarró del brazo a su madre llevándose el móvil consigo. Miró la pantalla. @BloodyMary acababa de colgar la foto del séptimo plato.

Philippe sacó su móvil del bolsillo del tabardo. Vio que tenía dos llamadas perdidas y un wasap. Todo de Hadrien. Le pedía que fuese urgentemente a las dependencias de Scotland Yard.

—Me tengo que ir.

—Claro, hijo —respondió Evelyn—. Yo pago y me voy también.

—Ok —dijo Philippe mientras se levantaba—. Nos vemos en casa esta noche. —Se agachó y besó a su madre en la frente.

Un hombre en la mesa de detrás se arrancó a aplaudir. Lo siguió su acompañante. Y la mesa de al lado, y la otra, y la otra... En cuestión de segundos, la terraza se convirtió en el patio de butacas de The Royal Opera House.

—¡Vamos, Philippe! ¡Vosotros podéis!

—¡A todo gas con @BloodyMary!

—¡Mucha fuerza!

—¡¡¡Philippe, Philippe, Philippe!!! —empezaron a chillar al unísono.

Su nombre retumbaba fuerte en el patio. Casi como los latidos de su corazón. A medio camino de la salida, la camarera lo paró y le pidió un selfi que él aceptó encantado. Encumbrado por una nube de oxitocina y dopamina, Philippe salió en volandas del local al más puro estilo Ed Sheeran en Wembley 2018, cuando acompañó a su hija.

Pero esa euforia le duró poco.

Eran las 14.19 horas.

39

Philippe subió en ascensor hasta el departamento digital. Cruzó ese ambiente con filtro de penumbra y entró en el mismo despacho donde pocos días antes hablaron sobre el *storytelling* de las vajillas. Lo esperaban Hadrien, Athenea y Francis Cardano.

—¿Qué ha pasado? Si es por la foto de Instagram, ya la he visto.

—Sí, en parte, pero sobre el plato hablaremos luego —le dijo Hadrien invitándolo a que tomara asiento con un gesto de la mano—. ¿Quieres agua?

«¿La necesito, Hadry? ¿Se me va a resecar la boca?»

—No, gracias, estoy bien así.

Todos estaban frente a él. Tenían unos semblantes muy serios. Incluso Elliot.

—¿Qué es esto? ¿Un interrogatorio?

—No, Phil, hemos descubierto algo y queríamos hablarlo contigo.

—Se trata de Tsu —dijo tajante Athenea.

Llevaba días sin verla. Le había crecido el pelo, ya no lo tenía tan corto, y se le empezaba a retorcer en tirabuzones.

—¿Qué pasa? ¿Está muerto? —le salió de sopetón.

—No no, tranquilo, de momento no hemos encontrado a nadie.

—¿Entonces?

—Cuando quieras —dijo el capitán cediéndole la palabra a Francis.

Philippe se fijó en el jefe del departamento digital. Seguía manteniendo esa mezcla antagónica de informático *cool.*

—Bien, Philippe, el equipo de digital, que somos quince personas, llevamos cuarenta y ocho horas sin dormir intentando averiguar algo sobre @Coriandrum3.0. Hemos trabajado en estrecha colaboración con la policía de aquellos países donde suponemos que se tomaron las fotos que salen en su Instagram. En su muro tiene muchas fotos, pero en ninguna sale desde donde se hicieron. Hemos buscado sus metadatos, pero parece que quiso salvaguardar muy bien su privacidad y desactivó la función de localización de su móvil. Por eso nos hemos centrado en el contenido de las fotos, aunque resulta una manera más bien intuitiva de averiguar su procedencia.

—Pero... —añadió Athenea, que no dejaba de darle vueltas a un bolígrafo en la mano.

—Pero durante nuestra búsqueda por los metadatos de las 1.597 fotos que tiene, descubrimos desde dónde abrió la cuenta de Instagram. Primero tuvo que abrir la cuenta, claro, y después desactivó la localización que viene por defecto en la aplicación.

Philippe ponía cara de querer saber más. Francis cogió un botellín de agua que tenía delante. Lo abrió. Bebió. Lo cerró y continuó:

—@Coriandrum3.0 empezó su actividad en esta red social a finales de 2010, y lo hizo en Portugal. Después, ni rastro. Pero con este dato, ya pudimos empezar a trabajar codo con codo con la policía portuguesa. Con su ayuda, hemos hallado las coordenadas exactas donde se activó por primera vez la cuenta.

—¿Y dónde fue? ¿En qué ciudad? —preguntó Philippe.

—Mejor que eso. ¡En qué restaurante! —añadió Athenea.

La cara de Philippe cambió. Ya no estaba tan interesado.

—En el Da Lua Cheia, en Oporto. ¿Te suena? —preguntó la sargento.

Philippe, que ya sabía que esa conversación iba a acabar en un callejón sin salida, no intentó ni escapar.

—Sí, allí trabajó Tsu.

—Exacto. Eso mismo dice su propietario y el jefe de cocina. Los dos que permanecen allí desde 2010.

—¿Y eso qué prueba? ¿Que Tsu es @Coriandrum3.0?

—No lo prueba al cien por cien, Phil —dijo Hadrien—, pero no me dirás que no resulta inquietante que al único al que sigue @BloodyMary en Instagram sea un perfil que abrió su cuenta en un restaurante donde trabajó Tsu.

Philippe pestañeó y aguantó con los ojos cerrados un poco más de lo habitual.

—Sea o no sea —siguió Francis—, hemos analizado el contenido de las fotos que colgaba.

—¿Por qué siempre que habláis de @Coriandrum3.0 lo hacéis en pasado?

—La última foto de su Instagram es de hace seis años, más o menos

—¿Hace cuánto que Tsu entró a trabajar en el White Spoon? —preguntó de manera retórica Athenea.

Philippe hizo cálculos rápido. La actividad de @Corian drum3.0 en Instagram fue de 2010 a 2013. Se quedó petrificado. Los años que Tsu inició su aventura europea. «Tienen razón. Todo cuadra.»

—Pues eso. Tsu entró en el White Spoon y, por lo que nos contaste, se hizo cargo enseguida del Instagram. Y de repente, ups, @Coriandrum3.0 deja de tener actividad en el suyo.

—Pero ¿por qué iba a dejar su cuenta personal, con la de miles de seguidores que tenía? —preguntó Philippe buscando un tiempo que ni él sabía para qué.

Francis contestó:

—Quizá porque con el White Spoon iba a tener más, o porque ya no iba a tener tiempo para dedicarle al suyo, o...

—... o porque hace seis años empezó a planificar ya su obra —sentenció Athenea.

Philippe no sabía adónde mirar. Habló el capitán Gibbs:

—Aparte de la geolocalización, el otro día, cuando interrogamos a Tsu, le pedimos que nos hiciera una redacción. Que escribiera, vamos. El contenido era lo de menos, queríamos ver su forma de escribir.

—¿Por qué?

—Nuestro grafólogo cotejó lo que nos escribió con los *posts* de @Coriandrum3.0. Tuvimos en cuenta y proyectamos la evolución y mejora del idioma a lo largo de seis años, que es el tiempo desde el último *post*.

—¿Y?

—Por la sintaxis y el léxico que utilizó Tsu, estamos ante la misma persona.

Philippe miraba a Hadrien sin apenas pestañear. No se lo podía creer. Athenea intervino sin dejar de juguetear con el bolígrafo:

—Como ves, todo apunta en la misma dirección.

«¿La obligan a ser así o lo es de verdad?» Philippe intentaba mantener la calma.

—Vale, suponiendo que Tsu sea @Coriandrum3.0, ¿eso qué demuestra?

—Eso demuestra que ha estado ocultando pruebas —recalcó la sargento.

—Ya, y entonces..., @BloodyMary ¿quién es?

Contestó Francis:

—Si rastrear a @Coriandrum3.0 ha sido complicado, rastrear a @BloodyMary es imposible. Ni por Instagram ni por Google, nada, un fantasma. Cada vez que lo intentamos localizar, nos sale que está en un país diferente de la antigua

Unión Soviética —respondió Francis mientras se rascaba con el índice la cabeza.

—¡Pero fue él quien, al seguirlo, os puso de nuevo tras la pista de @Coriandrum3.0!

—Cierto, Phil, y aquí es donde se nos abre un abanico de tres posibilidades. Llámalo posibilidades, indicios... La primera, y más sencilla, es que @BloodyMary y @Coriandrum3.0 sean la misma persona. Y haya abierto el segundo perfil para despistarnos, para que dividamos tiempo y esfuerzos en la investigación.

—Un momento, ya estáis dando por supuesto que Tsu es el asesino...

Nadie dijo nada. El capitán continuó:

—La segunda es que hay dos asesinos, y dentro de esta posibilidad, hay dos opciones: o matan juntos o matan por separado.

Philippe no podía creerlo. La segunda de las posibilidades también consideraba al japonés autor de los hechos. Empezaba a sentirse furioso. ¿Por qué no contemplaban que Tsu pudiera ser la víctima? Le habría sacado el boli a Athenea y se lo habría clavado en un ojo.

—Juntos quiere decir que @BloodyMary y @Coriandrum3.0 trabajan en equipo, tejen estrategias, uno prepara a la víctima y el otro ejecuta.

—¿La prepara? —preguntó Philippe.

—Sí, la seduce, la conduce, la droga, la amordaza...

—Prepara la *mise en place*, seguro que lo entiendes mejor así —apuntó con contundencia Athenea.

Ya le habría apuñalado —y repetidas veces— en el cuello con el bolígrafo.

—Pero ¿por qué se puso a seguirlo en Instagram el otro día?

—Creemos que han podido tener discrepancias. Y seguirlo es la forma que tiene uno de delatar al otro —añadió Francis.

—La otra opción es que, habiendo dos asesinos, maten por separado —continuó Hadrien—. Muchos asesinos en serie se han inspirado en otros, imitando y evolucionando los crímenes que han sido sus referencias.

—Es como tomar de referencia a un asesino y llevar su obra un paso más allá. O también una forma de homenajearlo —añadió la sargento.

—Y aquí, ¿quién copia a quién? —Le pareció absurda su propia pregunta.

—Pensamos que @BloodyMary a @Coriandrum3.0.

—Pero no lo entiendo... Son dos asesinos que no trabajan juntos pero que matan durante el mismo período. ¿Es así?

Todos afirmaron con la cabeza. Philippe detectó, menos en Athenea, cierta compasión hacia él.

—A ver, sí y no —aclaró el capitán—. Matan, o han matado, durante la misma época, pero no durante el mismo período. Creemos que han sido consecutivos, no simultáneos. De ahí que las tres primeras víctimas tuvieran vísceras y las siguientes no, menos cuando ha estado a punto de ser descubierto, porque las otras se las habría llevado a su guarida. Si fuera uno, pensamos que todavía no tenía un lugar donde conducirlas y desproveerlas de sus órganos. O quizá que ha ido mejorando la técnica con el tiempo.

—Entonces, ¿cómo sabéis quién imita a quién si son tan seguidos?

—Por un esquema temporal y por quién sigue a quién en redes. El alumno, el más joven, suele seguir al maestro, el que suele llevar más tiempo —aclaró Hadrien—. @BloodyMary empezó a colgar las fotos cuando iba por el quinto crimen, por eso pensamos que los cuatro primeros los ejecutó @Coriandrum3.0, y el quinto, el sexto y, por la foto de hoy, lo más seguro que el séptimo, @BloodyMary.

—Pero, aunque empezara colgando las fotos justo antes

del quinto crimen, las otras cuatro también las colgó. ¿Cómo sabía lo que había hecho @Coriandrum3.0? En su muro no sale nada de esos cuatro platos.

—Por eso creemos que se podrían conocer. Como hemos dicho, @BloodyMary recoge el testigo y evoluciona el método mejorando la obra de su predecesor. Aunque esta suposición nos resulta un tanto extraña. Los imitadores normalmente surgen con el paso de los años, no tan seguidos. Por eso, esta hipótesis de que actúen por separado y en un tiempo tan cercano es más remota.

—Ya, pero lo que no es remoto es que @Coriandrum3.0 es un asesino, ¿verdad?

—Philippe, entendemos que te surjan dudas, pero está claro que @BloodyMary o conoce o tiene algún tipo de fijación con @Coriandrum3.0 —intervino Francis.

—Exacto, pero eso no lo convierte en ningún asesino.

—No, si no fuera porque tenemos casi la absoluta certeza de que es Tsu —dijo Athenea.

—Ah, claro, entonces, como es Tsu, *casi* es el asesino —ironizó Philippe.

—A ver cómo te lo explicamos. Estamos al 95 por ciento seguros de que @Coriandrum3.0 es Tsu. Y a un 70 por ciento de que Tsu es el asesino o al menos uno de ellos.

—Phil, lo que está claro es que lo que antes eran indicios ahora son evidencias.

—Pero tú ayer...

—Ayer fue ayer y hoy es hoy. Las investigaciones cambian en el momento menos pensado. Y no podemos hacer nada para evitarlo. Créeme que me hubiese gustado que no hubiera sido así. —El tono de Hadrien fue duro. Contundente. Real. El tono del capitán de Scotland Yard.

—Lo que me jode de vosotros es que siempre os movéis en el campo de la conjetura; «casi», «pensamos», «creemos»... Ahí fuera hay personas inocentes que desconocen que aquí, en este despacho, se juega al Cluedo con ellos, sin tener pruebas concluyentes.

—¡¿Y te crees que no lo sabemos?! —El volumen de la voz de Hadrien fue más elevado. Consciente de ello, rectificó y lo bajó—. Sabemos que hay inocentes, entre ellos las víctimas, y nuestro deber es reunir las pruebas suficientes que nos lleven hasta el asesino.

Todos se mantuvieron callados, como intentando recuperar el remanso de unas aguas que se habían embravecido. Pero la sargento impidió que se apaciguaran del todo:

—Escala en Berlín, *storytelling* japonés, falta de coartadas, @Coriandrum3.0, su desaparición..., yo diría que son hechos, no conjeturas.

«¿En serio te crees que me vas a sacar de mis casillas?»

—Phil, entiendo que te resulte duro que tu primer ayudante de cocina sea uno de los principales sospechosos. Todo apunta a él, pero no tenemos pruebas suficientes para detenerlo. La obstrucción a la Justicia por ocultación de pruebas, en cambio, está tipificada como delito. Muy a mi pesar, no tenemos otra que dictar una orden de busca y captura.

Philippe estaba casi KO. Pero como una avispa boca arriba que tantea con el aguijón, intentó una última opción:

—¿Y la tercera posibilidad? Porque habéis dicho que hay tres posibilidades, y solo me habéis explicado la primera y la segunda.

—La tercera es la que crees tú —intervino Athenea.

—Y tú qué sabrás cuál es la que yo creo.

—Porque cuando he mencionado que se trataba de Tsu, enseguida has preguntado si estaba muerto. Por eso, la tercera posibilidad es que @BloodyMary sea el asesino y persiga a @Coriandrum3.0. O a Tsu. ¿Lo ves como son la misma persona?

«Touché.»

—Sí, pero en este caso él no sería el asesino, sino la víctima. ¿Por qué esta opción no va antes en vuestra lista de prioridades? —preguntó Philippe.

—¿Por qué crees que podría estar en peligro?

—Mira cómo acabó Gahlib Totah.

—Ghalib desapareció, no huyó.

—Como Tsu.

—Pues ha desaparecido justo cuando @BloodyMary ha empezado a seguir a @Coriandrum3.0.

—Casualidad.

—Lo veremos en pocas horas. La foto ya está colgada.

Tras casi tres horas, Philippe salió de las dependencias más confundido que cuando entró. No le extrañó, después de semejante tunda. Corrió un poco para huir de un periodista que se creyó afortunado y que lo siguió desde la salida. Cuando las preguntas quedaron cada vez más lejanas, recuperó el paso tranquilo y se dirigió a casa. A Scotland Yard le seguía faltando un móvil. No había nada de contenido sexual en el caso, y tampoco les acababa de convencer que el asesino castigara a las víctimas por no haber valorado un plato. Un plato en medio de un estómago con el que acababan muertos. Así que seguían buscando.

Todo apuntaba a que Tsu era @Coriandrum3.0. Para qué negarlo. Pero ¿por qué lo había ocultado? ¿Por la misma razón que él ocultaba información a la policía? ¿Por miedo? ¿Por no parecer sospechoso? O, y le jodía pensarlo, ¿por ser el asesino? De todos esos pensamientos, no podía decir nada. Sería incurrir en un riesgo de proporciones devastadoras. Sería como invocar al sepulturero para que viniera a verlo. Scotland Yard había investigado todos los restaurantes a los que fueron las víctimas durante los últimos seis meses. Comidas y cenas de negocios, con amigos, con amantes, de antiguos alumnos... Y no habían encontrado nada que se pareciera a uno de los platos colgados en Instagram por @BloodyMary. Y si de las víctimas sabían poca cosa, de Tsu, todavía menos. Y en Internet tampoco es que encontraran mucha cosa. El japonés no era de prodigarse demasiado en redes. Le gustaba manejarlas y consultarlas, pero aparecer en ellas, poco. Un par de entrevistas de pocas preguntas y nada más. Esa fue la razón por la que al final de la reunión que acababan de tener acorralaran a Philippe, para que explicase la vida de Tsu al detalle. Al principio no supo qué hacer. Por una parte, seguía convencido de que no era culpable y de que contarles ciertas cosas podría exculparlo, pero por otra podría enfurecer a @BloodyMary. Y no iba a arriesgarse. Así que habló sobre la vida del japonés, pero pasó de puntillas por la mayoría de sucesos y se guardó gran cantidad de información.

Entró en su casa pasadas las seis, y enseguida la voz de su madre llegó nítida al recibidor:

—Philippe, ¿eres tú?

Entró en la cocina y la encontró acabando de decorar un *cheesecake* con albaricoques.

—Vienen mis amigas del cine. Tranquilo, no estarán mucho.

—Tranquila, quizá salga a correr un rato.

—Claro que sí, hijo. Airéate. ¿Qué ha pasado? ¿Qué te ha dicho Hadrien?

—Sabes que no puedo hablar, mamá.

—Sí, perdona, es que me sale directo.

—Tranquila, lo entiendo, pero bueno, resumiendo, creen que Tsu es @Coriandrum3.0 y que además es el asesino.

—¡Pero qué dicen! ¿Se han vuelto locos? Y tú, ¿qué les has dicho?

—Yo no creo que lo sea, claro, pero no los he convencido. Todas las pruebas están en su contra.

—¿Y ahora qué? —preguntó Evelyn poniendo el pastel

encima de una tartera de cerámica blanca y tapándola con una campana de cristal.

—Ahora toca esperar a ver quién es la víctima de la séptima foto.

—Qué horror. A saber si ya lo sabe, o aún está por decidir.

Su madre le hizo pensar en algo en lo que él no había caído. Cuando @BloodyMary colgaba la foto, ¿ya tenía pensado a quién iba a matar? ¿Lo tenía ya retenido? ¿O todavía tenía que elegirlo?

«Que no sea Tsu, por favor.»

—Sea como sea, han pedido al juez de instrucción una orden para registrar la casa de Tsu.

—Pues sí que lo tienen claro, sí.

El móvil de Philippe emitió un ruido bajo la tela de su tabardo. Lo sacó del bolsillo.

—Orden concedida.

40

La Científica escudriñaba ese diminuto piso de no más de cuarenta metros cuadrados con meticulosidad. La cama aún deshecha, una colada acartonada que permanecería tendida incluso boca arriba y los restos de una carbonara pegada a un plato sin fregar fueron pistas suficientes para concluir que Tsu hacía días que no pasaba por ahí. Justo los que llevaba @BloodyMary siguiendo a @Coriandrum3.0. O sea, casi tres. Daba la impresión de que el japonés se había olido que la policía descubriría enseguida quién era @Coriandrum3.0. Y ya ni pasó por el piso. Simplemente desapareció. Philippe ya no dudaba de que Tsu fuese @Coriandrum3.0, pero sí de que fuese el asesino. Sin embargo, lo que no entendía era que, si @BloodyMary les dio a ambos un toque de atención con el sexto crimen, con el de Suzanne, ¿por qué Tsu llevaba ocultando información desde mucho antes? ¿Por miedo a parecer culpable?

Habría evitado acompañarlos. Ya no quería que lo viesen con ellos. Pero no tuvo elección. Cuando recibió la llamada de Athenea, supo que tenía que ir sí o sí. Pero no pensaba ayudar demasiado. «Estaré en cuerpo presente, y ya.» Ahí, de pie en medio de ese salón-comedor-cocina, observaba cómo grupúsculos de policías analizaban por tramos la vivienda. Philippe nunca había estado en ese piso; en seis años solo había ido un par de veces pero se quedó en el rellano: una fue cuando le llevó su primera chaquetilla de The White Spoon, y la segunda, hacía pocos días, cuando lo ayudó a subir las escaleras después de que se torciera el tobillo. Desde que Philippe se mudó a Piccadilly, vivían relativamente cerca, a unos quince minutos andando. A través de un pequeño pasaplatos pudo ver cómo dos agentes examinaban cajones, muebles, vajilla, cubertería, interior de la nevera y del lavavajillas. Por el ruido también imaginó que estarían mirando detrás. Tomaban muestras de cada rincón al que se dignaban mirar. Lo mismo ocurría en la habitación. A través de la puerta abierta veía cómo intentaban detectar lo que supuso restos de semen, pelos y pieles entre las sábanas de la cama. También vio cómo metían en una bolsa de plástico unas chaquetillas de cocinero. No le sonaban. Debían de ser de su paso por otros restaurantes. «Por favor, que ninguna tenga que ver con Susie.»

Por su parte, Hadrien y Athenea rebuscaban entre los cajones de un pequeño escritorio enganchado a una pared del comedor. Un cable de ordenador moría en la superficie del tablón. ¿Se habría pasado Tsu por el piso? Philippe observó que ahí no había ninguna estantería. Desde allí también podía ver que en la cocina tampoco. Se acercó a la puerta del dormitorio, y tampoco la encontró. Después se dirigió al cuarto de baño, donde una mujer tomaba muestras del lavabo y de la ducha. Le hubiese extrañado, pero lo tenía que comprobar. Ahí tampoco, ninguna estantería. Era todo lo que necesitaba ver. Sí, Tsu se había pasado. ¿Dónde si no estarían los libros de cocina que Philippe le había ido dejando para hacer sus pruebas y ensayos? No había ni rastro de ellos. Entendía que se hubiese llevado el portátil, como todo parecía indicar, «pero ¿mis libros?, ¿por qué?». Volvió al comedor al lado del capitán y la sargento Harrington, que miraba entre los cojines del sofá.

—Philippe —dijo Hadrien mientras sostenía unos papeles en la mano—, mañana hablaremos con gente con la que haya podido estar en contacto Tsu durante los últimos días.

Eso incluye al personal de The White Spoon. Espero que no te importe.

—No hay problema. Pero preferiría que fueran a vuestra sede en vez de hacerlo en el restaurante.

—Claro, no sufras. Oye, Phil, hablando del restaurante... Supongo que en el White tenéis algún sitio donde os podáis cambiar, ¿no?

—Sí, claro, tenemos unas taquillas.

—Pues deberíamos echar un vistazo a la de Tsu.

—Cuando queráis —dijo sin que le quedara más remedio.

—En cuanto acabemos aquí, ¿ok?

Philippe se lo pensó algunos segundos.

—¿Algún problema, Phil?

—No no, sin problema.

—Por cierto —dijo Athenea arrodillada aún frente al sofá. Philippe tragó saliva—, ¿te acuerdas de que Elliot nos explicó que le habían hecho hacer una vajilla con especias?

—Sí. Los del Nokian, ¿no?

—Exacto. Hace días hablamos con ellos. Con un tal Eric Moreau. ¿Te suena?

«Mierda. ¿Lo saben? ¿Me la juego? Mejor no.»

—¿Eric Moreau es el del Nokian?

—Sí, ¿lo conoces? —preguntó la sargento.

—Sí, empezamos juntos hace muchos años en el mismo restaurante.

—¿Ah, sí?

Philippe hizo cábalas para saber si ese «¿Ah, sí?» era cínico o no. Eric habló con ellos antes de que todos los medios supiesen que Philippe ayudaba en el caso. Era más que probable que Eric no lo mencionara, más aún sabiendo lo que le gustaba hablar de sí mismo. Pero dudó de si después de verlo por la tele y por todos lados hubiera vuelto a ponerse en contacto con Hadrien y Athenea. Otro riesgo que, llegados a ese punto, estaba dispuesto a asumir.

—En este mundillo todos nos conocemos.

—¿Y no sabías que era el del Nokian?

—Ni idea. Hace años que le perdí la pista.

—¿Cuántos? —preguntó la sargento.

—No sé..., ¿más de veinte?

—Jefe. —Uno de la Científica apareció con varias bolsas de pequeño tamaño. Casi imberbe. De unos treinta años—. Hemos encontrado pelos en la cama que no parecen del japonés. Los envío al laboratorio, ¿ok?

—Sí, todo lo que encontréis, al laboratorio. Y urgente —respondió Hadrien mientras el chico desaparecía por la puerta.

—Como te decía —continuó Athenea—, hablamos con Eric y nos mencionó a una tal Guadalupe García. ¿La conoces?

—A ver, sargento, de oídas conozco a mucha gente.

—Ya, pero me refiero a los de «no oídas».

—No, no la conozco a ese nivel. Sé que es una emplatadora fantástica y que ayuda a muchos restaurantes en esa labor.

—Ayer estuvimos hablando con ella.

«Hija de puta. Entonces, ¿por qué me preguntas?»

Los agentes siguieron revolviéndolo todo. Philippe permanecía de pie mirando cómo rebuscaba Hadrien y preguntándose cómo consentía el capitán que Athenea se comportase así. Tal y como habían quedado, comprobó que Guadalupe no dijo nada. Siempre había confiado en ella y, una vez más, no le falló. Estaba deseoso por que acabaran ahí y poder ir a The White Spoon. ¿Qué tendría Tsu en su taquilla?

41

Athenea manejaba la linterna con soltura. El haz de luz encontró las patas de una mesa. Después, unos pies. Subió por unas piernas sentadas a una silla y recorrió el cuerpo hasta llegar a la cara. Media rata le salía de la boca. La otra media estaba dentro y tiraba de la lengua con persistencia hasta que al fin pudo arrancarle un trozo. Philippe se mareó. Hadrien y el policía de la Metropolitana de Londres lo sostuvieron y lo acompañaron hasta un mugriento muro.

La sargento seguía observando la escena, ahora desde más cerca. Dos miembros del equipo del capitán Gibbs se pusieron manos a la obra y empezaron a precintar ese trozo de vía muerta. Tres miembros más se habían quedado en el andén de la parada, unos treinta metros antes de ese oscuro túnel. A la espera de más policías que estaban de camino, su cometido fue vigilar que no bajara ningún curioso. Si bien estaban en una estación abandonada y fuera del circuito del metro londinense, debían cuidar mucho cómo abordaban la escena del crimen. Los principales medios de comunicación habían puesto a sus periodistas más audaces a seguir a Hadrien y a su equipo. Tenían que ir con sumo cuidado de no llamar la atención.

Aparte del vagabundo que lo descubrió y del policía al que avisó, fueron los primeros en llegar. Era la primera vez que Philippe llegaba tan temprano a la escena de un crimen. Y lo hizo solo, sin poder delegar su mirada en los ojos de Tsu.

Inusual en él, le había cogido a la primera el teléfono a su cuñado. «Philippe, estamos de camino a Marlborough Road. Ya han encontrado el séptimo cadáver.» «Voy para ahí, estoy bastante cerca.» «¿Dónde?» «En Camden.» «Te pasamos a recoger.»

Marlborough Road era una de las cuarenta estaciones fantasma que poblaban el *underground* de Londres. Llevaba cerrada desde 1939 y, como todas, era el hábitat predilecto para los animales nocturnos. Y para @BloodyMary también. El andén gris por el que habían accedido era una plataforma en medio de un espacio donde el techo y unas paredes descascarilladas se unían para formar un medio tubo perfecto. Al final se bifurcaba en dos túneles negros. Esa estampa a Philippe le había recordado uno de esos dibujos que Lottie llevaba haciendo durante los últimos meses. Los ojos huecos de una gran calavera, en uno de los cuales se había fraguado la séptima carnicería.

A falta del japonés, había reunido fuerzas y había querido afrontar la situación. Y así se lo sugirió a su cuñado cuando llegaban. Pero de nada sirvió. Apoyado en esa pared, todavía le venía a la cabeza el *flash* de la enorme rata saliendo de la boca. Apenas pudo mirar la cara de la víctima, pero por la piel y el poco pelo que vio, comprobó que no era Tsu. Dentro de un estado de excesiva ansiedad, eso lo alivió. Aunque no del todo. La sangre seca en el pelo apelmazado, la cara medio desgarrada por los mordiscos de los roedores, un cuerpo que apenas logró ver porque quedaba en la oscuridad..., sí, Tsu no era, pero podía ser cualquiera que Philippe conociese: el comercial de bebidas, el proveedor de carne, su dentista, su mecánico de confianza... O lo que era lo mismo, podía seguir siendo un toque de atención a su ya desinteresada ayuda a Scotland Yard. «Saldré de dudas cuando tengan los resultados del ADN. Ojalá no lo conozca.»

La zona se iluminó con luz oblicua. Los de la Científica

habían llegado. Desplegaron sus artilugios y, como por arte de magia, la vio ahí en medio. Analizándolo todo a distancia. Como si tuviese rayos X incorporados en sus pequeñas gafas. Iba acompañada de la fotógrafa forense, a la que le iba dando indicaciones. Llevaba días sin ver a la doctora Smith, y le hubiese gustado seguir haciéndolo. Le resultaba tan extraño que no hubiese encontrado ningún *link* entre Tsu y Susie cuando se quedó con los agentes de la BKA en Berlín que estaba casi seguro de que mentía. Bueno, de que mentían todos. Ella, su cuñado, Francis y, cómo no, Athenea. Pensaba que se trataba de una estrategia conspirativa para obligarlos, a él y a Tsu, a dar un paso en falso.

—¿Lo vas a probar?

La sargento estaba plantada delante con un plato de tres dedos de grosor y tapado por una mampara de cristal. Philippe la miró sin saber qué decir.

—Dímelo rápido porque esto pesa mucho. El hijo de puta se ha encargado de poner una campana pesada para que las ratas no pudiesen comerse lo del plato.

—No, sargento. Yo no soy Tsu.

Le resultó una respuesta contundente, honesta, pero sobre todo práctica. La excusa de que le pareciese asqueroso y de que fuese una función exclusiva del japonés lo liberó de ayudar.

«Ya podrías estar por aquí, ya. Para que veas que no colaboro.»

A Philippe se le encogió el pecho al pensar que el asesino podía ser uno de los que estaba por ahí.

—*Okay*. Lo analizaremos en el laboratorio, a ver si coincide con la foto que colgó @BloodyMary el domingo. —Athenea se retiró llevando el plato a unos de la Científica que esperaban con bolsitas herméticas para precintar esa masa pastosa. La dinámica siempre era la misma. En una bolsa metían los bolos alimenticios y después, en otra diferente, cada uno de los brotes, flores, especias, aromáticas o germinados que encontraban en el emplatado.

Hadrien se llevó a Philippe hacia el andén. Si no podía catar el plato ni observar el cadáver, en esa parte del túnel era casi un estorbo. Un agente los ayudó a subir a la plataforma de cemento que se elevaba más de un metro sobre la vía abandonada. Ahí había más luz. Tres agentes más tomaban muestras de cualquier saliente susceptible de haber sido tocado. Les pidió permiso antes de sentarse en dos peldaños manchados por gotas de pintura vieja de color crema. Se imaginó al pintor empapando el rodillo de manera despreocupada, a sabiendas de que era una estación condenada al ostracismo. A pocos metros de donde estaba sentado, otro agente interrogaba al vagabundo que había hallado el cadáver. Era un hombre alto, de unos cincuenta años, con porte. Debía de hacer poco que vagabundeaba. Philippe nunca se había permitido el lujo de juzgarlos. Un par de malas decisiones en la vida, pensar que nadie te ayuda y un poco de alcohol, y acabar vagando por las vías muertas de un tren pasaba a ser tu cruda y nueva realidad. El hombre le explicaba cómo logró verlo en un sitio tan oscuro, que no solía frecuentar esa parte de la vía y que estuvo a punto de comerse lo que había bajo la campana de cristal pero que se abstuvo porque quería ayudar en el caso. «Si tenía esa pinta después de que se hubiese comido, no me quiero ni imaginar cómo era antes el plato.» Y razón no le faltaba.

El colgado tres días antes en Instagram fue, una vez más, sublime. Philippe siempre había pensado que, si el sabor estaba a la altura de la presentación, esos platos eran merecedores de todas las distinciones culinarias otorgables. Los ingredientes del séptimo plato no habían sido identificados a simple vista. Había especulado sobre ellos el domingo cuando estuvo en las oficinas de Scotland Yard, pero no pudo asegurar nada al cien por cien. La vajilla era alargada, casi rectangular. Lo que se apreciaba en la foto, y que en esos mismos instantes debían de estar comprobando, era que el fondo del plato tenía una cierta pendiente. En el lado más elevado, una especie de arena se deslizaba hacia la parte más profunda. A medio camino, justo cuando aparecía un líquido transparente, el color y la textura de esa arena cambiaban. Bajo ese líquido, se veía cuatro elementos que evocaban el fondo marino: una estrella de mar diminuta, una roca, un coral y un par de algas. Casi todo en ese plato debía de ser trampantojo; incluido el líquido, que Philippe intuyó una mezcla de agua de mar y agua de tomate. Pero era pura suposición. Sin la debida cata, nada era concluyente. Esperarían las noticias del laboratorio, a ver qué reflejaban. Para Philippe ese plato era la foto de un remanso en la orilla de una playa un día de mar calmo.

Entonces se le pasó por la cabeza el *storytelling* de las vajillas y la leyenda de Oda Nobunaga. Tanto Elliot Plate como Francis habían comentado que la siguiente pieza debería hacer alusión a la espada samurái o al corte. ¿Hacía referencia ese plato a eso? En breve, cuando examinaran la pieza de esa vajilla ya sin comida, lo sabrían. Él, sin embargo, creía que el hecho de que el plato estuviese como cortado por el agua, diferenciando una parte sumergida y otra fuera, ya era un corte en sí. ¿O era su cabeza, que quería ver cosas donde no las había?

—Chef, chef.

Aquella voz le sonaba.

«Mierda.»

—¿Cómo se encuentra? Me ha dicho el capitán que se había mareado.

—Ya mejor, gracias.

—Ten, Phil, un poco de agua. —Hadrien le extendió un botellín del que empezó a beber.

La doctora Smith, a su lado, esperó a que diera los sorbos que necesitara. Pero no fue ella quien habló.

—Phil, tenemos que decirte algo.

«Lo saben. Saben lo de Suzanne..., o lo de las cien mil libras..., o que sabía que Eric era el del Nokian, o que conozco a Guada, o... ¿Y si han encontrado a Tsu? El otro día no vieron nada en su taquilla, pero ¿y si han descubierto algo entre sus cosas?»

—Resulta un poco embarazoso —continuó el capitán Gibbs, que con la mirada le pasó el testigo a la forense Smith.

—Sí, chef. Analizamos las huellas y los pelos de casa de Tsu. Algunos pertenecen a Charlotte.

—¡¿Qué?! —La voz de Philippe resonó en todo el andén haciendo que todos se giraran. Las imágenes de los agentes mirando las sábanas en la habitación del japonés se sucedían sin misericordia en su hipocampo.

—Phil, tranquilo. Si te sirve de consuelo, son los pelos que encontramos en el sofá.

—¿Y en la cama? —preguntó en el mismo instante en que sentía una punzada de vergüenza. Estaban tratando de dar caza a un asesino en serie y él se expresaba como un vulgar padre controlador.

—Ahí hemos encontrado los de su amiga Aleska —contestó Hadrien.

Philippe miraba en silencio el principio del túnel. Un agujero negro dispuesto a absorber mucho más que luz.

—Chef, nos sería de gran ayuda que pudiese hablar con su hija.

—Sí, Phil, antes de que nosotros tengamos que interrogarla. En tal caso, podrías estar presente. Pero si es posible, a ver qué puedes averiguar tú antes.

—¿Todavía seguís creyendo que Tsu es el asesino?

—Su desaparición y que no sea la víctima que hemos encontrado hoy, no ayudan en su inocencia.

—Eso, y que fuese amigo de Suzanne Flow Serra, tampoco —dejó caer la forense.

—¿Cómo? —soltó Philippe a la vez que rezaba para que interpretaran su sorpresa como una señal de su ignorancia y no de que habían averiguado que él ya lo sabía.

La forense Smith se subió las pequeñas gafas redondas con el meñique.

—Ayer me llamaron los de la BKA. Pensé que habían encontrado algo en el cuerpo, algo que se me hubiera podido pasar cuando me quedé allí con ellos. Pero me dijeron que, en el Facebook de una de las amigas de la infancia de Suzanne, habían encontrado una foto de hacía más de tres años de un grupo de chicos que posaban sonrientes en una playa. Eran ocho. Entre ellos, Tsu y Suzanne. Uno al lado del otro.

Philippe se acordó al instante de aquel verano en el que Tsu se fue a visitar a Susie a la Costa Brava.

—Por el plato que dejaron sobre Suzanne, nos lo teníamos que haber imaginado.

Philippe enseguida supo a qué se refería.

—Eso no involucra para nada a Tsu. Son setas muy típicas de esa región, ya está.

—En el momento en el que Tsu sale en una foto con ella, justo en esa región, créeme que lo involucra —acotó Hadrien—. Aunque nos sigue faltando lo más importante.

—¿El qué?

—El móvil —respondió la doctora Smith.

—Exacto. ¿Por qué mata @BloodyMary?

Hadrien al menos tenía la decencia de llamarlo @Bloody Mary, no como Athenea, que durante los últimos días había llamado al asesino Tsu directamente.

—¿Cuánto tiempo estuvo Tsu haciendo escala en Berlín? —preguntó Philippe. Era algo que llevaba días queriendo saber.

—Ocho horas —contestó el capitán.

—¿Y tú crees que en ese tiempo da tiempo de..., de...?

—¿De matar, quieres decir?

—Bueno, de matar de la manera en que lo hace @Bloody Mary.

—Depende de lo diestro que seas con el cuchillo y de si tu víctima te conoce lo suficiente como para que no la tengas que engatusar primero para drogarla después.

—¿Y Suzanne fue drogada? —preguntó Philippe forzándose a llamarla así.

—No, no fue drogada —respondió la forense Smith ante la cara apesadumbrada de Philippe—, pero, y esto es lo único que juega a favor del japonés, Suzanne presentaba un fuerte golpe en la nuca, lo que le produjo un traumatismo con una consiguiente pérdida de conciencia.

—Phil, volviendo a Lottie, intenta no ser demasiado duro con ella. Sé que es muy difícil, pero necesitamos que nos diga todo lo que sabe. Nos puede ser de mucha ayuda.

Philippe respiró antes de contestar. Al menos, le iba a servir de entrenamiento para lo que le esperaba en casa.

—Sí, claro, entiendo. Hablo con ella y te llamo.

—Gracias, Phil.

—¿Cuándo sabremos algo de la víctima?

—Me llamarán del laboratorio —contestó la doctora Smith.

—Phil, aunque la víctima no tenga ninguna relación con Tsu, eso no lo exculpa de todo lo que viene arrastrando. Quiero decir que...

—Lo sé, lo sé, que aún puede ser el asesino.

—Vete a casa, Phil. Habla con tu hija y descansa. Ha sido un día muy duro para ti.

—De acuerdo, te llamo luego.

Philippe salió de la estación fantasma siendo también casi uno. Lo que había visto, lo que le habían dicho de Tsu, de su hija y de la amiga de esta... Caminaba por la acera mirando las baldosas, agarrando con fuerza la parte interior de los bolsillos de su tabardo, preguntándose mil cosas a la vez. Lo único positivo de ese día había sido que el japonés no había aparecido con la barriga abierta. Aun así, seguía deseoso de conocer la identidad de la víctima. ¿Se habría enterado @BloodyMary de que su presencia ahí apenas influía en el caso? ¿De que ya no ayudaba? Más allá de zafarse de la presión del asesino, en el fondo de su alma existía un rincón donde reinaban las tinieblas, un lugar que albergaba una mínima duda acerca de Tsu. Un «¿y si...?». Philippe desechó rápidamente ese pensamiento y se centró de nuevo en cómo iba a enfocar la charla con su hija.

Eran las 19.39 horas cuando abrió la puerta de casa, colgó el tabardo y vio a Lottie tirada en el sofá.

42

Estirada boca arriba, con un pie encima del respaldo y media cabeza colgando. Así era como Charlotte veía la tele en el sofá. Llevaba un pantalón corto de algodón y una camiseta amarilla de manga larga. Cuando no miraba la pantalla grande, miraba la pequeña de su móvil, que tenía enganchado a su mano derecha, como siempre. Philippe se acercó y se sentó al lado de su cabeza.

—¿Y la abuela?

—Ha bajado con Yan a hacer un recado —dijo sin quitarle ojo a un capítulo de *Mindhunter*.

«Bien.»

—Deberíamos hablar un rato —se arrancó.

Charlotte no se dignó ni a mirarlo de reojo.

«A ver si con esto...»

—Lottie, el otro día estuve en casa de Tsu.

Giró la cabeza. Lo miró.

«Funciona.»

—Bueno, estuve con la policía, claro.

Rodó sobre su cuerpo. Se incorporó y se sentó en su dirección al modo indio.

—¿Habéis encontrado a Tsu?

—No aún.

—¿Qué quieres decir?

—Que lo acabarán encontrando. Pero el tiempo juega en nuestra contra, por eso te pido que si sabes...

El móvil le vibró, revisó la pantalla, sonrió y escribió. Philippe esperó a que acabara.

—Dime —le dijo al acabar de escribir.

—Decía que, si sabes dónde puede estar Tsu, nos harías un gran favor. —«Mierda. No quiero que suene a súplica. Tengo que hacer que sea parte interesada.»

—Por lo que llevo oyendo los últimos días, todos lo habéis juzgado ya. El pobre no ha tenido ni la oportunidad de defenderse.

—Huir no es la mejor manera de demostrar tu inocencia.

—¿Y si no ha huido? ¿Y si él es la séptima víctima?

Philippe arrugó los labios hacia dentro.

—¿Qué? ¿Ya la han encontrado?

—No puedo hablarte del caso.

—Vamos, papá. Si has empezado tú la charla.

«Toda la razón.»

—Te lo contaré sin entrar en detalles. Sí, la han encontrado. Y no es Tsu.

—¿Y quién es?

Philippe arqueó las cejas.

—Vale, vale, detalle. Pero, si no es Tsu, ¿eso le hace todavía más culpable?

—Por desgracia, me temo que sí.

—Hay algo que no me cuadra. Desaparece justo cuando @BloodyMary empieza a seguir a @Coriandrum3.0. Y la policía sigue creyendo que él es el asesino. ¿Por qué? ¡No lo entiendo!

—Hija, a veces hay cosas que se nos escapan.

—A no ser que... —Charlotte tensó los párpados y levantó el índice como si lo estuviese regañando—. ¿Quién es @Coriandrum3.0?

—Detalle.

—Vale, perdón, reformulo: ¿Tsu es @Coriandrum3.0?

Philippe intentó no moverlos, pero un leve arqueo del labio superior lo delató.

—¡Hostia puta!

—Charlotte, esa boca.

—Sí sí, perdón.

—Bueno, pero y eso ¿qué prueba?

«Nos hemos ido muy lejos de casa de Tsu...»

—Bueno, para pruebas, las que encontraron el otro día en casa de Tsu.

A Charlotte le cambió el rostro por completo.

—¿Has estado alguna vez en casa de Tsu, Lottie?

—No, nunca.

«¡Pero ¿cómo puede...?!» Philippe respiró hondo.

—Han encontrado pelos tuyos en su sofá.

—¿Pelos míos?

—Sí.

—Pues ni idea de cómo han llegado hasta allí.

—Ya, quizá Tsu se haya metido en tu ducha por la noche, haya ido al sumidero, haya cogido un manojo y se los haya llevado a casa.

«No, mierda, ironía con Lottie, no. La he cagado.»

—De mi gorro de piscina.

—¿Perdón?

—Yo creo que se ha colado en mi habitación —empezó a decir entrecerrando los ojos como el que planea una travesura con cautela—, ha abierto mi mochila, ha cogido mi gorro y ha conseguido unos pelos míos.

Se quedaron unos segundos en silencio sin mirarse. Philippe cambió de postura. Se sentó incorporado hacia delante y apoyó los codos en las rodillas.

—Crees que, colaborando, lo enviarás a la cárcel, pero nada más lejos de la realidad. En serio te digo que si no lo haces...

—Si no lo hago, ¿qué?

—Que podrías estar condenándolo, ¡pero al cementerio!

Charlotte se miraba las uñas de las manos.

—Lottie, yo también creo que Tsu es inocente...

—No he ido.

—... y también pienso que debemos ayudarlo...

—No he ido.

—Lottieeeeee...

—No he ido.

—¡Charlotte, joder, que tus pelos están allí!

—No he ido.

—¿Quieres que Scotland Yard te interrogue mañana? ¡Porque es lo único que estás consiguiendo!

Charlotte dejó de repetir su mantra, se cruzó de brazos y se sumió en el hermetismo. Al cabo de un rato volvió.

—Vale, y si he ido, ¿qué?

—Nos gustaría saber para qué fuiste.

—No creo que eso os ayude a encontrar a Tsu.

—Nunca se sabe. Hasta la pista más pequeña puede ser la puerta a...

—Marihuana. Íbamos con Aleska y Piper a fumar marihuana a su casa —dijo mientras se sentaba con los pies encima del sofá y abrazándose las rodillas.

—¿Qué? ¿Tú a fumar marihuana? Pero ¿desde cuándo fumas?

—Ese es tu problema, papá, el «desde cuándo». Hay tantos «desde cuándo» que ni te has enterado. No sé si porque estás ciego o porque te lo haces. En cambio, yo sí que sé desde cuándo. Desde cuándo dejamos de ir a patinar juntos. Desde cuándo dejamos de hablar de mis cosas. Desde cuándo no hacemos un viaje sin que tenga algo que ver con la comida, desde cuándo no vemos una serie juntos... ¿Desde cuándo, papá? ¿Lo sabes? Y hay tantos «desde cuándo» que ya no me apetece nada contigo.

Philippe no pudo asimilar tantos dardos por segundo de

honestidad y de sentido común. Así que avanzó a tientas con ellos clavados. Sabía que ahí había un trasfondo de años, pero debía dejar su faceta de padre y centrarse en el caso. Aunque le era muy difícil. Se había dicho a sí mismo que no ayudaría en el caso, pero el interés personal que le movía era desmesurado. Fuera lo que fuese, debía avanzar. Ya vería luego qué hacer con la información.

—Cuando ibais a su casa, ¿Tsu estaba?

Charlotte negó con la cabeza, sin acabarse de creer ese desvío a la desesperada de su padre por la tangente.

—No, teníamos llaves, y cuando teníais servicio, íbamos.

—¿Os saltabais clases, entonces?

—Fueron tres o cuatro veces. No más.

—¿Visteis algo raro en su casa? Me refiero a algo sospechoso.

—¿Cómo qué? ¿Orejas cortadas en el cajón de las verduras, algún brazo mutilado en el fregadero o cosas así? Cero, nada.

Philippe se quedó impávido. No entendía por qué actuaba así. Sí, cierto, él la había cagado durante mucho tiempo, pero tanto rencor...

—Me refería a alguna vajilla especial, a flores, especias, brotes o algo que hayas visto en el Instagram de @Bloody Mary.

—No, no vimos nada.

De repente, la cabeza se le fue a los libros que le había dejado al japonés. ¿Por qué se los llevó antes de que registrasen su piso? ¿Tendría algo que ver con aquel libro que vino buscando a su casa hacía unas semanas y que no encontraron?

—¿Y libros? ¿Viste algún libro de cocina de los que le había dejado yo alguna vez?

—No, ni uno —respondió con cara de estar haciendo

memoria—. Por lo que veo, pocas cosas habéis encontrado en su casa.

—Sí, aparte del pelo en la cama, poco más han encontrado que...

—Sofá.

—¿Qué?

—El pelo en el sofá, no en la cama.

—Sí, perdona, el tuyo en el sofá.

—¿Cómo? ¡¿El mío?!

Philippe supo enseguida que ese desliz iba a tener consecuencias. Intentó salirse por la tangente:

—Detalle.

—No del caso. Dime, ¿de quién es el pelo en la cama de Tsu?

—De Aleska.

Charlotte apretó los labios, pero no dijo nada.

—Esto es increíble —se le escapó a Philippe.

—¿El qué es increíble?

—Te saltas clases, fumas marihuana, lo haces en casa de una persona investigada por varios crímenes, y la enfadada eres tú.

—Uno: me salté tres clases. Dos: las que más fuman son Aleska y Piper, yo un día le di un par de caladas y me sentaron fatal, o sea, que solo las acompaño. Y tres: cuando lo hice, no tenía ni puta idea de que Tsu podía ser sospechoso de algo.

—Esa boca. ¿Desde cuán...?

—¿Lo ves? Ya empezamos. Mira, papá, piensa que podría haber sido yo a la que le hubiese gustado fumar maría, piensa que podría haber sido yo la que se hubiese acostado con Tsu. Piénsalo así, ¿vale? ¿Y desde cuándo?, te preguntarás. Pues desde que me hice mayor. ¿Y desde cuándo?, te volverás a preguntar. Desde que murió mamá. O desde que tú no estuviste, que viene a ser lo mismo.

—¡Eso es injusto!

—¡Injusto fue que en el momento en el que más te necesitaba tú no estuviste! ¡Eso sí que fue injusto! —acabó diciendo mientras empezaba a sollozar.

Philippe ardía. Le quemaba todo por dentro.

—¿Por eso quedabas con el tío Hadry?

—¿Qué?

—¿Cuándo pensabas explicarme que quedabas con el tío Hadrien y el tío Robert?

—¿Cuándo querías que te lo dijera? ¿Cuando estabas picando una cebolla, cuando estabas metiendo un lechón al horno o cuando algún proveedor te intentaba seducir en la barra del Raw?

—Quedabas con el tío Hadry y no me lo decías. Peor aún, me mentiste. Todas las veces que te dije que le había enviado un wasap, y tú callada sin decirme nada, quedando a escondidas con él.

—Él me pidió que no te dijera nada. Además, ¿cómo quieres que confíe en ti si tú no lo haces en mí?

Philippe la miró extrañado.

—Te metieron en este caso y tuve que adivinar que eras tú.

—Ya te lo podría haber dicho Hadrien, ¿no quedabas con él?

«¡No Phil, por ahí no!»

—Si te crees que fuiste el único que lo pasó mal con la muerte de mamá, siento decepcionarte, ¡¡¡porque no fue así!!!

Charlotte lloraba. Las lágrimas caían por sus mejillas bordeando la nariz hasta juntarse con lo que excretaba de ella. La manga de su pijama no paraba de ir hacia ahí. En ese preciso instante, oyeron la puerta abrirse. La voz de Evelyn pareció dirigirse a alguien en el rellano:

—Ya puedo sola. Gracias, Yan.

Se oyó cómo dejaba las llaves encima de un mueble y unas bolsas en el suelo del recibidor. Apareció veloz en el salón.

—¿Pero se puede saber qué pasa aquí? ¡Se os oye desde la escalera!

La aparición de su abuela hizo que Charlotte estallara aún más en llanto.

—Tu hijo, que se cree que está solo en este mundo —logró decir. Luego se levantó y subió corriendo las escaleras entre sollozos.

Había ido todo tan rápido que Philippe todavía no sabía qué había pasado, cómo habían acabado de esa manera.

—Estarás orgulloso.

—Mamá, tú no, no empieces.

—¿Pero se puede saber qué ha pasado? —preguntó mientras se sentaba en el trozo del sofá aún chafado por Charlotte.

—Hoy han encontrado el séptimo cadáver y...

—¡No! ¿Y es Tsu? ¿Por eso Lottie...? ¡No me lo creo, no me lo creo!

—¡Que no, mamá, estate tranquila, que no es Tsu!

—Qué susto, Phil, por favor. Qué bien..., entonces, ¿por qué lloraba?

Philippe cerró los ojos y se pinzó con los dedos los lagrimales. Suspiró. Recapituló.

—Hoy, cuando hemos encontrado a la séptima víctima, me han dicho que unos pelos que encontraron el otro día en casa de Tsu son de Lottie.

—¿Qué?

—Eso mismo he dicho yo. Y he tenido que hablar con ella para evitar que Scotland Yard la interrogue.

—¿Pueden hacer eso?

—¡Claro que pueden! Estamos en un punto en el que pueden hacer de todo.

—No dejes que la interroguen, Phil. No dejes que lo hagan. Es solo una niña.

—Haré lo que pueda, mamá.

Los dos se quedaron sentados en el sofá, cada uno ensimismado en sus cavilaciones, en sus proyecciones a un futuro que casi se daban la mano con el presente.

—Voy a darme una ducha y a ponerme ropa limpia. La que llevo da asco —dijo Philippe mientras se levantaba del sofá y se miraba el pantalón, que se había manchado en la estación de metro abandonada.

—Por cierto, que me olvidaba, la lavadora se ha estropeado.

—¿Qué? ¡Pero si no hace ni dos años que la tenemos!

—Pues necesitamos comprar una nueva. El técnico me ha dicho que, por la avería que tiene, nos sale más a cuenta cambiarla.

«Lo que me faltaba.»

Desde hacía un día, Philippe era 100.000 libras más pobre.

43

El ruido de aquel parabrisas pedía o que lloviera más o que le cambiaran las escobillas. Ese viernes por la mañana tocaba el almacén de Elliot Plate. El trayecto a Shoreditch en taxi ayudó a Philippe a poner cierto orden a sus pensamientos. Dos días habían pasado desde la discusión con Lottie, el mismo tiempo que ella llevaba sin hablarle. Por suerte, pudo parar el golpe y que no la interrogasen. A Hadrien le parecieron convincentes las explicaciones, y más cuando en la tierra de una maceta hallaron el resto de un porro con ADN de Piper y de Aleska. También le dijo que, en caso de necesitarlo, empezarían interrogándolas a ellas dos primero, y que a Charlotte la dejarían la última. Eso lo tranquilizó.

Pero lo que más lo había tranquilizado de las últimas horas fue conocer la identidad de la séptima víctima. Un pobre vagabundo sin familia al que la suerte abandonó y la muerte lo encontró en las vías olvidadas de Londres. En el cuerpo no detectaron restos de ninguna droga. ¿Qué presa se dejaría seducir mejor con un buen manjar que un vagabundo? Ahí @BloodyMary lo tuvo fácil. Encontraron restos de sangre en una diminuta sala de máquinas repleta de tuberías y conductos. Allí lo amordazó fuerte para que sus chillidos no retumbasen por el oscuro túnel, y lo destripó. Luego, desde ese rincón, lo trasladó doscientos metros túnel adentro. ¿Quién traslada un cadáver doscientos metros arriesgándose a ser visto y pudiéndolo dejar donde lo ha asesinado? Aún recordaba la respuesta de su cuñado: «Eso de allí abajo, Phil, es el inframundo. No creo que nadie lo viera, pero en caso de hacerlo, es como si no lo hubiesen visto. Llevar a cuestas a alguien en un entorno así, desgraciadamente, no resulta muy llamativo. Violadores, atracadores, borrachos..., todos se encubren entre sí. Todos sienten que tienen algo que ocultar. Unos con motivos, otros no».

Hadrien también le explicó que, dejándolo en la vía, se aseguraba de que lo encontrara alguien. «Es zona de paso para ellos. Y el hecho de encontrárselo sentado en una silla frente a una mesa camilla engalanada para una comida..., eso sí que llama la atención.» A Philippe le proporcionó paz interior no conocer a la víctima. Y no se sentía culpable por ello. Hacía días, semanas, que una acidez descomunal se había adueñado de su estómago, llevándolo en varias ocasiones al baño a vomitar. Y ya llevaba casi dos días sin ir. No, no dejaría escapar esa sensación. Esa tranquilidad que daba el saber que estás fuera de peligro. Que tú y los tuyos lo estáis. No, la abrazaría con todas sus fuerzas. Casi tantas como las que dedicaría a abrazar a su hija.

Elliot y sus tatuajes le abrieron la puerta. El lugar seguía siendo tan mágico como el primer día que estuvieron. Sentados a la barra del *office*, tomaban café Hadrien y Athenea. Enseguida fueron al grano. Le enseñaron la pieza de vajilla del séptimo asesinato. Era como se intuía por la foto de Instagram, con el fondo inclinado. Eso sorprendió mucho a los agentes, aunque no tanto a Elliot, que comentó que había visto algo parecido en una colección de vajillas vietnamitas. En contra de lo que esperaban, no hallaron ningún dibujo ni ninguna alusión al sable samurái, ni al corte de la leyenda de Nobunaga. Philippe les explicó cómo lo veía él, que el mismo plato inclinado y la línea que marcaba el agua, dejando a ambos lados texturas y colores diferentes, ya era el corte en sí. Si bien lo entendieron, no los convenció. También hablaron sobre el emplatado y sus ingredientes. Los resultados que el laboratorio extrajo eran lo que Philippe supuso. El líquido era un 80 por ciento agua de tomate y un 20 por ciento agua de mar; el resto de elementos, casi en su totalidad, trampantojos. La arena que quedaba al descubierto estaba elaborada con legumbres y hortalizas; la parte sumergida, roca y coral, eran elaboraciones a base de crustáceos y mariscos. Los dos únicos ingredientes que no habían sido transformados eran las dos algas, wakame y hijiki. Philippe nunca había visto un plato como ese, y así lo hizo saber. Contenidos y continentes, las únicas pruebas que habían tenido hasta el momento, caían en vía muerta.

Todo lo que le quedaba a Scotland Yard era encontrar al japonés. Él, por su parte, iría a ver a Guada para preguntarle por esa obra de arte marina.

44

Ella vestía una falda larga de algodón y una camiseta de tirantes. Él, una camiseta y un pantalón *sport* de pinzas. Estaban solos. Y a menos de un palmo. Ambos de pie. La testosterona de él y el estrógeno de ella se olían. Se sentían. Se palpaban el uno al otro. Una bomba de oxitocina estaba a punto de estallar. Hacía calor y hacía años que él deseaba ese momento. Se miraban a los ojos. Y se miraban los labios. Los de ella, carnosos, no pudieron reprimirse y dejaron salir sutilmente la punta de una lengua que los humedeció. El pene de él empezó a crecer dentro del pantalón hasta que salió por el lateral del bóxer. La piel se retiró dando paso a una punta redondeada y rosada que llegó hasta su ingle. Allí abajo, la sangre bombeaba sin control. Aún no se habían ni tocado, y las primeras respiraciones entrecortadas ya aparecieron, para no ser abandonadas. Decidieron no besarse. Todavía. Guadalupe se acercó al lóbulo de su oreja derecha.

—Fóllame.

La mano de Philippe cogió un trozo de algodón y lo levantó poco a poco. La falda empezó a tener cada vez más y más pliegues. Una pierna perfectamente depilada comenzaba a quedar al descubierto. A medida que la falda se arrugaba, aparecían más y más centímetros de una piel tersa y morena. Sus bocas seguían a pocos centímetros la una de la otra. Sin besarse. Todavía. Philippe deslizó la mano por el lateral de la parte baja de su cintura. Sus dedos iban a ras de piel. Enseguida encontró la banda elástica. La recorrió con el dedo corazón hasta dar con el hilo posterior de un tanga. Como si acariciara la cuerda de un arpa, bajó hasta notar los otros labios. También carnosos. También húmedos. Entonces fue él quien se acercó a su lóbulo izquierdo.

—Fóllame tú.

Ella se mordió el labio inferior.

Con su pecho, Philippe rozó uno de sus pezones, que hacía rato que se habían manifestado turgentes bajo la camiseta.

Continuaban sin besarse. Todavía.

Le bajó el tanga hasta las rodillas. Luego la gravedad hizo el resto. Un roce entre sus narices hizo saltar la primera chispa. Después sobrevino la gran deflagración. Con una mano ella le agarró la nuca y lo atrajo hacia ella. El primer beso fue con los labios entreabiertos. En el segundo, sus lenguas se encontraron para bailar tango. Con la otra, le tocó el bulto del pantalón. Después se lo desabrochó, diestra. Él se bajó la goma del bóxer. La erección indicaba el camino correcto. Él le agarró el interior de los muslos y su cintura se acopló a la uve de sus piernas. Su pene encontró la vagina a la primera, y se deslizó rápido dentro de ella. Estaba tan lubricada que él apenas notaba fricción alguna. Recorrió hacia abajo el lateral de su cuello con la punta de la lengua. Las respiraciones agitadas habían pasado a ser gemidos. Ella, abierta de piernas y postrada encima de un escritorio, le empujaba las nalgas con los talones. Se estaban follando y querían más el uno del otro. El canal entre sus senos brillaba de sudor. Con una mano, Philippe hizo un movimiento semicircular y le bajó un tirante. La areola de un pezón quedó fuera del tejido. Philippe lo lamió con suaves movimientos circulares hasta notar que se endurecía primero uno; luego vio cómo se erguía su gemelo en el otro seno. Con los ojos cerrados subió lamiéndole el pecho, pasó por el cuello y llegó hasta la barbilla. Entonces notó algo áspero. Miró la porción de piel que tenía delante. Era una zona de pelos duros y negros. Se separó unos centímetros para verle de nuevo el rostro. Ahora, ella era él, Tsu. En la mano sostenía un cuchillo santoku. Cerró las piernas con fuerza. Philippe se movía espasmódico como una mosca en la tela de una viuda negra. De un rápido movimiento, le rajó la garganta. La sangre le emanaba del corte a borbotones. Se irguió sobre su torso. Antes de morir le dio tiempo a ver dónde se encontraban. Era una estancia pequeña con un techo inclinado. Como el fondo del séptimo plato. Como el fondo del séptimo plato. Como el fondo del séptimo plato... Notó que la camiseta se le empapaba de sangre. Chilló, chilló, chilló...

—No no... no... ¡noooooo!

Se despertó con el cuello empapado. De sudor.

Algo le vino de repente a la cabeza: «Ya me imagino, ya, que debía de hacer un frío muy *heavy* en Berlín, no sé si tanto como en tu altillo, je, je, je...».

«¡El mensaje de voz que Lottie le envió a Tsu! ¡Hablaba de un altillo! ¡Con el que acabo de soñar!»

De un salto salió catapultado de la cama. Se dirigió a la habitación de Charlotte. Dormía.

—Lottie, Lottie —susurró mientras le movía el hombro con máxima delicadeza.

Charlotte abrió los ojos de golpe.

—¡Joder, papá! ¿Qué haces aquí?

—¿A quién le dio la llave?

—¿Qué? ¿Quién?

—Tsu. ¿A quién le dio la llave para que pudierais ir a su piso?

—A mí, ¿por?

—¿Dónde la tienes?

—¿Para qué la quieres?

—Dámela. Creo que he descubierto algo.

—Voy contigo —dijo Charlotte medio incorporándose.

—Ni hablar. —Philippe se la quedó mirando con la palma de la mano hacia arriba.

—Está en el cajón de mi escritorio.

Cuando salió de la habitación de Charlotte, cayó en la cuenta de algo: «¿Y si Scotland Yard está vigilando el piso? Me la juego».

Entró en el dormitorio de su madre. Evelyn roncaba. Llevaba un camisón azul y estaba destapada boca arriba en posición Hombre de Vitruvio.

«¿Cómo lo consigue?»

Abrió con sigilo la puerta de su armario y deslizó el último cajón hacia afuera. Era el cajón donde su madre guardaba los *gadgets* de todos los disfraces de las fiestas a las que había ido. Philippe cogió una peluca larga rubia y una gorra. También se puso unos pantalones anchos. Cogió unas deportivas de Charlotte del zapatero del recibidor. Las metió en una mochila. «Aunque solo sea para entrar en el portal.» Cerró con sigilo la puerta de casa. Eran las tres y catorce de la madrugada del domingo.

El único testigo de su presencia por las calles a esas horas era el silencio. A Philippe eso le pareció aterrador. Aun así, dos manzanas antes de llegar al edificio de Tsu, se enfundó unos guantes finos de tela, se calzó las deportivas y se puso la peluca y la gorra. Palpó en el bolsillo el llavero con las dos llaves. Se dirigió decidido y sin hacer paradas hasta el portal. Supuso que la llave grande era de la puerta de la calle. Supuso bien. Por si alguien estaba mirando desde un coche aparcado, encendió la luz de abajo. Su presencia ahí tenía que parecer normal, sin llamar la atención. La de una vecina más. Empezó a subir las escaleras. Una cinta que cruzaba el marco de una puerta indicó que había llegado al rellano de Tsu. Las deportivas de Charlotte le apretaban en exceso. Ya habían cumplido con su cometido, así que volvió a ponerse las suyas. Intentó abrir la puerta del piso, pero no pudo. Probó tirando del pomo hacia él mientras giraba la llave en el bombín. Por fin se abrió. Cruzó el umbral por uno de los cuatro huecos que dejaba el precinto en forma de cruz. Se giró y cerró la puerta.

La oscuridad ahí dentro asfixiaba. Se acordó del túnel, de las ratas, del vagabundo. Obviamente, no iba a dar las luces, así que encendió la linterna del móvil. La luz débil y blanquecina a duras penas llegaba un metro más allá de la mano con la que la sujetaba.

«Soy imbécil, tenía que haber cogido una linterna. Esto no alumbra nada.»

Alzó la manó lo más que pudo, con el móvil como si de una antorcha se tratara, y se abrió camino en esa densa negritud. Miró hacia arriba. El techo no era demasiado alto, así que podía ver con bastante claridad su relieve. Recorrió la parte alta del recibidor, de la habitación, del baño, del salón-comedor, de la cocina... Nada. Volvió al salón y se quedó mirando el sofá donde a Lottie los porros no le habían sentado bien. Estaba a punto de sentarse en el taburete que había frente al hueco del pasaplatos cuando se golpeó la cabeza con una lámpara.

«¡Esta lámpara está muy mal puesta!»

Entonces la miró con detenimiento. Siguió el cable hasta el techo, donde había un soporte. A unos dos palmos le pareció ver algo. Era una línea fina y oscura. ¿Un pececillo de plata? ¿Su paranoica cabeza le estaba jugando malas pasadas? Como si intentara comprobar cuán fuerte estaba sujeta la lámpara, tiró del cable hacia abajo. Pero nada. Tiró más fuerte, y obtuvo el mismo resultado. No quería hacerlo con más fuerza por miedo a romper la lámpara. Hacer ruido en medio de ese silencio era lo último que deseaba. Iluminó de nuevo el techo. La poca luz que llegó le reveló que la línea fina había crecido. Se subió al taburete y después a la barra. Ahí arriba se tuvo que agachar para no tocar con la cabeza. La línea fina parecía una ranura y marcaba una dirección. Con el móvil en la boca siguió con los dedos el reborde. Hacía poco que lo habían pintado, pero no olía a pintura. El perfil que se dibujaba era un rectángulo, donde justo en el centro quedaba el soporte de la lámpara. No había duda de que ahí había algo. Empujó con ambas manos esa porción, pero esta vez hacia arriba. La placa rectangular que había intuido cedió. Pesaba, pero se dejó levantar. Sus ojos cruzaron un techo que empezó a ser suelo. La trampilla superó los noventa grados respecto al techo y empezó a caer hacia el otro lado. Ese agujero engullía el cable de la lámpara, que desaparecía a ojos vista. Con un rápido movimiento logró agarrarlo a tiempo antes de la gran hecatombe. Poco a poco acompañó la trampilla hasta posarla cuidadosamente. Le sudaban las manos. Con la mitad del cuerpo al otro lado, la linterna iluminó un altillo. Se apoyó con los dos antebrazos y se dio impulso. Sus pies desaparecieron por el techo de la cocina. Oyó un ligero zumbido que le llegaba desde el fondo.

Se puso de pie. Giró 360 grados sobre su eje para hacerse una idea del entorno. Lottie tenía razón en su mensaje: ahí dentro hacía mucho frío. Al revés que abajo, había más claridad. Seguía siendo oscuro, pero no negro. Decidió ir hacia lo que supuso la pared del fondo del altillo. El suelo de madera crujía a su paso. El techo era mucho más bajo que el del piso, aunque cabía perfectamente una persona de pie. A medida que avanzaba, la oscuridad se fue transformando en penumbra. La razón era el resplandor de una luz naranja cercana al suelo que rebotaba en una esquina. El zumbido que había captado al entrar procedía del mismo sitio. Philippe no había llegado al final, pero ya vislumbró una silla y un escritorio pegado a la pared. Encima había un objeto de dimensiones considerables. Lo alumbró. Era una caja de luz para hacer fotos. Enfocó a su izquierda. Abajo, al suelo. Tres patas negras confluían en su parte superior en una barra metálica más gruesa. La siguió hacia arriba, donde había un foco.

«Una caja de luz y un trípode con un foco. Tenían razón, es @Coriandrum3.0.»

Miró el escritorio. Era de madera oscura. Tanteó el tablero bajo el sobre y encontró un pequeño hueco por el que podía meter un par de dedos. Estiró y abrió un cajón muy estrecho. Dentro solo había hojas con algunos garabatos hechos a lápiz. Palpó los folios y notó un bulto debajo. Al levantarlos descubrió un *pendrive* plateado. Su reacción fue cogerlo y metérselo en el bolsillo del pantalón.

Se giró a la derecha. De dos metros más allá llegaba el resplandor naranja. Sin embargo, un pequeño mueble en medio impedía ver la luz de forma directa. Era como una mesita auxiliar. Se acercó. No, no era una mesita auxiliar. Era una pila de libros. Enseguida reconoció los suyos:

De la tabla periódica a la tabla de corte.

Umami: ¿por qué el quinto sabor?

Deshuesar sin cuchillo.

Ósmosis.

Rebasó ese pilar de conocimiento gastronómico y por fin vio de dónde venía el resplandor. Era el piloto de una pequeña nevera enchufada. Resiguió el marco de la puerta hasta encontrar la manilla. Abrió. La luz de dentro se encendió y todas sus esperanzas se apagaron de golpe.

La nevera estaba llena de flores, brotes y germinados. Los mismos que había utilizado @BloodyMary en sus fotos.

Aún era de noche cuando salió del portal. Lo hizo aguantándose las ganas de mirar a ambos lados. Caminó rápido tocándose la visera de la gorra durante los primeros metros. Quería dejar ese lugar cuanto antes. El vello de todo su cuerpo todavía se erguía erizado desde que había abierto la nevera. Casi a la misma altura de la ida, se sacó la peluca, la gorra y las deportivas de Charlotte. El corazón le palpitaba fuerte. De repente, el móvil vibró en su bolsillo. Se sobresaltó. «¿Quién coño...?» Lo ojeó. «Mierda.» Era Hadrien. Miró en todas direcciones. «¿Me han seguido? ¿Lo cojo? Si lo hago, demostraré que estoy despierto. Me espero a la cuarta y pongo voz de dormido. ¿Y si pasa un camión de la basura?» Dejó que el teléfono se cansara de vibrar. Le salió rápido el mensaje de llamada perdida. Acto seguido apareció un wasap de Hadry que leyó en pantalla sin necesidad de meterse en la aplicación:

> Llámame en cuanto puedas. Acabamos de encontrar a Tsu.

«¿Vivo? ¿Muerto?»

Por lo que acababa de ver en el altillo, a la segunda pregunta ya se había respondido él solo.

Entró en casa con los primeros albores. Se sacó los zapatos. Subió las escaleras rápido. Charlotte y Evelyn aún dormían en sus respectivos cuartos. Agradeció no tener que enfrentarse a la curiosidad de su hija. Entró en su habitación. Dejó la mochila en el suelo. No encendió la luz, quizá acostumbrado ya a moverse entre penumbras. Se sacó el *pendrive* del bolsillo. Cogió el portátil que tenía encima de la cama. Se sentó en ella. Lo abrió. Sonido. Contraseña: Lottie2003. Arrancando. La respiración le iba acelerada. Todavía estaba en *shock*. Así pues, Scotland Yard tenía razón. Tsu era @Coriandrum3.0 y @BloodyMary a la vez. ¿Cómo no pudo haberse dado cuenta antes? Seis años. Seis años en The White Spoon y nunca vio nada raro en él. Bueno, Tsu era raro de por sí, pero no de ese tipo. Ordenador listo. Conectó el *pen*, que parpadeó. ¿De qué cojones le servía hacer tres entrevistas antes de contratar a nadie? Una carpeta apareció en pantalla. La clicó. Se abrió. Vio muchos JPG. Seleccionó cinco al azar. ¿Así que a su lado había tenido a un extorsionador y a un asesino en serie? Las fotos se abrieron.

Bueno, no, a dos asesinos.

45

Que hubiesen encontrado a Tsu lo tranquilizó en cierta manera. En el fondo se sentía agotado, derrotado, y no por las apenas cuatro horas que había dormido desde el día anterior. Era un abatimiento emocional. Averiguar que dos personas de su entorno eran los asesinos sabiendo la meticulosidad en su proceso de entrevistas fue una sacudida muy fuerte para su autoestima. Por muchas razones, pero sobre todo porque su error los había puesto en riesgo a él y a sus más allegados. Eran las siete y media y con ese cuerpo era imposible volver a conciliar el sueño, aunque fuese un par de horas. Se metió en la ducha para despejarse y sacarse la angustia que llevaba encima. Bajo el agua, pensaba en la otra persona de las fotos. ¿Quién podía ser? Alguien cercano, seguro. En ese mundillo todos se conocían, y si *trabajaba* codo con codo con Tsu, aún más.

En las cincuenta y tres fotos del *pendrive* estaban las que @BloodyMary había colgado en su Instagram, y también había material extra. Fue en ese material donde vio que, aparte del japonés, había otra persona, aunque le fue imposible identificarla. En cinco fotos aparecían dos manos diferentes. Más que manos, guantes. Sujetaban alimentos en distintas posiciones, como haciendo pruebas a ver cuál era la óptima para ser fotografiada y colgada en la red. Los guantes del japonés fueron fáciles de reconocer. Ayudó que no llevara chaquetilla de manga larga, dejando en primera línea unos musculosos antebrazos que habían trabajado al lado de Philippe durante seis años. Al propietario de los otros guantes ya era más difícil reconocerlo. Acababan en la manga perfectamente planchada de una chaquetilla color gris marengo. Por el tamaño del guante y la forma que tenía de coger el producto, hubiese dicho que era una mujer. Aunque no pudo ver ni una pulsera ni ningún complemento que lo certificara. Por eso no estaba cien por cien convencido. Teniendo en cuenta que en ese *pen* había fotos de los cinco primeros platos y no de los dos últimos, ¿fue Susie su ayudante hasta que decidió matarla? ¿Era él @Coriandrum3.0 y ella @BloodyMary y se apropió de su identidad en Instagram? «Imposible. Ella en Berlín y él aquí.» ¿Era la otra persona alguien de su cocina? Interrogantes y más interrogantes le iban llegando en secuencias desordenadas, unos con más sentido que otros.

Se estaba cambiando en la habitación cuando su madre llamó a la puerta.

—Phil, ¿estás despierto?

—Sí, pasa, pasa.

La puerta se entreabrió y apareció solo la cabeza de Evelyn.

—Acabo de leer en Twitter que han encontrado a Tsu.

—¿Ah, sí? —intentó disimular Philippe.

—Sí. ¿No te ha dicho nada Hadry?

—Ahora miro el móvil. Aún no lo he encendido.

—A ver si te dejan ir a verlo. No me creo nada de lo que dicen.

—¿Y qué dicen?

—Bueno, habladurías de la gente, ya sabes. Lo mejor será tener información de primera mano. Ojalá Hadrien te deje visitarlo.

—Ahora lo llamo.

—Vale, hijo. Ya me dirás.

Tal como entró, la cabeza de Evelyn desapareció tras la puerta.

Philippe se acabó de abrochar una camisa y de ponerse unos tejanos. Fue a coger el móvil del lavabo del baño para llamar al capitán. Vio que tenía un wasap. Era de Guada. De hacía tres minutos.

Phil, tengo que hablar contigo.

¿Qué podía ser? Parecía bastante urgente.

Claro! Dónde y a qué hora te va bien?

Estaré en casa toda la mañana. Argyll Street, 20. Ven cuando quieras.

La curiosidad le pudo. Iría caminando y, mientras, aprovecharía para llamar a Hadrien. No sabía si le dejaría ver a Tsu, pero después de visitar a Guada se acercaría a Scotland Yard. Se acabó de vestir, se lavó los dientes y se hizo un café americano que puso en una *mug to go* para tomarse por el camino.

Cuando salió del portal eran casi las nueve. El casi negro que había dejado dos horas antes no había evolucionado mucho. El día era gris y una fina lluvia caía sobre Londres. Cogió Regent y lo primero que hizo fue llamar a Hadry. Le saltó el contestador.

—Hola, Hadry, acabo de ver tu llamada y tu mensaje. Supongo que debes estar liadísimo. Nada, solo era saber cómo estaba Tsu y si podía pasar por vuestras oficinas a verlo. Dime algo. Gracias.

Al colgar se le pasó por la cabeza que quizá no lo retuviesen allí. Justo cuando se metía el móvil en el bolsillo del tabardo, vibró. Lo cogió pensando que era un mensaje de Hadry. Pero no.

Me meto en ducha. Llave segundo
pensamiento de la entrada.

Eran las nueve y cinco cuando dejaba Regent para coger Argyll Street. Lejos quedaba la época del primer piso de Guada en Camden. Ahora vivía en el segundo de un edificio de dos plantas color rosa del Soho, justo delante de The London Palladium. Pese al mensaje de hacía diez minutos, al llegar llamó al interfono. Nadie abrió, y se giró para ver la pared de detrás, donde colgaban tres macetas de las que emergían tres fantásticos pensamientos de color violáceo.

Una vez dentro, Philippe apretó un interruptor que encendió la luz del portal y la del piso de arriba. Subió los escalones de dos en dos. Llegó a una puerta maciza de color ocre. Se oía música tras ella. Volvió a llamar al timbre, pero obtuvo el mismo resultado que abajo. Metió la llave en la cerradura y la giró.

—¿Guada? —preguntó Philippe asomando la cabeza por la puerta entreabierta.

Un olor dulzón y *Heroes* de David Bowie en versión vinilo le dieron la bienvenida. Guada ya no debía de estar en el baño, pero sí en la cocina creando alguno de sus magistrales emplatados.

Philippe cerró la puerta y se dio media vuelta para echar un primer vistazo al piso. Un pequeño recibidor daba paso a un amplio comedor donde un gigantesco cuadro de colores flúor ocupaba la pared principal. A la poca luz de ese nuboso día se le sumaron las cortinas corridas de tres grandes ventanales, dejando la estancia más apagada de lo que debía de ser habitual. A un lado, un tocadiscos encima de un mueble revistero daba decibelios al ambiente.

Mientras cruzaba el comedor en dirección a donde él creyó que estaba la cocina, el bolsillo de su tabardo volvió a vibrar. Sacó el móvil. Por encima del mensaje de Guada se coló uno de su madre. Eran una imagen y un texto adjunto:

Mira, Phil!!! @BloodyMary acaba de
colgar otra foto. Tsu no es!!!

Philippe miró la foto. A primera vista vio un tuétano con unas flores decorándolo.

—¡Guada, soy yo, Philippe!

Pero Bowie cantaba tres tonos por encima del suyo.

Se fijó bien. El emplatado era simplemente espectacular. Un hueso de tuétano donde un jugoso *steak tartar* ocupaba el espacio de la médula. Se veía picado muy fino y no en mucha cantidad. Recorriendo la longitud del hueso por encima de la carne, un camino de lo que creyó pétalos de salsifí y germinados de rábano; recorriendo el hueso por el lado, tres lágrimas de una crema color rojo remolacha. Justo en medio, la flor de un crisantemo coronaba ese espectáculo visual. Philippe intuyó que el centro anaranjado de esa flor era un huevo de pequeño tamaño. Sencillo, pero elegante hasta ser casi insultante. Se dirigió hacia una gran isla que separaba el comedor de la cocina abierta. Philippe ampliaba con los dedos la foto en busca de más detalles mientras avanzaba por el piso. De repente, vio a Guada de espaldas, sentada a una pequeña mesa auxiliar. Sobre ella, germinados, brotes verdes y especias. Parecía haber acabado de emplatar. De fondo, se oía el zumbido de un microondas mientras algo se calentaba dando vueltas en su interior.

—¡Hey, estás aquí! Qué, ¿con qué emplatado nos vas a deleitar ahora? Mira esta foto que me acaban de enviar, a ver si te sugiere algo.

Philippe dio tres pasos hasta sobrepasar el escorzo de Guada y ver por encima de su hombro el plato en el que estaba trabajando. Aunque más que trabajando, lo que estaba haciendo era comérselo. De hecho, se lo había acabado casi todo. Solo le quedaba la parte de un crisantemo. Un escalofrío recorrió de punta a punta a Philippe. Bajó la vista y se quedó absorto mirando la alfombra, que estaba empapada en sangre. Guadalupe tenía la barriga completamente perforada y un plato colocado en su centro. Justo en ese instante vio cómo una masa pastosa caía en él. Bowie acabó de cantar. El crepitar del vinilo continuó de fondo. De repente, el ding del microondas lo despertó de su estado de petrificación. No estaba solo.

Notó un fuerte golpe en la nuca. Todo se fundió a negro.

46

Hadrien volvió del *office* con un vaso de agua. Entró en el despacho y cogió un blíster que tenía encima del escritorio al lado del móvil. Vio que tenía una llamada perdida de Philippe. Mientras escuchaba el mensaje del contestador, apretó una pastilla que cayó en su mano. Se la tomó de un trago. Todavía le temblaban las rodillas. Se sentó en la silla, puso los pies sobre la mesa, se reclinó en el respaldo y cerró los ojos. Esperaba que durante al menos cinco minutos nadie llamara a su puerta, que había cerrado por primera vez en años. Lo que había visto hacía pocas horas no se lo habría creído nunca.

La detención de Tsu fue lo más inverosímil que había vivido. Guiados por el aire japonés que respiraba toda la investigación, como la leyenda de Nobunaga en las vajillas o el videojuego *Touken Ranbu*, llevaban semanas investigando a Yumiko Kokoro y a toda su familia. No habían encontrado nada hasta hacía tres días. Entonces averiguaron que uno de los hermanos de la cortadora había coincidido hacía años con Tsu en un buque escuela llamado Hattori Nutrition Navy. Fue la primera vez que Hadrien oyó hablar de ese barco. Cuando lo interrogaron, el japonés se cerró en banda y no les explicó nada. Y estaba claro que el otro día, cuando le preguntaron a Philippe, este omitió mucha información y a saber cuántas elipsis del pasado de su ayudante había colado. Además, lo que habían encontrado de él en redes sociales y otros medios tampoco había sido para tirar cohetes. Al principio pensó que, por el hecho de haber concursado en *Star*...

ters, les costaría poco recopilar información. Sin embargo, los del equipo de producción del programa le habían explicado que el japonés se mostró como un libro cerrado desde el primer *casting*, y que fue justamente eso lo que les llamó la atención. «Era uno de los perfiles que nos hacía falta para completar el elenco de concursantes. Además de que cocinaba muy bien y se le notaba que disfrutaba con lo que hacía», le comentó la jefa de producción. Por eso, cuando Hadrien y su equipo de Scotland Yard descubrieron que los dos japoneses estuvieron juntos a bordo del Hattori, empezaron a seguir al hermano de Yumiko. Y así fue como descubrieron que Tsu se ocultaba en la taberna del clan Kokoro.

Todo ocurrió muy rápido y fue como en un sueño. Supuso que por el nivel de adrenalina que acumulaban todos. Entraron de golpe con las armas en alto y los chalecos puestos. El capitán todavía recordaba la cara impasible de una anciana japonesa que los miraba desde la cocina abierta mientras removía el contenido de una olla. En total eran diez agentes. Dos se quedaron en la parte de arriba, despejada y sin aparente peligro; él, Athenea y el resto bajaron a la planta baja. O lo que era lo mismo: aquel frío subterráneo donde semanas antes habían presenciado la decapitación de un atún en milésimas de segundo. No supo ni cómo ni de dónde salieron, pero de repente se vieron rodeados por los cinco hermanos de Yumiko. Caminaban todos en círculo alrededor de ellos blandiendo una *katana* cada uno. Hadrien y sus hombres los encañonaban a dos metros de distancia. Recordaba que estuvo a punto de orinarse encima. Fue una escena más propia de una película de Tarantino que de una investigación normal y corriente. Pero estaba claro que ese caso desde el comienzo no había sido ni normal ni corriente. La tensión y el drama se palpaban a partes iguales. Ellos hacían ruido mientras se frotaban espalda contra espalda. Los japoneses, en silencio, rodeándolos en continuo movimiento y mirándolos fijamente por encima del filo de sus *katanas*. «Bajad las espadas, bajad las espadas», gritaban. Todos buscaban un tono de autoridad que los japoneses pudiesen entender. Bueno, todos no. El tono de Athenea no buscaba nada, simplemente avisaba de lo que se encontrarían si no hacían lo que se les pedía. Entonces se fijó en que se abría la única puerta que quedaba cerrada en aquella estancia. Por ella aparecieron Yumiko y Tsu cogidos de la mano. Los hermanos se movieron veloces poniéndose como un escuadrón delante de los dos. Los policías, aún con los brazos tensos, se aferraban desesperados a la única salvación que tenían, su pistola. Los cinco custodiaban a la pareja hasta las últimas consecuencias. Hubiesen sacrificado la vida por su hermana sin habérselo pensado dos veces. El código de los japoneses era inquebrantable en ese aspecto. Tsu le susurró algo en la oreja a Yumiko, que gritó una palabra en japonés. En cuanto oyeron el último fonema, todos bajaron las *katanas*. Los hermanos dejaron paso a la pareja, que se entregó a la policía. Hadrien les agradeció desde lo más profundo aquel gesto. Ahí abajo se podía haber consumado una auténtica carnicería. Un índicc siguiendo la orden de una cabeza con pocas horas de sueño, un primer disparo, y la masacre se habría desencadenado. Estaba claro que las armas de fuego hubiesen ganado la partida, pero si los hermanos de Yumiko eran la mitad de veloces que ella con la espada, alguno de su equipo habría muerto, y otros habrían salido de allí con algún miembro cercenado con toda seguridad.

Ya en el coche, de camino a la comisaría donde les iban a tomar declaración, la pareja de japoneses se mantenía callada, con una serenidad que a Athenea le ponía de los nervios. Hadrien se fijó en ellos. Eran jóvenes. Eran expertos en sus oficios. Pero... ¿eran los asesinos? Aquella detención echaba al traste las teorías que habían construido alrededor de los dos perfiles de Instagram. Al menos, en parte. De lo que no dudaban era de que Tsu tenía, como mínimo, la cuenta de

@Coriandrum3.0. Solo faltaba interrogarlo. Dado los infructuosos resultados de la última vez, en esta ocasión el capitán estaba dispuesto a cederle las riendas a la sargento. Seguirían su método. No podía dejar que aquellas coincidencias siguieran siendo coincidencias. El primer restaurante donde trabajó Tsu, por qué les ocultó su relación con Suzanne Flow, por qué había desaparecido... Tenía que haber algo más en todo eso. Y estaba dispuesto a averiguarlo. Y no solo por las víctimas o sus familias, que para él eran lo principal. Ahora también se había sumado su cargo. Desde arriba apretaban. Y mucho. Ya eran siete los crímenes y la imagen de Scotland Yard estaba quedando cada vez más tocada.

Tumbado entre la silla y la mesa de su despacho, esos minutos de paz relativa le habían sentado bien. No supo si fue el efecto placebo llegado con ansias antes que el efecto real, pero se sentía más tranquilo después de la pastilla. Más presente. Dispuesto a seguir con lo que le echasen, como por ejemplo devolverle la llamada a su cuñado. Unos suaves golpes en la puerta lo llevaron de estar tumbado a sentarse.

—¿Sí?

—¿Se puede? —La voz de Athenea reflejaba entre permiso y sorpresa, Hadrien supuso que por encontrar la puerta cerrada.

—¡Adelante!

—Capitán... —empezó diciendo la sargento con cara desencajada.

—¿Qué pasa?

—¿No ha visto su móvil?

Hadrien lo cogió y marcó el código para desbloquearlo.

—Sí, bueno, me ha llamado Philippe y ahora iba a...

En la pantalla había una frase escrita junto al logo de Instagram:

«BloodyMary acaba de compartir una publicación».

—¿Cómo? ¡No puede ser!

47

El golpe en la cabeza le provocó una conmoción cerebral con pérdida de conocimiento durante al menos quince minutos. Un vecino, cansado de llamar al timbre por la música demasiado alta, fue quien alertó a la policía. El asesino dejó un vinilo puesto a todo volumen. ¿Por qué? Philippe pensaba en ello aún medio aturdido y postrado en la camilla de un box de Urgencias. Le habían grapado el corte de detrás de la cabeza y esperaba a que le hicieran pruebas. Aún se acordaba de que, cuando lo encontraron, se intentó poner de pie en medio de un charco de sangre. Su sangre. Verla lo devolvió de nuevo al eje horizontal. También le venían a la cabeza conversaciones que no sabía bien dónde se habían producido, si cuando estaba en el suelo de la cocina, durante el traslado en ambulancia o en la habitación del hospital. Pensó en Guada y en cómo la había visto. Lloró su pérdida y lloró de rabia por no haber podido hacer nada. Se avergonzó al pensar que lo que le acababa de suceder hacía pocas horas lo exculpaba por completo y lo ponía en el banquillo de los inocentes de golpe. Aunque quizá lo pensó porque oyó justo lo contrario en una conversación ya empezada entre el capitán y la sargento, que más o menos fue así:

—Capitán, todo es posible.

—Sargento, conozco a ese hombre desde hace años. Sería incapaz de elaborar algo así. Un plato con nitrógeno líquido sí, pero no esto.

—Peores cosas hemos visto.

—Sí, pero de gente desconocida. No de mi cuñado.

—Vamos, capitán, ¿cuántas veces hemos oído a un familiar diciendo de otro que era una bellísima persona?

—¿Por qué hubiese querido que lo cogieran? Recuerde que la música estaba altísima.

—Quizá forme parte de su trabajo. A lo mejor es un peldaño que debe superar para conseguir llegar al siguiente. Y así, hasta culminar su obra.

—¿Y su traumatismo craneal?

—¿Se refiere a un morado y un corte en la parte posterior...?

—Con pérdida de conocimiento, le recuerdo —le cortó el capitán Gibbs.

—Que puede haber fingido.

—¿Qué?

—Lo que oye. No hay ninguna prueba médica que concluya que ha habido una pérdida de conocimiento. Puede ser consecuencia de un fuerte golpe, o serlo de un golpe... no tan fuerte, que se puede haber dado a sí mismo.

—Sargento, entiendo lo que dice, pero me parece tan descabellado que...

—Exacto. Piénselo. No sería la primera vez que el asesino se hace pasar por víctima.

—No de este modo.

—¿Por qué no, capitán? Tampoco sería la primera vez que todas las pruebas demostrasen de una manera tan clara que alguien no ha hecho algo cuando en verdad sí lo ha hecho. Es la coartada perfecta. Se dio el caso contrario con el japonés. Todas las pruebas y lo que íbamos hallando lo involucraban de una manera tan explícita que incluso lo pudieron exculpar, de evidentes que eran. Y aquí se da al revés. Recuerde Berlín.

—¿Qué pasó en Berlín?

—¿Se acuerda cuando maté a esos chuchos en el callejón?

—Sí, claro.

—Estaban en medio de un charco de sangre cada uno, y Philippe los miró y pasó entre ellos sorteándolos como si nada. Me fijé bien.

—Dejemos que se acabe de recuperar y ya hablaremos con él. Eso nos dará tiempo para comprobar lo que hizo las horas previas al asesinato.

—Vale, esperaremos. Pero, además, piense en otra cosa, capitán. ¿Por qué no lo mató y más sabiendo que es el cocinero que nos ayuda en el caso?

Philippe pensó que quizá había asistido a una obra de teatro y que los policías en el fondo lo que querían era ser escuchados. Pero lo último que dijo Athenea tenía todo el sentido del mundo. Incluso él pensaba lo mismo. @Bloody Mary lo podía haber matado, y no lo hizo. ¿Por qué? Para la sargento, el hecho de que estuviera colaborando con ellos ya era motivo más que suficiente para haberlo ejecutado. Por eso, que dudara de él era muy comprensible. Pero Philippe iba más allá. Un más allá que Athenea desconocía. Porque no solo fue el hecho de no matarlo sabiendo que colaboraba. Fue el hecho de dejarlo con vida y matar a Guadalupe. Su Guadalupe. Eso lo tenía tan conmocionado como el golpe que acababa de recibir. Si matar a la mexicana suponía otro aviso para que dejara de cooperar, ¿por qué no lo mató si tuvo la oportunidad? Entendía que él no entrara en sus designios, pero ¿acaso entraban Ghalib, Susie y ahora Guada? Estaba claro que no, y que sus muertes habían sido daños colaterales. En un principio las víctimas le daban lo mismo, y el devenir del caso hizo que las incluyera. Una readaptación a un trabajo ya pensado. Una reconducción de los hechos a una idea preconcebida desde hacía tiempo. A él lo podía haber decapitado, perforado o haberle destrozado la cabeza a martillazos. Pero no lo hizo porque...

«¡No tenía un plato para mí! ¡Claro! Le puede más culminar su obra que matar a alguien así, de improviso.»

Eso decía mucho de la persona que estaba detrás de todo aquello. Pero ¿el qué? Pensó si la policía habría llegado a las mismas conclusiones que él, pero sin tener la misma información lo veía bastante improbable. Pese al golpe, su cerebro no dejaba de funcionar tapado con una manta encima de esa camilla. «Si no me ha matado porque no lo tenía pensado, ¿por qué a Guada? ¿Tan cerca estamos? ¿Con qué?» Como lo hiciera Scotland Yard cuando @BloodyMary mató a Ghalib Totah, a Philippe también se le había pasado por la cabeza que las víctimas pudieran tener información de valor. Suficiente como para revelar de manera directa su identidad o para dar una pista que pudiera hacerlo. Con Susie esa idea se le había antojado más remota, pero ahora con Guada recobraba cierto sentido. Pero ¿por qué había sido la octava víctima pudiéndola haber matado mucho antes? Eso tiraba por el suelo su teoría y reforzaba la que había tenido en la cabeza desde el asesinato de Suzanne. La del aviso. La del no te acerques más. Pero ¿qué había pasado desde el asesinato del vagabundo como para darle un toque de atención tan contundente? ¿Qué había hecho él? ¡Si creía que su participación desde el asesinato de Susie había sido nula!

Resumiendo, el mensaje que @BloodyMary le había querido dar dejándolo vivo a él y ejecutando a Guadalupe se reiteraba una vez más en lo mismo, aunque con un pequeño matiz:

«Frena la investigación. Déjame acabar lo que he empezado».

Pero ¿cómo podría hacerlo? Lo único que le vino a la cabeza fue Elliot Plate y el *storytelling* de las vajillas. Era la única vía de investigación con cierta coherencia que seguía adelante. ¿Podría hablar con el coleccionista de vajillas y convencerlo?

Las cinco grapas que tenía detrás le impedían ponerse

boca arriba. Llevaba veinte minutos tumbado de un lado y se volteó hacia el otro, poniéndose de cara a la puerta. No sabía si Evelyn y Charlotte estarían ya fuera, en la sala de espera. ¿Las habría avisado Hadrien? ¿O lo habría hecho, pero estaba retenido? Justo en ese momento entró un camillero corpulento y desbloqueó las ruedas de la camilla. Le informó de que lo trasladaba para que le hiciesen un TAC craneal. Mientras salían del box, Philippe pensó si el último crimen convertiría a Tsu en inocente o si todavía creían que era uno de dos posibles asesinos. Pero los brotes, las flores y los germinados que vio en la nevera, y después lo que halló en el *pendrive*, no dejaba lugar a dudas. En cuanto tuviese ocasión se lo diría a Hadrien. Pero ¿y si era justamente eso lo que el asesino no quería que hiciese? ¿Y si esa fue la razón de que matara a Guada?

«Imposible, lo de casa de Tsu y lo de Guada ha sido muy seguido. ¿Qué han pasado? ¿Cinco horas entre una cosa y la otra?»

Por la señalética de los pasillos que iban dejando a un lado, pudo ver que se encontraba en el Saint Mary's Hospital. Subieron en el ascensor reservado al personal sanitario y pararon en la quinta planta. Philippe pensó en la posibilidad de que @BloodyMary lo hubiese seguido cuando se encontraron con Guada en el Nokian. Como la noche en Hyde Park. Teniendo en cuenta eso, decidió no decirle nada a su cuñado. Una vez más. Entraron en el área de Radiología para que le vieran la cabeza por dentro.

«Suerte que solo ven lesiones.»

Si @BloodyMary había matado y Tsu tenía lo que tenía en su casa, entonces Scotland Yard tendría razón.

«¡Son dos los asesinos!»

Una vez Philippe recuperó plenamente la conciencia, lo mantuvieron dos horas en una habitación del hospital. Por precaución, le dijeron las enfermeras, aunque él ya sabía el motivo. Durante ese tiempo no pudo recibir visitas. Tampoco pudo comunicarse con nadie. O dormir o pensar. Eso es todo lo que podía hacer. Un amplio ventanal inundó de luz de atardecer la habitación, que era austera. Una cama articulada, una mesa, una silla y un pequeño armario empotrado. Nada más. Justamente en ese armario es donde supuso que tenía el móvil, con la ropa y el resto de sus pertenencias. ¿O las tendría Scotland Yard? Hadrien le había dicho que su hija y su madre estaban esperando en una sala, pero que todavía no podían pasar. Sabía que Philippe no era tonto, y le explicó que por protocolo lo debían tener retenido, aunque les dijo a la niña y a su abuela que, por precaución, le estaban haciendo una serie de pruebas. Philippe se imaginó tanto a su hija como a su madre muy nerviosas. De repente, la puerta de la habitación se abrió sin previo aviso. Eran Hadrien y Athenea. No traían muy buena cara. Su cuñado se colocó a los pies de la cama, como un sacerdote dándole la extremaunción. Ella llevaba una *tablet* en la mano y se puso a su lado derecho.

—Hola, Philippe. ¿Qué tal?, ¿mejor? —preguntó el capitán.

—Sí, el TAC ha ido bien y me han dicho que mejor esté unas horas en observación.

—¿Aún te dan vueltas las cosas?

—No, ya no. Ya estoy en tierra firme —dijo aferrándose al colchón.

—Mejor —soltó la sargento.

—Oye, Phil —comenzó diciendo Hadrien—, no te tenemos retenido porque creamos que tengas algo que ver con los asesinatos. Lo hacemos por obstrucción a la Justicia.

—¿Cómo? —se extrañó Philippe.

El capitán le dio una orden con la cabeza a la sargento. Con una mano le puso la *tablet* justo delante. Con la otra, le dio al *play*. Era la cámara de seguridad del Nokian. En las imágenes se podía ver a la perfección a Philippe y a Tsu hablando con Guadalupe y Eric en el restaurante de este. Athenea le dio al *pause*. Los cuatro se quedaron congelados en la pantalla, y el chef también fuera de ella.

—¿Qué es esto, Phil? —preguntó Hadrien.

—Esperamos que nos convenza lo que nos expliques. Hay un asesino en serie suelto por ahí —escupió Athenea.

A Philippe se le puso el corazón del revés. Esas imágenes lo delataban como un auténtico mentiroso. Tragó saliva y buscó en su archivo de excusas. Encontró el de «Enamorado AúnDeMiPrimerAmor.doc». ¿Se podía estar enamorado de dos personas a la vez, en ese caso ya de almas? ¿Cómo se lo tomaría su cuñado?

—No quería perjudicarla.

—Más —volvió a rugir Athenea.

—¿Qué?

—Que te expliques más.

—Salí con Guadalupe hace años, antes de Anne —dijo mirando a Hadrien, de pie con los brazos cruzados al pie de la cama—. Fue en París. Eric y yo trabajábamos en un pequeño *bistrot* de Montmartre. La conocimos una noche después de trabajar. Estuvimos poco tiempo juntos. Fue corto pero intenso. Estuvimos muchos años sin vernos, hasta que hace relativamente poco volvimos a coincidir.

—Dónde y cuándo. —Athenea se mostraba implacable.

—Hará unos cinco años, aquí, en el London Restaurant Festival.

—¿Y por qué no nos lo mencionaste, Phil?

—Ya habíais hablado con ella y pensé que no era relevante que yo la conociese —dijo mientras tocaba con delicadeza el parche de detrás de la cabeza y palpaba las grapas de debajo.

—Vamos, chef, no me jodas. Hablamos hace poco con ella y tú en cambio nos llevas ayudando desde hace semanas. Ayudando en un caso, por cierto, donde la seña de identidad del asesino son las flores, especias y germinados de sus platos. ¿Y ahora pretendes hacernos creer que tu vínculo con la Frida Kahlo del emplatado en Londres (porque es así como la llamáis los del gremio, ¿no?) no es relevante? ¿Nos tomas por tontos?

—Phil, el otro día, cuando te comentamos que habíamos hablado con ella, ¿por qué nos dijiste que la conocías solo de oídas?

—Nos mentiste.

—Lo sé. Estaba nervioso. No quise meterla en todo esto desde un principio, y más tarde la bola se hizo cada vez más y más grande y... —A Philippe se le quedó la voz en un hilillo. Tragó saliva.

—¿Por qué no la quisiste meter desde un principio? —le exigió el capitán.

—Ya os lo he dicho. No quería perjudicarla.

—Me cago en la puta, es que no me lo puedo creer... —Athenea se puso la mano en forma de pinza sobre las cejas mientras movía la cabeza de un lado a otro.

—Tú sabes que hay un monstruo suelto por ahí que está matando de una manera bárbara a personas inocentes, ¿verdad, Phil?

—Le iba muy bien en su trabajo y no quería meterla en todo esto...

—A ver, a ver, que nos aclaremos. ¿Nos estás diciendo, chef, que porque le fuera bien a tu «primer amor» —entrecomilló las dos palabras con los dedos— has estado obstaculizando una investigación de importancia nacional? ¿Sabes cómo se llama a eso, aparte de gilipollez?

Philippe pensó que, de no estar el capitán ahí, ella lo habría asfixiado con la almohada.

—Os encubristeis —dijo Hadrien.

—¿Cómo? —preguntó Philippe.

—Cuando hablamos con Guadalupe, tampoco nos dijo nada de ti. Y ya se sabía que tú eras el cocinero que nos estaba ayudando en el caso.

—Se lo pedí yo.

—¿Qué? —El capitán se sorprendía cada vez más.

—Cuando fui al Nokian, fui a hacerle unas preguntas sobre los emplatados y los elementos decorativos, y le pedí que no nos mencionara.

—Phil, de verdad que no logro entenderte. ¿Pero en qué estabas pensando?, ¿jugando a detectives?

—No lo sé, la verdad. Me asusté, y como hacía relativamente poco que se dedicaba a esto, no quería que le bajara el volu...

—¿Por qué? —lo interrumpió la sargento.

—¿Qué?

—Has dicho «me asusté». ¿Por qué tenías que estar asustado?

Philippe se calló de golpe. Empleó unos segundos para armar una respuesta. Pero justamente eso fue lo que le desarmó. Emplear demasiado tiempo para elaborar una réplica era señal de que ahí ocurría algo. Los dos policías lo miraban fijamente. Esos cuatro ojos exigían verdad. Philippe la pesó y decidió darles unos gramos.

—Tuve miedo. Yo también conocía a Suzanne Flow Serra...

—¡Lo sabía! —bramó la sargento.

El capitán levantó en vertical la palma de la mano para que le dejase seguir.

—No tanto como Tsu, pero la conocí. Creí que su asesinato era un toque de atención para los dos.

—Y decidiste mentirnos y darnos pistas falsas sobre ella.

—No no, qué va. De Suzanne poco os podía dar yo. La entrevisté hace un par de años. A aquella entrevista acudió Tsu conmigo. Era él quien iba a trabajar con ella codo con codo. De hecho, Susie iba a ser su jefa directa en la cocina. Enseguida hubo muy buena conexión entre los dos. La iba a fichar. Pero nunca más volví a saber de ella.

—¿Y eso? —preguntó el capitán.

—Ni idea. Le pregunté a Tsu si sabía algo, pero me dijo que no. Después me enteré de que mantenían el contacto, pero ya no quise preguntar más.

—Has dicho que tanto Tsu como tú tuvisteis la sensación de que @BloodyMary os estaba dando toques de atención —observó el capitán.

—Bueno, más que sensación, fueron hechos. Primero Ghalib Totah, después Susie, y ahora..., ahora Guada —dijo sin ocultar ya cómo la llamaba.

—¿Y no pensaste que ellos podían tener algo que lo delatara y por eso los mató? —preguntó la sargento.

—Bueno, con Ghalib, sí, obvio, lo pensé. Pero Susie no era nadie que pudiera estar relacionado con la investigación. No aportaba nada al caso y...

—Y decidisteis dejarnos de ayudar. De ahí que fuéramos nosotros solos a visitar algunos restaurantes —dijo el capitán cerrando los ojos.

—Sí, más o menos —respondió Philippe en voz baja mientras se volvía a tocar el parche. Respiró hondo para tomarse un descanso en ese *round.*

Athenea volvió a la carga desde el flanco derecho:

—¿Para qué fuiste al Nokian a hablar de los platos con Guadalupe si no nos querías ayudar? —preguntó Athenea.

—Fue hace semanas, antes de lo de Susie, así que todavía no pensábamos realmente que el asesino nos estuviera advirtiendo.

—Y esta mañana, ¿para qué has ido a su casa? —preguntó Hadrien.

—Me envió un mensaje diciéndome que quería hablar conmigo. Parecía urgente.

Hubo otro silencio. Un silencio que pareció servir a todos para recapitular y poner orden a tanta información. El capitán habló con tono solemne:

—No creo que sean toques de atención para que nos dejes de ayudar, porque en ese caso habría matado a Guadalupe antes. Justo ha ocurrido después de que nosotros habláramos con ella. Por eso creo que tanto Ghalib como Suzanne, como ahora Guadalupe, podían decirnos algo que nos hubiese servido de gran ayuda.

—De Susie, me cuesta creerlo —apuntó Philippe.

—Bueno, ese es nuestro trabajo y eso es lo que vamos a investigar —le lanzó Hadrien—. Y en el caso de que no fuesen pistas lo que nos hubiesen podido dar, y siguiendo con tu teoría, Phil, quizá no sea tanto un toque de atención a ti, sino más bien a Tsu, ¿no? —apuntó.

—Ya, pero... ¿y Guada? Tsu no tenía ninguna relación con ella. La conocía porque yo la conocía.

—O no —dijo la sargento, que se había acercado al ventanal. Miraba por él dándoles la espalda—. Te sorprenderías de saber las relaciones que tienen algunos a escondidas.

Philippe se quedó paralizado. No podía ser. ¿Guada y Tsu?

El capitán intervino:

—Phil, a Tsu no lo hemos encontrado hasta hoy porque nos dio esquinazo.

—¿Cómo?

—Llevábamos cuatro días siguiéndolo. Él lo sabía. Por eso, cuando @BloodyMary se puso a seguir a @Coriandrum3.0 en Instagram, desapareció.

—¿Y a mí? ¿También me habéis seguido?

—No, a ti no.

—De momento —añadió la sargento.

Hadrien se acercó por la izquierda de la cama y lo miró desde arriba.

—Phil, vamos a dejarte ir, pero viendo cómo ha ido todo, vas a hacer algo por nosotros.

—Dime.

—Cualquier paso que vayas a dar, nos lo dices. Y nada de investigar por tu cuenta ni más mentiras, ¿ok?

—De acuerdo —mintió de nuevo Philippe—. Una cosa, Hadry... —empezó a decir. Llegados a ese punto, ya se lo podía contar.

—¿Sí?

—El otro día, cuando registrasteis la taquilla de Tsu, estaba muy nervioso porque encontrarais una cosa con la que me han estado chantajeando.

—¿La carpeta morada? —apuntó el capitán.

—¿Cómo lo sabes?

Hadrien sacó el móvil de Philippe de su bolsillo.

—Tranquilo. Rastrearemos esa cuenta. Otra cosa es que podamos recuperar las cien mil libras.

—Tienes un personal muy fiel —apuntaló la sargento.

—Ten —dijo tendiéndole el móvil—. Ya les puedes decir que vengan. Están en la sala de espera. Vete a casa y descansa.

Los policías salieron de la habitación. Philippe se quedó un momento en silencio. Como digiriéndolo todo. Reclinó el respaldo de la cama con el mando y se incorporó. Miró hacia la ventana. Había oscurecido. El alumbrado en Londres hacía tiempo que ya se había activado. Llamó a su madre. Estaba cansado. Le apeteció una ensalada de rúcula y parmesano.

48

Tsu lo había llamado para ir juntos a la central de Scotland Yard. Los habían citado allí para comentar la pieza de vajilla del octavo asesinato. También hablarían sobre la elaboración del plato, pero todos estaban casi convencidos de que el contenido era algo que @BloodyMary colocaba para despistar. Todas las investigaciones sobre restaurantes que tenían en sus cartas alguna similitud con los platos habían acabado en vía muerta.

Philippe caminaba hacia él con las manos en los bolsillos de su tabardo y las orejas metidas en un gorro de lana azul marino. Lo esperaba en la esquina y vestía, como siempre, su chaquetilla negra de manga corta. Con un casco blanco en la cabeza, estaba parado encima del patinete eléctrico y tenía una mano enfundada en el bolsillo del pantalón y con la otra manejaba el móvil. Desde que lo citara, las películas en la moviola de Philippe no dejaban de sucederse. Amenazarlo para que les dejara a él y a su cómplice finalizar su obra, hablar del chantaje de las 100.000 libras, hacer ver como que allí no había pasado nada... Con Tsu cualquier cosa era posible. De lo que sí estaba seguro era de que sus pulsaciones eran equivalentes a las de después de haber corrido un *sprint* y de que lo que le caía por el lateral del omoplato era sudor frío. Casi tanto como el frío que hacía en la calle ese lunes a las 8.30 de la mañana.

—Buenos días, chef.

—Hola, Tsu.

Caminaron uno al lado del otro, y el otro al lado del patinete. Philippe no iba a iniciar la conversación, así que esperó a que lo hiciera el japonés, que para eso había querido quedar él. A los pocos segundos se arrancó:

—Suponer Scotland Yard ya decírselo.

—Decirme el qué.

—Lo de mí y Guadalupe.

—¿Que quedabais? —dijo dejando el tono arriba porque iba a incluir «a mis espaldas», pero al final le pareció demasiado infantil.

—Sí. Yo y Guadalupe empezar quedar hace un mes o así.

«Creía que más.»

Los dos se pararon en un semáforo en rojo. Miraban al frente. Los coches pasaban veloces por Orange Street. «¿Por qué @BloodyMary no me mató?», se moría por preguntarle. Se contuvo. El japonés volvió a hablar:

—Días después de nosotros verla en Nokian, ella llamarme para quedar. —Tsu hizo una pausa larga. Era la primera vez que Philippe lo veía así. Tan concentrado. Como repasando mentalmente lo que parecía que se había preparado—. Quería abrir un restaurante.

—¿Guada? ¿Para qué, si ella ya tenía su negocio? Además de emplatar sabe mu..., sabía mucho, pero de cocinar, quizá no tanto...

Esperaba que Tsu lo interrumpiera. No hacerlo fue la respuesta.

—¿Tú? ¿Y qué le dijiste?

—Chef, tú no enfadarse. Al principio dije no, pero pensé luego. Yo llevar muchos años en White. El sitio que yo estar más, ¡de lejos! Aunque propuesta de Guada —a Phil le dolió que la llamara como lo hacía él— no era atractiva en principio, pensé que después yo ser libre en cocina. ¡Podía ser el chef de un restaurante!

—Pero si querías más rango en el White, ¡haber hablado conmigo antes!

—No era cargo, chef. Era yo decidir, yo decir, yo pensar, yo comprar... Guadalupe delegar en mí cocina al cien por cien. Solo pedirme una cosa...

«¿Te parece poco el irte del White Spoon y dejarme colgado?»

Philippe esperaba impaciente cuál era el encargo de aquella persona que en ese momento le pareció una auténtica desconocida.

—Que al menos, de principio, restaurante ser como temático.

—¿Como temático?

—Cuando nosotros hablamos con ella y explicarle caso, tuvo una idea. Abrir restaurante haciendo carta con los platos de asesinatos.

—¡Eso me parece horroroso! De un gusto pésimo viniendo de ella. —«Pero me cuadra con lo que vi en tu casa ayer por la noche.»

—Sí, yo pensar mismo. Pero decirme que tener mucho tirón aquello. Gente gustarle estos temas y moverse por cosas así. Me presentó un plan de negocio y éxito era seguro.

—Aun así, me parece muy oportunista.

—Chef, son platos que corren en redes desde semanas. Ella decir que o hacerlo nosotros u otros hacerlo. A mí también parecerme feo, pero dijo que yo encargarme de toda la cocina, que yo poder escogerlo todo.

Philippe conocía bien el planteamiento. Muchos grupos inversores o empresarios adinerados captaban a los jóvenes talentos prometiéndoles no solo buenos sueldos, sino también hornos de primera, cazuelas de hierro fundido, locales en las principales avenidas y libertad para escoger proveedores y trabajadores. Luego, con el tiempo, esos buenos cocineros se perdían en el olvido delante de los fogones de un gran grupo de restauración o de una franquicia. Aunque también había excepciones, pocas, en que se cumplía con lo pactado. Sin embargo, todo eso le parecía muy extraño. Cierto era que a Guada le había ido muy bien con su negocio en un nicho de mercado muy poco, por no decir nada, explorado. Pero de ahí a jugársela montando un restaurante, con todo el gasto que eso conllevaba, le resultaba demasiado arriesgado para alguien con la cabeza tan amueblada como la suya. ¿Habría algún gran inversor detrás?

«Eric.»

—Y ¿cuándo teníais pensado decirme algo?

—Yo querer mucho antes, pero ella decirme quería decírselo ella.

«Eso es lo que debía de querer decirme ayer cuando fui a su casa.»

Philippe albergaba una mezcla de sentimientos difícil de procesar. Por una parte, tristeza por la pérdida de la mexicana, pero también desilusión y furia, tanto por ella como por Tsu, dos personas a las que les hubiese confiado su vida en caso de necesitarlo. Por otra, tranquilidad, por saber que lo que le explicaba el japonés tenía mucho sentido con lo que vio en su piso y que eso exculpaba a alguien muy cercano como presunto asesino en serie. También sintió cierto alivio al ver que entre la mexicana y el japonés había habido el inicio de una relación mercantil, más que personal.

«No seas imbécil, Phil.»

Lo que no le alivió, en cambio, fue saber que nadie tuviera ni puta idea todavía de quién era exactamente @BloodyMary.

Bajaban hacia Victoria Embankment cuando empezó a lloviznar. Ninguno de los dos se inmutó. Era la primera vez que Philippe lo oía hablar tanto de forma seguida y sobrio. Se giró hacia el japonés y lo observó detenidamente. Caminaba hundido en sus pensamientos. En sus miserias. También se fijó en su estado físico. Desde la última vez que lo viera, hacía nueve días, había adelgazado. Lo vio demacrado.

«Debe pesar mínimo cinco kilos menos.»

—Al final dije no.

—¿Cómo? ¿A quién?

—A Guada. Cuando @BloodyMary matar a Susie, yo decir basta. No seguir con eso. No podía. Fue una de mis más amigas.

A Philippe le pareció notar un ligero temblor al pronunciar «amigas». Y aunque no lo hizo por él, se sintió bien al saber la negativa del japonés.

«Un momento. Entonces, ¿qué es lo que me quería decir Guada?»

—¿Se enfadó?

—No, qué va.

—Bueno, al menos un poco de sentido común.

—Bueno..., más que eso, es que ella tener otra persona más guardada en recámara.

—¿Quién? ¿Alguien del White también? —preguntó de manera irónica.

El silencio del japonés habló una vez más.

—No me lo creo. A ver, ¿quién esta vez?

—Massimo.

«De puta madre. Viva la fidelidad.»

—Al inicio de todo, cuando yo decirle no, ella fue a él, pero después yo decidirme y decir que sí. Entonces, Massimo enfadarse muchísimo con mí.

«Ahora lo entiendo todo.»

—¿Has matado a alguien? —Le salió de lo más hondo de las entrañas. Sin pensarlo. Como si una fuerza natural, algo ajeno a su conciencia, lo hubiese escupido por su propio bien, sin advertir las consecuencias.

—Mí no ser un asesino en serie, chef.

—Pues a la policía se lo has parecido.

—Sí, yo saber, pero jurarle por mis padres muertos y por mi amor a cocinar que no.

—Entonces, ¿por qué no dijiste desde un principio que eras @Coriandrum3.0?

—Quería acabar menú degustación del White. Al final, Scotland Yard iba a querer detener a mí sí o sí, por eso quise esperar. Y me fue bien que usted también querer colaborar poco con ellos. No mentirle en eso, chef. Todo para tener tiempo preparando menú.

Eso también tenía sentido. Cualquier hilo de investigación que se iniciaba acababa relacionado con Tsu o con la cultura japonesa. Sabiendo que la policía se acabaría enterando, el japonés decidió postergar su detención para darlo todo en la cocina del White antes de sacar el menú.

—Vale, pero ¿por qué huiste? Si sabías que te iban a detener seguro, ¿por qué te escapaste justo cuando @Bloody Mary te empezó a seguir por Instagram?

—Al principio yo pensar que ellos no tener pruebas suficientes, pero investigación avanzar y yo ser cada vez más sospechoso. No un cualquiera, sino «el sospechoso». A veces creer que @BloodyMary habitar dentro mío.

Philippe lo miró extrañado.

—Tener obsesión conmigo... Siempre ir un paso adelante que mí. Primero, con Susie. ¿Cómo él saber que yo escala en Berlín? Después seguirme en Instagram. ¿Cómo saber que yo ser @Coriandrum3.0? Él sabía que yo querer escapar y eso podía hacer que policía creyera yo matar también a Guadalupe. Por suerte, ellos encontrarme justo antes y eso @BloodyMary no esperarlo. Por una vez, Scotland Yard hizo bien trabajo. Si no, yo estar en cárcel ya...

Lo que dijo Tsu no era ninguna tontería. Si la policía no lo hubiese encontrado antes del crimen de Guada, le costaría mucho demostrar su inocencia. No tener coartada tampoco en el octavo asesinato lo habría condenado de manera definitiva.

—Pesadilla empezar cuando nosotros entrar en caso —continuó el japonés mientras seguía arrastrando el patinete—. Nunca tuve que acompañarle. Yo pensar que ayudando poco nos iría bien. Pero parece que nosotros ayudar sin darnos cuenta...

Philippe había pensado lo mismo en más de una ocasión. Pero ¿qué habían dicho o hecho para haber enojado tanto a @BloodyMary? O, mejor dicho, ¿qué había dicho o hecho Tsu? Porque, tal y como le dijo ayer el capitán, quizá no fuesen toques de atención dirigidos a él, sino al japonés. Por primera vez, su ego empezó a sentir que todo eso no iba con él. Le acababan de retirar la venda de los ojos y de dar un baño de humildad. Y cómo se alegró por ello.

Entraron en el despacho de Scotland Yard calados y con cierto abatimiento. Sentados a la mesa estaban Hadrien, la doctora Smith, Francis Cardano y Elliot Plate. A Philippe le extrañó no ver a Athenea.

—Sentaos, Phil, Tsu —los invitó el capitán—. ¿Un café? —les preguntó señalando un termo negro de encima de la mesa.

Ambos denegaron el ofrecimiento.

Hadrien también debía llevar días sin dormir. Con ocho asesinatos a sus espaldas y sin tener una pista clara sobre quién era @BloodyMary...

—Tenemos la pieza de vajilla del crimen de ayer —habló el capitán cediéndole la palabra a Elliot con la mirada.

El *influencer* de vajillas, delante de su portátil abierto, tampoco tenía buena pinta. Philippe no supo si era la luz que no entraba en ese día gris, la iluminación o qué, pero ya no parecía la misma persona atrayente repleta de dibujos y coloridas cenefas que conoció en su almacén hacía semanas. Su cuerpo era un amalgama de formas y dibujos sin apenas viveza. Un cuerpo mustio a disposición del deber. Un dibujo animado desdibujado. ¿Desanimado también?

—A ver, vamos a refrescar la historia del *fucking* Nobunaga ese. —Por fuera sí, pero por dentro seguía animado como siempre, corroboró Philippe—. La leyenda cuenta que, a la hora del té, un criado con la lengua muy larga lo importunó y Nobu, que tenía la piel muy fina, se enfadó. El criado corrió acojonado por la que le pudiera caer y se metió en un aparador. Pero Nobunaga lo encontró, levantó el sable samurái de hace la hostia de años y... ¡zas!, partió el mueble en dos con el sirviente dentro, como si fuera la obra de un mago, solo que aquí el criado palma. Vale, este *update* os ha puesto en lugar, ¿sí? Seguimos. Como recordaréis, analizamos el diseño de los platos y todos coincidían mucho con este *storytelling*. El del séptimo crimen, no mucho, por no decir nada. Esta pieza de vajilla era un plato rectangular con el fondo inclinado. Eso ayudaba a que algunos elementos del plato quedaran en la superficie y otros debajo del líquido, como si te comieras un cacho de orilla del mar. La interpretación de algunos fue muy *sui generis* —dijo mirando a Philippe—, y dedujeron un corte, como el de la espada de Nobunaga, solo por el hecho de que el plato estaba separado por la línea de mar. Vale, pues este fue el único diseño que desentonaba con la historia, porque vamos, el de ayer, lo peta bastante con nuestra paranoia japonesa, y puede que no nos flipemos tanto como en el anterior.

Philippe y Tsu lo miraban expectantes. De fondo se oía el tecleo en el ordenador de Francis Cardano, que en la punta de la mesa parecía ajeno a la conversación.

—El plato de ayer es este —dijo Elliot alargándoles el portátil.

Los dos cocineros vieron un plato cuadrado de color hueso. Nada fuera de lo normal.

—¿Veis una manchita negra en medio?

Philippe y Tsu se amorraron a la pantalla. Vieron algo oscuro, que bien podía ser un minipíxel más oscuro de lo normal.

—Perdón, que os lo aumento —dijo Elliot clicando en la lupa y ampliándoles esa mosca negra.

Lo que vieron Philippe y Tsu los dejó atónitos. Se trataba del símbolo de la división.

«Parte en dos el aparador. Lo divide.»

Elliot continuó como si le acabara de leer el pensamiento:

—Divide el aparador, es decir, lo parte en dos, y al criado también.

Los dos cocineros estaban sorprendidos al ver que esa teoría, que parecía en un principio tan descabellada, había tomado forma al instante.

—Y sobre el plato, ¿qué sabéis? En la foto de Instagram salía un tuétano decorado magistralmente con flores —comentó Philippe.

—Así es. Un tuétano, suponemos que relleno de atún, si nuestros microscopios no fallan. Hemos mirado restaurantes que tengan este plato en sus cartas y el Cow Says Moo lo tiene, concretamente con par... parpa...

—Parpatana —aclaró Philippe.

—Eso —contestó Hadrien—. Nos acompañarás, ¿verdad Phil?

Philippe no tuvo otra que asentir con la cabeza.

—¿Sufrió?

—¿Guadalupe? —preguntó el capitán.

Philippe volvió a asentir con la cabeza. Intervino la doctora Smith:

—Medimos los niveles de cortisol y de adrenalina en sangre y se salían del gráfico. Así que no le vamos a engañar, chef. Sí, sufrió. Y mucho. Nos consta que cuando usted llegó a su casa, Guadalupe aún seguía con vida y que murió a los pocos minutos. El primer corte que le efectuaron en el estómago fue una hora antes de que le enviara el primer mensaje.

Philippe se acordó de que el día antes habían cogido su móvil y lo habían mirado. Pero también podían haber extraído ese dato de «una hora antes» del móvil de Guada. De repente, notó que todos lo miraban. Se le hizo extraño. Sabía que se le había pasado algo por alto. Recapituló sobre lo que le acababa de decir la doctora Smith. No podía ser. No creyó lo que estaba pensando.

—Eso significa que...

—Que el mensaje lo escribió @BloodyMary desde el móvil de Guadalupe —confirmó la doctora Smith.

—Quería que tú lo vieras —constató el capitán.

Philippe notó el latigazo de un escalofrío por la diagonal de la espalda.

—Pero ¡¿por qué?!

—Creemos que quería dejarte bien claro que tú no le interesas. —El capitán dio un sorbo a una taza que tenía enfrente—. Al contrario de lo que nos dijiste, no pensamos que sea un aviso para que dejes de cooperar en el caso, porque podría haberlo hecho de mil formas diferentes y sin jugársela tanto.

Philippe le daba vueltas a esa bola de información.

—Pero no entiendo..., si no quería avisarme, ¿por qué quería que yo viese el sufrimiento de Guada?

—A nosotros nos ha costado averiguar tu conexión con Guada. Por eso, no creemos que él supiese que la conocías. Viste su ejecución como podías haber visto otra. Si lo quieres ver como un aviso, sí, es un aviso, pero de que no entras en sus planes. En cambio, creemos que está más interesado en él —continuó el capitán mirando a Tsu—. Por suerte, te encontramos justo antes de que @BloodyMary matara a Guadalupe. Pensamos que quiere atribuirte las muertes, pero no sabemos exactamente por qué. Puede sonar ridículo, porque es imposible que sepa que tú no tienes coartada en ningún crimen... Pensamos que debes tener algo, o conocer a alguien, o haber hecho alguna cosa que lo pueda delatar al instante. No nos cabe otra explicación.

—O quizá lo conozcas —añadió la doctora Smith.

—¿La drogaron? —quiso saber Philippe.

—No —contestó la forense—, de ahí que sufriera tanto. La amordazó primero para sofocar los chillidos. Después las víctimas caen en un estado de seminconsciencia, que es como se la debió de encontrar cuando llegó. Pero la ausencia de drogas también nos indica una vez más, aunque no en todas, que la víctima conocía al verdugo. A otras, sin embargo, creemos que las debió de drogar para conducir a un lugar que suponemos que es su matadero.

Philippe asimiló lo de las drogas y volvió a lo de Guada. ¿Había sido realmente una coincidencia?

Intervino el capitán:

—Pero volvamos al tema de la vajilla. Si nuestra teoría de la leyenda de Nobunaga no es errónea, el siguiente plato puede que sea el último. Es decir, el que nos muestra cómo el criado muere. Entonces @BloodyMary habría acabado su obra y dejaría de matar. Y estaríamos ante un caso más donde, y muy a nuestro pesar, un asesino en serie continúa suelto por el mundo.

—Hasta que vuelva a encapricharse con otro trabajo y decida volver a matar, esta sería nuestra última oportunidad. Debemos frenarlo antes de que cometa el noveno —añadió la doctora Smith.

Philippe, que ya se había olvidado de él, vio como Francis Cardano levantaba la mirada de su ordenador y entraba en la conversación:

—Tsu, necesitaremos que hagas memoria y que nos digas en la medida de lo posible todo cuanto puedas de tu cuenta como @Coriandrum3.0. Dónde y cuándo colgaste cada una de las fotos, *hashtags*, etiquetas, reacciones, comentarios... Todo. Nos meteremos en tu perfil y lo recorreremos de punta a punta.

A Tsu le había llegado trabajo. Quizá hasta mañana no lo volviera a ver.

—Por cierto, ¿os acordáis de Eric Moreau? —preguntó el capitán.

Ambos cocineros afirmaron con la cabeza.

—Llevamos dos días intentando averiguar su paradero. Cualquier información será bienvenida.

Philippe se quedó petrificado una vez más. Durante esa reunión no habían dejado de sucederse las noticias. Pero sobre su cabeza planeaba una duda, y no había salido justamente de esa charla, sino de antes. Si Massimo, Guada, Eric o Tsu en su momento querían un restaurante basado en los crímenes, entonces..., ¿habían querido siempre que @Bloody Mary matara?

«¿Fue alguno de ellos el que me chantajeó con la carpeta azul?»

Esa idea lo perturbaba.

La reunión se acabó pasadas las doce del mediodía. Todos recogían sus cosas de encima de la mesa y Philippe cruzó los dedos para que a Hadrien no se le ocurriese ir a Cow Says Moo al salir. Por suerte, era lunes y estaba cerrado como tantos otros muchos restaurantes. Le apetecía ir a casa a comer. Tranquilamente, con su madre y su hija. Y dejarse llevar por alguna película de sobremesa sin gancho suficiente como para vencer el sueño de una digestión profunda. Philippe salió de ese despacho policial con el mismo interrogante que se le había formado al sentarse a la mesa:

«¿Dónde está Athenea?».

49

La pared de madera estaba repleta de fotos. Todas plasmaban el momento en el que algún famoso había pisado ese pequeño templo gastronómico vecino a Le Mur des Je t'aime. Actores, escritores, cantantes, arquitectos, pintores, políticos..., todos aparecían sonriendo al lado de un hombre con bigote entrado en kilos en las fotos más antiguas y, junto a su fotocopia, en las de los últimos años. Athenea contaba a cuántas celebridades conocía mientras esperaba la salida del cocinero. Estar ahí le había costado lo suyo. Convencer al capitán Gibbs no había sido tarea fácil. Desde que ella viera las imágenes grabadas en el Nokian, empezó a sospechar del cuarteto Eric-Guada-Philippe-Tsu. Después se produjo la detención del japonés y el asesinato de la mexicana, y el foco se centró en Philippe y Eric. Pero eso aún no fue suficiente para su superior: «Sí, nos ha ocultado información, pero tiene sentido todo lo que dice. La necesito aquí, sargento. Además, si me dijera que su padre está vivo, le diría que fuese ya, pero solo su hijo...», le había dicho Hadrien en relación con su intención de viajar para hablar con Marcel Brazier, hijo de Fabien, antiguo jefe de Philippe y Eric en París.

Athenea se había mostrado beligerante con Philippe. No le gustó nada que les mintiera. Haberles ocultado información era mentir. Primero, sin decir nada de Eric. Después, de Guadalupe. Y, por último, de Suzanne Flow. «Y lo que no nos habrá contado aún», pensaba a menudo. No ocultó su desconfianza por el chef y así se lo hizo saber a Hadrien, que agradecía su sinceridad. Desde pequeña le habían dicho que decir la verdad ayuda a quien la escucha y a quien la dice. Con esa máxima se había movido por la vida, y le había dado bastantes buenos resultados. Una abanderada de la honestidad con lagunas protocolarias como mares. Sin embargo, Hadrien le decía que, más que pruebas, lo suyo eran corazonadas. Y ella pensaba que el capitán se estaba dejando llevar demasiado por los sentimientos. Creía que en la teórica objetividad de Hadrien pesaba una culpabilidad no resuelta por no haber escrito a su cuñado durante dos años. Pero esa insistencia se desvaneció junto a Eric Moreau. Dos días en paradero desconocido fue suficiente para que Hadrien cediese. Ese lunes la sargento cogió el primer vuelo a París y en hora y media se plantó en Montmartre.

Miraba una foto de Natalie Portman cuando una voz en inglés afrancesado sonó a sus cinco.

—¿Sargento Harrington?

Athenea se giró y vio al cocinero de mofletes rojos y regordetes de las fotos más actuales. Sonreía detrás de un mandil marrón con tiras de cuero. Era una de esas personas que, si hubiese tenido un tamaño reducido, habría servido de peluche.

—Hola, encantada —dijo Athenea dándole la mano.

—Marcel Brazier, lo mismo digo. ¿Le apetece un café? —le preguntó el cocinero indicándole que se sentara en un taburete de la barra.

—Por favor. —Desde la experiencia con el agua turbia del aeropuerto, Athenea se moría de ganas por un buen café—. Perdón por la llamada de ayer y avisarle con tan poco tiempo, pero...

—No se preocupe. Entiendo que estas cosas deban ir así. Lo que están viviendo en Londres es horroroso y supongo que un minuto puede ser oro —dijo mientras activaba el molinete y un ruido ensordecedor inundaba el local. Athenea esperó a que terminara.

—Sí, la verdad es que está siendo un calvario, por eso estoy aquí.

—¿Le apetece que nos sentemos fuera?

Iba a decir algo sobre la discreción, pero se sintió ridícula al pensar que alguien los pudiera estar observando a las 8.40 de la mañana de un lunes en Montmartre.

—Sí, claro.

Cruzaron la sala hasta la salida. El local tenía solera, y se palpaba en la esquina de cada mueble. Athenea se fijó en la terraza, que ni había mirado al entrar. Estaba delante de la cristalera del local, encajonada entre dos jardineras de las que sobresalían unos árboles diminutos podados de manera magistral. Un toldo verde botella recorría dos tercios de fachada y cubría unas sillas de mimbre y unas mesas de mármol redondas y con el pie de hierro fundido. Unas eran para dos y otras para cuatro personas. Entre las que había en el interior y las exteriores, el bistró no debía superar los cuarenta comensales. «Una *boutique* culinaria», como había leído minutos antes en un artículo enmarcado en la pared. Marcel y Athenea se sentaron a una de las pequeñas.

—Dígame, ¿en qué la puedo ayudar, sargento? —dijo el cocinero mientras se aflojaba el mandil.

Athenea dio un sorbo al café, tocó el cielo y volvió a bajar a esa terraza.

—¿Usted conoció a Philippe Bouvier y a Eric Moreau?

—Sí, pero por aquel entonces yo era muy pequeño. Debía de tener —se quedó mirando el fleco del toldo mientras calculaba— unos doce años.

Athenea lo miró detenidamente. Ese bigote como el de su padre despistaba, pero hubiese dicho que andaba bastante lejos de los cuarenta.

—Ellos debían de tener casi el doble, veintipocos. Eran mis héroes, los admiraba.

—¿Por qué?

—Eran un ejemplo para mí, y mi padre siempre hablaba maravillas de los dos. De su capacidad de sacrificio, de su talento.

—Siento lo de su padre. ¿Cuándo murió?

—Gracias. Pues hará casi un año. Una lástima, os hubiera podido ayudar mucho más que yo.

Los ocho grados de la calle hicieron que Athenea se subiera el cuello de la pelliza. Tener el pelo corto tampoco ayudaba.

—Uy, perdón, no me había dado cuenta.

Marcel se levantó y encendió una estufa en forma de seta que estaba justo en el centro equidistante a seis mesas. La sargento enseguida notó el calor que empezaba a desprender.

—Me imagino que su padre vio pasar a mucha gente por aquí y que no estaba hablando constantemente de dos personas que lo hicieron hace más de veinte años. Intente hacer memoria. Cualquier detalle, por pequeño que sea, nos podría ser de gran ayuda.

—Es difícil, no crea...

—Lo sé, por eso le ruego que abra el baúl de los recuerdos. Alguna anécdota, alguna riña, alguna receta... ¿Hace cuánto que no habla con ellos?

—¿Yo? Desde que se marcharon. Mi padre, en cambio, sí que se los había encontrado alguna vez en alguna feria o en algún congreso, aunque también los seguía de cerca.

—¿Los seguía? —preguntó la sargento.

—En el sentido de que sabía qué hacían. Mire, con mi padre empezaron muchos potenciales cocineros. De aquí ha salido de todo. Algunos decidieron tirar la toalla y dedicarse a otra cosa; otros fracasaron en sus proyectos y ahora trabajan en *catering* o dando clases en una escuela; otros se dieron a los excesos y se quedaron por el camino. Y unos cuantos, no muchos, lograron triunfar y abrir restaurantes de renombre, como el White Spoon y el Nokian.

Una mueca debió de apropiarse de la cara de Athenea porque el chef matizó:

—Aunque es cierto que son ligas diferentes.

—¿Qué quiere decir? —preguntó la sargento haciéndose la ignorante.

—Pues que el White Spoon es una referencia en el mundo gastronómico. En cambio, el Nokian, aunque sea *thai* y tenga mucho mérito lo que han hecho, vendría a ser más, más...

—*¿Mainstream?*

—Sí, podría decirse así. Aunque mi padre se mostraba satisfecho de los dos.

—Me pregunto, habiendo tenido unos cimientos tan parecidos, cómo es que Philippe y Eric montaron restaurantes tan distintos o por qué no montaron nada juntos.

—A saber... Bueno, me parece que antes del Nokian, Eric ya había montado alguno sin mucho éxito. Pero sí, no son negocios parecidos, eso está claro. Supongo que son maneras diferentes de enfocar y de abordar la profesión.

Athenea se moría por rebañar con la cucharilla la crema que había dejado su café en la taza, pero se contuvo. Se sentía cómoda. La seta había creado un microclima muy acogedor bajo el toldo.

—¿Qué maneras son esas?

—Pues una es desde una vertiente con el foco en hacer dinero y con mayores márgenes, pero cuidando menos el detalle, o sea, más comercial, más impulsiva. Y la otra es más romántica, más sacrificada, ya me entiende.

Y tanto que entendía. Ciento veintisiete mil ochocientas libras de las de hace veinte años. Se dice pronto. Esa fue la cantidad total por la que la madre de Athenea hipotecó de nuevo su casa. Aquel aval era casi como retroceder a la casilla de inicio respecto al banco. ¿La razón? Un novio cocinero que tuvo durante cuatro años. Al principio, aquel hombre de aspecto bonachón, como el que tenía justo delante en esos instantes, pareció ser la salvación a los días de penuria en los que su madre vivía inmersa después de que su padre se fuera con una mujer quince años más joven. Enamorada hasta la médula, se aferró a él como el que se adhiere al comentario esperanzador de un tarotista en épocas grises. Con el paso del tiempo, aquella relación se fue haciendo cada vez más sólida. Tan sólida como para que ella avalara, por primera vez y por un importe de cincuenta mil libras, su restaurante de cocina molecular. El local estaba en Islington y pretendía ser un templo de culto al alginato de sodio y al cloruro de calcio. Pero nunca llegó a triunfar. Y un día, de la noche a la mañana, y tras ampliar dos veces más el aval, aquel hombre desapareció, dejando aire tras de sí y un pufo que le costó a su madre la casa, que pasó a manos del Credit South Bank. Así que Athenea entendía la vertiente más romántica y vanguardista de la que hablaba Marcel, pero también se la pasaba por el forro.

—¿Conoció también a Guadalupe García?

—¡Claro! Todos estábamos enamorados de ella. Venía aquí a buscar a Philippe y a Eric para irse de juerga con ellos. Encantadora. Y una pintora magnífica. Mi padre la adoraba. ¡Hasta le regaló un cuadro! Creo que hubo algo entre Philippe y ella. He visto que le va genial por Londres. La Frida Kahlo de la cocina la llaman, ¿no?

El octavo crimen había salido en los medios, pero el nombre de la víctima todavía no. Era cuestión de tiempo. La sargento lo sopesó, y vio acertado decirlo.

—Fue la víctima de ayer.

—¿Qué? ¡Dios! —exclamó Marcel.

Athenea prefirió no decirle nada sobre la desaparición de Eric. Esa información era confidencial y muy valiosa si solo la tenían ellos.

—¿Recuerda que su padre le contara algo que hubiese podido pasar entre Philippe y Eric, alguna discusión por culpa de ella o algo por el estilo? —Le pareció más apropiado no mencionar su nombre para no liberar demasiadas emociones que lo distrajeran en la búsqueda por su memoria.

—No, la verdad es que no. Ya le he dicho que todo eso pasó hace muchos años y puede ser que lo que oyera de ellos en boca de mi padre fueran ya recuerdos sesgados, primero por él, y por mí después. Pero si le tuviera que responder, le diría que entre ellos tres siempre había habido muy buen rollo.

—Cuando Philippe y Eric se fueron de aquí, ¿recuerda que su padre le dijese dónde? ¿Recuerda más o menos qué año era?

—Uf, no lo sé, lo tendría que mirar en su archivo para verificar fechas.

—¿Su archivo?

—Sí, un archivo que tenía mi padre con todos los recortes de periódicos y artículos de los que pasaron por esta cocina y lograron abrir algo con sentido.

—¿Y con estrella Michelin?

—No siempre. Hay de todo. Los hay que tuvieron y cerraron; otros no la tuvieron, pero cerraron después de muchos años; otros hoy aún la tienen; otros nunca la han tenido porque no va con su filosofía; a otros no se la han dado, pero siguen teniendo muy buenos proyectos..., como el Nokian, que no tiene estrella ni tendrá, en mi opinión, pero es un negocio coherente. Quiero decir que son negocios con personalidad, con estilo y, sobre todo, y lo más importante, rentables.

—Este archivo de su padre..., ¿lo podría ver?

—Sí, claro, acompáñeme, lo tengo en el despacho.

El despacho era una habitación minúscula anexa a la cocina. Una mesa con dos cajones telescópicos y una silla embutidos en cinco metros cuadrados. A su lado, lo que tenía Philippe en The White Spoon era un palacio. Marcel sacó una gruesa carpeta marrón, la abrió y se transformó en un enorme acordeón. Desparramó encima de la mesa su contenido. Debía de haber entre cien y doscientos recortes. Athenea empezó a remover fotos de revistas y periódicos con titulares y textos adjuntos.

—Siento que mi padre no fuera muy digital. Ya sabe, la vieja escuela.

—Normal, nosotros porque nacimos en plena era digital, que si no... —se atrevió a decir Athenea sacándose unos años de encima.

La sargento parecía agobiada con tanto papel. Apartaba retazos y los disponía en montones, haciendo una criba que ni ella entendía. De repente, encontró uno que hablaba de Philippe. Lo cogió para ojearlo.

«Un francés en la cocina inglesa», se titulaba.

—Ese es de cuando Philippe entró como chef segundo en el Anastasia, uno de los mejores restaurantes de aquella época —apuntó Marcel.

Athenea vio a un chico joven, delgado y sonriente, sentado en la encimera de una cocina con una espátula en la mano. «¿Cómo es que nunca habían investigado dónde había estado antes?» Este pensamiento recriminatorio le vino con cierta punzada de vergüenza.

—¿Qué año debía de ser esto? —preguntó enganchada al papel y buscando con el índice una fecha entre líneas.

—Finales de los noventa, principios de 2000, creo. Recuerdo que mi padre lo llamó para felicitarlo.

—Y antes, ¿dónde estuvo?

—No sé, supongo que de pinche en uno o dos restaurantes más de Francia, pero como es lógico, eso no fue noticia.

Athenea comprendió que tenía trabajo, y que el tiempo no corría a su favor. Conociendo la pauta de @BloodyMary y sabiendo que el día anterior había matado a Guadalupe, el noveno asesinato se ejecutaría en una semana.

—¿Sospechan que él pueda ser @BloodyMary?

A Athenea le sorprendió que Marcel lo mencionara, pero al fin y al cabo, era un caso tan conocido y extendido en redes que había dado la vuelta al mundo varias veces.

—No no, qué va, si nos está ayudando muchísimo en el caso —mintió ella.

—Eso tenía entendido.

—Lo que pasa es que el asesinato de Guadalupe nos ha puesto a todos en jaque y a investigar en nuevos frentes.

Marcel se dirigió hacia la puerta del despacho.

—Si no le importa, tendría que ir a cocina a seguir con lo que estaba haciendo. En breve entrará el resto del equipo. Ya sabe, hoy abrimos y...

—Claro. ¿Yo me podría quedar mirando...?

—Por favor. Esta es su casa. Son cuarenta y tres años de recortes, así que tiene trabajo.

—¿Siempre han estado aquí, en Montmartre?

—Siempre —respondió Marcel apoyado en el marco de la puerta, como si él hubiera sido el impulsor de ese proyecto—. Cuarenta y tres años abiertos de manera ininterrumpida.

—¿Nunca han cerrado?

—Nunca, ya sabe, es una zona muy visitada.

—*Wow*, cuarenta y tres años trabajando sin parar. Eso sí que es dedicación y sacrificio.

—Bueno, le he mentido, para ser exactos cuarenta y tres años menos dos semanas. Mi padre cerró una vez catorce días justos.

—¿Y eso? ¿Qué pasó? —le preguntó Athenea sentada a la diminuta mesa repleta de papeles.

50

Faltaban diez minutos para las doce del mediodía y Tsu salía una vez más por la puerta trasera de las oficinas de Scotland Yard. Estaba realmente cansado y no soportaría a ningún periodista preguntón. «Le parto la cara ahora mismo», pensó en japonés mientras se ponía el casco antes de subirse al patinete. Pero su cansancio iba más allá de lo meramente físico. Era más mental. Bien era verdad que había esperado quedarse mucho más ayudando en la disección de su propio perfil @Coriandrum3.0. Pero, aun así, fue hora y media larga de una intensidad inaguantable.

Al finalizar la reunión que tuvieron él y Philippe a primera hora, vio que el chef se iba hacia el ascensor mientras él acompañaba a Francis a una sala donde estaba casi todo su equipo esperándolo. Seis mesas en forma de corchete horizontal. Diez personas con los ordenadores a punto. Tsu se sentó en una silla enfrente de todos. Parecía la exposición de una tesis ante un tribunal. Solo que ese tribunal era digital. El japonés se imaginó los diez cursores parpadeando ansiosos por ver quién era el más rápido sobre la pantalla.

—Esperamos que hayas descansado y desayunado bien —le dijo Francis.

Se apagaron las luces y se encendió una gran pantalla. Empezaron a proyectar fotos. Tsu no creía lo que estaba viendo. No porque fueran las fotos de su perfil como @Coriandrum3.0, eso ya se lo esperaba, sino porque desde que abrió aquella cuenta hasta que la dejó de usar hacía seis años, había 1.597 fotos. Y se suponía que todas por analizar.

El responsable del área digital de Scotland Yard empezó a avasallarlo a preguntas. Sobre todo, repetía dos: «¿A qué hora aproximada se hizo la foto y en qué lugar?». De vez en cuando, algún miembro del equipo también le preguntaba por el nombre de un perfil, de un *hashtag*, de un restaurante o de un plato. Incluso habían traído a un traductor japonés por si se encallaba en alguna palabra o expresión. Asimismo leyeron en voz alta los pocos privados que tenía, recalcando palabras que les parecieron clave. A cada respuesta que daba, alguien escribía algo en su ordenador. Se notaba que ahí cada uno tenía su cometido y que se habían repartido el trabajo. Por suerte, no analizaron todas las fotos de aquel Instagram de hacía años. Fueron 203 fotos. Tsu supuso que del resto ya habían encontrado la información que buscaban. No obstante, esas 203 lo habían dejado fundido.

Iba a casi treinta kilómetros por hora. El viento le daba en la cara mientras bordeaba Saint James Park por Horse Guards Road. Era la mejor opción para volver a su casa. La mayoría de las calles de ese trayecto tenían carril bici, y el número de semáforos era ínfimo en comparación a si trazaba la línea recta. Ese aire le fue bien para despejarse y disminuir su agotamiento, que no era únicamente mental. También era emocional. Porque aún estaba tocado. Hacía casi dos semanas que habían destripado a Susie. Nunca se imaginó que el plato del sexto crimen, las espardeñas con *Amanita caesarea*, iba a ser la previa del asesinato de su mejor amiga. Por si aquello fuera poco, luego hicieron lo mismo con la que en un principio iba a ser su socia. Disminuyó la velocidad al ver las luces de unos coches de policía y de una ambulancia. Se había producido un accidente y los mirones se agolpaban en la acera dispuestos a acercarse más y hacerse un selfi, aunque los *bobbies* impedían el avance de la tropa de curiosos. Pasó de largo por sus espaldas y siguió dirección a casa.

Ese barullo le recordó al que protagonizaron él y Yumiko cuando los detuvieron y salieron escoltados de la taberna. Todavía seguía afectado. Y mucho. Involucrarla a ella y a su familia era lo último que quería. De hecho, una de las cosas que más se había recriminado a sí mismo fue haber dicho: «Yumiko Kokoro. Excepcional, fina, rápida, ágil, limpia, elegante, precisa, creativa». Athenea les había preguntado por el mejor cortador de carne o pescado de la ciudad. Y a él le salió así. Directo. Como era. Una vez más dijo lo que pensaba, lo que creía. Sin embargo, y aunque le jodiese en el alma, la detención de Yumiko no fue cosa suya. Nunca se le hubiese pasado por la cabeza esconderse en el restaurante de su familia. Pero los hermanos, a petición de ella, lo localizaron y lo llevaron hasta allí. La idea era pasar una noche y salir temprano al día siguiente. Yumiko, que estaba preocupada por todo lo que había ido viendo en los medios, le dijo que había trazado un plan para que él pudiera escapar a Escocia hasta que se calmaran las cosas. Tsu sabía que se gustaban. Pero hasta aquel día la *geisha* del corte, aquel témpano de hielo nipón, no se había arriesgado a derretirse por nadie. Y lo demostró de una manera tan meridiana que a Tsu le pareció osado y admirable a partes iguales. Pero aquel estado de efervescencia había durado pocas horas. No podía evitar pensar en todo el daño que le había podido ocasionar. A ella, a su carrera, a sus padres, a sus hermanos. Ellos, los Kokoro, que tan bien lo habían tratado siempre y que lo habían acogido como a uno más de la familia desde que pisó Londres, salpicados ahora por unos espantosos crímenes. El clan Kokoro era respetado y temido entre los japoneses de toda Inglaterra. De hecho, Tsu siempre pensó que estar bajo su tutela había sido el motivo por el que Yamato Hattori había dejado de perseguirlo. No estaba del todo seguro, pero su intuición le decía que algo habían tenido que ver. Si no, ¿cómo era posible que desde el Gobierno japonés no hubiesen pedido la extradición? Desde que Tsu saliera en *Star... ters*, su localización había sido francamente fácil. Pero nunca se llegó a producir.

Participando en aquel *reality*, Tsu se la jugó. Y mucho. Años antes también se la había jugado, pero eso fue el resultado de un incidente que no había podido controlar. Después de un año en el Da Lua Cheia, en Oporto, el japonés siempre había mantenido la discreción. Había trabajado en negro en todos los restaurantes, pero el fatídico episodio en París con la mano de su jefe, aparte de haberle cerrado en la capital francesa muchas puertas de cocina, lo puso en el mapa y lo hizo muy localizable. Alguien fácil de encontrar por los hombres de Yamato, en caso de continuar acechándolo. Aquel lance hizo que llegara de París por la puerta pequeña, pero enseguida se sintió arropado por la fría acogida del anonimato londinense. Durante semanas estuvo investigando y analizando un mercado desconocido para él. Al cabo de dos meses, todavía no había encontrado su lugar. Cada vez le quedaba menos dinero, y la necesidad de comer apremiaba. Agobiado por su paupérrima economía y con hambre también de ganar dinero rápido y fácil, se apuntó a *Star...ters*, con lo que se volvió a poner en el punto de mira. Había ejercido solo un año en uno de los restaurantes de Yamato de los diez que marcaba el contrato. Aun así, este tenía la misma vigencia tanto si lo cumplía como si no, y eso significaba que, por aquel entonces, a Tsu le quedaba la mitad para que prescribiese. Cinco años. «¿Cuándo vendrán a por mí?», se preguntaba a menudo. Pero entonces se encontró con Akihiro Kokoro. Todavía se acordaba del día. Fue una noche después de la grabación de uno de los capítulos semanales del *reality* de cocina. «Hombre, ¡pero si pensábamos que te había engullido el Atlántico!», fue lo primero que oyó en cuanto salió del plató. Tsu se quedó de piedra. Era él, Akihiro, con el que tan buenos momentos había pasado en el Hattori Nutrition Navy. Nunca se imaginó encontrárselo allí. Y tampoco quería. La razón venía de lejos, de cuando estuvieron en Portugal. A ambos los habían contratado por un módico salario en el Da Lua Cheia. Llevaban casi un año ahí cuando Tsu, incumpliendo el contrato de Yamato, decidió que no quería continuar. Que, como habían hecho en el Hattori, quería seguir conociendo nuevas culturas. Pero aquella vez, por tierra. Estuvo a punto de decirle a Akihiro que se uniese a él y a su aventura europea, pero algo lo frenó: su amigo no era huérfano. Entonces, ¿cómo pudo enrolarse en el Hattori Nutrition Navy? Formar parte de aquella tripulación era algo al alcance de muy pocos afortunados sin padres. De hecho, el proyecto había nacido con ese propósito. Muchos chicos y chicas amantes de la cocina soñaban con aquel barco, pero no reunían esa condición. La única respuesta que le vino a Tsu fue la única que tenía sentido: sus padres debían de conocer a Yamato Hattori. Conocerlo bien. Eso fue lo que decantó la balanza hacia el secretismo más absoluto.

Rencontrárselo no entraba en sus planes, pero era normal. Akihiro vivía con su familia en Londres, y Tsu empezaba a ser un personaje mediático. Aquella noche los dos japoneses caminaron por las calles de la capital inglesa hablando como si se acabasen de ver el día antes. En un momento de la charla, Tsu no aguantó más y se lo preguntó: «¿Cómo te pudiste enrolar si no eras huérfano? ¿Acaso te envía Yamato?». Akihiro sonrió. «Los Kokoro y los Hattori nos odiamos. Lo que pasa es que Yamato le debía un favor a mi padre y fue la manera que tuvo de devolvérselo», contestó. Tsu no quiso saber más. Ni qué favor, ni por qué se odiaban, ni nada. «¿En serio has creído que había venido a por ti para entregarte a Yamato?» Tsu no contestó. Aquel rencuentro fue el primero de muchos otros, en los que fue relacionándose con su familia, incluida su hermana Yumiko, conocida por todo el que se dignase empuñar, como mínimo, un cuchillo cebollero.

Tres semanas más tarde Philippe lo contrató para The White Spoon y asumió el riesgo de cambiarle el nombre en el contrato, por lo que pudiera pasar con Yamato. Sin embargo, con el paso del tiempo Tsu se fue dando cuenta de que fue a partir de aquella charla con Akihiro cuando su sensación de acecho por parte del magnate japonés se había ido desvaneciendo hasta quedar casi en un sueño. Gracias a ello recuperó su libertad. Una sensación de tranquilidad le embargó como la eterna gratitud que sentía hacia todos los Kokoro.

Pensar en todo eso tras el incidente en su taberna le ponía enfermo, así que optó por poner foco en otro asunto. Pero si no era eso, eran otros temas que le desgastaban de la misma forma. Le habían dolido muchas cosas. Lo de menos era que la policía sospechase de él. Eso ya entraba en sus cálculos, teniendo a la sargento Harrington olisqueándole el cogote al más mínimo movimiento. Lo que no entraba en sus planes era que Philippe pudiese sospechar de él. Uno de sus grandes maestros. Una de las personas a las que más admiraba en todo el planeta había creído que él había destripado a ocho personas de la manera más macabra que jamás hubiese imaginado. ¿Acaso había proyectado en él esa figura? ¿Tantos años juntos no habían consolidado nada? Su lado lógico imperó por un instante y pensó que esa desconfianza era normal. Que tener a su cuñado y a su ayudante hablando constantemente con él no había ayudado en absoluto.

Eso derivaba en otro punto igual de desconcertante. ¿Por qué @BloodyMary tenía la necesidad de inculparlo? Hizo memoria y analizó todos los crímenes. Philippe y él llegaron en el tercero, cuando ninguna de las víctimas aún guardaba relación con ellos. La cuarta tampoco. Pero la quinta ya sí. Aunque ellos entonces no lo sabían. Pero ¿por qué la de antes no y la de después sí? ¿Qué cambió? Para que mataran a su dueño, algo debieron de decir o hacer en el Colors. O de ver. Intentó reproducir en su mente aquella mañana con Ghalib. Hablaron de especias, de flores y de aromáticas, de distribuidores, del origen de la mercancía... Trataron muchos temas, pero Tsu estaba casi seguro de que allí no encontraría la respuesta. Debía ser algo más evidente, más directo, como que Ghalib pudiera haber visto o haber hablado con @BloodyMary el día anterior o el mismo que ellos. Pero en las grabaciones de las cámaras del colmado no habían encontrado nada. Ghalib, quizá sin ser consciente, debía de saber algo o haber visto algo lo suficientemente importante como para que @BloodyMary cambiase la pauta de sus crímenes. Porque si las cuatro primeras víctimas no tuvieron nada que ver ni con el caso ni con ellos, el asesinato del marroquí había evidenciado que, gracias a los cocineros, se habían acercado a una tecla que le podía poner en serios apuros. Pero ¿cuál? En cambio, el asesinato de Susie había evidenciado otra cosa. El chef tenía razón. Lejos de estar relacionado con la investigación, lo que comunicó @BloodyMary con ese crimen atroz fue: «No os acerquéis más». O, mejor dicho: «No te acerques más, Tsu». Al japonés le pareció perfecta la postura de Philippe de cooperar lo menos posible. Lo que no le pareció tan perfecto fue cómo las sospechas sobre él se iban confirmando paso a paso, día a día, crimen a crimen. Entonces vino la jugada maestra: @BloodyMary empezó a seguir a @Coriandrum3.0. ¿Cómo supo que ese perfil era el del japonés? Un movimiento que obligó a Tsu a esconderse. Aquello le daba rienda suelta para matar de nuevo a cualquier persona aleatoria, como aquel vagabundo que se cruzó en su camino. Pero lo que no le volvía a encajar fue la octava víctima. ¿Por qué mató a Guadalupe? ¿Fue otro aviso para él? Su asesinato había sido casi en paralelo a su detención. Algo que lo salvó de una celda segura después de que Scotland Yard descubriera su relación con la mexicana. Sin embargo, cuando le explicó a Philippe lo del restaurante, este se mostró sorprendido. ¿Por qué? La policía ya lo sabía; entonces, ¿cómo es que al chef no le habían dicho nada?

Estaba a pocos minutos de su casa cuando se paró en un Dunkin'. En momentos de estrés, y ese era uno, su cuerpo le pedía azúcar. Se compró un dónut cubierto de chocolate y relleno de mermelada de frambuesa. Salió de la tienda con el antojo en una mano y acompañando el patinete con la otra. Mientras se limpiaba con una servilleta la mermelada que le resbalaba por las comisuras de los labios, le vibró el móvil. Lo desbloqueó.

No podía ser. Eso no podía estar pasando. No se creía lo que estaba viendo. @BloodyMary había variado su rutina.

Aquella semana mataría dos veces.

Tsu entró en su casa, se descalzó y dejó el patinete en el vestíbulo. Cuando lo dejaron en libertad, había vuelto y se lo encontró casi todo en su sitio. Reconoció que los agentes de Scotland Yard, al margen de toquetear sus cosas, habían sido respetuosos y lo habían dejado todo donde lo encontraron. También comprobó que habían hallado el altillo. Justo la tarde que decidió desaparecer después del servicio, se pasó por casa con un pequeño bote de pintura blanca inodora. El objetivo era reseguir el perfil de esa abertura que se veía si mirabas justo la porción de techo de encima del pasaplatos. Pero tenía prisa y no lo hizo del todo bien, ya que, al secarse, la línea rectangular todavía continuó siendo detectable.

Entró en el baño. Después de ver la foto del noveno plato, el subidón de azúcar se le pasó rápido. Estaba hecho polvo. Tenía ganas de dormir, de apalancarse en el sofá, de ver una serie, de mirar tonterías por Insta..., de perder un poco el tiempo. De no hacer nada. Empezó a llenar la bañera y dejó caer un hilillo de jabón líquido. Poco a poco, la espuma empezó a abultar más sobre la superficie. Se desnudó y se sumergió en el agua caliente. Se quedó quieto, queriendo convertir esos litros en un remanso de paz. Empezó a inhalar y exhalar a conciencia con tal de inundar su cuerpo de una calma que se resistía a poseerlo. Se quedó en un estado de ligera somnolencia y se despertó de un respingo. Miró el móvil. Había dormido siete minutos. Se metió en Instagram. Hizo *scroll* sobre los estados más recientes de la gente que seguía. Pasó de largo la foto de @BloodyMary y siguió bajando. Miró recetas de cocineros, vio vídeos tontos, e incluso algún meme logró arrancarle una media sonrisa.

Se fijó en que Charlotte había colgado contenido nuevo. Para variar, era con Piper, Lucy y Aleska. Sintió una punzada de envidia. Él nunca tendría amigos como esos. De los que crecen contigo y te acompañan, aunque te desvíes de la ruta. ¿Sabría Philippe que les había dejado alguna vez las llaves de su casa cuando no iban a clase? Se lo tendría que explicar, si es que Scotland Yard no lo había hecho después de examinar palmo a palmo su piso. No sabía por qué se las dejó. Lottie se las pidió una vez, con su voz angelical y esa cara capaz de hacer que el mismísimo Lucifer se tirara por el balcón. Se metió en su *feed* y miró el contenido. Bailes, canciones, caídas, risas y demostraciones de amor hacia sus amigas del alma y hacia Evelyn, cómo no. Esa chica de dieciséis años recién cumplidos había crecido y se estaba convirtiendo en una persona muy interesante. A Tsu siempre le había hecho gracia. Incluso en alguna ocasión, Charlotte lo había amedrentado con algún comentario pícaro o alguna mirada cargada de intención. Pero el japonés profesaba tal respeto al chef y a su hija, que nunca se le hubiese ocurrido sucumbir a sus encantos, que no eran pocos. Inteligente, atractiva, impetuosa, graciosa, y con una personalidad arrolladora, Charlotte era la viva imagen de Anne, a la que tuvo el placer de conocer tres años antes de que falleciera en aquel fatal accidente en el que Philippe conducía. Miraba esas fotos, esos vídeos, y veía la misma imagen de la mujer del chef. De repente, algo le llamó la atención. Acababa de ver al autor de los ocho crímenes.

Acababa de ver a @BloodyMary.

51

Mientras las puertas del ascensor se cerraban, Philippe observó cómo Tsu acompañaba a Francis a una sala diferente. Por lo que el responsable del departamento digital dijo en la reunión, al japonés se le iba a llenar la mañana de trabajo.

Eran las 10.30 horas cuando salió de las oficinas de Scotland Yard por la puerta trasera. Se puso el gorro y repasó mentalmente lo que Tsu le había dicho pocas horas antes. Quería llegar a casa y comprobar algo que le daba vergüenza admitir. Algo que hubiese comprobado a la primera de no haber estado sujeto a tanta presión. No había caído en la cuenta de mirar la fecha de las fotos del *pendrive* que se había llevado de casa de Tsu. Ese dato exculparía por completo al japonés y daría total credibilidad a la versión que le había contado. Había querido preguntarle sobre las llaves de su casa que prestaba a Charlotte y a sus amigas. Pero eso podía esperar. No quiso agobiarle más de lo que debía de estar.

Ese lunes tenía que recibir el pedido de licores que el viernes no llegó a causa de la huelga de camioneros. No se lo había querido pedir ni a Ruth ni a Ricardo. Era su día de fiesta. Había quedado a las 11.30 con el proveedor en el White y dudó si ir caminando o en metro. Tenía una hora a pie desde allí. A buen ritmo llegaría seguro, así que escogió la primera opción.

Un sentimiento de decepción lo tenía secuestrado desde que habló con Tsu. Era con respecto a Guada. Le ardía el corazón. ¿Cómo era posible que lo hubiese traicionado de esa manera? Con lo que tuvieron. Con lo que había creído que habían seguido teniendo. Pero Philippe lo tenía claro. Detrás de todo eso debía de estar Eric. Siempre creyó que había rondado a Tsu, pero también pensaba que el japonés tenía la personalidad suficiente como para pararle los pies. Sin embargo, aquel proyecto, si no le había llegado directamente de él sino de ella, debía ser mucho más apetecible. Guada no necesitaba vender las ideas con ornamentos retóricos. Tan solo su presencia y el hecho de saber que también estaría involucrada era motivo más que suficiente para creer. ¿Y Eric? ¿Dónde estaba esa rata? Lo más seguro era que después de ver el asesinato de Guada le entrara pánico por... ¿ser el próximo? Eso no tenía sentido. Quizá, al descubrirse esa confabulación sobre el restaurante temático, no tuviera la valentía de dar la cara. Y no le extrañaba. Siempre había sido así. Un cobarde con una capacidad de desaparición fuera de lo normal.

«Me suena.»

Otra persona le había dicho lo mismo hacía poco tiempo. Desde que le golpearon la cabeza, Charlotte se había mostrado mucho más cercana. No todo lo que él hubiera deseado, pero se había producido un *upgrade* importante respecto al día que discutieron. Aunque sabía que, hasta que no aceptara sus errores y se disculpara con ella, Lottie no volvería a ser con él la de antes. Esperaba encontrar el momento idóneo para la reconciliación, pero todo se había precipitado tanto que apenas había dispuesto de unas horas para comer tranquilamente con su hija.

Iba por Birdcage Walk, al sur de los jardines de Buckingham Palace, cuando volvió a pensar en Eric. ¿Y si fuese él el asesino? Desdeñó esa posibilidad casi en el acto. Se necesitaban muchas agallas y estar muy enfermo para ejecutar lo que @BloodyMary hacía. Y Eric no cumplía ninguno de esos dos requisitos. Sí, estaba enfermo, pero era otro tipo de dolencia. Tenía que ver más con la rabia y la envidia. Philippe siempre había notado una cierta acritud hacia él. Pero ¿por qué? Debería haber sido al revés, pero Philippe no tenía ni tiempo ni energía suficientes para cargar con un sentimiento tan hostil. Eso no significaba que no lo hubiese tenido. Lo tuvo, hacía años, pero supo lidiar con él y, al final, con el tiempo, aprendió a liberar, a perdonar. Eso tampoco quitaba que, cuando pensaba en ello, se encendiese. Ya no eran llamas como al principio, pero sí eran ascuas entre unas cenizas que se iluminaban por la noche si soplaba la más mínima brisa. Y no era para menos.

Corría el año 1994, y fue al poco de empezar su *stage* en el bistró cuando Guada apareció en sus vidas. Una época en la que los tres salieron mucho por la noche, después del último servicio. Los dos se enamoraron perdidamente de ella. Philippe lo notó enseguida. Tanto lo suyo como también lo de Eric. Una noche, mientras corrían y reían a las dos de la madrugada por las callejuelas aledañas al Moulin Rouge, Guada esperó a que Eric, que iba el primero, girara la esquina para pararse, coger al vuelo la mano de Philippe, que iba justo detrás, y besarlo. Nunca olvidaría aquel beso. Como tampoco nunca olvidaría la cara que puso Eric cuando doblaron la esquina. Ya no se besaban, pero los vio riendo. Los vio compartiendo. Lo vio todo. Philippe supo que, desde ese día, ya nunca nada volvería a ser igual entre ellos. Al principio, Guada y él lo mantuvieron en secreto, pero al cabo de dos meses empezaron a no ocultar aquel amor casi adolescente. Philippe se sentía en una nube, que se convertía en nubarrón cuando entraba en el trabajo. Eric le quiso hacer la vida imposible, y él aceptó el reto. La situación en el restaurante era casi insostenible entre ambos, pero aun así decidieron librar aquella batalla hasta que uno de los dos hincara la rodilla.

Un día, el chef Fabien Brazier los llamó a su diminuto despacho. No sabía qué había pasado entre ellos dos, pero les dijo que o mantenían las formas allí dentro o los echaría por incompetentes asegurándoles un futuro poco prometedor en el mundo de la hostelería. Añadió que, para matarse, ya tenían tiempo después de cada servicio, pero no en su casa. Los tres continuaron saliendo juntos por las noches, como si nada. Philippe y Eric hacían ver que su relación seguía intacta. Fue a partir de entonces que, para pasárselo bien, parecía que solo pudiesen hacerlo con drogas. Hasta el momento, había sido alcohol y cigarros, pero Eric introdujo algo de cannabis primero, algún ácido luego y cocaína después. A Philippe no le gustó nada, y aunque al principio participó, fue de manera mucho menos activa que Eric o Guada. Las resacas comenzaron a ser inhumanas y sus capacidades empezaron a quedar mermadas para el funcionamiento más básico que se puede esperar de alguien en una cocina profesional.

Se apartó de aquella deriva y le sugirió a Guada que también lo hiciera. Pensó que así había sido hasta que, en el *impasse* de un turno de mediodía, entró en el lavabo y la descubrió esnifando. Aquel momento marcó un antes y un después en su relación, en la que aquella situación no paraba de repetirse. Ella le prometía que no volvería a suceder. Él, aferrado a su ideal de amor como una fibra entre los dientes de un bacalao cocido en exceso, confiaba. Hasta que Guada volvía a caer en la mullida tentación fina y blanca. Tras numerosas rupturas y reconciliaciones, Philippe decidió poner fin a aquella montaña rusa. A aquel amor lleno de toxicidad. Empezó a ver a Guada como un fantasma a la sombra de Eric. Parecía que la tuviese completamente hipnotizada, como si manejase unos hilos invisibles que solo ella era capaz de cortar.

Al cabo de unos meses, las prácticas de ambos en el bistró finalizaron. Eric y Philippe fijaron rumbos diferentes, y aunque sus andanzas continuaron por fogones franceses, decidieron poner mucha tierra de por medio. Se distanciaron hasta que ambos formaron parte de la memoria remota el uno del otro. Al cabo de dos años Philippe recibió una carta. Era de Guada. En ella le pedía perdón. En ella le decía que había acabado Bellas Artes y que iba a hacer su primera exposición. En ella le dijo que logró salirse a tiempo de aquella vida llena de excesos. En ella le dijo que Eric, en cambio, no, y que llevaba años yendo a una clínica de desintoxicación. En ella le dijo que gracias. En ella le dijo que lo quiso como a nadie, y que nunca dejaría de hacerlo.

Pasaron diez años desde esas líneas, hasta que en 2006, vía Facebook, Guada localizó a Philippe. Intercambiaron algunas palabras a través del chat. Por la escritura, Philippe la notó como siempre. Como había sido ella. Rápida, graciosa, ingeniosa, cariñosa y buena gente. Por unos instantes la echó de menos. Pero una alusión a Charlotte, que entonces tenía tres años, enseguida frenó ese atisbo de añoranza. Ella se alegró por él y desde aquella conversación ya nunca más volvió a saber nada más de Guada.

Hasta que se la volvió a encontrar en 2014 en el London Restaurant Festival. Fue en una conferencia de Ferran Adrià sobre cromatismos en la comida. Aquella mirada, aquella sonrisa, aquella manera de hablar..., nunca había podido evitar pensar qué hubiese sido de ellos si...

Se paró en una cafetería de Belgrave Square Garden. Le dolía un poco la cabeza y estaba sofocado de caminar tanto. Se quitó el fular azul celeste y se lo colgó al hombro. Aquella mañana no se había acordado de tomar el antiinflamatorio para la herida. Pidió un café solo para llevar y un vaso de agua. Se tomó la pastilla de tres tragos, agarró lo que parecía un vaso de cartón reciclado y siguió su camino hacia el White. De repente notó que el móvil le vibraba:

—¿Sí?... Sí, soy yo... Ah, ¿ya estás ahí?... Vale, de acuerdo, llego en cinco minutos.

Comprobó que le quedaba una raya de batería. «Lo cargaré en el White.»

Philippe aceleró la marcha. Se rascó con suavidad por encima del gorro en la zona del parche que cubría las grapas. Le picaba. Se estrujaba los sesos por comprender el comportamiento del puto enfermo de @BloodyMary. ¿Por qué solo lo golpeó? ¿Por qué quiso que viese lo de Guada y dejarlo con vida después? ¿Sería, como decía la policía, para dejarle claro que no era de su interés?

«No cabe la menor duda. Por suerte, no entro en sus planes. Pero por desgracia, Tsu sí.»

Estaba claro que con todos los indicios en contra que @BloodyMary se había encargado de aglutinar, la obsesión por el japonés era más que evidente. Ahora que volvía a estar libre, ¿correría peligro?

«Ojalá le hayan puesto vigilancia. ¿O Hadrien lo ha dicho para que Tsu se relaje y cometa un fallo?»

Philippe todavía albergaba una mínima duda. ¿Y si había tenido algo que ver? ¿Y si, como indicaba una de las hipótesis de la policía, eran dos los asesinos?

«El *pendrive* me sacará de dudas.»

Cruzó Walton Street y dio gracias por que fuese lunes. De no serlo, estaría acompañando a Hadrien al Cow Says Moo.

Faltaban diez minutos para las 11.30, y desde lejos ya lo vio. Esperaba en la puerta con un papel en la mano y apoyado en una carretilla gris y descascarillada. Al lado, ocho cajas. Vestía un pantalón oscuro de pinzas y una camisa marrón. A Philippe le sonaba de otras veces.

—Te has adelantado.

—Sí, estoy intentando recuperar lo que el viernes no pude hacer.

Philippe sacó un mando del bolsillo y apretó un botón. La persiana de The White Spoon empezó a subir y a desaparecer entre el hueco de la fachada.

El repartidor cargó cuatro cajas en la carretilla y las metió.

—No te preocupes. Déjalas allí —le dijo Philippe señalando el pie de la barra mientras iba a dar las luces del local.

Cuando hubo dejado las ocho, le dio el albarán a Philippe, que le echó un vistazo al mismo tiempo que comprobaba el contenido de las cajas: una de *whisky* japonés, otra de escocés, dos cajas de ginebra *premium*, dos de grapa añeja, una de tequila y otra de *limoncello* de Sorrento. Esos destilados eran los que más pedía la gente en el White.

Se quedó solo en el local. Entró en el despacho para coger el cargador que tenía en el escritorio. Al enchufarlo a la red y conectar el móvil, vio que este no se cargaba. «Mierda.» El cable debía de estar roto por dentro y no hacía conexión. Mientras no le llamara nadie, pensó que con aquel diez por ciento de batería aguantaría hasta llegar a casa. Pese a ello, dejó el móvil enchufado encima de la mesa esperando a que se obrase el milagro y que una subida de tensión hiciese que los electrones fluyeran por el circuito.

Entró en el cuarto donde tenían las taquillas. Abrió la suya y sacó unos pantalones y una chaquetilla. Eran de la semana pasada. The White Spoon ofrecía a todos sus trabajadores un servicio de lavandería que pasaba cada martes, pero con los acontecimientos de los dos últimos días a él se le había olvidado tirarlos en el cestillo para lavar. Salió a la sala y se puso detrás de la barra. Se preparó un agua con gas con una rodaja de limón. Una pregunta le seguía rondando la cabeza:

«¿Dónde está Athenea?».

Se llevó el vaso al despacho. Confiaba en que aquel 10 por ciento se hubiese convertido en un 20 por ciento. Eran las 12.01 cuando apretó el botón central del móvil. La pantalla se iluminó.

«No puede ser.»

Le extrañó tanto que @BloodyMary matara dos veces en una semana que pensó en compartir con Tsu su sorpresa junto a la foto del noveno plato, una pequeña torre irregular formada por tres texturas de diferentes tipos de chocolate. Una réplica a escala grande de esa obra bien la podría haber firmado un arquitecto de renombre en la plaza de cualquier capital europea. Nacía en la base de una semiesfera de helado. Por el color, podía ser de mora o de arándanos, y sobre su superficie había diminutos trozos incrustados de garrapiñada. Pero lo más espectacular del emplatado era el efecto de la sombra. La torre proyectaba una tenue y sutil forma opaca sobre la porcelana blanca, hecha a base de lo que parecía fino polvo de cacao y que emulaba a la perfección su sombra. Repartidos por el plato, cinco pétalos de lila y lavanda. El resultado final era una vez más magistral.

Aunque lo más seguro era que el japonés ya lo hubiese visto, quiso hacer un pantallazo para enviárselo. Pero el móvil no le dejó. Le indicaba que no tenía memoria suficiente. Debía borrar alguna *app*, fotos y sobre todo algún vídeo largo para liberar espacio. Entre la batería, el cargador... «... y ahora la memoria, otra vez la rebelión de las máquinas».

Se metió en «Fotos» y deslizó el pulgar unas quince veces hacia abajo, haciendo que un mosaico de colores indefinidos pasara veloz. Como si se tratara de la ruleta de la fortuna, las fotos cada vez empezaron a ir más lentas, hasta que se pararon. Se había plantado en seis meses antes. Estaba dispuesto a hacer una limpieza drástica de su memoria. Empezó seleccionando fotos prácticamente duplicadas y algún vídeo de gente que ni conocía que se le había descargado de algún chat.

De repente una foto le llamó la atención. La clicó y se hizo grande. Era de una caja de cartón. De cuando se mudaron de piso. La siguiente era una foto detalle de su contenido. Philippe la había fotografiado por si se perdía en el traslado, y ni se acordaba de que la tenía. Empezó a deslizar de nuevo el pulgar, pero esta vez de derecha a izquierda y con una soltura y rapidez inusuales en él. Por fin la vio. Era la 15. La caja número 15. La que no encontraban. La que contenía el libro que Tsu tanto buscaba en su casa. La siguiente foto era de lo que había en su interior. Hizo pinza sobre la pantalla y abrió con los dedos. Allí vio la portada turquesa del libro con el arenque en medio. *MEESA.* Era el título con las iniciales de las técnicas de las que hablaba: marinadas, escabeches, encurtidos, salazones y ahumados. Líneas escritas con detalle acerca de esas técnicas milenarias y de sus variantes en diferentes países. Para Philippe, uno de los mejores libros sobre la conservación de alimentos. Con el índice movió la imagen y miró lo que había a los lados. El libro estaba junto a varias libretas y carpetas de los primeros restaurantes donde había estado. Se acordaba perfectamente de lo que había en cada una de ellas. A su edad, su memoria le podía comenzar a fallar en según qué campos, pero para esas cosas no. Como, por ejemplo, ese bloc de tapas amarillentas y manchas de grasa. Era del bistró donde empezó a hacer prácticas. En él había apuntado...

Philippe tuvo una visión repentina. Salió rápido de «Fotos». Se metió en Instagram. Hizo *scroll* en los ocho platos de los crímenes. Entonces lo vio todo claro.

Sus peores temores se acababan de confirmar. @Bloody Mary había ido a por él. Y desde el primer plato.

52

Faltaba un minuto para el mediodía cuando Athenea encontró lo que andaba buscando. Fue una hora después de que Marcel le dijera lo del cierre del bistró durante catorce días por una inspección: «No sé qué buscaban, yo era muy pequeño, casi ni me acuerdo». Se había tomado la confianza de cerrar la puerta y evadirse en esa minúscula habitación. Abrió el ordenador y empezó a navegar a través del tiempo. Buscaba en Internet algo que cuadrara con lo que le había explicado Marcel. En contra de lo que creía el chef, en aquellos retazos de diario no encontró nada relacionado con el cierre del bistró. Parecía que su padre hubiese querido borrar todo lo negativo y recordar solo lo bueno, algo que a Athenea le pareció un autoengaño y una evasión de la realidad en toda regla. Marcel no se acordaba exactamente del año. «Debió de ser a mediados de los noventa, eso seguro», le dijo. ¿Qué habrían hecho Philippe, Guadalupe y Eric durante aquellos días libres? Athenea se los imaginó por ahí, jóvenes, risueños, ajenos a un futuro caprichoso que parecía que los quisiese volver a reunir. Pero ¿bajo qué circunstancias? Tenía que reconocer que Guadalupe había entrado en la lista de sospechosos. Y quién no. Desde un inicio, Scotland Yard había sospechado de casi todos, y a medida que avanzaban en las investigaciones, aquella lista se ampliaba con nuevos nombres, como el de la mexicana.

Athenea, en cambio, no sospechaba de casi todos. Ella lo

hacía de todos. También de Philippe, por mucho que le doliera a Hadrien oírselo decir. Durante los últimos dos días, la sargento había sostenido la teoría de que los mareos del chef cuando presenciaba sangre no eran más que teatro, y de que se podía haber autolesionado en casa de Guadalupe. Cinco grapas en la cabeza no exculpaban a nadie. Muchos psicópatas eran capaces de autoinfligirse heridas con tal de llevar a cabo su trabajo. Y sí, podía sonar algo estrambótico, pero si no, ¿por qué @BloodyMary no lo mató cuando lo tuvo a tiro? No obstante, su cabeza le jugaba malas pasadas, y por momentos tanto creía eso como que el asesino había puesto su foco en el japonés. Y es que esa segunda opción respondía también a la misma pregunta.

Navegó durante muchos minutos por lo que quizá, pensó, podían ser aguas de *fake news*. Todo era posible. Tenía que cerciorarse y corroborar la misma información, como mínimo, en dos medios fiables. Pero ese objetivo quedaba lejos. Athenea era especialista en el manejo de dos armas letales: la pistola e Internet. Había sido la primera de su promoción en tiro estático y dinámico, y también se había formado en búsquedas digitales, una faceta que la hizo muy polivalente y atractiva a ojos de Scotland Yard cuando valoraron su solicitud. Experta en navegación oculta, hacía años que no la practicaba. Sin embargo, más de cincuenta minutos en ese zulo buscando por la superficie de la red la convencieron para que cambiara el chip y refrescase antiguas dotes.

Dejó a un lado el ordenador de la policía y encendió el suyo. Activó *Skywalker*, el navegador para bucear por los abismos de Internet. También conectó *Transparent*, una herramienta imprescindible para ocultar la identidad, no ser localizada y moverse con soltura por los inframundos de la *deep web*. Ahora su forma de navegar era otra. En menos de cinco minutos había cambiado su velero de catorce pies por un barco fantasma con bandera pirata. La sargento tenía varios perfiles abiertos en ese infierno lleno de pornografía infantil, sicarios, armas, drogas, fraudes y vídeos *snuff*. Algunos eran perfiles que había abierto con Scotland Yard, y ella era una de las pocas personas fuera del departamento digital que podía acceder a los mismos. Otros eran suyos de hacía años.

Semanas antes, Francis y su equipo se infiltraron en un chat donde numerosos psicópatas de todo el mundo colgaban comentarios junto a enlaces de sus vídeos más despiadados. Incluso vieron que algunos emulaban a @BloodyMary con perros y gatos. Sin embargo, no encontraron a nadie que les diese alguna pista o indicio para emprender una vía de investigación. De lo que estaban convencidos era de que allí @BloodyMary nunca se manifestaría. Su juego no era ese. Lo que deseaba era que reconociesen su trabajo y que todo el mundo tuviese acceso a él, como mostró con su cuenta de Instagram.

Al final, la sargento escogió meterse con uno de sus perfiles. En esos océanos de depravación se valoraban mucho dos cosas: la antigüedad y la actividad. Aparecer de la nada o mantenerse inactivo durante un tiempo hacía saltar las alarmas de las mentes más perversas y que sospecharan de la infiltración de algún policía. Escogió @SawII y cruzó los dedos para que no la vetaran por llevar tanto tiempo fuera de circuito.

Lo primero que hizo fue irse a la Hidden Wiki, donde empezó a buscar. Enseguida se dio cuenta de que no había perdido su olfato rastreador, de que continuaba siendo muy buena y de que su intuición no fallaba. Al cabo de catorce minutos dio con una página que le podía resultar de gran ayuda: The Past is Now. Un buscador de mierdas pasadas. Infidelidades, accidentes, enfermedades, malos resultados en pruebas, peleas, fotos comprometidas, conexiones en adjudicaciones de concursos públicos, pagos sin facturas, consumo de drogas, malas praxis en *corporate compliance*... En ese hervidero de maldad, sadismo y muerte, esos delitos menores que algunos quisieran ver para siempre sepultados por algún motivo u otro eran un filón para el que se propusiera chantajear y extorsionar. Los precios variaban en función de la persona. Cuanto más conocida y popular, las cifras en bitcóins se disparaban. Aunque existía un riesgo. El riesgo de que la persona que se buscara estuviese limpia o que los delitos que hubiese cometido en el pasado ya no tuviesen valor moral como para pedir algo a cambio. Verificó cuánto dinero le quedaba en el perfil de @SawII. 0,32 bitcóins. Quizá el capitán avalase esa búsqueda y Scotland Yard le devolviese el dinero. Todo dependería del resultado. Se la jugó. Ingresó el nombre: Philippe Bouvier. Pero al lado salió su precio: 0,45 bitcóins. «Mierda», pensó. Ayudar en un caso como ese lo había convertido en alguien relativamente conocido. Probó con Eric Moreau. 0,25 bitcóins. Le dio a pagar. En pantalla aparecieron los resultados:

Febrero de 1991: multa por lanzamiento de objetos e insultos xenófobos en Parque de los Príncipes, partido París St. Germain-Marsella.
Julio de 1992: multa por consumo de cannabis en lugar público.
Enero de 1995: multa por consumo de drogas en lugar público.
Septiembre de 1995: ingreso en centro de desintoxicación.
1999: embargo por impago a trabajadores en Steak.
Marzo de 2006: accidente de tráfico y fuga.

La *deep web* no dejaba de sorprenderla. Generalmente, para mal. Todavía recordaba la primera vez que la descubrió. Fue cuando estaba en el último curso en la Escuela de Policía de Manchester. Un agente de estupefacientes les dio una charla y se conectó en directo delante de la clase. Puso un vídeo donde una mujer encapuchada le partía los brazos con una piedra a su sobrino de seis años. El niño se llamaba Thiago. ¿El motivo? Haberse equivocado en la entrega de un paquete de cocaína. Varios alumnos se taparon los ojos. Otros salieron llorando sin acabar de ver la escena. Ella se mantuvo firme, clavando la vista en la pantalla. Durante semanas los chillidos de aquel niño se entremezclaron con los suyos cuando se despertaba sudando en medio de la noche. Y se juraba una y otra vez que, mientras existiese ese mundo tan enfermo, lucharía por todos los Thiago del mundo.

Se quedó pensando en aquello mientras miraba la taza vacía de café que tenía delante en la mesa. Era el segundo que se tomaba ahí: Marcel se lo había traído a ese despacho enano durante sus pesquisas. El hijo del que había sido el fundador de ese bistró le parecía un amor. Atento, amable, simpático. Pero le parecía, solo eso. En el fondo, la sargento lo encontraba incongruente. Trasladándolo a un plano más objetivo y menos visceral por la experiencia de su madre, se preguntaba cómo era que una persona tan agradable se podía dedicar a algo tan deshonesto como vender comida por un precio tan desorbitado. Le seguían pareciendo una aberración las cifras que se pagaban en esos restaurantes cuando lo máximo que hacían era cambiar formas y texturas queriendo mantener los sabores de siempre. ¿Qué puta gracia tenía eso? No dudaba del trabajo que había detrás, pero sí de su moralidad. Esa visión tan meramente funcional de la comida, más el lastre emocional que cargaba, la había llevado a discutir fuerte con algunas de sus amigas, de filosofías más hedonistas. Aun así, pensó que acabar una comida de esas con el gusto de un café tan rico en el paladar quizá no valía su precio, pero sí la pena. Entonces se le ocurrió algo. Puso en el buscador «Fabien Brazier». Al ser una persona difunta, el precio por la información era considerablemente más bajo: 0,01 bitcóins. Clicó en «pagar».

53

Como todos los lunes, Charlotte salió del King's College London a las doce. Se quedó cinco minutos hablando con un compañero de clase y después puso rumbo a casa. Veinte minutos a pie que le servían para mirar Insta, escuchar música o pensar. Había ido desde pequeña con Piper, Lucy y Aleska al mismo colegio, y ahora tenía suerte de que continuaran juntas. Estudiaban asignaturas diferentes, por eso los lunes salía una hora antes que ellas. Aunque eso ya le daba bastante igual. Sobre todo, salir con Aleska.

Desde que su padre le dijera que habían encontrado pelos suyos en la cama de Tsu, la relación entre ambas se había enfriado. ¿Cómo podían haber follado? Eso significaba que un día fue sin ellas a casa del japonés. ¿Lo sabrían las otras y se lo habían ocultado? Aleska sabía que a Charlotte le gustaba el japonés, pero quizá no sabía bien hasta qué punto. En materia de amor, hasta ella reconocía que a veces se mostraba ambigua y poco transparente. Lo cierto era que no pensaba mucho en él, pero cuando lo veía se sentía especialmente atraída. No sabía exactamente qué era, pero estaba casi segura de que era mutuo. En cambio, de lo que sí estaba segura era de que él nunca tomaría la iniciativa. Por respeto a su padre. Una especie de código japonés de esos que salen en las películas. ¿O sería por respeto a Yumiko Kokoro? ¿Quién era esa chica? ¿Una prima? ¿Su novia oficial? Charlotte la había buscado en Internet. Era «la puta ama» del corte en Londres, sobre todo en *sushi* y *sashimi*.

Caminaba a paso ligero por Strand. Un pequeño bolso negro se balanceaba colgado en su hombro. Tenía ganas de llegar a casa. A Charlotte no le gustaban nada los lunes. Y no por lo obvio, sino porque fue el día de la semana en que su madre murió. Hacía ya casi dos años y medio. La acababan de dejar en la escuela. Anne tenía una reunión con un cliente muy importante en Reading. Su padre, que tenía libre, la acompañó y aprovecharía para ir a Theale, un pueblecito muy cercano en el que había uno de los mejores hornos artesanales de toda Inglaterra, donde hacían *cottage loaf*, un pan parecido al *chapeau* de Finistère que quería incorporar a la carta del White. Iba a conducir su madre, pero una torcedura de tobillo en una *trail* de montaña el día anterior se lo impidió. Estaban a cinco minutos de su destino por una carretera secundaria cuando se pararon en un cruce donde venían coches de ambos lados. Ellos tenían preferencia, así que giraron a la derecha. Justo en aquel momento un monovolumen gris que no se había percatado de la señal de «Ceda el paso» impactó a gran velocidad en la puerta de la copiloto. Anne murió en el acto. Charlotte pensaba mucho en esa manera de morir. Al menos lo hizo sin apenas dolor. De forma rápida. Era lo único a lo que se aferraba para no sufrir más.

Nunca le había preguntado a su padre, ni lo haría, por los detalles, con lo que fue ella quien grabó y editó su propia película en la cabeza. Imaginaba imágenes. Imágenes del impacto, del movimiento del coche, de su madre zarandeada como un muñeco de trapo sujeto por el cinturón al asiento. Llena de sangre. El parabrisas lleno de líneas como el mapa de una capital de la que salen cientos de caminos. El coche humeante. Esos segundos de silencio mientras los pasajeros comprueban el alcance de sus lesiones y las de sus acompañantes. ¿Fue así como pasó, como lo vivió su padre? Con el tiempo, aquellos fotogramas se convirtieron en una película antigua. Y Charlotte empezó a recordar cosas reales. Como cuando su madre y ella salían a patinar y se reían de su padre cuando se les unía; o como cuando se iban a hacer la manicura, y después comían una suculenta hamburguesa de «mandíbula desencajada», como la llamaban ellas por la cantidad de *toppings* que le ponían; o como cuando, simplemente, se sentaban en un bar y Charlotte le contaba lo que había hecho durante el día o le explicaba lo que le preocupaba; o como aquellos días en los que ella estaba triste y su madre se desvivía por estirarle los labios en forma de sonrisa.

Fueron tiempos convulsos. La añoraba a morir, y la soledad le pisaba el pecho sin piedad. Su padre, como todos, también lo pasó mal. Pero a su manera. Se olvidó por completo de su hija. Incluso apenas le miraba a la cara. Charlotte pensaba que podía ser por vergüenza. Por vergüenza de que ella lo culpase. Al principio podía haber sentido un poco de eso, pero empezó a ir a terapia y su enfoque de las cosas fue cambiando y multiplicándose. No había nada que culpar ni nada que perdonar. El distraído fue el del otro coche y en la vida había cosas que no se podían controlar. Suficiente martirio soportaría su padre si la culpa lograba confundir a su conciencia. Lo que no le empezó a perdonar fue su aislamiento en el trabajo. Pasaba horas y horas en el White y llegaba a casa cuando ella ya estaba durmiendo. En ese sentido, seguía sintiéndose apartada en su agonía. Pero entonces su abuela fue a vivir con ellos. Eso supuso un aro salvavidas en medio de una mar gruesa. Eso la ayudó a desanclarse un poco del pasado y a sentirse menos mal por querer ser feliz en el presente. Quedar con el tío Hadry también le hizo bien. Se convirtió en una manera de rendirle tributo a su madre, de recordarla y de atenuar parte del sufrimiento. Quedaban a espaldas de su padre, a petición expresa de su tío, que al principio no se veía preparado para ver a su cuñado. Un día le explicó que una pequeña parte de él, gobernada por el perfeccionismo y la exigencia, se mostraba implacable y sería capaz de reprocharle a Philippe su falta de reflejos en el accidente. Injusto, pero sabía que podía suceder. Por eso prefirió esperar hasta volver a verlo. Con el tiempo, Charlotte notó que aquel sentimiento se fue apaciguando en su tío, aunque prefirió no presionarlo.

Pasaron meses y la relación con su padre seguía en vía muerta. Entonces le dio por hablar solo de estudios. Era monotema. Aquello a Charlotte la agobiaba. Lo aborrecía. Como si no hubiera nada más en el mundo que su restaurante y la universidad a la que iría al cabo de tres años, tiempo más que suficiente como para decantarse entre el London Institute of Photography o el Royal College of Art. Pensar en arte a Charlotte la llevaba a Guadalupe García. Flipaba con sus platos. Y con sus cuadros, algunos de los cuales había visto por Internet.

Estaba en William IV Street con Charing Cross Road cuando se paró en un paso de peatones. Un coche rojo con las ventanillas bajadas y tres chicos en su interior pasó muy cerca.

—¡Culeteee!

—¡Zoqueteee! —respondió levantándoles el dedo corazón.

Cómo odiaba la tontería que llevaban algunos encima. Eso le hizo pensar en la discusión que tuvo con Lucy dos días antes, cuando se puso a bailar *twerking* mientras sonaba reguetón en la fiesta de una de la clase. Charlotte no se quejaba tanto del baile, cada una podía bailar lo que le viniese en gana, sino del contenido de la canción. Canciones que se habían puesto de moda y que normalizaban algunas conductas machistas e inaceptables camufladas bajo ritmos pegadizos. Su madre siempre las había definido como «melodías que enganchan, letras que repelen».

Justo en ese instante le vibró el móvil. Se quedó sorprendida. Había salido de clase y todavía no lo había mirado. Demasiadas cosas en la cabeza. Era su abuela. Le decía que bajaba a comprar algo para comer y que volvería enseguida. Salió del WhatsApp y se quedó paralizada. No se lo esperaba para nada. @BloodyMary había colgado su noveno plato.

Eso hizo que pusiera el foco de nuevo en Guadalupe. Su padre nunca le habló de ella, pero su abuela sí. Fue mientras esperaban en el hospital a que le acabasen de hacer las pruebas a su padre. ¿Qué hacía en la escena del crimen? ¿Qué hacía en casa de la mexicana? Obtuvo la confesión de Evelyn («Tu padre y ella fueron novios. Hace muchos años, en París») después de que a esta se le escapase un comentario que le hizo sospechar. Esa información, sumada al golpe en la cabeza, desataron en su interior una lucha interna de difícil manejo. Una mezcla de sentimientos encontrados. Por una parte, sentía lástima y compasión por él, por lo que había soportado a lo largo de los años, por lo solo que parecía estar. ¿Por qué no había querido compartir aquel sufrimiento con ella? ¿Por qué no le dijo que estaba colaborando en el caso? ¿Por qué nunca le contaba nada? ¿Por la absurda idea de que a un padre no había que verlo nunca como a un ser vulnerable? Por otra parte, todavía le guardaba rencor desde la última discusión que tuvieron. ¿Cómo podía tener esa falta de empatía? ¿No era él el adulto? ¿Por qué era tan egoísta emocionalmente? Quería hablarlo con él, a veces incluso dar el primer paso, pero la goma elástica del orgullo la devolvía de un latigazo a su sitio. Pensaba que era él quien lo tenía que dar.

Sus pasos la llevaban por suelo adoquinado mientras su cabeza la llevaba por otros caminos. ¿Cuántas veces en su vida había estado cerca de un asesino en serie? El farmacéutico de la esquina, el vigilante del *college*, el de la butaca de al lado en el cine, la que le lava el pelo en la peluquería... Esperaba con todas sus fuerzas que la novena víctima no fuera nadie del círculo de su padre. Ni del de Tsu, claro. Aunque le guardaba un poco de rencor por lo que hizo con Aleska, no podía recriminarle nada al japonés. Él no era su amigo de toda la vida. Ella sí. Se sintió aliviada cuando aquella misma mañana, de camino a clase, leyó en Twitter que lo iban a soltar. Charlotte nunca creyó que Tsu fuese @BloodyMary, pero ¿quién la iba a creer? ¿Qué pruebas tenía? Todo lo que había aprendido sobre asesinos en serie lo había sacado de series *true crime*, películas, documentales y navegando por Internet. *Juego de tronos* había acabado hacía meses y no había encontrado nada que la paralizara delante de la pantalla del ordenador. Hasta que apareció @BloodyMary, y su padre como ayudante en el caso.

Por las noches, el resplandor de miles de fotogramas empezó a salpicar las paredes de su habitación. *Mindhunter*, *Night Stalker*, *Seven*, *Zodiac*, *Ted Bundy*, *Serial Killer* con Piers Morgan... Además, Charlotte leyó. Y mucho. Godwin, Schechter, Vronsky, Egger... le enseñaron a saber qué era un asesino en serie. Y eso que, a la hora de establecer una definición, había teorías y consensos para todo. En ellas se apelaba sobre todo al número de asesinatos, a la localización geográfica, al período de enfriamiento entre un asesinato y otro, a la voluntariedad del acto, al *modus operandi*, a la relación entre crímenes, a la posible relación del verdugo con sus víctimas... También entendió la diferencia entre términos como psicópata, sociópata o psicótico. Toda esa información le sirvió para las cuatro primeras víctimas: más de tres asesinatos, una zona geográfica delimitada, una cadencia definida entre crimen y crimen, un *modus operandi* cuanto menos claro y víctimas al azar sin ningún tipo de relación entre ellas. Parecía el típico asesino en serie que buscaba el placer, el control sobre sus presas. Hasta que llegó Ghalib Totah y la noticia de que la policía había ido a visitarlo unos días antes de su muerte. Aquello lo cambió todo. ¿Había dejado @BloodyMary de dominar la situación y se había convertido en un *spree killer*, más impetuoso y menos planificador? Luego los medios se hicieron eco del asesinato de Suzanne Flow Serra y del vagabundo, y con esas dos muertes, las aguas de la investigación volvieron a su cauce. Hasta que de nuevo fue alguien, no ya solo conocido por la policía por haberla ido a visitar, tal y como publicaron varias revistas sensacionalistas, sino exnovia de su padre y colega del sector. Eso le hizo pensar otra vez que quizá @BloodyMary se hubiese desviado de la obra que tenía planificada desde un principio. Algo que le hizo sentir tranquila y preocupada al mismo tiempo. Tranquila y segura porque vio que su padre no entraba en sus planes. Preocupada porque seguro que Tsu debía conocer a la mexicana a través de él. Un dato más que se sumaba a la ya larga lista de conexiones entre el japonés y pruebas que de nuevo lo podían inculpar. Algo que, dada su liberación y su presunta inocencia, denotaba una vez más la «obsesión por parte del asesino hacia el japonés», según habían titulado varios medios en Twitter.

Eran las 12.25 cuando Charlotte entraba en el portal y llamaba al ascensor. Justo en ese instante le llegó un wasap de Aleska. ¿Se lo enviaba en medio de clase? Charlotte se había vuelto muy fría con ella y obviamente lo había notado. ¿Intento de aproximación? Lo abrió. Muchas veces se enviaban noticias breves y cosas absurdas que les hacían gracia. Esa vez era un meme. Un texto decía: «Muere catador de mantequillas de un inesperado paro cardíaco». Se empezó a reír. Una risa tonta que le duró hasta la puerta de casa.

Entró y se descalzó.

—¿Hola? ¿Abuela?

Dejó el bolso en el colgador y se fue al baño a orinar. Había bebido bastante agua esa mañana. Se estaba lavando las manos cuando sonó el timbre de la puerta.

—Ya va, ya va, un momento —gritó mientras se secaba las manos.

Pegó el ojo a la mirilla de la puerta. Abrió.

54

«Venga, joder, cógelo, cógelo, ¡venga!»

A Philippe le faltaba el aire. Como si una gigantesca envasadora al vacío hubiese sacado el oxígeno a todo el despacho. A todo el White. Al planeta entero.

El teléfono dio cuatro tonos. Descolgaron.

—Hola, papá, ¿qué tal?

—Bien, ¿y tú? ¿Dónde estás?

—En casa, te iba a enviar ahora una foto. ¿Has visto Insta?

—¿Ya has vuelto de clase?

—Los lunes acabo a las doce. ¿Por?

—No, por nada. ¿Y la abuela?

—Ha bajado un momento, ahora sube.

—O sea, ¿que estás sola?

—Papá, ¡¿qué pasa?! ¡Me estás acojonando!

—Nada, nada. Tú dile a la abuela que cuando llegue cierre la puerta con llave y que me espere a mí o al tío Hadry. ¿Estás sola?

—Bueno, acaba de llegar Yan, más mono, me ha traído el regalo de cumple del otro día.

—Dile que se ponga.

«Venga, va, va, va... ¡vamos!»

—¿Sí? ¿Diga? ¿Señor?

—Yan, espera a que llegue Evelyn, por favor, no dejes a Charlotte sola.

—Tranquilo, Philippe. A la zorrita de tu hija seguro que

le encantará el postre que le he traído. Y si se te ocurre venir, mejor solo y quizá la veas aún con vida.

La línea se cortó.

—¡Charlotte! ¡Charlotte!... ¡No no!... ¡Lottie! ¡Lottie! ¡Lottie! —empezó a gritar entre sollozos—. ¡No, por favor, no!

55

El padre de Marcel tuvo una conducta intachable durante toda su vida. Excepto por una cosa:

Mayo de 1995: cierre negocio por intoxicación. J. S. M.

¿Intoxicación? ¿Así que la inspección se debía a una intoxicación? Las siglas J. S. M. debían de ser del nombre del afectado. Athenea se tenía que poner las pilas. Conociendo el año y el mes, llamaría a los hospitales cercanos al bistró donde hubiesen podido ingresar a la persona cuyo nombre correspondiera a esas tres letras. Parecía una locura, pero tenía que intentarlo. Su insistencia ante el capitán Gibbs después de la desaparición de Eric no podía acabar ahí. Su instinto le pedía seguir.

Unos golpecitos la sacaron de la pantalla y la devolvieron al mundo analógico.

—Soy Marcel —dijo una voz detrás de la puerta.

—Pasa, pasa.

La puerta se abrió y apareció la cara redonda y con bigote del chef.

—¿Se quiere quedar a comer? Me queda una mesa libre de dos y me preguntaba si ya tenía pensado adónde ir —dijo Marcel mientras entraba.

Athenea no había invertido ni un minuto en esa cuesción. Cuando tuviera hambre, saldría a por un sándwich de jamón y queso.

—Bueno, es que no quiero molestar.

—No es ninguna molestia. Estaríamos encantados.

El vuelo de vuelta no era hasta las 16.25. Tenía tiempo.

—Está bien, me quedaré.

—Genial. Hoy en el menú tenemos, de primero, ensalada de crudités con salsa de yogur, menta y manzana, o sopa de cebolla gratinada, y de segundo, confit de *canard* con base de patatas, ajos y mermelada de higos, o salmón con salsa bearnesa sobre timbal de *ratatouille.* De postre, tarta Tatin o *crème brûlée.*

—Pensaba que teníais menú degustación.

—Sí, lo hacemos, pero solo por la noche. ¿Lo quiere? Se lo podríamos...

—No no, solo era curiosidad, con dos platos voy sobrada.

—De verdad que no nos cuesta...

—Que no, que no, con la sopa de cebolla, el salmón y la Tatin ya sería feliz —dijo con tal de atajar el leve indicio de insistencia—. Por cierto, ¿el salmón podría ser sin salsa?

—Sí, claro, no hay problema.

—Una pregunta, Marcel. ¿Te acuerdas de en qué época Philippe y Eric se marcharon de aquí?

—Uf, han pasado tantas personas por este bistró que ya solapo caras, nombres y fechas. Recuerdo a Philippe y Eric porque fueron los primeros ayudantes de cocina que conocí cuando empecé a tener uso de razón, pero se fueron los dos a la vez. ¿No ha encontrado nada en Internet?

Athenea levantó la palma de la mano indicándole que le contestaría más tarde. Había caído en la cuenta de algo. Abrió de nuevo el ordenador del trabajo y lo puso al lado del suyo personal. Cambió los auriculares del portátil y se fue a un vídeo que tenía en el escritorio. Francis se lo envió hacía días. Su equipo lo encontró en el canal de comunicación de

Le Cordon Bleu. Lo había visto unas diez veces. Era una especie de entrevista hecha por estudiantes. La calidad era pésima y el audio estaba a la par. En ella aparecía un todavía imberbe Eric hablando de lo que había supuesto para él estudiar en aquella escuela. La sargento arrastró con el puntero del *touchpad* la bolita del *timeline* y avanzó unos segundos. Por fin encontró lo que buscaba. Era Eric diciendo que hacía dos semanas que se había incorporado al plantel de un restaurante en Lyon. Se fijó en la parte inferior derecha del vídeo. Unos números y unas letras cuadriculados y naranjas marcaban el 1 de junio de 1995.

¿Podía ser que la intoxicación y el posterior cierre coincidiesen con la no continuidad de los dos ayudantes de Fabien?

Marcel en la puerta carraspeó.

—Ay, perdón, Marcel. ¿Qué me decía?

—¿Quiere que se lo prepare ya?

Athenea puso cara de no entender.

—La sopa, el salmón y...

—Ah, bueno, me gustaría hacer un par de llamadas —dijo metiendo la mano en el bolso que colgaba del respaldo de la silla.

—Cuando guste.

—Pues en unos diez minutos o así. —Athenea miró el móvil—. ¿No hay cobertura aquí?

—A esta habitación apenas llega señal. Tendrá que salir a la sala, o a la calle.

Athenea emprendió la marcha cuando las palabras de Marcel volvieron a interferir en su avance:

—Sargento, una cosa....

—¿Sí?

—Me preguntaba si le importaría que nos hiciésemos un selfi.

—¿Un selfi?

—Sí, ya sabe, para cuando hayan cogido a @BloodyMary. Seguro que se convierte en la policía más famosa de los últimos tiempos. Así colgaría la foto fuera.

La propuesta a Athenea le produjo un bajón tremendo. Pero le había ayudado mucho, así que no se la negó.

—Claro, pero la cuelga solo si lo detenemos, ¿ok?

—Por supuesto.

—¿Le importa que nos la hagamos después de comer? Ahora me urge hacer esas llamadas.

—Faltaría más —dijo Marcel haciéndose a un lado.

Athenea salió a la sala con el móvil en la mano. Un camarero recibía a los que parecían los primeros comensales del día. Ya en la calle, comprobó que no lo eran y que había ocupadas dos mesas más de las seis de fuera. Se sentó en un banco alejada de la terraza. Se aseguró de que nadie estuviese lo suficientemente cerca como para oírla con claridad. Miró el móvil de nuevo, que marcaba las 12.10. Le acababan de llegar tres avisos de llamadas perdidas. Eran del capitán. También le llegaron seis wasaps y una notificación de Instagram. ¿En qué búnker había estado metida? Si lo hubiese sabido antes, habría accedido a la wifi del local no solo con los dos ordenadores.

Miró la notificación. Se le desplomó el alma al ver la foto del noveno plato. O lo que era lo mismo, del noveno crimen si no lo evitaban antes. No se lo podía creer. ¿Dos asesinatos en la misma semana? ¿Por qué? ¿Se habría visto @Bloody Mary presionado por algún motivo que ellos desconocían? ¿Se estaría precipitando? De ser cierta la tesis de las vajillas sobre la leyenda de Nobunaga, quizá estuviesen ante la última oportunidad de apresarlo. Un patrón que, en el fondo, Athenea deseaba que no fuese cierto. De cerrar así su obra, @BloodyMary quedaría suelto hasta que volviese a urdir otro nuevo plan y cometer otra nueva masacre. Eso supondría perder el rastro de tantas semanas de investigación, volver a trabajar desde cero y recabar nuevas pistas y pruebas. «Aparte de más muertes —pensó—, y del final de mi carrera como policía de Scotland Yard.» Por eso, y aunque lo negaría frente a cualquier tribunal, la sargento prefería que continuara matando. Al menos, dos veces más. Un daño colateral que podría salvar en el futuro muchas vidas más. Aparte de su trabajo.

Athenea *googleó* los hospitales más cercanos. En total había cuatro en la zona, pero el Bretonneau era el más cercano a su ubicación exacta. Dos minutos de espera escuchando el hilo musical de una centralita la obligaron a colgar. Debía probar suerte. Solo eran seis minutos caminando si daba la vuelta por el lado oeste al cementerio de Montmartre.

El vestíbulo era amplio, de techos altos y de decoración aséptica, como el de la mayoría de los hospitales. Apenas había gente, solo una anciana aferrada a un andador que miraba las agujas del enorme reloj que había encima de un mostrador de formas redondeadas y que marcaban las 12.27. Aunque no estaba en su país, esgrimió la excusa de estar al cargo de una investigación de ámbito internacional. Pero eso no hizo cambiar de idioma a su primera barrera: un recepcionista de unos sesenta años, cabello gris peinado hacia atrás y voz monótona. Su placa de Scotland Yard, en cambio, sí le hizo cambiar. Con un inglés más que aceptable y dada la novedad en su rutina, el recepcionista se tomó la molestia de acompañarla hasta el departamento de Registros Médicos. Una vez ahí, le pidió que esperara antes de llamar a la puerta entreabierta de un despacho y acabar de abrirla después. Tras unos segundos dentro, salió y le dijo que pasara. En el umbral, Athenea le agradeció su atención, a lo que él contestó: «Así he caminado un poco». Tras un escritorio en forma de ele y hueco por la parte baja, una mujer negra de no más de cincuenta años esperaba su petición. La sargento se sentó en una silla hecha para estancias no muy largas, pero ella no se iba a ir de ahí hasta conseguir lo que andaba buscando.

—Usted dirá —dijo en un inglés todavía mejor que el de su compañero.

—Quisiera una lista de los ingresos que hubo en Urgencias durante el mes de mayo de 1995. —La sargento iba con el foco puesto, no había tiempo que perder.

—Uy, de eso hace ya mucho tiempo.

—Exacto.

—Me llevará un rato encontrar ese fichero en el ordenador, si es que lo encuentro —dijo reclinándose en una mullida silla y ocupando más volumen del que ya ocupaba, que no era poco.

—¿Qué quiere decir?

—Hace unos meses recibimos un ciberataque y no sé qué archivos se pudieron recuperar de las copias de seguridad. Dejaron nuestros servidores muy dañados.

«Otra vez la *deep web* de los cojones», pensó Athenea.

—Pero claro —prosiguió la administrativa—, lo que me pide es de hace tanto que quizá el ataque no afectara a esos archivos.

—Claro, ¿a quién le iba a interesar algo de hace veinticuatro años?

—Bueno, rectifico, o sí, a lo mejor lo que les interesaba era de esos años.

Athenea arqueó las cejas.

—Desde 2001 nos dedicamos solo a personas mayores, y no creo que los piratas informáticos quieran datos de gente tan mayor.

«O quizá sí, quizá querían extorsionar al padre o a la madre de alguien importante.»

—Bueno, y existe otro inconveniente. Hace años se digitalizaron aquellos datos antiguos que se habían archivado en papel.

—Pues perfecto. —La sargento levantó un poco el culo y cargó sobre la otra nalga. La silla empezaba a hacer su efecto.

—Sí, pero no sé ni si se llegaron a actualizar todos, o a saber en qué año se quedaron.

—Y esos archivos en papel, ¿los tenéis aún? Porque tenéis algún archivo físico, ¿no?

La mujer vio algo en la cara de la sargento que hizo que cambiara su centro de gravedad y tirara su peso hacia delante. ¿Desesperación, quizá? Se volcó sobre el teclado y movió el ratón. El estado de reposo había finalizado para la pantalla, que iluminó la cara de la mujer.

—Déjeme mirar, a ver qué encontramos en el servidor.

Sin quitar los ojos del cristal líquido, siguió hablando. Athenea se mantenía expectante. Congelada en ese silencio, se dio cuenta de que aguantaba la respiración.

—Me ha dicho mayo de 1995.

—Exacto.

La mujer abría carpetas sin dejar de repetir: «Aquí no, aquí no, aquí no, aquí tampoco...». Hasta que se paró en una.

—Mírela, aquí está. Mayo del 95.

La sargento respiró.

—Ese mes 3.049 personas fueron a Urgencias —dijo la mujer girando la pantalla para que la sargento pudiera comprobar la infinidad de nombres que había en esa carpeta—. La verdad es que ha tenido suerte, este tipo de carpetas no deberían estar aquí, ocupan espacio.

—¿Suerte? ¡Son muchas personas! —exclamó la sargento mientras se apoyaba en la mesa para perderse en ese listado infinito.

—Bienvenida al sistema sanitario francés. Pero bueno, lo buscamos por el nombre y ya.

—La verdad es que no tengo el nombre. Solo las iniciales. Son J. S. M.

—Bueno, en principio con eso ya podemos buscar, a no ser que sean las tres iniciales de otra persona, entonces tendría un problema. Pero por probarlo... A ver, colocamos la primera inicial y nos da..., mire —señaló los resultados obtenidos en pantalla—, 887 nombres.

La sargento volvió a cambiar de nalga.

—Y, si rastreamos por la inicial del primer apellido —prosiguió la mujer—, nos dan 729. Vaya, pensaba que bajaríamos más, pero bueno, algo hemos ganado. Y si vamos por la tercera ini...

—Un momento, un momento —soltó Athenea alzando la mano—. ¿Podríamos filtrar por especialidad?

—Sí, claro. ¿La sabe?

—Bueno, sé el motivo. Fue por intoxicación.

—Pues entonces vamos a ver, ponemos «toxicología» aquí y... *voilà!*, 24 ingresos en Urgencias por ese motivo durante ese mes.

Las dos rastrearon rápidamente los nombres. Ninguno coincidía con las tres iniciales. De hecho, solo uno contenía dos, pero no eran ni seguidas, puesto que eran la primera y la tercera.

Athenea cerró los ojos y se pasó lentamente la mano desde la frente hasta las aletas de la nariz en un largo suspiro. No podía más.

—Señorita...

—Harrington. Perdone que no me haya presentado, pero es que es cuestión de vida o muerte y no hay manera. He venido a París para nada.

—Señorita Harrington, ¿por qué no mira en el edificio que hay aquí delante?

—¿El edificio de aquí delante?

56

Philippe tenía todavía el teléfono en la mano, que le temblaba como resultado de una mezcla de rabia, miedo, nervios e impotencia. No sabía qué era lo que se iba a encontrar al llegar a casa, así que cogió el primer objeto contundente que encontró en la cocina. Salió del White como si lo escupieran a la calle, rodillo de amasar en mano. Corrió hacia una esquina donde casi siempre había motos eléctricas. Rezó para que la raya roja de batería de su móvil respetara la esperanza de ver con vida a su hija. Se metió en la aplicación. Le costaba pulsar con acierto lo que quería en pantalla. Finalmente determinó su ubicación y, cuando dio a «Solicitar», el maletín trasero de una de las motos hizo clic y se abrió de forma automática. Se puso el casco que había dentro, ignorando el dolor de las grapas, y metió el rodillo vertical por el agujero de su tabardo haciéndolo desaparecer debajo. Encendió la moto y dio gas. Enseguida se puso a 80 kilómetros por hora dirección a su casa. Los ojos llorosos con los que ya había montado retomaron su actividad en cuanto el viento golpeó la parte descubierta de su cara. Se bajó la visera, pero no del todo. Que se empañara ese policarbonato transparente era peor que si lo hacían de lágrimas, así que mantuvo una pequeña brecha por la que asegurar una mínima ventilación.

Circulaba por el pavimento londinense como nunca antes. No había ni cedas, ni *stops*, ni pasos de peatones, ni semáforos que valieran. Pasaba rápido y ajustado entre los coches que circulaban lentos en caravana, como si llevase los mandos de una consola en lugar de los de una moto de verdad. Iba directo a una muerte segura esquivando antes otras por el camino. Hacia la boca de un lobo famélico y ansioso de sangre. Pero no entendía por qué. ¿Qué era lo que quería @BloodyMary de él? En su fuero interno se forzaba a llamarlo así. Yan había sido otra persona. Alguien amable que los había ayudado. Alguien a quien le había pagado un dinero para que cuidara de su madre. Alguien que había pasado a la historia. Que ya no existía. Eso era lo que se obligaba a pensar si tenía que pelear contra él. Era la única alternativa que tenía. No había otra.

Philippe no podía dejar de atar cabos. Ahora entendía por qué @BloodyMary siempre había ido por delante durante la investigación. Repasaba mentalmente pasajes de las últimas semanas con el chino. Cuando se le quemó la tortilla. Cuando les trajo aquel arroz tres delicias que no se podía ni comer. Cuando decía que iba los lunes a ver a su familia a Northampton. Cuando se presentó el primer día de mudanza y los ayudó a subir muebles. Pensaba en todos aquellos momentos en los que les debió de mentir. Y los que todavía le faltaban por descubrir. Si vivía.

«Raciones pequeñas y un solo plato. ¡Pero cómo no pude verlo antes!»

Durante semanas habían perdido el tiempo. Ahora veía la cantidad de recursos invertidos y tirados por la borda. ¡Había estado jugando con ellos! Hablaron con cocineros, con proveedores, investigaron vajillas, analizado ingredientes y rastreado redes sociales, para que al final resultara ser...

«Un puto menú degustación.»

Pero no uno cualquiera.

Durante la autoflagelación y los embates del Philippe más severo, el Philippe más conciliador le decía que @Bloody Mary tampoco lo había puesto nada fácil. El desorden en la aparición de los platos y el hecho de que no fueran exactamente iguales que aquellos que cocinó hacía veinticuatro años no eran pistas fáciles de seguir. Mientras se ponía lo más aerodinámico posible encima de la moto para ganar velocidad, repasaba mentalmente los platos de aquel lejano menú de los noventa, y los equiparaba a sus homólogos hechos por @BloodyMary.

Primer entrante 90: Salmón ahumado con tosta de alcaparras y eneldo.
@BloodyMary: Mejillones ahumados con hierbas.

Segundo entrante 90: *Carpaccio* de aguacate con higos y aliño de limón.
@BloodyMary: Crema ligera de aguacate sobre remolacha glaseada en zumo de granada y aire de *raifort*.

Tercer entrante 90: *Royale* de marisco y algas con salsa rosa.
@BloodyMary: Trampantojo de arena, roca y coral con agua de tomate.

Primer primero 90: Ostra Gillardeau con jugo de lima.
@BloodyMary: *Tataki* de ostra Colchester con caviar de kumquat.

Segundo primero 90: Navajas a la plancha con picada de rebozuelos.
@BloodyMary: Espardeñas sobre *carpaccio* de amanita de los césares.

Primer segundo 90: Ventresca de atún salteada con mollejas de ternera.
@BloodyMary: Tartar de parpatana sobre tuétano.

Segundo segundo 90: *Lasagna* de faisán con salsa de *cèpes* de Bordeaux.
@BloodyMary: *Cannelloni de grouse* con salsa de trufa y múrgulas.

Primer postre 90: Tartaleta de naranja caramelizada.
@BloodyMary: Cubo Rubik de ácidos.

Segundo postre 90: Fondant de chocolate negro con helado de mora.
@BloodyMary: Torre de chocolates en tres texturas y helado de violeta.

Aunque le costase por el estado de embriaguez al que la adrenalina le tenía sometido, tenía que reconocer que esa nueva versión del menú degustación era una obra maestra. Cómo lo había hecho evolucionar era una auténtica maravilla. Así, a primera vista, podría ser perfectamente un menú merecedor de tres estrellas Michelin. Aunque no lo hubiese probado. De momento.

Nunca había sentido un pavor como el que le estaba engullendo encima de aquel *scooter* eléctrico. Se vio suplicándole a un dios de quien se había reído durante más de dos años cuando otros le hacían *bullying*. Un ser al que arrinconó y dejó de hablar, y que ahora pretendía que escuchara lo que tenía que decirle. Lo que quería. Que no era poco. Como que su hija viviese. Pero con todo lo que ese verbo conlleva. Sin miedos, sin tapujos, sin planes que resten minutos. Y si podía acompañarla en ese trayecto, mejor. Quería, aunque no era prioritario. Lo primero era ella. Después, como siempre, venían los acompañantes. En un enaltecimiento de sus fuerzas y su seguridad en sí mismo, pensó que, si aquel dios le guardaba rencor y decidía no tenderle una mano, le daba igual.

«Yo tengo dos.»

Aceleró en la A4202 mientras bordeaba Hyde Park por el lado sureste. Se había puesto a 100 kilómetros por hora, lo máximo que una moto de esas podía ofrecer. En Berkeley Square, una camioneta blanca cambió al carril de la izquierda sin apenas mirar. La esquivó sin saber muy bien cómo. Solo le faltaba caerse por la infracción de otro y no por alguna de las suyas, que las iba acumulando a pares tras su estela. En tres minutos se plantó en Bourdon Street casi con New Bond Street.

Notó una vibración en el bolsillo. Al principio pensó en no hacer caso a esas ondas, pero luego cayó en la cuenta de que podía ser @BloodyMary dándole una nueva indicación.

«¡Aguanta, aguanta!», se dijo pensando en la rayita roja.

Con la derecha sacó el móvil. Le echó un ojo rápido a la pantalla mientras con la izquierda mantenía la dirección del manillar. Era Tsu. Se lo hubiese cogido. Ojalá estuviera el japonés subido a la moto con él. Entonces no habría de qué preocuparse. Pero si verlo aparecer por la puerta provocaba la furia de @BloodyMary y asesinaba a Lottie (si es que no lo estaba ya)...

«¡No, Phil, no pienses eso!»

... no serviría de nada. Tenía que jugársela y tenía que ir solo, tal y como le había exigido. Metió de nuevo el móvil en el bolsillo. Tuvo que tensar mucho ambos frenos al ver un atasco en el semáforo de Conduit Street con Regent Street. Ese semáforo siempre había sido eterno para el tráfico rodado. De un giro de manillar subió al bordillo y se puso a 60 kilómetros por hora por la acera. Los peatones, asustados, se apartaban para no ser atropellados. Continuó sembrando el caos durante cuatrocientos metros hasta que vio que había superado el embotellamiento. Por el retrovisor observó a dos agentes de a pie que cogían sus *walkies.*

«¡Dejadme llegar, dejadme llegar!»

Una vez recuperada la calzada, comprobó que el bolsillo

le volvía a vibrar. Era Hadry. No se lo cogió. «Ven solo, y quizá la veas aún con vida.» Las palabras de @BloodyMary le venían una y otra vez en bucle a la cabeza. Tanto como la insistencia del capitán porque le cogiese el teléfono. Estaba a menos de un minuto.

No había ni frenado del todo y Philippe ya saltó de la moto. El *scooter* recorrió unos pocos metros antes de caer al suelo. Llegó al portal de su casa. Corrió hacia la puerta e intentó meter la llave a la primera. Pero los nervios se lo impidieron.

«Vale, vale, no es momento de estar nervioso. Ahora no.»

Por fin abrió la puerta y, una vez en el portal, se sacó el casco, lo dejó en el sofá de la entrada y extrajo el rodillo de debajo del tabardo. Pensó en el ascensor como un habitáculo fácil donde tenderle una trampa. Empezó a subir las escaleras de manera ágil y rápida pero lo más silenciosa posible. Nunca, en la vida, le había puesto la mano encima a nadie. Al revés, se la habían puesto a él en más de una ocasión mientras intentaba separar alguna pelea. Se preguntó qué habría hecho en su caso alguien diestro en la lucha cuerpo a cuerpo. Como Tsu. Lo que más le angustiaba era pensar que con alguien tan frío y tan sádico como @BloodyMary, con cero muestras de sentir nada por nadie, la única alternativa que tenía era matarlo. Creía que alguien así seguro que disfrutaba hasta incluso con su propio dolor, y que no cesaría en su empeño por matarlo a él, a su hija o a ambos. Pensó en los posibles puntos del cuerpo en los que un golpe resultaría fatal. Garganta, nuca, sien..., y, aunque no sabía si podía ser mortal o no, bien era sabido que un buen impacto en los testículos podía noquear hasta al más fuerte de los luchadores de MMA. Así pues, solo había dos maneras de deshacer ese nudo que sentía en la boca del estómago.

O mataba o lo mataban. No había más.

Respiró hondo y metió la llave en la cerradura. Esta vez, a la primera.

57

Había mirado la hora en el móvil antes de salir como un rayo por la puerta. Eran las 12.46 horas y la sargento volaba por ese patio interior que minutos antes tanto le había llamado la atención. Saltaba de tres en tres los escalones y descendía por los desniveles del pequeño jardín. Tuvo que salirse del camino de piedra y pisar lo que no podía, el césped, para adelantar a dos mamás que hablaban distendidamente mientras paseaban empujando sus cochecitos.

Ojalá le pudiesen adelantar el vuelo. Rezaba por llegar a la avenida principal y encontrar un taxi lo antes posible. Desde allí llamaría al capitán Gibbs. La foto la había dejado estupefacta. Lo había reconocido a la primera. Hasta ese mismo instante pensó que los días de seguimiento clandestino y fuera de servicio habían sido horas tiradas a la basura. Pero estaba claro que no. El capitán Gibbs nunca se lo hubiese permitido. No tenían pruebas concluyentes, pero ella se regía por los calambrazos de sus corazonadas, así que decidió tirar por su cuenta y riesgo.

Durante unos días siguió a Philippe. No fueron días seguidos, solo cuando las horas oficiales de trabajo se lo permitieron. Un hueco a primera hora de la mañana apostada frente al portal de su casa, un rato por la tarde mientras tomaba un café en un banco cercano a The White Spoon o una caminata detrás del chef después del servicio de noche mientras cruzaba Hyde Park. De las tres mañanas que se apostó frente a su edificio, en dos ocasiones había visto salir antes a los otros dos miembros de la familia. A Charlotte, en dirección al colegio —o a casa de Tsu, pensó días más tarde—, y a Evelyn, la madre del chef, siempre acompañada del brazo por un hombre oriental en actitud muy servicial. Le gustó la imagen. Cómo hablaban, cómo reían. Una compañía y un cuidado que ya muchas y muchos quisieran a esa edad. Pero nada más lejos de la realidad. Ahora, ese tiempo que pensaba lanzado por el retrete, había vuelto para darle la razón.

Todo había ido rodado. Los administrativos del hospital habían sido muy rápidos. ¿Acaso la recepcionista de Urgencias los había llamado? En cuanto se presentó, la llevaron a la sección de registros y en menos de cinco minutos ya habían encontrado los ingresos de mayo del 95. Cotejar nombres y apellidos también fue rápido, así como encontrar al paciente, algo que la descolocó bastante. Las fotos fueron determinantes, ya que en un principio pensó que la pertenencia de las tres iniciales a un nombre chino no era más que una perversa coincidencia. Un nombre japonés no le hubiese sorprendido nada, pero ¿chino?

El buen hacer de un médico recogiendo todo tipo de muestras fue el que la sacó de su psicosis nipona. La evolución del estado del paciente requería pruebas oculares, y durante días le sacaron innumerables fotos. Empezó viendo manos y pies, para pasar luego a otras partes del cuerpo inflamadas. Pero fue la foto de la cara, tomada durante el último día de observación, la que le devolvió a casa del chef. Eran idénticos. Puede que lo hubiese visto salir dos veces de ese portal. Puede que hubiesen pasado muchos años desde esa instantánea. Pero su experiencia en fisonomía era un grado, y estaba prácticamente convencida de que era él. Para ratificar sus sospechas, *googleó* los nombres de los padres que salían en los informes médicos y allí encontró lo que su intuición andaba buscando.

Ahora tenía esa imagen impresa en la corteza prefrontal y ya no podía quitársela de la cabeza. La de aquel cuidador que parecía ayudar a la madre del chef de todo corazón y con todo el agradecimiento del mundo. Se le paraba el corazón de tan solo pensarlo. Qué irónica, la vida. Ella, obsesionada con Philippe y Tsu, y el asesino pasando por delante de su cara en dos ocasiones mientras vigilaba, y no solo sin apenas prestarle atención, sino que además le había encontrado agradable. @BloodyMary viviendo en el mismo rellano dos puertas más allá de la familia Bouvier y ella persiguiendo fantasmas como una niñata impulsiva. El chef había pasado de sospechoso principal a víctima potencial en un pestañeo. Pero ¿por qué ahora? ¿Sería su último crimen? Athenea se sentía una auténtica mierda. Pero esa mierda, por fin, alzó la mano.

Ya había encontrado un taxi.

Apremió al taxista para que fuera lo más rápido posible al Charles de Gaulle. Si se ganaba una multa, ella se la pagaría encantada. Sacó el móvil del bolsillo de su pelliza y marcó el número de Hadrien. Descolgó al segundo tono. Athenea no dio ni tiempo a que respondiera:

—Capitán, ¿me oye? Aquí la sargento.

58

Eran las 12.37 horas y Tsu salió catapultado de la bañera desbordando un océano que cubrió el suelo del baño. Mojado, desnudo y con el móvil aún en la mano, pulsó en la pantalla de los números más recientes y llamó a Philippe. Insistió durante ocho tonos antes de colgar. ¿Dónde podría estar? ¿Correría peligro? Mientras se secaba el cuerpo con una toalla en la mano, llamó al capitán Hadrien.

—¿Sí?

—¡Capitán, saber quién! ¡Saber quién! —dijo Tsu de manera acelerada.

—Está bien, Tsu, calma, calma. No te entiendo. ¿Qué quieres decir?

Tsu se tomó un respiro para ordenar las palabras, que se le amontonaban en la punta de la lengua, hasta que logró armar una secuencia inteligible.

—Capitán, yo saber quién es @BloodyMary.

—¡¿Quién?! ¿Estás seguro?

—¡Es Yan, el vecino de chef! Yo ir hacia su casa ahora.

—No, Tsu, no vayas, esto es cosa nuestra. Salimos ya hacia allí.

—Yo ir igual, capitán —le aclaró el japonés mientras se abrochaba la chaquetilla.

—Ok, ¿dónde estás?

—En mía casa. Salir ya.

—¡Vale, vale, espera, no cuelgues! Por favor, si llegas antes que nosotros, espéranos. No entres por tu cuenta. ¿Oído?

Hacía ya tres botones que Tsu había colgado.

El japonés se enfundó rápido unos tejanos y puso los pies dentro de unas Nike viejas que tenía en el recibidor. Cogió el patinete y de un portazo salió de su piso.

Hasta casa de Philippe tenía catorce minutos a ritmo normal. Diez, a gas con el patinete y sin respetar señales ni semáforos. En cuanto estuvo sobre las dos ruedas, apretó el gatillo y aceleró como un misil. En pocos segundos se puso a 40 kilómetros por hora y por encima de la acera en muchos tramos. Esquivaba a la gran mayoría de peatones, mientras que otros lo veían venir y se hacían a un lado. Dejaba atrás improperios que empezaban en forma de grito y acababan ahogados en la lejanía. En cuanto pudo, cogió Baker Street. Allí se puso a 60 kilómetros por hora. Bendijo el día en que decidió trucar esa máquina. Nunca solía ir tan rápido, pero unas ruedas gruesas como rodillos le ofrecían una estabilidad con la que se hubiese descontrolado en otro patinete.

En su cabeza, aireada por la ausencia de casco, se alternaban tres tipos de pensamientos. Cómo no matar a nadie con el patinete por la acera. Cómo evitar que lo arrollase un coche o un autobús cuando iba por la calzada. Y cómo era que no se dio cuenta antes de quién era @BloodyMary. ¡Lo habían tenido al lado durante todo ese tiempo! Todavía no se lo creía. Pero mirando el Instagram de Lottie, lo había visto claro.

Era un vídeo que grabó junto a sus amigas el día de su fiesta de cumpleaños. Se podía ver a Charlotte hablando a cámara, cómo Philippe se acercaba y enseguida se alejaba al verse dentro de plano, y cómo se acercaban Piper, Lucy y Aleska para dar cierre y despedida al vídeo con gestos y muecas. Hasta ahí, todo bien. Pero de fondo, ya en segundo e incluso en tercer plano, vio algo que le chirrió. Se trataba de

Yan. Por lo poco que había tratado con él y por lo que siempre había oído decir a la familia Bouvier, era famosa su incapacidad para la cocina. Que ni un huevo sabía hacer. Sin embargo, en ese encuadre, y aunque saliese un tanto desenfocado, estaba al lado de la mesa del comedor aliñando un plato de ensalada. Su plato de ensalada. La forma de echar la sal lo delató. Alguien que no tiene ni puta idea en ese campo no añade la sal como él: con soltura, con altura y con decisión. Pero... ¿quién era ese hombre? Dudaba que Philippe, Charlotte o Evelyn supiesen mucho acerca de él. Seguramente lo imprescindible. Viviendo casi puerta con puerta, no le extrañó que siempre fuese un paso por delante de la policía y de ellos.

Tsu rodaba veloz por las calles de Londres. Era difícil que no llamara la atención circulando de esa manera. Si el karma existía, lo único que le pedía era no cruzarse con la policía. Cada vez que repasaba mentalmente esas imágenes de la sal, se reafirmaba en su convencimiento de que Yan era @BloodyMary. Pensó en el móvil de todos esos crímenes. ¿Qué motivo tenía? ¿Existía tal motivo? ¿Quién sería la próxima víctima? ¿Eric? La verdad era que el mundo no echaría de menos a semejante tipo. ¿Alguien del White? Aunque tenían sus más y sus menos, ni para Massimo quería ese desenlace. ¿El chef mismo? Imposible, lo habría matado cuando tuvo la oportunidad. Entonces..., ¿Lottie? ¿Evelyn? Solo pensar en que les pudiese hacer daño le ponía la sangre en ebullición.

Se había quedado una vez más impresionado con el noveno plato. De nuevo magistral esa torre de varias texturas de chocolate. Aunque en esos momentos lo odiase, reconocía que en ciertas fases de la investigación lo había llegado a admirar. Incluso a envidiar. ¿Cómo es que sabía tanto de técnica, de emplatado y de cocina en general? ¿Dónde había aprendido? ¿Quién le había enseñado? ¿Por qué decidió recurrir a ese *modus operandi* y qué tenía que ver con el mundo de la gastronomía? ¿Había trabajado en algún restaurante? ¿Por qué decidió dar pistas con los diseños de las vajillas relacionándolas con la leyenda de Nobunaga? Intentaría sonsacarle toda esa información. Pero para eso tenía que llegar antes que el capitán Gibbs. Cómo se arrepentía de haberlo llamado. Se agachó en el patinete y se alineó casi a la perfección con el palo del manillar. Así reduciría rozamientos innecesarios que lo frenaran en su cometido final, que no era solo hacerle hablar. También era matarlo.

Le rompería el cuello si llegaba a tiempo. Sí, lo había decidido encima de su patinete. A lo largo de su vida, Tsu había matado dos veces. Ambas, en defensa propia. En otras ocasiones, había dejado heridos a su paso. Tullidos, algunos. Pero ese día era diferente. Estaba a punto de dar caza a un sádico que había agujereado de manera despiadada a su mejor amiga y que se había dedicado a dejar pruebas y evidencias en su contra. La última, y que a punto estuvo de llevarlo a una habitación de tres metros cuadrados para el resto de su vida, fue seguirlo en Instagram. ¿Cómo cojones se había enterado de que él era @Coriandrum3.0? ¿Por qué quería inculparlo si en quien parecía estar interesado era en el chef? Se lo imaginó varias filas detrás de él en el vuelo que hizo con escala en Berlín. Se lo imaginó siguiéndole por la calle aquel gélido día cuando le hizo una inesperada visita a Susie. Se lo imaginó perforándole el estómago mientras sus gritos quedaban amortiguados por un trapo metido casi hasta la garganta. Se imaginó los bolos alimenticios cayendo. Del esófago al plato. Un plato colocado en un orificio donde deberían haber estado sus tripas. Se puso enfermo con aquello. Se puso a 80 kilómetros por hora.

Estaba ya en Wigmore Street a punto de coger Welbeck Street. O lo que era lo mismo: a siete minutos.

De repente, una sirena de policía se acercó por su espalda

y un resplandor azul iluminó sus brazos tensos que sujetaban con firmeza el manillar. Redujo la velocidad y giró la cabeza mientras mantenía la trayectoria recta del patinete. Al principio solo vio el reflejo de los edificios sobre el parabrisas de un Audi gris. Luego observó que dentro había una persona que lo miraba fijamente. Se trataba del capitán Gibbs. No hizo falta que se dijeran nada. El japonés se colocó en paralelo al coche por el lado del copiloto. La puerta se abrió. Soltó y saltó. Aterrizó en el interior con una mano sujetándose al asiento y la otra al salpicadero. Adelantaron al patinete, que continuaba solitario su rumbo. Tsu, a través del retrovisor, lo vio volar por los aires al impactar con fuerza contra unos coches aparcados. Cerró la puerta. El estridente ulular de la sirena quedó amortiguado.

—Te cojo a tiempo —dijo Hadrien sin apartar la vista de la calzada y con cierta telepatía.

Tsu estaba desilusionado. No podría matar a @Bloody Mary.

—Sí. Estamos cerca.

En la radio del coche apareció una voz con estática de fondo:

—Patrulla 211. Cinco minutos en destino.

Otro interlocutor respondió en antena:

—Aquí patrulla 110. Recibido, patrulla 211. Nosotros en cinco también. Cambio.

El capitán Gibbs pulsó un botón del volante.

—Aquí, el capitán Gibbs. Llegamos en seis. No quiero intervención hasta que llegue.

—Recibido, capitán —contestaron las dos voces casi al unísono.

Hadrien desvió un segundo los ojos del asfalto y miró de refilón al japonés. Tsu se fijó en el cuentakilómetros digital. Iban a 120 kilómetros por hora.

—He llamado varias veces a Phil, pero nada.

—Sí, yo tampoco encontrar.

—¿Cómo has sabido que era su vecino?

—Por cómo tirar sal en vídeo Instagram.

—¡No me fastidies!

—Confíe, capitán. Parecer tontería, pero no serlo. Detalle que decir mucho.

Hadrien cerró los ojos un instante, ladeó la cabeza y suspiró.

—Supongo que te lo debemos.

Cuando sonó el manos libres del coche, en la pantalla del navegador apareció «Sargento Harrington».

Tsu miró la hora en el navegador. Eran las 12.49.

—Capitán, ¿me oye? Aquí la sargento.

El breve trayecto en ese coche patrulla le había servido a Tsu para comprobar que, aunque todos les dejaban el camino libre, el capitán Gibbs era muy bueno conduciendo.

—Sí, dígame, sargento. Voy con Tsu. Estamos llegando a casa de Philippe. Creemos que ya sabemos quién es @BloodyMary.

—Yan, su vecino, ¿me equivoco?

—¿Cómo lo sabe? —dijo el capitán dando un volantazo a la izquierda y haciendo que las ruedas chirriaran acercándose casi al tono de la sirena.

—Le dije que enviarme a París no era una locura.

Estaban llegando a la calle de Philippe cuando el capitán desconectó la sirena. A lo lejos, Tsu vio un dispositivo nada despreciable para el poco tiempo del que la policía había dispuesto. Cuatro agentes habían acordonado una semicircunferencia de unos veinte metros de radio con el portal de Philippe como epicentro.

—No solo sé que ha sido el chino, sino que también sé por qué lo ha hecho —añadió la sargento.

En ese instante llegaban a destino. El capitán apagó el contacto del coche y el sistema de manos libres dejó de funcionar. Continuó su conversación a través del móvil mientras salía del Audi. Tsu bajó también y se colocó detrás de él sin perder comba de la conversación.

—Eso significa que..., mierda, mierda, si lo que dice es cierto, ¡nos tenemos que dar mucha prisa! ¡La dejo, sargento!

59

Philippe giró la llave lentamente y empujó la puerta con extremada delicadeza. Cruzó el umbral con el rodillo agarrado como un bate de béisbol. Una horda de chillidos indescifrables le llegaron desde el comedor. ¿Intentaban alertarlo? ¿Lo habían oído entrar? Si era así, estaría todavía en más desventaja de la que ya partía. Iba a hablar como señuelo para que @BloodyMary le respondiera y tenerle localizado, pero corría el riesgo de delatar su posición y encima que no le contestara. Porque... ¿y si no lo habían oído? Philippe caminaba un poco flexionado. En silencio. Concentrado. Intentando abarcar el máximo campo visual. Pero eran varios los ángulos muertos. Se acercó a la arcada del recibidor. Las cortinas echadas del salón-comedor habrían oscurecido más el ambiente de no ser por el resplandor de una luz que Philippe identificó como proveniente de la lámpara situada sobre la gran mesa. Se pegó a uno de los perfiles del marco. Asomó la cabeza en dirección a donde venían esos gritos ahogados. Enseguida pensó en la opción de que fueran dos los asesinos, como había planteado alguna vez Scotland Yard. Giró de golpe la cabeza hacia el otro lado. También lo hizo hacia atrás ante la posibilidad de que alguien hubiese estado escondido en el aseo. Tenía la sensación de que le podían atacar desde cualquier parte. Volvió a girarse hacia el lado inicial, el de los gritos. Pero ver algo era imposible. Una cómoda blanca escandinava sobresalía más de lo que él podía asomarse.

Decidió adentrarse en el salón. Seis pasos y entonces los vio. Estaban sentados a la mesa larga del comedor. Lottie y Yan. Uno en cada punta. El chino tenía el codo encima de la mesa y apoyaba el mentón en las almohadillas de la palma de la mano.

—¡Te estábamos esperando! Ven, siéntate con nosotros. ¿Preparado para la cata?

Philippe comprobó que Lottie estaba bien. Al menos, no tenía el estómago perforado. La vio consciente, con un ojo hinchado y un trapo de cocina enrollado y atado con fuerza alrededor de la cabeza a la altura de su boca. Distinguió sangre en una de las comisuras. El trozo de tela le tensaba la cara. Se le marcaban los huesos de los pómulos y la mandíbula. Esa obligada expresión mezclada con unos ojos rojos e hinchados, a los que el pánico había atrapado, le daba una expresión cadavérica. ¿Una señal?

«No, Phil, eso no va a pasar.»

Una cinta americana se encargaba de sujetar a Lottie al respaldo de la silla, de aprisionar sus piernas contra las patas de delante y de, por la posición de sus brazos tirados hacia atrás, supuso que también atar sus muñecas. Apenas se podía mover y gimoteaba. Philippe miró hacia la cocina y hacia el piso de arriba.

—Tranquilo, tu madre aún no ha llegado. Ya nos ocuparemos de ella cuando sea el momento —dijo Yan estirando los brazos para desperezarse.

—¿Quién eres? ¿Por qué hablas tan bien inglés?

—Ja ja ja, lo he hecho bien, ¿verdad? Digo lo de chino haciéndose pasar por chino. Reconozco que mis compatriotas no se esfuerzan demasiado con el idioma, pero ya son muchos años aquí. Digamos que soy una persona inquieta, que me gusta probar cosas nuevas.

Yan iba con manga corta. Siempre lo había visto con manga larga y holgada, algo que le había impedido ver los dos troncos que tenía por brazos. Entonces se fijó en la mesa. Estaba puesta. Un mantel de encaje blanco cubría la superficie de madera. Delante de Charlotte, la torre de chocolate en varias texturas y, al lado, un plato vacío, donde emplataría después de que la hubiera ingerido. Más allá, un ramo de lila y lavanda. Y dos objetos que hicieron que su imaginación se disparase y sus rodillas también: un cuchillo curvo para vísceras y un *maguro kiri* con un filo de un metro de largo.

—No te lo voy a negar. Sufren. Pero hemos venido aquí a jugar, ¿no? —Los gemidos bajo el trapo de Charlotte se reavivaron, pero no lo suficiente como para obligar a @Bloody Mary a hablar más alto—. Primero les doy tres cucharadas de lo que tienen en el plato y les hago tragar rápido. Al acabar el tercer trago, enseguida entro con esto —cogió el *maguro kiri*— en línea recta por la parte baja del esternón hasta tocar la columna. Después lo voy sacando hacia delante. Siempre corto fibras en una sola dirección y de forma circular, resiguiendo por un lado la parte baja de las costillas hasta la vejiga. Luego vuelvo al inicio y hago lo mismo, pero por el otro costado. Cuando acabo con este, entro con este —alzó el cuchillo curvo—, y les despojo de intestinos, estómago y páncreas. La comida pasa por la faringe y el esófago, y tarda unos cuarenta segundos hasta que cae en el estómago, por lo que los inclino un poco y así todo va más lento. Pero te debo decir que a Guadalupe se lo hice todo sin tumbarla. Supongo que la experiencia es un grado.

—¿Por qué no me mataste el otro día?

—Ni el otro día ni hoy. A ti no te voy a matar.

A Philippe había algo que le daba más miedo que los cuchillos que había encima de la mesa: la serenidad y la confianza con la que hablaba Yan.

—¿Quién eres? ¿Qué quieres de mí? —dijo acercándose al sofá.

—La pregunta no es quién soy, sino quién fui.

—¿Y quién fuiste?

—Fui un padre. Fui un turista en Montmartre. Fui un comensal en un bistró.

—¿Cómo? ¿Quieres decir...?

—Correcto.

—¿Y qué tengo que ver en esto?

—Fue la época en la que tú estabas allí.

—¡Pero de eso hace ya más de veinte años!

—Exacto.

—¿Y qué hice, si se puede saber?

—Matar a mi hijo y reírte después.

—¿Qué? ¡Yo no he matado a nadie en mi vida! —exclamó plantado delante del sofá.

El miedo le impedía retroceder con claridad en el tiempo, y el único episodio turbio que recordaba en el restaurante del chef Fabien Brazier fue el de aquel chaval.

«Seguro que se refiere a eso.»

—Lo único que recuerdo fue la intoxicación de un chico al que llevaron a Urgencias.

—¡No fue una intoxicación y tú lo sabes! —dijo Yan golpeando la mesa con el puño. Hasta Charlotte dejó de gemir—. Llamamos a una ambulancia urgente, y una intoxicación no puede ser tan rápida. No hace falta que te lo diga. La que menos tarda en dar síntomas es de unas seis horas como mínimo. Y eso no es lo que pasó. Lo que pasó fue una negligencia que tu jefe se encargó de tapar por todos los medios.

Llevaba razón. Fabien movió muchos hilos para ocultar aquel error y atribuirlo a un alimento comprado en mal estado. Así se aseguraba de que el principal y único culpable fuese alguno de sus proveedores. El del pescado, en aquel caso. La versión del chef se adaptó a la narrativa de los hechos de forma terriblemente orgánica, y gracias a su repetición, hizo que sus trabajadores creyeran que era lo que había sucedido realmente. Fabien siempre supo que se extendería rápidamente de boca en boca, y en pocos días sus colegas de gremio ya habían adaptado aquel relato como verdadero.

—Os dijimos que era alérgico. La camarera tomó nota de ello. Pero aun así..., ups, se os escapó nuez moscada en la salsa de una ensalada. Bueno, mejor dicho, se te escapó. Porque eras tú el que estaba en la partida de fríos, ¿verdad, Phil?

«¿Cómo se ha enterado de eso? ¿Quién se lo ha dicho?»

Philippe nunca pensó que agarraría un rodillo de amasar a la altura de la cabeza, al igual que tampoco pensó que volvería a recordar al detalle aquel episodio en Montmartre. Había enviado ese documento a la papelera hacía años, y ahora el padre de aquel chico le recordaba que se olvidó de vaciarla. Él siempre estuvo convencido de que leyó bien la nota del comandero y de que no puso nuez moscada en aquella salsa. Pudo ser un fallo de la camarera y que cruzara ensaladas de dos mesas distintas, pero aun así lo dudaba, ya que fue ella quien tomó el pedido y quien le alertó también del riesgo de manera oral.

—Tienes razón en todo, pero te juro por lo que más quiero, que es ella —con un golpe de barbilla señaló hacia Charlotte—, que yo no puse nuez moscada en aquella ensalada.

—Un *shock* anafiláctico. Eso es lo que tuvo —prosiguió Yan—. Se le inflamaron todas las vías respiratorias. La ambulancia tardó diez minutos en llegar y su cerebro no pudo aguantar tanto tiempo sin oxígeno. Daños cerebrales irreversibles, nos dijeron. Dos meses conectado a una máquina hasta que mi mujer y yo decidimos desenchufarlo.

—De verdad que lo siento. No tenía ni idea de que hubiese muerto. Lo siento, lo siento de veras.

En su día Philippe se tomó aquella experiencia como un desliz, un aviso, un susto. Pero el verdadero susto había decidido llegar veinticuatro años después en forma de asesino en serie. Refrescar aquella historia cuando debía centrar todos los sentidos en lo que tenía delante no era fácil. ¿Quién se iba a imaginar que aquel chaval acabaría muriendo?

Yan miraba abducido la lámpara que colgaba encima de la mesa. Charlotte y su padre se miraron.

«Tranquila, no dejaré que te vuelva a tocar.»

Philippe empezó a acercarse lentamente al flanco izquierdo de la *chaise longue*, casi a punto de dejar la zona del salón y adentrarse en el comedor.

—La ambulancia llegó y recuerdo que entré rápido para recoger los abrigos que nos habíamos dejado dentro. Entonces saliste tú de la cocina, riendo y despreocupado, y te metiste en el baño. Aquella risa..., aquella risa..., juré no perdonarla jamás, y más después de enterarme de que fuiste tú el que hizo las ensaladas.

Pasados unos días, inspectores de Sanidad se presentaron en el bistró con una orden de cierre. Ellos sí que habían trabajado con el formato verdad, en contacto estrecho con el departamento legal del hospital donde el chico estaba ingresado, y obviamente concluyeron que se había tratado de un *shock* anafiláctico. Interrogaron a todos los trabajadores, pero un plantel joven y ambicioso, ante el miedo de frenar en seco un futuro prometedor, cerró filas en torno a Fabien, quien acabó construyendo una vez más un relato sin apenas fisuras, y donde la palabra de tres miembros de una familia china se contradecía con la de ocho personas, casi todas nacionales. Ante la incertidumbre de no saber cuándo se volvería a abrir, muchos decidieron dejar el bistró, entre ellos Philippe y Eric. Finalmente, tras dos semanas escudriñando el local en busca de la hoja original o de la copia en el papel carbón del comandero donde estaba escrita la advertencia de la alergia, Sanidad se dio por vencida. Y Fabien pudo volver a abrir.

—Han pasado veinticuatro años. ¿Por qué ahora?

—Juré hacerte pasar por lo mismo. Pero para eso necesitabas tener hijos y que fuesen de la misma edad que el mío cuando murió. Tu hija tiene dieciséis, el mío tenía doce, da gracias de que te haya regalado cuatro años.

La amenaza explícita agitó de nuevo las patas de la silla de Charlotte, que empezaron a repiquetear en el suelo.

—Tengo que decirte que, con el tiempo, aquel plan se enfrió. Y mucho. Hasta que te dieron la primera estrella Michelin, hace un año.

Philippe debía de estar a unos cuatro metros de su hija y a seis de él. La madera porosa del mango del rodillo absorbía el sudor de sus manos hasta casi saturarse. Miró a Yan. No había entendido lo que acababa de decir.

—Te vi en la tele. Te estaban entrevistando y de repente..., otra vez aquella risa.

Philippe sabía que la conversación estaba llegando a su fin. ¿Solo esa conversación? Tenía que alargarla. Quería alargarla. Todavía no sabía cómo iba a proceder.

—¿Dónde aprendiste a cocinar?

—Fui cocinero en Hong Kong durante treinta años. Me formé con los mejores. Por cierto, como pretendiente a la segunda estrella, ¿qué te han parecido mis platos?

—Sublimes —contestó siguiendo la estrategia que habían dictado los de Scotland Yard.

Philippe supuso que se había acercado más a Lottie que a Yan por inercia, para comprobar su estado físico. Pero en ese momento decidió cambiar de planes. Intentó ponerse en la piel del chino. Seguro que creía que estaba muerto de miedo, y razón no le faltaba. Pero eso le daba cierta ventaja: la de la sorpresa. Seguro que no se esperaba que Philippe atacase primero. Se alejó de Charlotte y se acercó más al centro de la mesa, casi equidistante a los dos. Ahí se quedó. La idea era abalanzarse cuando estuviese a menos de tres metros. Tenían que seguir hablando.

—¿Por qué has querido inculpar a Tsu?

—¿A tu perrito faldero, te refieres?

«Bien.»

—Quise conocerlo todo de ti, pero para eso tuve que acercarme también a él, tu leal vasallo. Hasta le robé el móvil y todo, algo que más tarde supe lo bien que me iba a venir cuando empecé a seguirlo desde mi perfil de @BloodyMary.

«Claro, @Coriandrum3.0.»

—Créeme, al principio no tenía pensado a quién mataría. Era gente que me cruzaba por la calle, sin más. Como sabía quién era tu cuñado, mi objetivo era que te metieran en el caso y, aunque tardaron un poco, por fin te implicaron. Bueno. Os implicaron. Me sorprendió que Scotland Yard accediera a que el japonés también te acompañara en esto. Y eso..., eso cambió la ecuación. Yo te quería a ti solo, pero con tu fiel guardián rondándote cerca, me era más complicado. De ahí que empezase a ejecutar a personas vinculables con él. Aunque solo fuese por haber cruzado una palabra. No te creas, no es un tipo demasiado social, me costó encontrar a gente.

A unos cinco metros.

—¿Por qué desde el principio no fuiste solo a por nosotros? ¿Para qué matar a inocentes?

—Si hubiese matado a Charlotte desde el principio, ¿qué gracia habría tenido? Amo cocinar por encima de todas las cosas, y hacía años que dejé los fuegos profesionales. Quería volver a sentir que valgo en la cocina.

—Pues no solo en la cocina, porque aquí me tienes, solo como me querías —dijo abriendo los brazos en un alarde de estrategia y autoconfianza. Parecía que había cambiado la adrenalina del miedo por la de la osadía, estando ya a menos de cinco metros de él. Y reduciendo.

—Pues sí, y qué fácil, ¿no? Confiaba en matar a tu «mexicanita linda» mientras Tsu seguía escondido. Eso me hubiese allanado el camino para lo de hoy. Pero para mi asombro, y cuando ya me había dejado entrar en su casa, va y me entero de que Scotland Yard lo había encontrado, justo minutos antes de destriparla.

A cuatro y medio.

—¿Por eso quisiste que fuese a casa de ella? ¿Para dejarme con vida y que me confiara?

—¡Bravo por el chef! Exacto. Era mi última oportunidad para alejarte de tu perrito, de que te sintieras confiado y tranquilo, pero, sobre todo, de que no te pusieran escolta y de que te movieras solo, como hoy, que sabía que ibas a venir a comer. Esperaba que llegases y te encontraras con esta cata tan especial. Con lo que no contaba era con que llamases a tu hija.

—He tenido suerte.

—¡No, yo la he tenido! Suerte de que hayas llamado y hayamos dejado las cosas claras por teléfono. Te ha costado entender lo del menú, ¿eh?

—No me lo has puesto muy fácil que digamos.

A unos cuatro.

—Cierto, la verdad es que yo ya no confiaba.

—Me robaste la caja el día de la mudanza, ¿verdad?

—Correcto. Qué irónico, ¿no te parece? Es la primera vez que a un chino no le conviene hacer una réplica calcada a la original. Pero bueno, vayamos a lo que hemos venido.

—¿Ah, sí? ¿A qué?

—Ojo por ojo, hijo por hijo —dijo levantándose de golpe y empujando la silla hacia atrás.

A tres y medio.

60

Tsu seguía al capitán, que, tras colgar, dirigía sus pasos firmes y acelerados hacia un grupo de policías que se agolpaban en la parte trasera de una furgoneta blindada. Una mujer de unos treinta y pocos salió a su encuentro.

—Capitán, le estábamos esperando para sus instrucciones.

—¡Nada de coches, ni furgonetas, ni sirenas, ni luces, ni nada! ¡Solo quiero a sus hombres aquí y nada más!

—Sí, capitán —contestó la policía mientras se giraba para transmitir las órdenes a sus compañeros.

—Bien, ¿situación?

—Hemos llamado al interfono del chef y no contestan. También al del vecino, y nada. He puesto a dos francotiradores en las azoteas de enfrente. Controlan los ventanales principales. Las cortinas están echadas.

—Ok, que nadie mueva un dedo sin que yo lo diga. Prepare a sus hombres. Entramos en cuatro.

—¡Sí, capitán!

Todos se pusieron los chalecos antibalas, incluido Hadrien. El ruido de los cargadores de las pistolas y escopetas automáticas fue la banda sonora del momento. Tsu estaba ahí en medio, como un espectador invisible. A lo lejos, oyó el zumbido creciente de un helicóptero.

—¡Nada de helicópteros, nada de helicópteros! —se apresuró a pedir el capitán—. ¿Quién ha dado la orden?

—Desde central nos han dicho que...

—¡Anularlo, anularlo ya! —le gritó Hadrien—. Solo hace falta que le avisemos de nuestra presencia con fuegos artificiales. Solo os quiero a vosotros. Que coches, furgonetas y ambulancia aparquen en la esquina.

A Tsu, estar ahí parado le pareció una pérdida de tiempo. ¿A qué esperaban? Entendía que tenían que prepararse para la irrupción en el edificio, pero esos segundos podían ser de un valor incalculable. ¿Estaría dispuesto a comprobarlo?

Una silueta tras el cristal del portal le dio la respuesta. En cuanto se abrió la puerta, Tsu echó a correr. Se trataba de una anciana de chaqueta gris y gorro azul que salió para dar dos pasos y quedarse parada ante el despliegue que iniciaba su disolución.

—¡Cogedlo! —El grito del capitán sonó a sus espaldas.

Pero el japonés ya había saltado por encima de la moto que había en su camino y ponía la mano en una puerta a la que le faltaba solo una rendija para cerrarse. Cincuenta escalones lo separaban de la muerte de @BloodyMary.

61

Esperaba estar más cerca, pero eso no le impidió lanzar el primer golpe con el rodillo. Buscaba la sien, pero un antebrazo apareció para protegerla. Sonó un crujido seco. ¿Hueso o madera? No tenía tiempo para comprobarlo. Le propinó otro, que volvió a incidir en el mismo sitio y a provocar el mismo ruido. Yan se protegía el cráneo como un púgil de peso medio. Frente a ese muro de contención, Philippe decidió golpear más abajo. No en las costillas ni en la cadera, sino en la rodilla. Quería que no se aguantara de pie. Empezó a agacharse y tiró de nuevo los brazos hacia atrás para coger impulso. Pero olvidó algo muy importante: unas milésimas de segundo que lo ayudaron a entender que el otro también atacaba. No lo vio venir. Para él, primero llegó el impacto y después la asimilación. El brazo derecho de Yan, el que no había sido castigado, se extendió. Un puño impactó frontalmente en el rostro de Philippe, que quedó aturdido y retrocedió tres pasos. Los ojos se le inundaron de lágrimas.

De fondo se oían los lamentos más impotentes que Charlotte había emitido hasta el momento. Philippe jadeaba por el esfuerzo. Por el nerviosismo. Por el moquillo que le emanaba de la nariz y que le impedía compartir con la boca otro conducto de ventilación. Yan había bajado la guardia y apenas se le veía cansado. Se habían distanciado dos metros, un receso que al chef le sirvió para evaluar daños propios y ajenos. Se llevó el reverso de la mano para secarse los ojos y retirar el líquido de la nariz. Al agarrar de nuevo el rodillo, vio que tenía la mano ensangrentada. Se la llevó de nuevo a la cara y comprobó que no era moquillo. Le dolía. Le sangraba abundantemente. Se habría sujetado el puente nasal con ambas manos, pero no podía. Aquel cilindro para amasar podía ser su única salvación si sabía cómo manejarlo. Dio un paso hacia delante y se le fue un pie. Bajó la vista. Había patinado con su propia sangre, que caía en grandes gotas y a intervalos cortos sobre el parqué. Se movió hacia un costado para evitar el charco. Yan subió de nuevo los antebrazos y se movió frente a él en modo espejo, sin quitarle la vista de encima. Philippe parpadeaba rápido. Quería secarse los ojos para dejar de ver a su oponente casi en píxeles. Necesitaba imágenes claras para ser eficiente en su segunda acometida.

Dio una gran zancada hacia delante y se plantó a menos de un metro de Yan. Retorció el torso. Cargó el rodillo. Y en el último instante... flexionó las piernas.

«Ahora sí.»

La madera se dirigía sin piedad a la parte externa de la rodilla izquierda. Se la hundiría. Se la partiría. Yan no se esperaba ese ataque, al igual que Philippe tampoco esperaba que levantara la pierna. Faltó muy poco, pero ese reflejo hizo que el rodillo encontrara la cabeza del peroné. Un golpe que el chino encajó sin aparente dolor. Esa rodilla no se hundiría, pero Philippe tampoco. La empuñadura libre del rodillo volvió a trazar un arco hacia atrás, tiempo más que suficiente para que Yan le endosara un *crochet* de derecha en la mandíbula. Philippe cayó a un suelo que no dejaba de moverse. Un zumbido apareció en sus oídos ahogando aún más los chillidos estériles de su hija. Desconcertado, colocó las palmas de las manos sobre la tarima para incorporarse, pero la gravedad volvió a llamarlo, haciéndole besar el suelo por segunda vez.

Tumbado y de lado, Philippe no podía más. Estaba exhausto. Las grapas que aún conservaba detrás palpitaban queriendo abrirse. Durante la caída, su arma había rodado por el suelo. Todo le daba vueltas, pero aun así decidió buscarla. Miró hacia delante y a los lados, hasta que al fin pudo ver la punta de uno de los dos mangos que sobresalía debajo de un sofá que se movía en planos inclinados. Aún no podía ponerse de pie, así que empezó a arrastrarse. Agradeció toda esa sangre que lo ayudó a deslizarse mejor. Los codos iban ganando terreno y ya le quedaba poco para alcanzar el rodillo cuando, de golpe, una mano lo agarró del tobillo y lo estiró obligándolo a recorrer la traza roja de vuelta. Yan lo levantó de la solapa del tabardo y lo arrastró hasta donde estaba Charlotte. Cogió una precintadora que había en la silla de al lado y lo sentó. En menos de dos minutos, Philippe estaba inmóvil y amordazado. Luego Yan giró la silla de Charlotte colocándola de espaldas a la mesa. Con tres grandes vueltas de cinta, la aferró a las patas del enorme y pesado conglomerado de roble macizo.

—Así no se moverá.

Philippe no oyó esas palabras con claridad pero las entendió a la perfección.

Padre e hija estaban cara a cara a un metro de distancia. El chino rodeó la posición del chef, inclinó la silla, la sujetó por el respaldo y la remolcó unos metros hacia atrás.

—Te separo un poco; si no, no tengo espacio para trabajar.

El anuncio arrancó los lamentos más dramáticos en Charlotte, algo que Philippe no llegó a oír por culpa del zumbido en la cabeza, pero interpretó la inminencia del desastre por la expresión de su hija.

Yan dobló la parte de abajo de la camiseta de Charlotte por encima de la cinta que la sujetaba a la silla. Un vientre terso y plano quedó expuesto. De la mesa cogió el *maguro kiri*. Se colocó frente a ella. Apoyó la punta de esa especie de sable medio palmo por encima del ombligo y lo separó para entrar con fuerza. Philippe se retorcía bajo la cinta. Miraba a todas partes menos a su hija. No podía verlo. Las lágrimas le rebotaban en las mejillas y caían sobre el tejido empapado en sangre de sus pantalones.

«No, por favor, mi hija, no no no...»

62

El mango emergía del bolso. Era la segunda que quemaba en un mes y salía de la tienda pensando en si decírselo a Philippe o no. Su memoria menguante y su operatividad multiusos no ayudaban en la preservación de más sartenes antiadherentes. Lo que estaba claro era que no las iba a dejar más al fuego sin estar ella delante. Bueno, tampoco tan claro, y por eso decidió no comprarla de aluminio, algo de lo que ya se arrepentía. Caminaba lo más rápido posible. Ese imprevisto y el ver que solo le quedaban dos patatas agrias le habían robado un tiempo muy valioso en la elaboración de uno de sus platos estrella: *fish & chips*. No poder contar con Yan por ser lunes, sumado al acero inoxidable dentro del bolso cruzado a modo de bandolera, y a las patatas del otro lado, no ayudaban en su avance.

Estaba llegando a casa cuando vio una moto en el suelo. No entendió qué hacía tirada ahí en medio, casi en la entrada. La rebasó por un lado y entró en el portal. Enseguida oyó un alboroto tremendo de sirenas y ambulancias. De disponer de más tiempo, habría salido a fisgonear. Pero tenía prisa. Además, ¿y si se trataba de un coche o de una moto? Los accidentes de tráfico siempre le habían puesto los pelos de punta. Sobre todo, cuando en uno en el que conducía su hijo su nuera perdió la vida. Durante meses, Philippe estuvo yendo a terapia por varios motivos. Uno fue para asumir la pérdida, que lo dejó lleno de eco. Otro fue para superar una culpabilidad de la que se resignaba a zafarse. Y otro, para vencer aquel miedo irracional que le entró a la sangre. Pero no era el único que lo había pasado mal. Su nieta también había sufrido muchísimo. Y, qué diablos, ella también. Y es que, además de ser la esposa de su hijo y la madre de su nieta, Anne fue, por encima de todo, una amiga. Algo que la mayoría de los colegas de su edad no habían entendido nunca y habían envidiado siempre.

Subía en el ascensor pensando en la comida. Había cambiado el arroz de los lunes y les quería dar una sorpresa a Charlotte y a Philippe con su versión de *fish & chips*. Les encantaba. Ya lo tenía todo troceado para la salsa tártara. La merluza se estaba escurriendo, y la pasta de harina, levadura y cerveza se estaba enfriando en la nevera. Lo único que le quedaba era montar la mayonesa y pelar y cortar patatas.

Al salir del ascensor lo primero que vio fue la puerta de casa abierta y oyó mucho ruido que procedía de dentro. Era parecido al que produce la cinta aislante cuando se embalan cajas. Distinguió una voz familiar, pero no la manera en que se expresaba. Unos lamentos desgarradores le llegaron de fondo, y sintió una sacudida que le removió las entrañas. No se lo pensó ni un segundo. Entró como una exhalación hasta el centro del comedor.

—Pero ¡¿qué diablos está pasando aquí?! —La imagen la dejó estupefacta—. Dios mío... —La bolsa de patatas se le cayó al suelo.

Yan, con el brazo extendido hacia atrás, estaba a punto de darle a su nieta una estocada en medio del abdomen con una espada de un metro de largo.

—Genial, ya estamos todos. Siéntate, mujer, hay sitio.

Le llevó unos segundos procesar la escena. Tomar conciencia. Reaccionar. El primer acto instintivo la llevó a chillar como nunca antes lo había hecho:

—¡Déjala en paz, déjala en paz! ¡Socorro! ¡Socorro!

Al ver que Yan dejaba el sable encima de la mesa y se dirigía rápido hacia ella, el segundo acto instintivo fue correr. Y el tercero, sacar el móvil para llamar mientras pensaba en un lugar donde esconderse. Lo tuvo claro. Encerrarse en el cuarto de la colada le daría tiempo para llamar a la policía. Eso si lograba cerrar con pestillo. A sus cincuenta y nueve años, Yan se conservaba joven y atlético, algo de lo que Evelyn fue muy consciente cuando inició aquella carrera.

Entró en la cocina. Estaba a la altura del lavavajillas, a punto de alcanzar la puerta que le abriría un atisbo de esperanza, cuando de repente notó un fuerte impacto en la espalda. Al suelo llegaron primero la artrosis de sus rodillas, y luego el resto del cuerpo. La lentitud de unos brazos con más ganas que eficacia hizo que su cara fuese la primera en golpear el canto del marco. El pómulo izquierdo fue el que se llevó la peor parte. Sin embargo, lo que más daño le hizo fue la sartén, que seguía asomando del bolso cruzado y le aplastó las costillas más bajas. A pesar de todo, no desistió en su voluntad de levantarse. Un intento fallido porque algo la asió por la espalda del abrigo como si fuese un contenedor elevado por el brazo articulado de un camión de basuras. Evelyn pataleaba en el aire y golpeaba con los puños la zona lumbar de Yan, que la trasladaba como un maletín. Durante el trayecto a la mesa del comedor, Evelyn intentó deshacerse de sus garras inapelables, sin éxito. Lo único que podía hacer era chillar. No dejaba de chillar:

—¡Déjanos, monstruo, déjanos! ¡Socorrooo, socorrooo, ayudaaa!

Yan miró a ambos lados. Quería zanjar ese contratiempo cuanto antes. Parecía incómodo y como si buscara algo. Hasta que, por fin, la vio: la precintadora. Estaba a los pies de Charlotte, pero no vio claro llegar hasta ahí arrastrando a Evelyn, así que la enganchó por el cuello y la empotró contra la pared.

La voz de la mujer se fue apagando como el que baja el volumen de la tele, cediendo el lugar a los gemidos agónicos de su hijo y su nieta. Los tacones cortos de sus botines sobrepasaron la línea del zócalo dejando que solo la puntera tocase suelo. Luego, ni eso. Los pies de Evelyn se elevaron y empezaron a repicar contra la madera blanca de la pared, intentando encontrar un hueco en el que apoyarse. El aire le entraba escaso. Los pulmones apenas se le hinchaban. Se le empezó a nublar la cabeza. Pero en medio de esas nubes bajas, un rayo de luz encontró un hueco para colarse rápido y recordarle algo: el lápiz del moño. Se llevó la mano a la cabeza y de su pelo desenterró uno de color verde lima y afilado a conciencia. Lo empuñó. Desplegó el brazo, cerró los ojos y lo volvió a plegar con toda la inercia que pudo reunir. No estaba para hacer puntería. Acertar en la cabeza ya sería todo un logro. Oyó un impacto parecido al de un tomate maduro cayendo al suelo. Abrió los párpados. En la sien de Yan se había hundido la mina y la mitad del cono de madera. Pero no más. Suficiente como para que el lápiz se mantuviese firme y se leyese «England» y «Derwent-Graphitint», pero también como para que Yan esbozara una sonrisa sádica y cerrara aún más la mano. Eso supuso el final para Evelyn. Ya no podía. Se rindió.

Nunca creyó que moriría de esa manera. Una lágrima venció el pómulo inflamado para continuar por los surcos arruga abajo. Apenas le entraba un hilo de oxígeno. Y casi que lo prefería así. Que se colara aire hacía que su plexo branquial se dilatase provocándole un dolor insoportable en las costillas. Eso le hizo pensar en lo que todavía tenía en el bolso. Estaba cerrado, pero aun así tenía que intentarlo. Los muertos que había dejado en vida tendrían que esperarla. Cogió el mango que sobresalía. Empezó a menearlo como el que arranca una cebolla. La cremallera empezó a ceder. Se abría cada vez más y más..., hasta que, al fin, pudo sacarla.

Apenas veía. Se movía más por intuición. Alzó la sartén a la altura de la cabeza de su contrincante. Cerró de nuevo los ojos... y sacudió.

«... phitint.» Eso es lo que leyó Evelyn en la siguiente imagen que le vino a la vista. El lápiz se mantenía horizontal en la sien. Y Yan ya no reía.

Pasaron unos segundos antes de que ambos cayeran fulminados al suelo. A Evelyn le llegaban destellos intermitentes. Y sonidos.

Tsu. Palabras. Una camilla. Palabras. Hadrien. Un enfermero. Philippe. Palabras. Un sable. Lottie. Color verde lima. Color negro. Silencio.

63

Era la mañana siguiente y aquello parecía un vagón de metro en hora punta. Abuela, hijo y nieta acompañados por monitores que les medían las constantes vitales, pero también por Tsu, Ruth, Hadrien, la sargento Harrington, Piper, Lucy y Aleska. La entrada en la habitación de una cirujana con cara de pocos amigos y de un enfermero a modo de escolta disipó a los congregados como un gas lacrimógeno en una manifestación.

—¿Cómo se encuentra, Evelyn?

Fue la que mató y a la que por poco matan. De tres costillas rotas, una se empeñó en perforarle un pulmón y causarle una laceración. Fue operada de urgencias. La subieron a planta después de pasar toda la noche en la UCI.

—Muchísimo mejor, gracias —dijo con la boca pequeña, por miedo a que le doliese al hablar.

Costó que los pusieran juntos, pero en el hospital, como en el mundo entero, eran considerados héroes e hicieron una excepción a petición del capitán de Scotland Yard.

—Genial. No haga movimientos bruscos, y si tose, sujétese bien el vendaje compresor que le hemos puesto. No tanto porque vuelva a tener una hemorragia interna, sino para que no se le abra la herida.

—¿Cuándo podremos irnos? —preguntó Charlotte.

Les habían hecho todo tipo de pruebas y los mantenían en observación por posibles complicaciones, aunque todo indicaba que se mantendrían en la estabilidad que los médicos habían pronosticado.

—Depende de tu abuela. Ayer drenamos toda la sangre del pulmón. Hoy le haremos otra resonancia magnética.

Los tres se miraron como si el mismo pensamiento acabara de cruzar sus tres cabezas a la vez.

«No quiero volver a esa casa.»

Charlotte era la que presentaba mejor estado. Magulladuras en la cara y en la frente era todo lo que tenía. Al menos, a nivel externo. Philippe había sufrido una fractura de tabique nasal y conmoción cerebral, pero sin pérdida de conocimiento.

—Y por precaución, también le haremos otro TAC a usted, señor Bouvier.

Philippe asintió. El enfermero les cambiaba el gotero para ponerles otro de sedación intravenosa cuando la cirujana se plantó en medio de la habitación y se dirigió a los tres:

—Accedimos a ponerles juntos, pero controlen las visitas, por favor.

—Sí, no se preocupe, doctora —contestó Philippe un tanto avergonzado.

Cuando ambos sanitarios salieron después del control rutinario, entraron Tsu, Hadrien y Athenea. El japonés se sentó en una silla a los pies de Evelyn. Los policías se quedaron de pie.

—¿Y el resto? —preguntó Charlotte.

—Se han ido ya. Tenían que volver a clase —contestó Hadrien refiriéndose a sus amigas—. Ruth tenía que abrir el White —le informó a su cuñado.

Hubo un silencio en la habitación. Como si nadie se atreviera a sacar el tema.

—Supongo que tendréis muchas preguntas —siguió Hadrien—. Llevamos toda la noche trabajando y la verdad es que hemos averiguado un montón de cosas.

—¿Cómo es que vivía en nuestro rellano ya antes que nosotros? —preguntó Philippe.

Hadrien miró a Athenea, que ofreció la explicación:

—Ayer nos llamó el agente de la inmobiliaria que visitaste cuando buscabais otro piso. Creemos que os siguió el día de la visita, porque poco después de marcharte tú apareció Yan preguntando por el mismo piso.

—Pero yo lo reservé. Además, fue el piso de al lado.

—Lo sabemos —continuó la sargento más calmada que de costumbre—. El agente le dijo que lo acababa de reservar, con lo que ya supo que os mudabais allí. Entonces Yan le pidió que, si salía algo por el barrio, lo llamara. Como aún vivía un inquilino en el que iba a ser vuestro piso, tuvisteis que esperar un mes hasta que se fuera y hacer la mudanza. ¿Correcto?

Nieta, padre y abuela asintieron; esta última, con dos parpadeos.

—@BloodyMary solo tuvo que fijarse y esperar. Y se fijó en que la vecina del rellano era una anciana de ochenta y nueve años. Curiosamente, murió una semana después de que visitaras el que hoy es vuestro piso. Con lo que ese pisito se quedó vacío y...

—Un momento —la interrumpió Philippe—. ¿Por qué has dicho «pisito»?

—Porque debe de tener más de doscientos metros cuadrados. Si el vuestro es grande, Phil, el suyo lo era bastante más... —aclaró Hadrien.

—O sea que la vecina del tercero izquierda...

—No hay vecina en el tercero izquierda, Phil. Es casi como si hubiesen juntado un piso y medio. Las dos puertas del rellano, las dos ventanas y los dos balcones corresponden a la misma vivienda, o sea, la que era suya.

—¿Por qué, papá?

—Siempre vi un tiesto en el tercero izquierda repleto de aromáticas muy bien cuidadas.

—Pues ahora ya sabes de quién eran —le ilustró Athenea.

—Pero entonces, ¿eso indica que...? —dijo una voz como susurrada. Apenas se le oyó, pero Hadrien entendió a la primera lo que quiso decir Evelyn.

—Correcto. Creemos que todas las fotos se hicieron desde ahí.

—¡Hostia! —exclamó Charlotte incorporándose en la cama.

—¿Y los asesinatos? —quiso saber Philippe.

—Unos, en el mismo lugar del crimen, como bien pudisteis ver —matizó Athenea—, y otros los llevó a cabo en un local de Northampton.

—¡Pero si ahí estaba su hermana! —dijo Evelyn abriendo los ojos más de la cuenta.

—No, Evelyn —respondió Hadrien—. Ahí lo que tenía era un sótano para cometer sus atrocidades. Una especie de taller donde estuvo experimentando. Ayer encontramos cuatro cuerpos que todavía faltan por identificar.

—Cómo no, todos destripados —añadió la sargento.

—Allí también hemos encontrado información sobre vosotros —les informó Hadrien—. Lo sabía todo de vuestras vidas, y también de ti. —Se giró hacia Tsu—. Os llevaba siguiendo desde hacía muchísimos meses. Por no decir años.

—Y ya ni os cuento si se pone a vivir al lado —subrayó Athenea.

—¿Y dibujos vajilla? —preguntó el japonés, hasta el momento un testigo mudo de la escena.

—Era un sótano grande —prosiguió la sargento—. En una habitación también encontramos un torno, un horno especial de alfarería, pinturas para altas temperaturas y kilos de arcilla.

—Se fabricaba él las piezas. Por eso nos resultó imposible de rastrear, incluso con Elliot —añadió Hadrien.

—Pero ¿y el *storytelling*? —preguntó Philippe mientras alcanzaba un vaso de agua de la mesita auxiliar.

—Pensamos que lo hizo para confundirnos, pero también para darnos una pista de que serían nueve platos.

—Sí, sabemos que suena un poco contradictorio, pero muchos psicópatas juegan a esta doble banda. Por una parte, nos enseñan sus cartas porque les gusta el riesgo que supone ser apresados, pero por otra, lo ponen difícil porque tienen que completar su obra.

Athenea inhaló profundo y continuó:

—Y su obra, ya la conocemos. Consecuencia de la muerte de un hijo, y un padre que clamaba venganza. Ya se podía haber fijado en Eric, ¿eh, Philippe? —dijo en tono irónico la Athenea de siempre.

En un estado de profunda relajación gracias a los calmantes, la noche anterior Philippe le había dado muchas vueltas a todo. A «esa obra». Por una parte, sintió lástima por Yan, y también cierta empatía. La muerte de un hijo debía de ser lo más duro que a uno le pudiera suceder. Y más si veías que la justicia te daba la espalda y no se aplicaba por las influencias de alguien. Pero por otra, estaba el plano personal al que lo había llevado. Ahí estaba el salto. En esa perturbación. Todavía se le erizaba el vello cuando pensaba en lo que aquel ser había llegado a perpetrar por una simple risa. Cualquier detalle, por insignificante que fuese, podía adquirir una importancia vital en función de cómo lo percibiera la persona con la que te cruzases por el camino. Una lotería. Y Athenea tenía razón. Cuántas veces en tan poco tiempo Philippe se había preguntado por qué no fue Eric el que salió riéndose aquel día de la cocina.

—Y de Eric, ¿qué sabéis? —preguntó Philippe.

—Esta mañana a primera hora ha venido a las dependencias. Le hemos tomado declaración.

Philippe abrió los párpados y ya no pestañeó.

—Tranquilo, tranquilo, ahora os lo íbamos a explicar —dijo Hadrien.

—¿Por qué huyó?

Athenea tomó el relevo:

—Por miedo. Nos ha explicado que desapareció cuando se enteró de que habían asesinado a Guadalupe. Quería abrir un nuevo restaurante con ella. Un restaurante basado en los crímenes de @BloodyMary.

Philippe se fijó en Tsu, que se movió en la silla. Parecía sorprendido.

«No sabía que él estaba detrás de todo esto.»

—Demasiada gente en común y le entró el pánico. La mexicana, tú, él... —dijo señalando al japonés—, que, por cierto, iba a llevar la cocina del restaurante, al menos en un principio.

—Sí, lo sé. Me lo dijo ayer —dijo Philippe mirando a Tsu, que asintió.

—Pero después esa función pasó a Massimo, tu *sous-chef*. Tu excompañero te tiene en estima, ¿eh?

—Bueno, es una larga historia.

—Nos lo imaginamos, y no pediremos detalles.

—¿Está yendo Massimo al White Spoon, Phil? —preguntó Hadrien.

—El sábado vino. Fue la última vez que lo vi. Veremos hoy.

—Estamos intentando localizarlo. Otro que ha decidido esfumarse. ¿Tienes idea de algún sitio donde podamos encontrarlo? —preguntó la sargento.

—Su casa o el White, no sé mucho más. Preguntadle a Gonçalo, su segundo. Es con el que se lleva mejor, creo. —Phil volvió a mirar a Tsu, que le confirmó eso con un golpe seco de cabeza.

—Sospechamos que puede estar detrás de la carpeta morada. Aparte del dinero, claro, creemos que te chantajeaba para que @BloodyMary siguiera matando y llenar de contenido la carta de ese futuro restaurante.

Philippe se fijó en que su madre y su hija lo miraban sin entender nada.

—Os lo explico después —les dijo dejando que la sargento prosiguiera.

—Eric nos ha comentado que en su día Massimo se enteró de que en el White buscabais esa carpeta y le planteó a modo de broma que te extorsionara, cosa que le dio la idea para hacerlo.

—También comprobaremos si fue tan en broma como nos ha dicho —recalcó el capitán Gibbs.

Philippe se preguntó cómo el italiano se hizo tan rápido con esa carpeta llena de currículums. La verdad era que no resultaba difícil. Todo el mundo tenía acceso a ella y, cuando había una baja de última hora, que era con cierta frecuencia, se buscaban extras de sala o de cocina. Seguramente, Massimo se acordó de haber visto el currículum de Susie ahí dentro.

—Phil, debes saber que en el móvil de Guadalupe encontramos fuertes discusiones con Massimo. Se enteró de algo, suponemos que de la carpeta, y quiso salirse del proyecto.

—Pero ¿por qué se metió en todo esto? ¡Le iba muy bien en su trabajo!

—No lo suficiente como para llevar un tren de vida tan alto.

Philippe miró a la sargento extrañado.

—Una casa en Castle Combe, un yatecito en Ibiza, un apartamento en Kitzbühel, el piso de aquí del Soho, viajes varios y algún que otro vicio, no muy barato que digamos —Athenea se tocó la nariz como si se sacudiera una mosca—, la llevaron a estar bastante endeudada.

—Tranquila, puedes decir cocaína, no me escandalizaré —le dijo Charlotte a la sargento mientras se incorporaba un poco en el respaldo de la cama articulada.

—La que necesitaría yo ahora mismo para sacarme este maldito dolor de costillas —dijo Evelyn intentando girarse en la cama.

—No te muevas, mamá.

—Ya, pero es que estar tanto tiempo en la misma postura cansa, ¿sabes?

—Bueno, os dejamos descansar, Phil. —Hadrien se empezó a abrochar los botones de su tres cuartos—. Aún nos queda trabajo por delante. Os pedimos, por favor, que dado el revuelo mediático, no concedáis ninguna entrevista hasta que nosotros hayamos aclarado algunos temas pendientes.

—No te preocupes, Hadry. Ahora mismo es de lo que menos ganas tenemos.

—Ya te digo —soltó Charlotte.

Hadrien se acercó a Charlotte y la besó en la frente. Hizo lo mismo con Evelyn. Al pasar al lado de la cama de Philippe, la más cercana a la puerta, le cogió suavemente la punta del pie que crecía como una seta bajo la sábana blanca.

—Estamos en contacto —se despidió.

—Descansad —dijo Athenea.

—Gracias, Hadry. Gracias, sargento Harrington.

Los policías desaparecieron y Charlotte empezó a hablar con su abuela. Philippe se sintió decepcionado. Le dolía en el alma ver que Guada no hubiese cambiado tanto como imaginaba. Le hubiese encantado que los wasaps que le había enviado para ir a su casa fuesen suyos y no de Yan. Que le hubiese explicado lo del restaurante, que había sido más idea de Eric que suya, que al final saltó de ese barco porque se arrepentía. Lejos de ese anhelo, tuvo que conformarse con suponer (porque ni la policía aún sabía seguro que aquellas discusiones con Massimo fuesen por la carpeta) que no quiso chantajear a su primer gran amor.

Un camillero fornido irrumpió en la habitación. Enseguida se reconocieron.

—¡Hombre, señor Bouvier! Después vengo a por usted. Tercer TAC en dos días. *Pas mal!* Qué tiene, ¿*forfait* de temporada?

El comentario arrancó las carcajadas de Charlotte y Evelyn, y casi alguna grapa a esta última, que se lamentó sujetándose las costillas entre toses y gestos espasmódicos.

—Perdón, perdón —se disculpó el joven.

Después de trasladar a Evelyn a la camilla, paciente y camillero salieron de la habitación. Tsu se plantó a los pies de la cama de Philippe.

—Chef, yo pedir perdón. —Vestía la chaquetilla negra de manga corta de siempre—. Entender perfecto si no confiar en mí. Primero dejar llaves a su hija o amigas para venir a casa durante clase. Después querer montar...

—¿Cómo que «o»? —lo interrumpió Charlotte.

Era la primera vez que Tsu colocaba bien una conjunción.

—A veces dejarte llaves a ti. A veces a Aleska y Piper.

—¡¿Cómo, si solo había una copia?!

—Ellas pedirme mías para hacer otra.

Charlotte se quedó meditativa. Miró a su padre, que se movía entre la incomodidad y el disimulo.

—¿De quién eran los pelos que encontraron en su cama? —le preguntó a Philippe mientras señalaba a Tsu.

Al japonés se le tensaron los párpados de par en par.

—Al principio encontraron de Aleska, pero después identificaron otros.

—Que eran de Piper —concluyó ante el asentimiento de su padre. Charlotte enmudeció. Hasta que reseteó su cabeza—. Eso significa que..., que...

—El tío Hadry me pidió que no dijera nada. No era asunto nuestro. Solo de...

—¡Qué cabronas! ¿Y por qué no me lo dijeron?

—Pues no sé, supongo que buscaban el momen...

—¡Si hacen una pareja *top*!

—Yo también lo creo, sí.

—Es que son la leche.

—Chef —interrumpió Tsu.

Charlotte cesó en sus exclamaciones ante la noticia inesperada. Philippe miró al japonés.

—Yo entender perfecto si no confiar en mí —dijo retomando el hilo—. Yo traicionarle. Yo no ser digno del White. Por eso, yo renunciar a mi puesto —expuso mientras se quitaba la chaquetilla y la empezaba a doblar con cuidado.

El gesto cogió por sorpresa a Philippe, que armó rápido una respuesta lo más justa y honesta posible:

—Tsu, tú no me has traicionado. Tú miraste lo mejor para ti, como yo siempre lo he hecho para mí y para el White. Quizá sea yo el que deba pedirte disculpas. Por abusar tanto, por suponer cosas que no debía de suponer, por pensar más en ti como ayudante de cocina que como Tsutsomu Matsu. ¿Me darías unos días para aceptar esta renuncia?

El japonés asintió con la cabeza. Cabizbajo, salió de la habitación en camiseta de manga corta. Su chaquetilla descansaba plegada a los pies de Philippe.

Padre e hija se quedaron en silencio. Cada uno dándole vueltas a lo que se había hablado entre esas cuatro paredes.

—Hija...

—¿Sí? —dijo ladeándose y quedando cara a cara con su padre.

—También quiero disculparme contigo.

—Papá, da igual, de verdad. Lo del otro día está olvidado.

—No es solo lo del otro día. Es lo del otro día, lo de las otras semanas, lo de los otros meses, y así hasta dos años y medio.

A Charlotte se le empezaron a humedecer los ojos. Entre los signos vitales de los monitores multiparamétricos, los pulsos de ambos empezaron a alcanzar frecuencias considerables.

—He sido muy egoísta con mis emociones. Desde que murió mamá, apenas tuve en cuenta las tuyas. Pensaba que yo era el que peor lo estaba pasando y no miraba a mi alrededor. Tenía miedo a que no me perdonaras. Como fobia a lo que me pudieses decir. A lo que pudieses pensar. A lo que pudieses sentir.

Charlotte se secó con la sábana la primera lágrima sin apenas dejarla correr.

—Pues las fobias se superan. ¡¿O no has superado tú ya una?! —dijo con voz temblorosa y señalándole la nariz.

Philippe sonrió.

—Te juro que, si me dejas, lo intentaré.

—Claro que te dejaré.

—Pues yo a ti, nunca.

Charlotte salió catapultada de la cama, llevándose tras de sí el portasueros, que la frenó en su impulso. De un tirón, se arrancó el catéter del brazo izquierdo y por fin logró saltar encima de Philippe.

Padre e hija se fundieron en un abrazo. Mientras, una alarma sonaba en la habitación avisando de que algo se había desconectado.

64

Ver ese piso en Kensington «porque en un futuro me podría quedar cerca» salió de ella. A Philippe le pareció fantástico. El Royal College of Art estaba muy cerca de The White Spoon, así que tanto Lottie como él podrían ir a pie cada día. Eran las diez de la mañana del lunes, el sol se había dignado a sacar el hocico durante un rato y el piso no defraudó. Les encantó a los dos. Era el tercero que visitaban en una semana después de la pesadilla y se dieron prisa en enviarle fotos a Evelyn, aún convaleciente, para que dijera la suya. Quizá no era tan amplio como el de Piccadilly, pero sí más luminoso, y encima daba a Holland Park, o lo que era lo mismo, a veintidós hectáreas de verde.

Se acababa de despedir de Charlotte y se dirigió a The White Spoon. Había quedado con un proveedor de setas y quería llegar unos minutos antes para dar las luces y repasar el listado de otros que le tentaban con calidades y precios que a veces ponía en duda.

Tras dejar la persiana a media altura, fue al cuarto de los interruptores. Subió los que estaban bajados y se acercó a la barra. Pensaba en el nuevo organigrama y en Tsu. Hacerle cambiar su decisión de dejar el restaurante le costó más de lo que había imaginado. Le ofreció ser el tercero de a bordo después de presentarle a Eztia, la chef vasco-francesa que entrevistó hacía unas semanas, y a la que ofreció la capitanía en cocina. Se conocieron. Se cayeron bien. Hubo conexión. Dijo que sí. Que se quedaba.

Philippe acababa de encender la cafetera cuando el móvil le vibró en el bolsillo. Eran wasaps de Tsu, Hadrien, Ruth, Ricardo, Charlotte y Evelyn. Todos enviaban el mismo enlace. Era de la *Time of Tyme*.

Mientras esperaba a que se calentara la cafetera, molió una pequeña cantidad de grano de café. Se hizo un *ristretto* y se sentó en un taburete. De otro bolsillo sacó el pequeño estuche de sus gafas de leer y clicó el *link*.

En The White Spoon matarías

Junto a dos amigas con las que salgo a cenar a menudo, decidí probarlo. Fue un sábado del mes pasado. Ya entonces era difícil encontrar mesa, pero una alineación inesperada de planetas nos regaló una a última hora.

Entramos en un local en forma de ele con decoración sobria, elegante y sin grandes alardes. La encargada de sala nos llevó de manera afable y a buen ritmo a la mesa. Tenían la calefacción encendida al mínimo, pero no hacía calor, algo que se agradece después de comer casi desnuda en algunos sitios en pleno invierno.

Ya sentadas, nos entregaron una carta de vinos donde muchos viñedos del país se habrían sentido orgullosos de verse reflejados, si bien esperaba mayor representación internacional. Debo admitir que no fuimos unas clientas fáciles. Mareamos de manera indiscriminada al *sommelier*, que, haciendo acopio de una paciencia inaudita, nos recomendó un vino de Kent impecable en su relación calidad-precio. Una joven camarera nórdica no se libró de nuestras singularidades, y también mostró buen temple.

Al tema. Me confieso panera, y si no es hasta la médula, poco le queda. Nos trajeron varios tipos de panes, algunos sin gluten para una de mis amigas. Ella se ríe, pero yo soy de la opinión de que celíacos e intolerantes a ciertos cereales debieron ser personas que cometieron delitos deleznables en otras vidas y ahora les toca redimirse. Reconozco que en este mundo de Panes Sin Gracia se ha avanzado mucho en los últimos años, y prueba de ello fue un pan de sarraceno con un toque de comino que hizo de eso que llaman «Sin Gluten» un lugar menos vil. El resto de los panes eran de fermentación lenta, algo que a cierta edad se agradece, ya que los otros acaban fermentando en el estómago.

Empieza el festival. El primer entrante fue una trilogía de algas con setas y destilado de tierra. Arriesgado. Tendemos a pensar que el otoño es patrimonio exclusivo de la montaña. Pero no. Después de esta experiencia, he de deciros que esta estación también llega al mar. Espectacular fusión de sabores y de texturas.

El segundo entrante me decepcionó un poco. Un *nem ran* de espárragos en escabeche envuelto en una hoja de kale. Lo mejor, la salsa agridulce. Sin más. No creo que esté al nivel de los otros.

Después vino una pequeña berenjena. En la parte más delgada, tenía el típico tallo verde en forma de cohete despegando. Fue cortarla y de su interior emanaron los aromas del parmigiano y del tomate fresco. La cocción de la berenjena, perfecta. Turgente y manteniendo la gracia de esta hortaliza, pero sin estar cruda. Efluvios de albahaca me venían y yo sin saber de dónde. De repente, descubrí que aquel tallo en la parte de arriba se comía. ¿Adivináis? Fue parecido a comerse una porción de Sicilia.

Luego mi paladar salivó con un refrescante ceviche. Ni una espina, ni una escama, ni una pielecita. Una caballa limpia y fresca cortada en dados perfectos y curtida para mantener «esa firmeza». Aliñada con lima sin amargar y el tiempo justo para que no se cociese en exceso. Aderezada a la perfección con cebolla roja, apio, ajo, cilantro, perejil rizado y el toque oportuno de ají para picar lo justo. Sencillo, ¿no?

Mención aparte se merece el *steak tartar* que pidió una de mis amigas. La celíaca. Cortado a cuchillo como mandan los cánones, encontrar el equilibrio en el aliño de este plato no es tarea fácil. Pero este estaba resuelto de manera magistral, y con un toquecito picante, como ella pidió y como a mí me gusta.

El vino y el agua empezaron a surtir efecto, y me levanté para ir a un servicio limpio, ordenado y con un lavabo de mármol de esos que te encantaría tener en casa. Agradecí que el jabón de manos no fuese invasivo. Me gusta oler el bocado cuando me llevo la mano a la boca, sin distracciones de melocotón o de fruta de la pasión.

Lo siguiente fue de redoble de tambores y gong: «Arroz y salmonete en red». Llevarme a la boca parte de esa red comestible con un trozo de ese pescado fue una maravilla. La piel tostada de forma impecable le dio ese toque de sal que, junto a un arroz untuoso, anacarado y perfecto en su cocción, se convirtió en un bocado con el que me sentí un animal respirando mar por cada una de mis branquias.

La carne llegó en forma de costilla. Era de cerdo y a baja temperatura. Se notaba que había estado envasada al vacío con romero y tomillo. La salsa, una reducción en su propio jugo con apionabo y chalotas. Para mojar todo el pan del mundo. Con y sin gluten, daba igual.

El primer postre fue una tarta de queso japonesa ahumada con hinojo. Nunca había probado nada igual. En esa elaboración los aires se habían unido, primero para levantar aquella masa y luego para rodearla con el humo de esa planta silvestre. De aspecto esponjoso y de textura casi hueca en boca, desaparecía cada vez que una servidora cerraba los dos paladares, insuflando un aire láctico y anisado hacia mis adentros que me confirmaban que sí, que algo me había metido en la boca.

«Colmena de chocolates, naranjas y flores» fue el otro postre. Viniendo de donde venía, superarlo era difícil. Por no decir imposible. Pero debo admitir que me sorprendió. Me lo esperaba muy dulce y no lo fue para nada. Lo primero que me vino fue el punto amargo de alguno de los chocolates, después el dulzor de la miel, para acabar con la acidez de la naranja.

Para cerrar la velada, dos cafés con leche de almendra, en jarrita aparte, y una infusión que olía a las mil maravillas. Parece una chorrada, pero para mí, en el ritual del comer, es muy importante cómo se empieza, pero también cómo se acaba. Empezó con un excelente pan y acabó con un café a la altura. Secreto: chssst, jamás le puse la leche de almendras.

Me consta que esa noche el chef Philippe Bouvier y Tsutsomu Matsu estaban en la cocina. Estar al pie del cañón en un restaurante con estrella Michelin, y además colaborar en una investigación de envergadura nacional, no debe ser nada fácil. Algo que seguramente también afectó a todo el equipo de The White Spoon. Por eso, y desde la redacción de nuestra revista digital, deciros dos cosas:

Felicidades. Y gracias.

Y como he empezado, acabo.

En The White Spoon matarías. Pero para conseguir mesa.

Amelia Cass, *Gastrowriter* en *Time of Tyme*

Eztia se incorporaba en dos semanas. Massimo se había ido para no volver. Y la segunda estrella Michelin estaba a punto de llegar para quedarse.

AGRADECIMIENTOS

Ser desagradecido es de malnacido, así que voy a proceder. Pero no solo agradezco a personas, sino también a lugares. Aquellos sitios que marcaron mi infancia y que pusieron los cimientos de que piense como pienso, de que sienta como siento y de que imagine como imagino.

A todos aquellos veranos de tres meses en «Las 3 Torres» (Sant Vicenç de Montalt) y con todos ellos: Quique, Cristina, Julito, Lali, Jandro, Alejandra, Susi, Helena, Frank, Gloria, Sonia... Allí iba a buscar huevos a la granja. Allí iba en bicicleta y sin camiseta todo el día. Allí me subía a un cerezo gigante y después de empacharme, me quedaba dormitando en lo alto de una rama. Allí le tiraba naranjas ácidas a mi perra para que me las trajera después de saltar como una gacela por el campo. Allí iba con mis primos y tíos a pescar a volantín en la Sofía, nuestra pequeña barca de pescadores. Si la libertad tuviera una fragancia, sería la de esos veranos. También recuerdo con especial cariño a alguien que cada agosto venía de Estados Unidos con los últimos libros de rol de Dungeons & Dragons y nos hacía de Master contándonos historias. Menudo narrador traía encima... menuda maravilla. Gracias, Víctor.

También me marcaron de pequeño todas aquellas Navidades en las que viajé a Berlín con mi madre. Allí descubrí que el olor del frío me gustaba. Recuerdo el aroma de las *currywurst* en el mercadillo de la calle de mi Opa y mi Oma.

Y el enorme bosque en la travesía de arriba, cargado de nieve, esperando a que mi hermano apareciese tirando del trineo conmigo encima.

A Isabel Mariscal, porque sin ella, nada de todo esto hubiese cristalizado en Planeta. Fue ella la que me presentó a Marcela Serras. Y fue Marcela Serras la que vio algo en el manuscrito que le hizo pensar que a otros les podía interesar. Por eso, siempre te estaré agradecido, Marcela.

A Athenea Harrington, por prestarme su nombre para un personaje que nada tiene que ver con ella. Me cautivó el primer día que lo oí.

A Natalia, por las tesis y los documentos sobre asesinos en serie que me envió. Y por haberme presentado a Mar Piedra, criminóloga que compartió conmigo sus conocimientos en criminalística, en medicina legal y forense, y en métodos y perfiles psicópatas y sociópatas.

A Isa, por sus consideraciones y por compartir su experiencia como escritora. Pero, sobre todo, porque siempre me ha animado a seguir pensando en grande.

A Lluís Rovira. El CHEF en mayúsculas y mi profesor en la Hofmann. Por todas las charlas posteriores cuando me he pasado a verle. Porque nunca he conocido a nadie con tanta pasión y que sepa tanto de cocina. Pero aún tiene algo mejor: su pasión por enseñar. Una persona vitamina que estimula cuerpo y mente.

A Alexis, otra persona vitamina. Por tanta cordura dentro de tanta locura. Por darme la oportunidad de empezar las noches con él en la cocina de La Pubilla. Por enseñarme que no todo es técnica y que a la intuición no hay que dejarla pasar. Por haber repasado todos los platos y las técnicas que salen en esta novela. Por sus sabios consejos y su apoyo eterno. Por ser amigo y maestro.

A Ferran, por tener siempre respuesta a mis inquietudes culinarias. Por esas semanas que coincidimos en cocina y que no paré de observarle y de aprender. Por su impecable trabajo a bordo del Bambarol.

Al Helsinki y a Le Coq & The Burg, mis dos negocios en forma de restaurante con los que fracasé de manera estrepitosa, y que me enseñaron muchísimas cosas, entre ellas que esto de la cocina es uno de los oficios más duros y a la vez que más enganchan y más bonitos que hay.

A Mónica, por recordar un pasaje muy duro de su vida y querer compartirlo conmigo. Algo que me sirvió de inspiración para idear los orígenes de Tsu.

A Mireia, por sus conocimientos editoriales y por los consejos más técnicos en los momentos previos a la edición.

A Carmen, que ya ha publicado varios libros y en esto de escribir es una fiera. Por darme su punto de vista profesional.

A Nacho, mi profesor de escritura. Por sus correcciones, siempre hechas desde la construcción y el respeto. Por motivarme a seguir. Por escucharme. Por ser el primero que vio que mi idea era publicable. Por compartir sus conocimientos literarios. Por enseñarme técnica en la escritura y también en la lectura.

A todos los compañeros de profesión que he conocido después de tantos años en publicidad, pero en especial a tres: a Tomás, descanse en paz, a Xavi y a Uri. De ellos aprendí a pensar y a escribir en formato corto, preciso y de forma ingeniosa.

A Gumer, por echarme un cable siempre que lo he necesitado. Por invitarme a tantos restaurantes y disfrutar de tantas historias divertidas alrededor de una mesa.

A Andy, por esas charlas durante la etapa previa a la edición. Por compartir conmigo su experiencia y sus sabios, pero, sobre todo, útiles consejos.

A Ugo. Amigo, confidente y gran lector. Por todas esas conversaciones en las que, aun sabiendo que no le podía dar detalles, siempre estuvo allí. Escuchando. Aportando. Apostando.

A Jano, amigo del alma. Por el legado que dejó con su ejemplo. Nunca vi tanta fuerza y coraje como cuando afrontó cara a cara una enfermedad tan cruel como es la ELA. Olvidar es dejar de recordar, ¡pero lo tienes jodido, amigo!

Son muchos años ya sin ellas, pero las recuerdo como si fuera ayer: a mi abuela y a la que fue como mi otra abuela, la Feli. A su cocina, honesta y exquisita: desde los calamares rellenos hasta los pies de cerdo. A mi Opa y a mi Oma, a su *goulash* y a su *Käsekuchen* con albaricoques.

A mi suegro Salvatore, a su mujer Luciana e *i suoi dolci*. Por todas las veces que he ido a su casa en Calabria y me han enseñado productos de la región y recetas que no conocía.

A todos mis tíos, primos y amigos. Por las ganas de leerla que han tenido siempre, por los ánimos, por las risas, por el interés.

A mi hermano Marco y a su pareja Eva. Por apoyarme, por creer, y por no hacer demasiadas preguntas.

A Rosa y a Dani. Por querer acompañarme en esta aventura (una más) siempre con una sonrisa. Por su generosidad. Por ser los suegros más cojonudos que uno pueda tener.

A mi padre. Cantante y músico del que no heredé su oído, pero sí su olfato y su gusto. Por su arrojo, por la creatividad y las ganas que tenía de vivir la vida. De comerla. De saborearla. De olerla. Por ser tan abierto y enrollarse con todo el mundo: payeses, pescadores, cantantes, actores, vendedores, *maîtres*, cocineros... Por hacerme probar de todo cuando era pequeño. Por llevarme durante los '80 a tantos restaurantes míticos y enseñarme a valorar y a desgranar lo que me ponían delante en el hotel Boix de Martinet, el Quirze de Esplugues, Eldorado Petit, Casa Toro de Tamarite, Taverna Balís, Azpiolea, Lagunak, Koxkera, Neichel, Hispania, Envalira, Tramonti...

A mi madre, por dejarme volar tan alto como quisiera y acompañarme mientras pudo en todos los aterrizajes (forzosos y no forzosos). Por su infinita generosidad y su titánico esfuerzo al quedarse con sus hijos en un país que no era el suyo, lejos de su Berlín natal. Por su cautela, por su amor sin reservas, y por haberlo hecho tan bien aun y morir tan joven. Por esa imagen que tengo de verla siempre leyendo.

A Alba, pareja y amiga, por haber estado cerca, que no es fácil. Por ser la primera y única lectora. Por esas opiniones tan acertadas y por todo el apoyo durante cada etapa del proceso. Por su paciencia y generosidad. Por aguantarme mientras escribía, y mientras no.

A Nina y a Olivia, por la forma tan espontánea que tienen de encarar la vida. Por enseñarme tantas cosas, como conectar con el niño que llevo dentro, tantas veces enterrado bajo las paladas del día a día. Por ser como son y por querer ser lo que quieran ser.

A Raquel Gisbert, por esa energía. Por creer y apostar por lo que había escrito.

A Lola Gulias, mi editora. Otra persona vitamina que me ha dado algo tan importante y tan básico para mí como el aire que respiro: libertad. Por compartir su conocimiento con mucho criterio y mucha humildad. Por creer en mí. Por esa tranquilidad que transmite y por hacerlo todo tan fácil.

Y como no, a todas vosotras y vosotros, lectoras y lectores, por haber querido invertir vuestro tiempo y dinero en este libro. Espero que lo hayáis disfrutado.